SANGUE FRIO

ROBERT BRYNDZA

SANGUE FRIO

5ª REIMPRESSÃO
EDIÇÃO REVISADA

TRADUÇÃO DE **Marcelo Hauck**

Copyright © 2017 Robert Bryndza

Título original: *Cold Blood*

Todos os direitos reservados pela Editora Gutenberg. Nenhuma parte desta publicação poderá ser reproduzida, seja por meios mecânicos, eletrônicos, seja via cópia xerográfica, sem a autorização prévia da Editora.

EDITORA RESPONSÁVEL
Rejane Dias

EDITORA ASSISTENTE
Carol Christo

ASSISTENTE EDITORIAL
Andrea Vidal Vilchenski

PREPARAÇÃO DE TEXTO E REVISÃO
Carol Christo
Julia Sousa
Samira Vilela

CAPA
Alberto Bittencourt
(sobre imagens de Henry Steadman)

DIAGRAMAÇÃO
Guilherme Fagundes

Dados Internacionais de Catalogação na Publicação (CIP)
(Câmara Brasileira do Livro, SP, Brasil)

Bryndza, Robert
Sangue frio / Robert Bryndza ; tradução Marcelo Hauck. -- 1. ed.; 5. reimp. -- São Paulo : Gutenberg, 2023. (Detetive Erika Foster ; 5.)

Título original: Cold Blood.
ISBN 978-85-8235-580-0

1. Ficção inglesa I. Hauck, Marcelo. II. Título. III. Série.

19-25555   CDD-823

Índices para catálogo sistemático:
1. Ficção : Literatura inglesa 823

Iolanda Rodrigues Biode - Bibliotecária - CRB-8/10014

A **GUTENBERG** É UMA EDITORA DO **GRUPO AUTÊNTICA**

São Paulo
Av. Paulista, 2.073,
Horsa I Sala 309 . Bela Vista
01311-940 . São Paulo . SP
Tel.: (55 11) 3034-4468

Belo Horizonte
Rua Carlos Turner, 420
Silveira . 31140-520
Belo Horizonte . MG
Tel.: (55 31) 3465 4500

www.editoragutenberg.com.br
SAC: atendimentoleitor@grupoautentica.com.br

Para papai e mamãe, com todo amor.

"O Inferno está vazio e todos
os demônios estão aqui."

William Shakespeare, *A tempestade*

CAPÍTULO 1

SEGUNDA-FEIRA, 2 DE OUTUBRO DE 2017

A Detetive Inspetora Chefe Erika Foster protegia os olhos da chuva forte enquanto ela e a Detetive Inspetora Moss se apressavam por South Bank, um calçadão que acompanhava a margem sul do rio Tâmisa, em Londres. O nível de água do rio estava baixo e deixava marcas marrons no lodo, nos tijolos e no lixo que emporcalhava o leito exposto do rio. No bolso da comprida jaqueta preta, o rádio de Erika fez um ruído metálico e ela escutou a policial na cena do crime perguntar sua localização. Ela o pegou e respondeu:

– Aqui é a Inspetora Foster. Estamos a dois minutos daí.

Ainda era hora do *rush* matinal, mas o dia permanecia escuro devido à soturna neblina que pairava. Apertaram o passo e deixaram para trás a alta sede da IBM e o pálido e atarracado prédio da ITV Studios. Ali, o South Bank fazia uma curva fechada para a direita antes de alargar-se até uma alameda margeada de árvores que levava ao National Theatre e à Hungerford Bridge.

– É lá embaixo, chefe – afirmou Moss diminuindo a velocidade, sem fôlego.

No leito exposto do rio, três metros abaixo, um pequeno grupo de pessoas se reunia em uma praia artificial de areia clara, enfiada em uma esquina onde o South Bank curvava para a direita. Erika massageou as costelas apalpando o local em que sentia uma fisgada. Ela, com seus 1,82m, era muito mais alta do que Moss, e o curto cabelo louro havia grudado na cabeça por causa da chuva.

– Devia pegar leve no cigarro – comentou Moss, olhando para ela de baixo para cima, tirando mechas ruivas do rosto. Tinha as bochechas gorduchas coradas devido à corrida e o rosto coberto por um amontoado de sardas.

– Você devia pegar leve nos chocolates – disparou Erika.

– Estou fazendo isso. Diminuí para um no café da manhã, um no almoço e um no jantar.

– Estou fazendo a mesma coisa com o cigarro – sorriu Erika.

Chegaram a uma escada de pedra que levava ao Tâmisa. A água havia manchado os degraus em alguns pontos, e os dois últimos estavam escorregadios por causa das algas. A praia tinha quatro metros de largura e terminava abruptamente onde a suja água marrom passava agitada. Erika e Moss sacaram seus distintivos e a aglomeração de pessoas se separou para deixá-las atravessar, indo em direção ao local onde uma policial voluntária tentava proteger uma grande mala surrada de tecido marrom meio enterrada na areia.

– Tentei levar todo mundo lá pra cima, senhora, mas não quis abandonar a cena – disse a jovem levantando o rosto para olhar Erika através da chuva. Era pequena e magra, mas tinha uma centelha de determinação nos olhos.

– Está sozinha? – perguntou Erika, olhando para a mala no chão. Através de um rasgo em uma ponta projetavam-se dois dedos inchados.

Ela confirmou com um gesto de cabeça e explicou:

– O outro policial voluntário que está em serviço comigo teve que ir ver um alarme que disparou em um dos prédios comerciais.

– Isso não está certo – zangou-se Moss. – Os policiais voluntários devem trabalhar sempre em dupla. Você está terminando o turno da noite no centro de Londres sozinha?

– Ok, Moss... – começou Erika.

– Não, não tem nada ok, chefe. Essas pessoas são voluntárias! Por que não podem contratar mais policiais?

– Entrei para a equipe de voluntários para ganhar experiência e me tornar policial de carreira...

– Temos que evacuar esta área antes que percamos todas as chances de conseguir provas periciais – interrompeu Erika.

Moss concordou com um movimento de cabeça e, junto à policial voluntária, começou a pastorear as pessoas estupefatas na direção da escada. Erika percebeu que, na ponta da pequena praia, ao lado do muro alto, dois pequenos buracos estavam sendo cavados por um homem mais velho com um poncho colorido. Ele estava indiferente às pessoas e à chuva e seguia cavando. Erika sacou o rádio e convocou todos os guardas na vizinhança. Houve um silêncio agourento. Ela viu que o homem com o poncho colorido ignorava Moss e continuava cavando.

– Preciso que vá para lá, que suba a escada de novo – disse Erika, afastando-se da mala na direção dele. O homem levantou o rosto para a detetive e continuou a alisar o monte de areia, que estava encharcado pela chuva.

– Com licença. Você. Estou falando com você.

– E quem é você? – perguntou ele imperiosamente, olhando-a de cima a baixo.

– Detetive Inspetora Chefe Erika Foster – respondeu, mostrando o distintivo. – Isto aqui é a cena de um crime. E você precisa sair. Agora.

Ele parou de cavar e mostrou-se quase comicamente insultado.

– Você tem permissão para ser tão grossa?

– Quando as pessoas obstruem a cena de um crime, tenho, sim.

– Mas essa é a minha única renda. Tenho permissão para exibir as minhas esculturas de areia aqui. Tenho permissão da Câmara Municipal de Westminster.

Ele vasculhou dentro do poncho e pegou uma carteirinha plastificada com sua foto, que ficou rapidamente salpicada de chuva.

Uma voz ressoou no rádio de Erika:

– Aqui é o Agente Warford, com o Agente Charles... – Ela viu dois jovens policiais seguindo apressados em direção à aglomeração de pessoas na escada.

– Coordene com a Inspetora Moss. Quero o South Bank fechado quinze metros em todas as direções – explicou ela pelo rádio, e em seguida o enfiou de volta no bolso. O homem ainda segurava a autorização. – Pode guardar isso aí.

– Você é muito desagradável – disse, olhando para ela com os olhos semicerrados.

– Sou mesmo, e seria muito desagradável ter que prender você. Agora anda, vai lá pra cima.

Ele ficou de pé lentamente.

– É assim que você fala com uma testemunha?

– O que você testemunhou?

– Eu desenterrei a mala quando estava cavando.

– Ela estava enterrada na areia?

– Parcialmente. Não estava ali ontem. Cavo aqui todo dia, a areia muda com o nível da água.

– Por que cava aqui todo dia?

– Sou artista e faço esculturas de areia – disse ele, de forma pomposa.
– Geralmente, fico ali. Faço uma sereia sentada no alto de uma pedra e um peixe pulando, faz muito sucesso com...

– Você encostou na mala ou mexeu em alguma coisa? – questionou Erika.

– É claro que não. Parei quando vi... quando vi que a mala estava rasgada e que havia... dedos saindo...

Erika viu que ele estava com medo.

– Ok. Sobe lá pro calçadão, precisaremos colher o seu depoimento.

Os dois agentes e a policial voluntária haviam passado a fita de isolamento no calçadão. Moss se juntou a ela quando o senhor saiu cambaleante na direção da escada. Elas eram agora as duas únicas pessoas na praia.

Colocando luvas de látex, aproximaram-se da mala. Os dedos projetados pelo buraco no tecido marrom estavam inchados e tinham as unhas enegrecidas. Moss tirou delicadamente a areia para expor o zíper enferrujado. Erika precisou dar várias puxadas delicadas, mas ele cedeu e a mala acabou abrindo. Moss se aproximou para ajudar e, devagar, elas levantaram a parte de cima. Um pouco de água escorreu e o corpo nu de um homem revelou-se comprimido lá dentro. Moss afastou-se de costas, colocando o braço no nariz. O fedor de carne apodrecida e água parada atingiu o fundo da garganta de ambas. Erika fechou os olhos por um momento, reabrindo-os em seguida. Os membros eram brancos e musculosos. A carne estava sebosa e começava a despedaçar, deixando os ossos expostos em alguns lugares. Erika suspendeu o torso delicadamente. Enfiada por baixo, havia uma cabeça com cabelo preto ralo.

– Nossa, ele foi decapitado! – exclamou Moss, apontando para o pescoço.

– E cortaram as pernas para que coubesse aqui dentro – finalizou Erika. O rosto intumescido e espancado era irreconhecível. Uma língua inchada e preta projetava-se entre grandes lábios roxos. Ela pôs o torso gentilmente de volta sobre a cabeça e fechou a mala.

– Precisamos da perícia aqui embaixo. Depressa. Não sei quanto tempo temos até o nível da água subir de novo.

CAPÍTULO 2

Uma hora depois, o patologista e sua equipe estavam na cena do crime. A chuvarada continuava a cair e a neblina tinha ficado mais densa, ocultando o topo dos prédios ao redor. Apesar da chuva, pessoas se aglomeravam em ambas as pontas da fita de isolamento para olhar, estupefatas, uma grande barraca branca da perícia que havia sido erguida sobre o corpo na mala. Seu brilho agourento contrastava com a água turva, que corria veloz.

Estava quente dentro da barraca. Apesar do frio, as luzes fortes no espaço pequeno faziam a temperatura disparar. Erika e Moss tinham vestido macacões azuis e estavam com o Patologista Forense Isaac Strong, que se encontrava agachado ao lado da mala com dois assistentes e o fotógrafo pericial. Isaac era um homem alto e esbelto. Os delicados olhos castanhos e as finas sobrancelhas pinçadas eram as únicas coisas que permitiam sua identificação através do capuz e da máscara.

– O que pode nos dizer? – perguntou Erika.

– O corpo está na água há um tempo, olhe esta descoloração amarela e verde na pele – disse ele apontando para o peito e o abdômen. – A temperatura baixa da água reduziu a velocidade da decomposição...

– Isso aí é a *decomposição em velocidade reduzida?* – disse Moss, colocando a mão na máscara. Fizeram silêncio por um momento, todos encarando o corpo nu espancado, atentos a como os pedaços haviam sido perfeitamente organizados ali dentro: uma perna em cada lado do torso, as articulações dos joelhos dobradas na direção do canto superior direito e do inferior esquerdo, os braços cruzados sobre o peito e a cabeça decapitada enfiada por baixo. Uma assistente de Isaac abriu o zíper de um bolsinho no interior da tampa da mala e retirou um pequeno *ziplock* transparente contendo uma aliança de casamento, um relógio e uma correntinha masculina dourada. Ela o suspendeu à luz com os olhos arregalados acima da máscara.

– Podem ser os pertences dele, mas cadê as roupas? – disse Erika. – É como se ele tivesse sido empacotado, não desovado. Tem identidade? – acrescentou, esperançosa.

O fotógrafo inclinou-se para a frente e tirou duas fotos. Eles piscaram ao flash. A assistente de Isaac procurou no bolso com a mão enluvada. Respondeu que não com um movimento de cabeça.

– O desmembramento do corpo dessa maneira, com essa precisão e com a inserção dos pertences, demonstra planejamento – comentou Isaac.

– E por que deixar os pertences com o corpo? Por que não ficar com eles? É como se a pessoa que fez isso estivesse de zoeira – falou Moss.

– Isso me faz achar que pode ser algo relacionado ao submundo do crime organizado ou do tráfico, mas descobrir isso é com vocês – disse Isaac. Erika assentia quando um dos assistentes suspendeu o corpo e o fotógrafo tirou uma foto da cabeça decapitada.

– Ok, pra mim já deu – informou o fotógrafo.

– Vamos tirar o corpo daqui – disse Isaac. – Temos o problema do nível da água.

A detetive inspetora olhou para baixo e viu que uma das pegadas começava a sumir na água turbulenta. Um jovem de macacão apareceu na entrada da barraca com um saco preto em uma maca.

Erika e Moss saíram e observaram Isaac e os assistentes abrirem o zíper, separarem as laterais e suspenderem cuidadosamente a mala na direção da maca. Mas ela travou um metro acima da areia e os assistentes quase perderam o equilíbrio.

– Espera aí, para, para, para! – exigiu Erika, entrando novamente na barraca. Uma lanterna foi apontada para a parte inferior da mala, que não parava de pingar. Um pedaço de corda clara tinha ficado agarrado no tecido, que começava a esticar e puir sob o peso do corpo lá dentro.

– Tesoura, rápido – ordenou Isaac. Uma tesoura esterilizada foi rapidamente desembalada e entregue a ele. O patologista se abaixou, cortou a corda e permitiu que terminassem de suspender a mala, que se desintegrou ao ser colocada na maca. Isaac devolveu a tesoura e a corda, que foram empacotadas e etiquetadas. Em seguida, fecharam o zíper do saco preto, envelopando a mala.

– Eu entro em contato quando terminar a autópsia – avisou Isaac. Ele saiu assim que os dois assistentes começaram a levar a maca, empurrando-a desajeitadamente pela areia e deixando rastros profundos.

Erika e Moss entregaram os macacões, subiram para o calçadão de South Bank e viram Nils Åkerman, o chefe da perícia forense, que tinha acabado de chegar com sua equipe de cinco peritos. Eles agora tentariam recolher provas periciais no local. Erika olhou de volta para a água invadindo a praia e duvidou que teriam alguma sorte.

Nils era um homem alto e magro, com olhos azuis penetrantes que nesse dia estavam um pouco raiados de sangue. Ele parecia de saco cheio.

– Ótimo clima para patos – comentou ele, cumprimentando-as ao passar. Nils falava um inglês excelente com um leve sotaque sueco. Guarda-chuvas foram entregues para Erika e Moss, que ficaram observando Nils e sua equipe moverem-se pela praia cada vez menor. A água estava a menos de trinta centímetros da barraca e passava por ela em alta velocidade, avolumada pela chuva.

– Nunca entendi o senso de humor dele. Está vendo algum pato?

– Acho que ele quis dizer que os patos iriam gostar desse clima, e quem disse que era uma piada?

– Mas ele falou como se fosse uma piada. É o senso de humor sueco, já ouvi dizer que é muito esquisito.

– Ok, vamos nos concentrar – disse Erika. – A mala pode ter sido desovada mais acima no rio e ficado agarrada na corda ao ser levada pela correnteza.

– São quilômetros de margem de rio onde ela pode ter sido jogada – comentou Moss.

Erika suspendeu o olhar para os prédios e para o outro lado da água turbulenta. Uma barcaça passava por ali com seu motor barulhento, arrotando fumaça preta, e dois táxis aquáticos da Thames Clipper fatiavam seu caminho pela água na direção oposta.

– Este seria um lugar bem idiota pra se se jogar um corpo – concluiu Erika. – Os escritórios têm vista pra cá vinte e quatro horas por dia. E a pessoa teria que carregá-lo por South Bank, passar por todos os bares e escritórios, por câmeras de segurança e testemunhas.

– Idiotice é o que os idiotas fazem. Pode ser um lugar pertinente para uma pessoa que se acha fodona desovar um corpo. Tem um monte de ruazinhas sem movimento pelas quais ela poderia desaparecer – discordou Moss.

– Isso não está ajudando.

– É, chefe, mas não devemos subestimar quem fez isso. Ou deveria dizer "des-subestimar"?

Erika revirou os olhos:

– Anda, vamos comer um sanduba e voltar para a delegacia.

CAPÍTULO 3

Era fim de tarde quando Erika e Moss chegaram à Delegacia de Polícia Lewisham Row, e ambas estavam ensopadas por causa da chuva, que não tinha dado trégua. As obras ao redor da delegacia, que haviam apenas começado na primeira vez em que Erika foi alocada em South London, estavam quase no fim, e a delegacia de polícia de oito andares agora era uma anã em meio aos altíssimos blocos de apartamentos luxuosos.

O Sargento Woolf estava sentado atrás do balcão da surrada área da recepção. Era um homem grande com pálidos olhos azuis e um rosto branco gorducho, com vários queixos que se esparramavam pela camisa branca impecavelmente bem passada. Uma garota magra com cara de cavalo estava diante dele no balcão, ninando um bebê rechonchudo em seu quadril esquelético. A criança segurava um enorme saco de caramelos e mastigava com indiferença, observando a mãe discutir com Woolf.

– Quanto tempo vai deixar a gente esperando? – questionou ela. – Tenho mais o que fazer.

– Isso depende do seu namorado e dos trezentos gramas de cocaína que achamos na bunda dele – respondeu Woolf, animado.

– Vocês, tiras. Aposto que armaram pra ele – disse ela, cutucando-o com uma comprida unha pintada de rosa.

– Está sugerindo que *plantamos aquilo* nele?

– Vai se foder – xingou ela.

– Nossa, pelo jeito você tomou pau na aula de boas maneiras.

A garota ficou confusa.

– Que tomei pau o quê? Do que está falando? Já formei na escola, tipo, anos atrás.

Woolf sorriu amigavelmente e apontou para uma fileira comprida de desbotadas cadeiras verdes de plástico debaixo de um quadro de avisos.

– Por favor, sente-se, senhora. Aviso quando tiver mais informações.

A garota olhou Erika e Moss de cima a baixo, saiu pisando duro e sentou-se debaixo de um quadro de avisos atolado de folhetos informativos da comunidade. Erika lembrou-se de seu primeiro dia em Londres após ter sido transferida da Polícia da Grande Manchester. Havia se sentado na mesma cadeira e passado um sermão em Woolf por causa do tempão que ficara esperando, embora suas circunstâncias fossem diferentes.

– Boa tarde, senhoras. Está chovendo lá fora, né? – comentou Woolf, vendo as duas com os cabelos pregados na cabeça.

– Nada, só chuviscando – disse Moss abrindo um sorrisão.

– Ela está aí? – perguntou Erika.

– Está. A superintendente está quentinha e seca na sala dela – respondeu o sargento.

A garota sentada com o bebê enfiou uma mãozada de balas na boca e as chupou ruidosamente, olhando furiosa para eles.

– Cuidado para não engasgar, senhora. A manobra de Heimlich está meio nebulosa na minha memória – comentou Woolf, abrindo a porta para Erika e Moss entrarem. Ele baixou a voz e inclinou-se para elas:

– A aposentadoria está tão perto que quase consigo tocá-la.

– Quanto tempo? – perguntou Erika.

– Seis meses, estou contando os dias – respondeu ele.

Erika sorriu para Woolf, elas entraram e a porta fechou com um clique. Percorreram um comprido corredor apertado e passaram por salas onde telefones tocavam e policiais trabalhavam. Era uma delegacia movimentada, a maior ao sul do rio, que atendia uma grande faixa das fronteiras de Londres e Kent. Apressaram-se até o vestiário no subsolo, cumprimentando alguns dos guardas que chegavam para começar seus turnos. Foram até seus armários e pegaram toalhas para se secarem.

– Vou cair matando na lista de pessoas desaparecidas – disse Moss, esfregando o cabelo e o rosto antes de arrancar a blusa molhada e desabotoar a camisa.

– Vou implorar por mais policiais – falou Erika, se enxugando e cheirando uma camisa branca que encontrou no fundo do armário.

Depois de vestir roupas secas, Erika subiu a escada até a sala da superintendente. Lewisham Row era um prédio desaparelhado dos anos 1970 e, com os cortes no orçamento da polícia, os elevadores tornaram-se algo a ser evitado por quem não quisesse passar metade do dia preso ali. Ela subiu a escada depressa, de dois em dois degraus, e emergiu no corredor do oitavo andar. Uma janela grande dava vista para South London, que se estendia do anel rodoviário congestionado que atravessava o coração de Lewisham, passava por fileiras de casas grudadas umas às outras e chegava ao verde das fronteiras de Kent.

Erika bateu na porta e entrou. A Superintendente Melanie Hudson estava sentada atrás da mesa, parcialmente encoberta por um montículo de documentos. Era uma mulher magra, com um cabelo louro fino pouco acima dos ombros, mas sua aparência enganava: ela podia ser bem casca-grossa quando a situação demandava. Erika deu uma olhada pela sala. Era tão surrada quanto o resto do prédio. As prateleiras ainda estavam vazias, e, mesmo ocupando o cargo há vários meses, Melanie ainda não havia tirado suas coisas de uma fileira de caixas encostadas na parede dos fundos. Seu casaco estava cuidadosamente pendurado em um dos três ganchos ao lado da porta.

— Acabei de chegar da cena de um crime em South Bank. Homem, violentamente espancado, decapitado, desmembrado e depois organizado dentro em uma mala.

Melanie terminou de escrever e levantou o rosto:

— Ele era branco?

— Era.

— Então não diria que teve motivação racial?

— Talvez, ainda preciso me certificar se houve essa motivação ou não.

Melanie a encarou com a cara fechada:

— Sei disso, Erika. Só preciso me manter informada. O alto escalão está observando com muito cuidado os crimes com motivação racial desde o Brexit.

— Ainda estamos muito no início. Pode ser coisa do submundo do crime organizado, de motivação racial, de homofobia. Foi brutal. Ele estava empacotado em uma mala, nu, com um relógio, um anel e uma correntinha. Não sabemos se eram dele. Estou aguardando os resultados da autópsia e da perícia. Aviso quais caixinhas você vai poder marcar quando tiver mais informações.

— Com quantos casos você está trabalhando, Erika?

— Acabei de resolver um caso de assalto à mão armada que acabou em homicídio. Há alguns outros borbulhando na retaguarda. Preciso descobrir a identidade desse corpo, mas não vai ser fácil. O rosto está muito desfigurado e ele ficou na água por muito tempo.

– Era uma mala grande? – perguntou Melanie.

– Era.

– Não dá mais para comprar mala grande. Estou tentando achar uma tamanho família para quando viajarmos nas férias, mas não as fabricam mais por causa do limite de peso. Eles cobram uma fortuna por qualquer coisa acima de 25 quilos.

– Quer que eu veja se consigo a mala para você quando a perícia terminar o serviço?

– Muito engraçado. Mas é uma observação válida. Não são muitas as empresas que fazem malas grandes o bastante para caber roupas de praia para duas semanas, quanto mais um homem adulto.

– E quanto à equipe? Quantos policiais você pode me dar? Queria a Moss e o Detetive John McGorry. O Sargento Crane trabalha bem em equipe.

Melanie estufou as bochechas e vasculhou a papelada em sua mesa.

– Ok. Posso te dar a Moss e o McGorry... e um funcionário civil. Vamos ver como isso funciona.

– Ok – concordou Erika. – Mas tem alguma coisa estranha nisso. Estou com a sensação de que vou precisar de uma equipe maior.

– Isso é tudo que vai ter por enquanto. Me mantenha informada – disse Melanie antes de voltar a trabalhar nos documentos.

Erika levantou-se para sair e parou à porta.

– Para onde você vai nas férias?

– Ecaterimburgo.

Erika suspendeu uma sobrancelha e perguntou:

– Ecaterimburgo, na Rússia?

Melanie revirou os olhos.

– Nem me fala. Meu marido é obcecado por destinos de férias fora do comum.

– Bom, não vai precisar de protetor solar lá em Ecaterimburgo em outubro.

– Feche a porta quando sair – ralhou ela.

Erika abafou uma risada e saiu da sala.

CAPÍTULO 4

Erika comprou café e chocolate na máquina e desceu a escada até o quarto andar, onde ficava sua pequena sala. Não passava de um cubículo, com uma mesa inundada de documentos, um computador e algumas prateleiras. A chuva trepidava ruidosamente na janelinha, que dava vista para o estacionamento. Fechou a porta e sentou-se à mesa com o chocolate e o copo de café fumegante. Escutava telefones tocando ao longe, e um rangido ressoou quando alguém passou pelo corredor. Sentia falta dos escritórios de conceito aberto em que havia trabalhado nos últimos anos nas delegacias de Bromley e West End Central. As quatro paredes que se fechavam sobre ela eram um lembrete de que longos oito meses haviam se passado desde que estivera em uma sala de investigação e afundara a cabeça em um caso grande.

Havia um mapa antigo do Tâmisa na parede em frente à mesa, mas ela não tinha prestado muita atenção nele até então. Rasgou a embalagem do chocolate, deu uma mordida grande e contornou a mesa para analisá-lo. Não era um mapa preciso, e sim um daqueles artísticos, com uma linha preta e branca representando toda a extensão do rio. A nascente do Tâmisa é próxima a Oxford e percorre quase 350 quilômetros, através de Londres, antes de desaguar no mar. Erika passou o dedo pela rota dele até chegar a Teddington Lock, seguiu adiante pelo caminho serpenteado que percorria em Twickenham, Chiswick e Hammersmith, chegou a Battersea, depois atravessou o centro de Londres até chegar ao local onde haviam descoberto o corpo na mala.

– Onde jogaram aquela mala? – questionou, com a boca cheia de chocolate. Pensou nos lugares ao longo do rio em que alguém poderia jogá-la sem ser visto: Chiswick? Chelsea Bridge? Battersea Park? Então pensou em South Bank. Milhões de lugares davam vista para lá e havia câmeras de segurança por todo lado. Enfiou o resto do chocolate na boca, virou-se e ficou olhando a sala minúscula. As placas de poliestireno do teto tinham manchas marrons de água, e as pequenas prateleiras estavam abarrotadas de tranqueiras das últimas pessoas que a ocuparam: um pequeno cacto peludo, um porco-espinho verde de plástico (que tinha canetas entre os espinhos nas costas) e uma fileira de manuais operacionais empoeirados de um software extinto havia tempo. Uma voz aborrecida em sua cabeça começava a lhe encher a paciência: *errei em não aceitar a promoção?* Todos esperavam que aceitasse a promoção a superintendente, mas ela se deu conta de que ficaria presa atrás de uma mesa marcando caixinhas em formulários, estabelecendo prioridades, andando na linha e, pior, fazendo os outros andarem na linha. Erika estava ciente de que tinha um ego grande, mas ele jamais seria massageado por um aumento de poder, um cargo chique ou mais dinheiro. Estar nas ruas, sujando as mãos, solucionando casos complexos e trancafiando bandidos: essas eram as coisas que a tiravam da cama de manhã.

Além disso, sentimentos de culpa a tinham impedido de aceitar a promoção. Pensou em seu colega, o Detetive Inspetor James Peterson. Não era apenas seu colega, também era seu... *namorado?* Não. Aos 45 anos, sentia-se velha demais para ter namorados. *Parceiro?* As pessoas têm parceiros nos negócios. De qualquer maneira, isso não importava: ela tinha estragado tudo. Peterson levou um tiro na barriga no último caso importante deles, o resgate de uma vítima de sequestro. Como oficial superior a ele na investigação, tinha sido decisão dela entrar sem apoio. O detetive sobreviveu por pouco ao ferimento causado pelo disparo, eles salvaram a vida de uma jovem e prenderam um serial killer ensandecido. Como era de se esperar, aquilo afetou a relação deles. Peterson tinha perdido sete meses de vida em uma dolorosa recuperação, e ainda não sabiam ao certo quando voltaria ao trabalho.

Erika embolou a embalagem do chocolate e a arremessou na lixeira, mas acertou o carpete. Quando se abaixou para pegá-la, alguém bateu na porta e a abriu, golpeando a lateral de sua cabeça.

– Nossa! – berrou ela, segurando a testa.

O Detetive John McGorry espiou pela fresta na porta, segurando uma pasta.

– Desculpa, chefe. Meio apertado aqui, não é? – Ele tinha 20 e poucos anos, o rosto bonito e a pele macia e clara. Seu cabelo era escuro e bem curto.

– Nem me fala – respondeu ela, largando a embalagem no cesto e endireitando o corpo, ainda esfregando a cabeça.

– Moss acabou de me contar do corpo na mala e disse que me designaram para trabalhar com você no caso. – Erika deu a volta na mesa e sentou-se.

– Isso mesmo. Se puder falar com a Moss, ela começou a trabalhar na identificação da vítima. Onde você esteve nos últimos meses?

– No segundo andar, com a Detetive Sargento Lorna Mills e o Detetive Sargento Dave Boon.

– Mills & Boon[1]? – questionou ela, suspendendo uma sobrancelha.

McGorry abriu um sorriso:

– É, mas não tem feito nenhum bem para a minha vida amorosa. Tenho trabalhado até tarde catalogando crimes com motivação racial relacionados ao Brexit.

– Não me parece muito atraente – comentou Erika.

– Estou satisfeito por ser designado para trabalhar com você de novo. Obrigado, chefe.

– Vou te mandar um e-mail mais tarde, agora dê uma mão à Moss na identificação da vítima.

– Esse foi um dos motivos pelos quais vim aqui. Vi uma porrada de arquivos de casos nas últimas semanas, e um deles ficou na minha cabeça: o de um passeador de cães que achou uma mala no Chelsea Embankment, quando o Tâmisa estava com o nível de água baixo. Dentro havia o corpo de uma mulher branca, por volta dos 25 anos. Decapitada, desmembrada.

Erika recostou-se e encarou McGorry.

– Quando foi isso?

– Há pouco mais de uma semana, no dia 22 de setembro. Peguei o arquivo do caso – disse ele, entregando-lhe a pasta.

– Obrigada, entro em contato hoje mais tarde.

Erika aguardou McGorry fechar a porta e abriu a pasta. As fotos da cena do crime eram tão pavorosas quanto aquilo que tinha visto de manhã, embora o corpo estivesse em um estado bem melhor, pouco

---

[1] Mills & Boon é uma editora britânica muito popular por seus livros românticos. (N.T.)

decomposto. A vítima era uma mulher com um imundo cabelo louro acinzentado e comprido. As pernas tinham sido desmembradas logo abaixo da pélvis e enfiadas nas duas pontas da mala. Os braços estavam dobrados sobre o peito e, por a vítima ser mulher, parecia que o cadáver, com as mãos cruzadas sobre os seios nus, estava sendo recatado. A cabeça cortada encontrava-se enfiada debaixo do torso e, como a vítima do sexo masculino na mala em South Bank, o rosto espancado também era irreconhecível.

Erika suspendeu o olhar para o mapa do Tâmisa na parede. Tantos lugares para se desovar um corpo.

Ou dois.

CAPÍTULO 5

AGOSTO DE 2016

Nina Hargreaves, de 18 anos, soube da vaga no Santino's, um restaurante especializado em peixe com batata, por intermédio da melhor amiga, Kath. Elas tinham acabado de terminar o ensino médio e, embora Kath estivesse indo para a universidade no segundo semestre, não tinha ideia do que faria da vida. Nina era uma garota de aparência agradável, tinha o nariz robusto, pele clara sardenta, cabelo castanho comprido e dentes levemente salientes. Não era estudiosa, e o consultor de carreiras tinha sugerido que procurasse trabalho em escritórios ou que fizesse um curso para ser cabelereira, mas Nina odiou essas sugestões. Detestava a ideia de ficar enfurnada em um escritório – sua mãe, Mandy, era secretária no escritório de um advogado local e reclamava constantemente –, e só a menção de trabalhar como cabelereira e ficar enfurnada com um monte de vadias a fazia passar mal. Tinha sido atormentada demais na escola.

Nina já estava frustrada com o mundo e com o lugar que ocupava nele. O amado pai tinha morrido devido a um ataque cardíaco dez anos antes, e embora ela e sua mãe não fossem tão próximas, acabaram enfurnadas juntas. Ficou em choque quando Mandy bateu na porta de seu quarto e disse que queria sair com ela para almoçar no sábado seguinte.

– Quero que você conheça o meu amigo, Paul – disse ela.

– Um cara? – Nina questionou, confusa. Mandy aproximou-se sem jeito e sentou-se na ponta da cama. Eram parecidas, mas Nina queria ter herdado o nariz pequeno e os dentes perfeitos da mãe.

– Isso, o Paul é um amigo *especial*, quer dizer, mais do que um amigo. Ele é advogado da firma – explicou Mandy, pegando a mão da filha.

– Você está dizendo que ele é seu namorado? – perguntou Nina, puxando a mão.

– Estou.

– O seu chefe?

– Ele não é meu chefe. Eu trabalho para ele.

– O quê? Então ele ficou te perseguindo ao redor da mesa e agora vocês são um casal?

– Não faça isso, Nina. Estou saindo com o Paul já faz uns meses e não queria apresentá-lo a você antes de saber se podia dar em alguma coisa.

Nina a encarava, horrorizada. Tinha incentivado a mãe ao longo dos anos a arranjar um namorado, chegando a falar que devia sair com o carteiro bonito que flertava com ela, mas Mandy sempre dava de ombros e dizia que ainda era cedo demais.

– E isso pode dar em quê?

– Bom, espero que em algum momento a gente more junto.

– O quê?

– Nina. Você já tem 18 anos, não vai ficar em casa para sempre.

– Não vou?

– É isso que você quer? Ficar neste quarto para o resto da vida, com o papel de parede da Hannah Montana?

– Claro que não.

– Está vendo só? Não estou te enxotando, nunca faria isso, mas você precisa construir sua própria vida.

Aquelas palavras ficaram pairando no ar por muito tempo depois que Mandy saiu do quarto. Então, sem mais nada em seu horizonte, Nina foi fazer a entrevista e conseguiu o emprego no Santino's.

O Santino's era um restaurante antiquado enfiado no final da movimentada rua comercial de Crouch End. Tinha um balcão de fórmica verde desgastado, com uma fileira de jarros de ovos em conserva, e havia uma comprida fileira de fritadeiras nas quais os peixes empanados, as salsichas e os *scraps* eram preparados, sendo mantidos na estufa com frente de vidro logo acima. Algumas mesas salpicavam o interior do lugar, mas o principal negócio do Santino's eram as entregas, e ele estava sempre movimentado. Os turnos duravam oito horas e quatro garotas trabalhavam a pleno vapor, anotando pedidos e embalando peixe sob os olhos vigilantes da idosa Sra. Santino, uma temível mulher com uma voz rouca de fumante. O Sr. Santino era tranquilo comparado a ela e fritava os peixes com a ajuda de dois rapazes.

Foi apenas em seu terceiro turno que Nina conheceu Max. Ela estava anotando um pedido no balcão quando o rapaz, caminhando com dificuldade, se aproximou de uma fritadeira com uma tigela enorme de batatas fatiadas.

– Sai pra lá! – rosnou ele ao despejar as batatas cruas. O óleo fervente espirrou no braço de Nina, fazendo-a gritar de dor. – Falei pra você sair pra lá! – reiterou ele antes de voltar com a tigela para a cozinha, pisando duro.

A Sra. Santino viu uma bolha grande se formar rapidamente no braço de Nina, levou-a à cozinha e enfiou o braço dela debaixo da água gelada.

– Eu te falei, cuidado com a fritadeira quente! – berrou a Sra. Santino. – Não tenho tempo de ficar preenchendo a porcaria do livro de registro de acidentes por causa de garotas idiotas que nem você! Deixa debaixo da água por quinze minutos, e isso vai contar como o seu intervalo!

A Sra. Santino voltou lá para a frente e Nina sentiu lágrimas brotarem dos olhos. O enorme picador de batata no canto começou a rugir quando Max e outro rapaz esvaziaram um saco de batatas gigante por cima dele. Ela ficou observando Max erguer os enormes sacos de batata de 25 quilos no cais de carga e empilhá-los ao lado do picador. Ele não era como os outros rapazes, magrelos e cheios de espinhas. Seu corpo era musculoso e desenvolvido. Ele tinha uma beleza bruta, enfatizada por uma fina cicatriz branca ao longo do contorno da mandíbula, desde o lóbulo da orelha esquerda até a covinha no queixo. Seus olhos eram bonitos, uma mistura estranha de laranja e marrom. As mangas da camisa de malha estavam dobradas até o ombro e o suor cintilava na pele bronzeada. Ele a pegou olhando e a encarou.

– Não sou idiota! Você não me deu tempo para sair de perto da fritadeira! – gritou Nina, mais alto do que o barulho da picadora, mas ele a ignorou e foi ao cais de carga fazer seu intervalo.

Nina continuou trabalhando no Santino's durante julho. Odiava o trabalho, mas tinha ficado encantada por Max. Descobriu que ele tinha uma certa reputação de *bad boy* e que uma vez foi trabalhar com um enorme olho roxo e o lábio rasgado. Quanto mais ele a ignorava, mais Nina sentia-se desafiada a fazê-lo falar. Trocou a camisa de malha do Santino's por um número menor, parou de usar sutiã no trabalho e começou a calcular seus intervalos para que coincidissem com os de Max, mas ele continuava a ignorá-la, rosnava as mínimas respostas às perguntas que ela fazia e não tirava os olhos do jornal ou do telefone.

Numa noite de quarta-feira no início de agosto, Nina saiu do restaurante depois de um longo expediente e entrou no carro para ir embora. Era um percurso curto de Crouch End a Muswell Hill e as ruas estavam tranquilas. No cruzamento perto do fim da rua comercial, Nina parou no semáforo. Aguardava uma senhora idosa com um carrinho de compras atravessar lentamente a rua quando alguém que ela reconheceu desceu da calçada e olhou atentamente para o para-brisa. Era Max. Ele olhou ao redor, aproximou-se da porta do passageiro, bateu no vidro e apontou para que Nina a destrancasse. Ela se pegou pressionando o botão para destrancar as portas.

Max entrou e sentou-se ao lado dela. Estava de calça jeans, camisa de malha branca e jaqueta de couro marrom. Seu cabelo louro escuro pendia até os ombros e ele tinha um pequeno corte abaixo do olho esquerdo. Cheirava a cerveja e suor.

O semáforo no cruzamento ficou verde.

– Abriu. Vai – disse ele.

Ela arrancou. Pelo retrovisor, viu dois guardas saírem correndo de um beco e ficarem olhado para os lados. Max afundou um pouco no banco, pegou um maço de cigarro no bolso e acendeu um. Nina o olhou, querendo falar que não podia fumar, que aquele carro era da mãe, mas não conseguiu. Max estava no carro dela, o que a deixava excitadíssima. Ele a olhou, baixou o vidro e apoiou o braço na porta. Nina percebeu que estava dirigindo sem rumo e que tinha passado da entrada que levava à sua casa. Ela olhou para os lados e pensou em algo para dizer. Os olhos dele vasculhavam a rua. Nina nunca tinha visto olhos tão incríveis. Tinham profundidade e brilhavam quase como se houvesse brasas queimando por trás.

– Aonde a gente está indo? – perguntou ela, finalmente quebrando o silêncio.

– O carro é seu. Você está dirigindo. Por que está me perguntando aonde a gente está indo, cacete? – disse ele, dispensando a guimba do cigarro pela janela. Ela o viu dar uma conferida geral no carro – a pilha de CDs do Westlife debaixo do som, o adesivo "KEEP CALM AND HAKUNA MATATA" no painel, e de repente sentiu-se constrangida e nem um pouco descolada. Ele abriu o porta-luvas e começou a revirar o conteúdo.

– O que você está fazendo? – perguntou Nina.

Ele pegou um pedaço de pano rosa com bolinhas azuis e suspendeu uma sobrancelha.

– É seu?

– Não. Este carro é da minha mãe. É dela – respondeu, inclinando-se para pegá-lo, mas ele o segurou longe do alcance dela.

– Ela deixa as calcinhas no porta-luvas?

– É pra limpar a janela!

Ele gargalhou.

– Parece calcinha pra mim. Ela esqueceu aqui depois de uma noitada com o seu pai?

– Meu pai está morto – afirmou ela.

– Oh. Merda. Desculpa – disse ele, enfiando o pano de novo no porta-luvas.

– Tudo bem. Ela tem namorado. Só que ele é um merda.

Max sorriu e meneou a cabeça.

– O mundo tá cheio desse tipo gente. Não tem um chiclete aí, tem?

– Não.

Ele fechou o porta-luvas e olhou da janela para a rua, que passava depressa.

– Foi há muito tempo – comentou Nina.

– O quê?

– O meu pai, a morte dele. Foi ataque cardíaco.

Max olhava para as placas na rua. Nina sentiu que ele estava perdendo o interesse e ficou irritada por ter mencionado aquilo.

– Me deixa aqui – disse ele, apontando para um pub na esquina. Nina parou ao meio-fio e viu Max colocar a mão na porta.

– Aonde você está indo? – ela deixou escapulir.

– No pub.

– Nunca fui no Mermaid – comentou ela. O pub parecia barra-pesada, com uma janela tampada com tábuas.

– Não acho que uma garota como você iria lá – disse ele, abrindo a porta.

– Como sabe que tipo de garota eu sou? Você fica o tempo todo no trabalho me julgando e me olhando com cara feira, depois entra do nada no meu carro achando que vou simplesmente te dar uma carona!

– Achei que o carro fosse da sua mãe.

– E é. Só estou falando que você não devia sair por aí fazendo suposições sobre as pessoas, porque elas quase sempre estão erradas. – Nina sentiu o rosto corar no silêncio após ter falado.

Ele a olhou com um sorriso sarcástico.

– Só vou demorar dois minutinhos. Tenho que fazer um negócio. Por que não espera?

– Aqui?

– É. Onde estava querendo esperar?

Nina abriu a boca e fechou-a novamente.

– Você tem que ir a algum lugar? – perguntou ele.

– Não.

– Então tá. Espera aqui um minuto. Volto rapidinho, aí pode me contar que tipo de garota você é. – Ele deu um sorriso sexy para Nina e ela sentiu as pernas bambearem.

Nina ficou olhando Max entrar no pub, depois pegou o telefone e ligou para Kath para contar o que tinha acontecido.

– Você acha que ele estava correndo da polícia? – perguntou Kath, preocupada.

– Não sei.

– E que tipo de negócio ele está fazendo no Mermaid? É bem barra-pesada, a polícia vive fazendo batida lá atrás de drogas.

– Você tá querendo estragar o esquema para mim?

– Não. Sou só uma amiga preocupada. Me liga quando chegar em casa?

Nina viu que Max estava saindo do pub.

– Ligo, prometo – respondeu ela, e desligou.

Max entrou no carro embolsando um maço grande de notas de cinquenta libras.

– Queria te pagar uma bebida, mas tenho que dar uma passada no Lamb e no Flag, na Constitution Hill. Tudo bem? – Ele pôs uma mão na perna dela e sorriu. Ela sentiu uma descarga de eletricidade.

– Tudo bem, claro – disse ela, devolvendo o sorriso.

Ela o levou ao Lamb e ao Flag e esperou trinta minutos do lado de fora. Quando Max retornou ao carro, estava segurando duas garrafas de Heineken. Ela ligou o carro.

– Vai direto.

Nina seguiu a rua. Começava a escurecer e os postes estavam apagados.

– Essa é pra você – disse ele, oferecendo a ela uma das cervejas e dando uma golada na outra.

– Não bebo dirigindo – disse ela, de modo recatado, mantendo as duas mãos no volante.

– Então não dirija – disse Max, suspendendo uma sobrancelha. Nina viu que a rua era sem saída, que os postes estavam apagados e que as casas em ambos os lados estavam escuras. Max se aproximou e acariciou o cabelo dela. – Estaciona. Vamos tomar uma – disse ele com um sorriso.

– Ok – aceitou Nina, devolvendo o sorriso novamente. Ele tinha um cheiro delicioso, uma mistura de pós-barba e suor úmido. A gola da camisa mostrava um vislumbre da firme pele bronzeada do peito musculoso. Estava com a sensação de que explodiria de excitação quando entrou com o carro na vaga ao meio-fio, desligando-o. Max entregou-lhe a garrafa e, quando ela deu um gole, a cerveja espumou. Nina a segurou sobre o assoalho do passageiro e limpou a boca com as costas da mão.

– Droga, que bagunça.

– Deixa pra lá, adoro mulher com gosto de cerveja.

Max inclinou-se para a frente, puxou o rosto de Nina e seus lábios se encostaram. Ele a beijou suavemente, depois com mais intensidade, separando os lábios dela com a língua. A garrafa caiu da mão de Nina, que nem percebeu. Estava perdida, intoxicada pela lascívia e pelo desejo. Demoraria muito até que ela se encontrasse de novo. Quando isso acontecesse, seria tarde demais.

CAPÍTULO 6

TERÇA-FEIRA, 3 DE OUTUBRO DE 2017

Erika acordou cedo ao receber uma mensagem de Isaac Strong. A autópsia da vítima do sexo masculino estava pronta, e o corpo da vítima do sexo feminino na mala havia sido transferido para o necrotério em Penge.

Moss estava em um julgamento prestando testemunho sobre outro assassinato, então Erika levou McGorry. Ele estava empolgado por ir ver os resultados da autópsia, mas a empolgação acabou logo que entraram no necrotério e viram os pedaços das duas vítimas montados nas reluzentes mesas de aço inoxidável.

Isaac aproximou-se da vítima do sexo masculino primeiro, virando a cabeça dela delicadamente.

– Há muitos ferimentos na parte de trás do crânio que foram infligidos por um pedaço de concreto grande e pesado. Parte do tecido cerebral saiu da cavidade craniana pela força dos golpes, e encontramos fragmentos de cimento nele. As duas maçãs do rosto estão quebradas, bem como o nariz, e o maxilar está fraturado em dois lugares. Novamente, há fragmentos de cimento na pele, o que aponta para o mesmo pedaço de concreto grande e pesado. – Isaac aproximou-se do braço esquerdo. – Vejam que a pele está começando a descolar do osso depois de ter ficado tanto tempo na água. O rádio está quebrado e o cúbito, fraturado em dois lugares. Há ferimentos praticamente idênticos no braço direito.

Ele percebeu McGorry franzir a testa confuso.

– Há dois ossos no antebraço – explicou ele, puxando a manga da camisa para mostrar. – O cúbito é o osso comprido que se estende do cotovelo ao dedo menor. O segundo é o rádio, paralelo a ele, e é o maior dos dois.

– Ele levantou os braços para se proteger? – perguntou Erika, suspendendo os seus e cruzando-os diante do rosto.

– Confirmar isso é com você, mas os ferimentos são consistentes com essa teoria – respondeu Isaac.

McGorry raspou a garganta, respirou fundo e pôs a mão na boca.

– Você está bem, McGorry? – perguntou Isaac.

– Estou bem, sim – respondeu antes de engolir em seco. Erika viu que ele estava com uma estranha cor verde acinzentada sob a luz hostil. Isaac prosseguiu:

– A despeito desses ferimentos, ele era um jovem saudável. Sem descoloração dos pulmões, não fumava, tinha pouquíssima gordura no fígado e no corpo como um todo e coração forte.

Isaac se aproximou da segunda mesa de autópsia, onde se encontrava o corpo da jovem. Ele virou a cabeça do cadáver. Seu comprido cabelo louro estava partido para deixar à mostra as feridas na parte de trás do crânio.

– Os ferimentos dela são praticamente idênticos. Golpes atrás e em cima da cabeça com um pesado objeto contundente, os quais teriam sido fatais. O rosto foi muito espancado: maxilar, nariz e maçãs do rosto, todos muito fraturados e estilhaçados. Novamente, encontramos fragmentos de concreto na pele e nos tecidos ao redor, *mas* há uma diferença em relação à vítima do sexo masculino. Ela foi apunhalada no peito com uma lâmina comprida e fina.

– E isso pode ter causado a morte dela? – perguntou Erika.

– Pode, mas não dá para ter certeza. Os fragmentos de concreto serão comparados com os da vítima do sexo masculino, para ver se podemos ligá-los ao pedaço de concreto encontrado na mala dela.

– Quem fez isso perdeu a cabeça com eles – comentou McGorry. – Espancou os dois, esfaqueou a mulher.

– No entanto, a ferimento à faca é mais preciso – acrescentou Isaac.

Erika pensou que as vítimas não tinham apenas sofrido mortes dolorosas: suas identidades também haviam sido tomadas.

– Quem fez isso queria tornar difícil para nós a identificação deles. Já se passaram duas semanas e ainda não descobriram a identidade da vítima do sexo feminino – disse ela, sentindo um calafrio.

McGorry de repente teve uma ânsia de vômito e pôs a mão na boca.

– O banheiro é lá fora, primeira porta à esquerda – avisou Isaac calmamente. McGorry saiu em disparada com as duas mãos sobre a boca. Eles ouviram a porta do banheiro bater e o colega vomitar.

Isaac prosseguiu:

– O braço da vítima do sexo feminino está quebrado em cinco lugares, a clavícula direita, em dois. Também há indícios de que ela sofreu agressão sexual antes, ou até mesmo depois, de ter sido assassinada.

Erika fechou os olhos à luz hostil, mas continuou a ver o contorno dos dois corpos espancados e desmembrados expostos lado a lado. Muitas perguntas lhe passavam pela cabeça: *eles se conheciam? Eram um casal? Se eram, qual dos dois morreu primeiro? Estavam juntos quando aconteceu?*

Quando abriu os olhos, Isaac tinha ido a um armário na parte de trás do necrotério.

– Também achei cinquenta camisinhas cheias de cocaína no estômago da vítima do sexo masculino.

Ele retornou com um saco plástico e o entregou a Erika. Estava repleto de pequenos pacotes do tamanho de amendoins grandes ainda na casca. Ela olhou em choque para Isaac.

– Isso estava no estômago dele? Ele engoliu todas elas? – questionou a inspetora.

– Engoliu. Cada uma contém aproximadamente dez gramas de cocaína, embalados em um preservativo coberto por uma camada de látex. Nesse caso, o dedo de uma luva de látex. Está muito bem embalado, e tem que ser assim para que nada vaze no estômago dele.

Erika olhou novamente para os dois corpos e para as duas compridas incisões em forma de Y em ambos os torsos.

– Tinha alguma coisa na mulher?

– Não. Nada no estômago dela, só um pouco de comida parcialmente digerida.

– Você acha que ele era uma mula de drogas?

– Descobrir isso é com você.

Erika meneou a cabeça:

– Não faz sentido. Por que alguém chegaria ao ponto de matar e picotar a pessoa, mas deixar as drogas na barriga dela? – Ela olhou para os pacotes e fez um cálculo rápido. – Tem mais ou menos trinta mil libras em cocaína aí.

– A pessoa que o matou podia não saber. Repito, descobrir...

– Tá, eu sei, Isaac. Descobrir isso é comigo – cortou Erika. – Você sabe quanto tempo os corpos ficaram na água?

– Difícil dizer. A vítima do sexo masculino pode ter ficado na água umas duas semanas. Veja que ele tem maceração, perda de pele nos dedos, nas palmas e nas solas dos pés, e há descoloração do peito e do abdômen. A situação da mulher é diferente, ela ficou na água alguns dias, no máximo. Os dedos estavam em tão bom estado que deu para tirar as impressões digitais. Eles as inseriram no sistema, mas não conseguiram nenhum resultado. O relatório da autópsia dela informa que havia um pedaço grande de concreto na mala com o corpo, e ele foi enviado à perícia.

– E a causa da morte?

– Nas duas vítimas, foi um golpe atrás da cabeça. Os pulmões estavam cheios de água, mas, por causa da decapitação, a cavidade corporal teria enchido.

Eles se entreolharam em silêncio por um momento.

– Ok, obrigada – disse Erika.

Os dois saíram pelo corredor, onde John aguardava em uma das cadeiras de plástico com um copo d'água que havia pegado no bebedouro. Ele se levantou.

– Sinto muito, Dr. Strong, chefe. Lido bem com cadáveres, mas quando estão em pedaços... – Ele pôs a mão na boca de novo.

– Vai lá, toma um ar fresco. Te encontro no estacionamento – disse Erika.

Isaac inclinou a cabeça de lado e ficou observando McGorry caminhar pelo corredor até a entrada principal. A porta fechou ruidosamente.

– Ele é hétero, Isaac. Tem namorada. Acho que ela é daquelas gatas que mandam no cara.

O patologista forense abriu um sorriso e sentou-se em uma das cadeiras.

– Duvido que seja mais gata que ele. Quantos anos ele tem?

– 24.

– Oh, quem me dera ter 24 anos de novo... – disse ele. Erika sorriu e concordou com um gesto de cabeça. – Como está o Peterson? – Com a mudança de assunto, o rosto dela anuviou.

– Está melhorando, mas a recuperação tem sido longa e lenta.

– É assim mesmo. As pessoas geralmente não se safam de um ferimento à bala na barriga. Ele teve muita sorte, ainda mais depois de duas infecções pós-operatórias...

– Eu sei o que aconteceu, Isaac.

– Você sabe que não foi culpa sua? Porque não foi mesmo. Ele não precisava entrar com você no local daquele crime.

– Eu sou a oficial superior dele... – A voz de Erika falhou e ela pendeu a cabeça contra a parede.

– Como está a aparência dele?

– Muito magro ainda. A mãe está cuidando dele, e ela não é muito minha fã.

– Erika. Você sabe como as mães são com os filhos.

– É. O fato do meu primeiro encontro com ela ter acontecido quando o James estava ligado a todas aquelas máquinas na UTI não ajudou muito.

Isaac estendeu a mão e apertou o braço dela.

– Você tem dormido?

– Dou um jeito de dormir algumas horas por noite.

As sobrancelhas finas uniram-se de preocupação. Ele se levantou, foi ao bebedouro e encheu um copo de água.

– Quer que eu prescreva alguma coisa para você? – ofereceu ele, entregando o copo a Erika.

– De jeito nenhum. Não posso começar uma investigação de duplo assassinato agindo como zumbi.

Ele a olhou por um longo momento.

– Ok, mas vê se não desaparece. Vamos marcar um jantar lá em casa, uma boa refeição deve te fazer bem.

– Quando eu descobrir a identidade dessas duas vítimas – disse ela antes de virar o resto da água e atirar o copo na lixeira –, combino com você.

Isaac ficou olhando Erika ir embora, preocupado com a amiga e com o quanto ela exigia de si mesma. Tinha medo do dia em que ela não iria mais aguentar.

CAPÍTULO 7

McGorry voltou à Lewisham Row e Erika foi de carro até o Departamento de Perícia Forense em Vauxhall. O escritório ficava em um dos grandes prédios comerciais de vidro com vista para o Tâmisa. A inspetora desceu a rampa que levava ao estacionamento subterrâneo e pegou o elevador até o sexto andar. Ela interfonou na entrada que dava acesso ao laboratório e viu, através de uma janelinha de vidro, Nils Åkerman sair por uma porta no final do corredor. Tinha trabalhado com ele em três casos notórios e todos resultaram em condenação, mas ela continuava achando-o uma incógnita. Beirava os 40 anos, tinha a pele quase transparente e seu cabelo, geralmente tingido de louro, estava pintado de azul-claro nesse dia. O pouco que sabia sobre ele era ambíguo: gostava de homens e mulheres (Isaac tinha ouvido rumores de que ele era pai em seu país natal, a Suécia), e Erika não tinha ideia se seu posicionamento político era de direita ou de esquerda. Nada disso interessava, é claro, pois ele era um cientista forense excepcional.

– Bom dia, Erika – cumprimentou ele, abrindo a porta. – Como anda a investigação do homem morto na mala? Agora temos uma mulher na mala também.

– É. E é por isso que vim aqui. Acho que uma visita em pessoa é sempre melhor do que mandar e-mail – justificou ela.

– É claro. Vamos à minha sala – disse o perito.

Ela o seguiu pelo corredor, passando por janelas de laboratórios onde os peritos trabalhavam e por salas menores onde o pessoal de apoio ocupava-se com computadores. Salas de investigação eram barulhentas, lugares estressantes onde pairava um cheiro rançoso de suor e comida para viagem. Aquilo ali era o oposto: a atmosfera na perícia forense era tranquila e diligente, e o cheiro mentolado do desinfetante era delicioso.

A sala de Nils era *clean* e elegante: tinha uma mesa, uma grande prateleira de livros e uma geladeira alta. Abaixo de uma janela com vista para o rio havia duas refinadas poltronas roxo-escuras e uma pequena mesinha de centro de mármore. Em cima dela, havia um peso de papel de cristal murano salpicado de laranja e preto.

– Gostaria de um café? E de um pedaço de bolo, talvez? – Ele foi à geladeira, pegou um grande e úmido bolo de cenoura e virou-se para ela com um sorriso. O glacê, branco como a neve, tinha sido moldado em forma de picos reluzentes. Erika sentiu-se dividida entre a necessidade de prosseguir com a investigação e os pontapés que sua barriga dava em resposta ao paradisíaco cheiro doce do glacê.

– Não comi o dia inteiro – disse Nils.

– Nem eu – sorriu ela.

– Então está resolvido. É mais difícil trabalhar de barriga vazia.

Ele pôs o bolo na mesinha de centro, serviu dois pedaços e guardou o restante de volta na geladeira.

– Expresso? Macchiato? Cappuccino? *Al Pacino?* – gracejou ele, aproximando-se de uma máquina de café perto de sua mesa.

– Cappuccino. Obrigada – disse Erika.

Nils moveu-se inquieto com duas canecas de porcelana que tirou de uma gaveta, e Erika foi até a pequena janela, que estava um pouquinho aberta e deixava uma brisa fria entrar. Um barco grande navegava rio acima, lutando contra a corrente. Ele terminou de preparar os cafés e ambos se sentaram. Ela ficou observando o perito atacar o bolo, partir um naco enorme e enfiá-lo na boca. Sua pele estava um pouco pálida em contraste com o cabelo azul, e o nariz escorria. Ele pegou um lenço e o assoou.

– Desculpa, alergia – disse ele, com a boca cheia de bolo. – Piora agora no final do ano.

– Minha irmã sofre com isso – comentou Erika. Ela prosseguiu, resumiu rapidamente o caso e terminou dizendo que o pedaço grande de concreto encontrado na mala com a vítima do sexo feminino podia ter sido a arma do crime usada nas duas pessoas.

– Sei que vocês vão inserir o DNA das vítimas no banco nacional de dados criminais – disse ele.

– Isso mesmo, temos amostras que serão processadas em breve. Vim aqui perguntar se você pode fazer alguma coisa com o pedaço de concreto.

Já ouvi falar de casos em que conseguiram tirar impressões digitais de concreto.

– É difícil, mas possível – disse Nils antes de engolir o último pedação de bolo. – Existe um processo para revelar impressões digitais feito com vapores de supercola. Sempre que encostamos em uma superfície, deixamos impressões digitais – disse ele, apontando para o garfo antes de lamber o resto do glacê. – Uma impressão digital consiste em várias substâncias químicas: umidade, água, aminoácidos, ácidos graxos e proteínas. Em uma superfície plana, é fácil encontrar impressões digitais, mas em uma irregular ou porosa, é mais difícil. Por isso usamos a vapor de supercola, particularmente o cianoacrilato, que é encontrado na maioria das supercolas. Colocamos o objeto, neste caso o pedaço de concreto, em um container lacrado com um pequeno reservatório de supercola. Ele então é aquecido e os vapores reagem com os produtos químicos que são encontrados nas impressões digitais. Essa reação deixa para trás uma película branca que pode ser fotografada, ou capturada com fitas adesivas, e o cianoacrilato na supercola reage com os ácidos da impressão digital no objeto, deixando um material branco, pegajoso e visível que se forma ao longo dos sulcos da impressão. Então podemos fotografar ou melhorar esse material para conseguir uma impressão.

– Isso aí se sustenta no tribunal? – perguntou Erika, sentindo uma esperança repentina.

– É um método confiável. A questão aqui é que aquele objeto ficou em água corrente durante vários dias.

– Mas vocês da perícia conseguem trabalhar com quantidades minúsculas de DNA e de vestígios.

– Conseguimos – disse ele, dando um golinho no café. – Vamos nos empenhar ao máximo, eu garanto.

– Obrigada. Tem outra coisa. A vítima do sexo masculino foi encontrada com embalagens de cocaína no estômago.

Nils ficou repentinamente muito interessado.

– Ele era mula de drogas?

– É o que parece. São aproximadamente cinquenta cápsulas. Queria saber se podemos levantar algum tipo de prova a partir delas.

– Impressões digitais?

– Duvido que quem embalou essas cápsulas tenha deixado impressões, mas pode haver algum DNA preso entre as camadas de embalagem.

– Isso vai dar trabalho.

– Como eu disse, Nils, foi por isso que vim pessoalmente. Estou diante de um possível duplo assassinato. Preciso provar uma conexão, encontrar um suspeito, e há um traficante solto por aí procurando essa parada que vale uns 30 mil. É um caso complexo que pode render mais de uma prisão.

– Ok. Posso começar a conduzir os testes com o vapor de supercola amanhã ou depois. – Ele se levantou e foi ao computador na mesa. – Vou ter que inserir o trabalho com as cápsulas de cocaína no cronograma... Sexta-feira, na melhor das hipóteses – disse, virando-se para ela.

– Obrigada. Posso imaginar o quanto está atarefado aqui.

– Bem, pegue sua imaginação e multiplique por três.

– E obrigada pelo café com bolo.

– Café com bolo na Suécia é como religião. Você acabou de me ajudar a adorar o altar! – Nils abriu um sorriso e seu nariz começou a escorrer novamente. Ele pegou um lenço para limpá-lo.

– Você devia deixar a janela fechada, se é alergia – aconselhou Erika. Ela saiu da sala e voltou ao carro na esperança de que Nils conseguisse uma revelação para o caso.

CAPÍTULO 8

No final da tarde, Erika encontrou sua equipe em uma das pequenas salas de reunião no subsolo da Delegacia Lewisham Row. Era escura, tinha uma mesa quadrada e um quadro-branco encardido em um suporte. Moss foi a primeira a chegar, ainda com o terno elegante que tinha vestido para ir ao tribunal. Ela tirou o casaco e o dependurou em uma das cadeiras de plástico.

— Como foi lá? — perguntou Erika.

— Deprimente. Ele tinha um bom advogado e se safou por causa de um detalhe técnico. Estou feliz por ter outra coisa com a qual trabalhar. Outra chance de pegar um bandido.

— Talvez seja plural desta vez. *Bandidos.*

McGorry entrou carregando uma bandeja da Starbucks, e ao lado dele estava uma mulher de 60 e poucos anos, óculos enormes e cabelo grisalho na altura dos ombros. Era muito magra e usava um vestido vermelho-claro com as mangas dobradas

— Fiquei sabendo que você deixou seu almoço lá no necrotério — comentou Moss com McGorry.

— Ha ha. Foi meu café da manhã, na verdade — corrigiu ele, corando as bochechas. Entregou um café a Erika e outro a Moss, depois ofereceu um para a mulher.

— Oh, obrigada, ia pegar um na máquina — disse ela, aceitando com um sorriso.

Erika se apresentou, depois apresentou Moss e McGorry.

— Sou Marta Chapman — disse a mulher, sentando-se ao lado de McGorry e pegando um bloco de notas e uma caneta na bolsa grande dependurada no ombro. — Ainda sou nova na equipe de apoio civil aqui na Lewisham Row.

— Estou feliz por ter você na equipe — disse Erika. Ela e Moss sentaram-se de frente uma para a outra e Moss cumprimentou Marta com um sorriso e um movimento de cabeça, abrindo uma pasta e colocando-a no centro da mesa. – Nils Åkerman em breve vai inserir o DNA deles no banco de dados nacional, mas isso só vai dar resultado se alguma das vítimas já tiver sido presa.

– Já tenho todos os relatórios de pessoas desaparecidas na Grande Londres do último mês – disse Marta. – É uma grande quantidade de dados, mas posso me concentrar no grupo de homens e mulheres brancos na faixa dos 20 aos 30.

– Tenho um contato na Unidade Marítima – comentou McGorry. – Os corpos foram jogados no Tâmisa de duas a duas semanas e meia atrás. Posso perguntar se eles conseguem fazer alguma coisa a partir do padrão do movimento das águas, talvez dê para identificar exatamente onde as malas foram jogadas.

– Vamos jogar verde com a Unidade Marítima para ver se conseguimos colher alguma coisa. Nesse estágio, temos um orçamento limitado e preciso me concentrar na identificação das vítimas. Já solicitei ao pessoal da perícia um monte de testes urgentes que sem dúvida serão caros, e vou levar uma bronca por ter estourado orçamentos – disse Erika.

– Minha grande questão é: por que quem matou o homem não o abriu e retirou as drogas enquanto o picotava? – perguntou Moss.

– Exatamente. Isso me faz pensar que, assim como a gente, tem alguém por aí procurando esse cara – disse Erika. – Não vamos nos esquecer da arcada dentária; merda, esqueci de falar isso para o Nils.

– Posso acompanhar isso – ofereceu-se Marta.

– Não, eu faço. Concentre-se nas pessoas desaparecidas.

Marta se remexeu constrangida.

– Queria saber sobre as horas extras. Estou muito satisfeita de dedicar meu tempo a isso, mas a equipe civil está proibida de fazer hora extra.

– Depois desta reunião, vou conversar com a superintendente sobre tudo isso e conseguir a aprovação dela. – Erika olhou o relógio. – Vamos ralar mais umas duas horas, e a gente se reúne aqui de novo amanhã às 9 horas. Obrigada.

Todos se levantaram e recolheram suas coisas. Marta e McGorry saíram, mas Moss permaneceu ali e esperou Erika pegar as pastas dos casos.

– Chefe. Não tive notícia do Peterson, ele falou que ia ligar. Vocês dois estão...?

– Estamos o quê? – questionou Erika.

– Só quero saber se ele está bem.

– Eu não sei... Não, na verdade não muito – respondeu Erika. – Ainda está tomando muitos remédios, não dorme direito. Tento fazer visitas regulares.

– Eu também – disse Moss.

– Quando foi a última vez que o viu?

– Uns dez dias atrás. Estou muito ocupada – disse ela sentindo-se culpada. – Achava que a esta altura ele estaria de volta, pelo menos fazendo algumas horas de trabalho burocrático. Já se passaram seis meses desde o acidente.

– O médico falou que ele tem que ganhar três quilos e meio antes de voltar a trabalhar. James está achando isso difícil com a cirurgia que fez na barriga, e ele ainda teve infecções pós-operatórias, o que complicou ainda mais as coisas. O psicológico é o que leva mais tempo para curar, e não ajuda muito ele ficar enfurnado em casa o dia inteiro com as quatro paredes fechando-se sobre ele... – Erika mordeu o lábio e abaixou a cabeça. Sentia as lágrimas ferroarem os olhos e, para disfarçar, começou a mexer nas pastas. Houve um silêncio constrangedor.

– Gostaria de poder ajudá-lo. Consigo ganhar três quilos e meio em um almoço de domingo – disse Moss. – Ok, bom, vou estar na minha sala. Me liga ou me manda um e-mail se precisar de mim.

– Obrigada – disse Erika. Ela esperou Moss ir embora antes de levantar os olhos da pilha de pastas. Foi à porta, fechou-a e apagou a luz. Só então, no escuro, permitiu-se chorar.

CAPÍTULO 9

AGOSTO DE 2016

Nina começou a ver Max regularmente depois daquele primeiro beijo no carro, mas ele não queria ir à casa dela e nunca a convidava para ir à sua. Encontrava-se com ela à noite ou depois do trabalho, e sempre no carro dela.

Soube que estava fazendo progresso quando, depois de algumas semanas, ele a deixou buscá-lo em frente ao apartamento. Max morava em um prédio pequeno ao lado de um conjunto habitacional em uma área precária em Crouch End, e já aguardava do lado de fora quando Nina chegou. Por isso ela não teve a oportunidade de ver o interior.

Os encontros eram sempre iguais. Primeiro, ela o levava a um pub ou a uma boate, ele desaparecia lá dentro por vinte minutos e fazia algum negócio. Nina nunca perguntava o que ele fazia exatamente, embora suspeitasse que não era nada de bom. Depois, paravam em uma loja de bebidas ou em um restaurante chinês, iam de carro até a Hampstead Heath e ficavam sentados observando o pôr do sol.

Então faziam sexo. Era um sexo estonteante e desinibido, e Nina jamais havia vivenciado uma paixão como aquela. Max tinha um corpo maravilhoso e sabia exatamente o que estava fazendo. Entre todas as incertezas de sua vida, essas noites com Max eram a única coisa que a fazia seguir em frente e sentir-se empolgada.

Certa noite, no final de agosto, eles estavam estacionados debaixo de um conjunto de árvores baixas, na beirada de um urzal, e tinham acabado de transar quando Max perguntou se ela queria sumir. A pergunta pegou Nina de surpresa.

– Sumir? Tipo de férias? Juntos? – Estavam nus, deitados no banco de trás do carro. Nina recostava a cabeça no peito dele.

– É, o que acha que eu quis dizer? – questionou ele.

– Não sei. Já ouvi falar de pessoas que saem fora para o convento – comentou ela, passando os dedos no peito de Max.

– Não, as pessoas são mandadas para o convento – riu ele. – E com certeza isso não aconteceria com você.

– Seu safado! As pessoas saem fora para a prisão o tempo todo. Já ouviu falar disso?

Houve um silêncio repugnante. Ele empurrou a mão dela de seu peito e se sentou.

– Max, eu estava brincando!

– Não teve graça nenhuma – rosnou, pegando a camisa e enfiando-a na cabeça.

– Desculpa. Não achei que você tivesse ido...

Ele se aproximou do rosto dela. Um poste no fim da rua lançava uma débil luz alaranjada em ambos, mas os olhos de Max pareciam brilhar no escuro.

– O que você acha que eu sou? Um bosta de um marginalzinho?

Nina cruzou os braços sobre os seios nus e se afastou dele, encolhendo o corpo.

– Não! Não! Acho você maravilhoso... É a melhor coisa na minha vida agora, e nunca pensaria isso de você! Foi só uma brincadeira!

Max a encarou por um longo momento. Toda a ternura desapareceu de seus olhos, o que fez os braços de Nina arrepiarem.

– Max, desculpa mesmo, foi só uma brincadeira.

Ele levantou o braço e Nina se encolheu, mas ele se abaixou e pegou a camisa dela no assoalho.

– Senta direito – ordenou. Ela obedeceu, sem tirar os olhos dele. – Levanta os braços. – Ao dizer isso, as sombras movimentaram-se pelo interior do carro, e Nina sentiu uma mudança na atmosfera. Max sacudiu a camisa e a colocou sobre a cabeça dela. – Quando eu tinha 15 anos, me pegaram fazendo merda – disse ele. Ela suspendeu os braços e o deixou passá-los pelas mangas. Ele alisou o tecido, deslizando as mãos pelos seios, com a respiração pesada, apertando-os por cima do pano.

– Não tem problema, Max. Está tudo bem... – Nina sentia medo, mas não queria que ele soubesse. Manteve o contato visual, e Max apertava os seios dela por cima do tecido. Ele prosseguiu, com a voz baixa e equilibrada.

– Eu trabalhava vendendo camisa em uma barraca no Camden Market e um cara me perguntou se eu podia dar uma mão para ele e uns colegas colocarem umas caixas numa van. Era sábado de manhã e o movimento estava tranquilo, então ajudei. Eram mais ou menos 25 caixas. Não eram pesadas, achei que havia roupa nelas. Assim que terminamos, a polícia apareceu e prendeu todos os caras, inclusive eu. Acabei descobrindo que eram coisas roubadas de um depósito lá da região.

— Eles te soltaram? Era óbvio que você não sabia de nada – falou Nina, com uma vozinha fraca.

— Não. Me ficharam e me jogaram em uma cela. Tinha sido preso algumas vezes antes por motivos idiotas, tipo furtar coisas em lojas, quebrar as janelas de um clube de jovens, mas só recebi advertências. Consegui que um advogado me acompanhasse no interrogatório e contei a verdade aos policiais: não sabia, só estava ajudando. Fiquei sabendo que não era a primeira vez que roubavam coisas daquele depósito em Camden, e o caso foi a julgamento. Como disse a verdade no interrogatório, falaram para eu me declarar culpado, assim pegaria no máximo algumas horas de serviço comunitário.

— Max, você está me machucando – reclamou Nina em voz baixa, porque naquele momento ele agarrava os seios dela com força por cima da blusa.

— Desculpa – disse ele, soltando-os e suspendendo as mãos. Recostou-se no banco e ficou olhando para fora da janela. Nina relaxou um pouco, sentindo que ele tinha desviado a atenção para outra coisa.

— O que aconteceu? – perguntou ela.

— Peguei dois anos na Instituição Feltham para Menores Infratores. Foi brutal pra caralho. Ficava trancado vinte e três horas por dia, no meio das gangues. Gente nova lá, como eu, tomava porrada pra caralho. Um camarada foi preso por roubar o telefone de uma criança no parque. Pegou um ano. Isso é justiça? E me deixaram apodrecendo porque eu achava que estava fazendo um favor a uns caras... Vou te falar um negócio, as pessoas que dirigem esse país acham que têm tudo esquematizado, acham que a justiça funciona, acham que estão no controle. Mas derrubar esse pessoal vai ser a minha missão. Eles me enfiaram em Feltham para me transformar em exemplo. Mas quero que saibam que criaram um monstro...

Ele ficou em silêncio por um longo momento. Nina permaneceu totalmente imóvel. Vestia apenas sua camisa e tremia. O banco sob sua pele estava frio.

– Obrigada por me contar – disse ela. – Eu te amo.

Ele levantou o olhar para Nina, que só conseguia ver a silhueta dele no escuro.

– Ama?

– Amo.

– Acho que te amo também. – Max estendeu o braço e Nina aninhou-se sob ele, satisfeita com o calor que emanava do peito do rapaz.

– Somos eu e você, Nina. Eu e você.

– É, eu e você – falou ela. Tinha ficado assustada com a explosão dele, mas entendeu o que Max tinha passado. E, em sua ingenuidade, achou que podia ser a pessoa certa para ajudá-lo. Para mudá-lo.

CAPÍTULO 10

TERÇA-FEIRA, 3 DE OUTUBRO DE 2017

Erika bateu de leve na porta do apartamento do Detetive Inspetor James Peterson. O corredor estava vazio e, como ninguém atendeu, ela enfiou a chave, abriu a porta e entrou carregando duas sacolas de compras. A entrada estava escura, banhada apenas pela luz da televisão, que estrondeava a previsão do tempo para a noite. Foi à pequena cozinha conjugada com a sala. Na televisão, o mapa do clima mostrava que a chuva forte continuaria nos próximos dias. Pôs as sacolas de compras na bancada e foi até o sofá. Peterson dormia profundamente sob um velho cobertor azul. As luzes azul e verde lançadas pela televisão moviam-se por seu rosto esquelético. As maçãs do rosto projetavam-se salientes e ela podia ver o contorno do osso sob a testa. Estendeu a mão para acordá-lo quando seu telefone começou a tocar no bolso. Peterson remexeu sob o cobertor, mas continuou dormindo. Erika foi apressada até o corredor e atendeu. Era Nils Åkerman.

– Desculpa por ligar tão tarde – disse ele.

– Sem problemas.

– Infelizmente, não tivemos nenhum resultado positivo nas análises de DNA das vítimas do sexo masculino e feminino. Elas não estão no banco nacional de dados criminais.

– Que merda – reclamou ela.

– Mantenho você informada sobre o teste para tentar conseguir impressões digitais com vapor de supercola. Quero agendá-lo para os próximos dias.

– Alguma chance de fazer isso antes?

Ele suspirou.

– Sinto muito, mas não. Estamos com uma quantidade enorme de casos e estou trabalhando o mais rápido que consigo, mas tenho você como prioridade.

– Ok, obrigada, Nils. Fico muito grata por isso.

Assim que desligou o celular, o telefone fixo de Peterson começou a tocar na mesa da sala. A inspetora o pegou e atendeu, pois não queria que o acordasse.

– É você, Erika? – perguntou uma voz. Era a mãe de Peterson, Eunice. Ela falou com um sotaque bem leve das Índias Ocidentais, o que dava cordialidade à sua voz. Mas era uma cordialidade autoritária.

– É, sim. Oi, sou eu... – Houve uma pausa, e Erika quase conseguia ouvir a mulher fazendo beicinho.

– Posso falar com o James, por favor?

– Ele está dormindo no sofá, sozinho.

– Ele comeu o ensopado de carne que fiz pra ele?

– Não sei. Acabei de chegar.

– São quase 22 horas!

– Tive um dia longo no trabalho.

– Ele precisa descansar. Você aí significa que ele não está dormindo.

– Dei uma passada no Tesco e comprei comida para ele...

– O que você comprou?

– Batata. E também leite desnatado e aveia Ready Brek. O médico disse que cereal e leite fazem bem para o estômago dele. – Erika conseguia perceber que sua voz estava ficando mais agitada. Como ela podia se controlar diante de serial killers e criminosos violentos, mas se cagar de medo daquela senhora de 75 anos chamada Eunice Peterson?

– Erika, ele precisa de vitaminas, muita vitamina C. Você sabe que deixei laranja aí pra ele? – Erika viu uma pilha enorme na fruteira no balcão. Eunice prosseguiu. – E, Erika, quando for visitá-lo, chegue aí um pouco mais cedo. O James precisa dormir a esta hora...

Erika estava prestes a dizer a Eunice que ligar para James àquela hora o acordaria, mas ele de repente apareceu ao lado dela enrolado no cobertor azul.

– Quem é? – perguntou ele sem emitir nenhum som.

– Oh, o James acabou de acordar, Eunice, vou passar pra ele – disse Erika, entregando-lhe o telefone.

Ela começou a guardar as compras e viu ainda mais laranjas empilhadas na gaveta de verduras da geladeira. Conseguia escutar a voz alta de Eunice na outra ponta do telefone.

– Você precisa falar pra essa moça deixar você dormir... Ela ainda tem a chave?

– Tem – respondeu ele, sem graça.

– É muito fácil dar a chave de casa pra uma mulher, mas pegá-la de volta é muito mais difícil.

– A Erika tem sido boa para mim – disse ele.

– Oito horas, James. Você precisa dormir oito horas por noite. As pessoas hoje em dia acham que precisam de menos, mas as minhas oito horas são sagradas e nunca tenho que ir ao médico. E tomo muita vitamina C. As suas laranjas já estão acabando?

– Não, mamãe – respondeu ele, olhando para a pilha na fruteira.

– Não deixe de oferecer um pouco do meu ensopado para a Erika, tem muito na vasilha e ela está bem pálida e magra.

– Tá. Vou oferecer.

– Agora vai dormir. E Deus te abençoe.

– Boa noite. Te amo – despediu-se Peterson e colocou o telefone de volta na base.

– Sua mãe não precisa usar o telefone, precisa? Ela pode simplesmente gritar lá do outro lado de Londres.

– Desculpa por isso – disse ele.

– Está com fome? – perguntou ela, tirando a tampa de uma vasilha de barro no fogão e vendo o ensopado de carne, feito com um apimentado molho de tomate. – Que tal um ensopado acompanhado de um suco de laranja? Ou quem sabe eu não faço uma bela bebida com peróxido de hidrogênio pra você poder dormir?

– Muito engraçado – disse ele, despejando um pouco de Ready Brek em uma tigela e acrescentando leite. Colocou a mistura no micro-ondas e pressionou ligar.

– Por que você simplesmente não fala pra sua mãe que não pode comer coisas ácidas, tipo ensopados picantes e laranja?

– Não quero magoá-la.

– Isso é muito britânico da sua parte.

O micro-ondas apitou.

Ela lhe arremessou um pano de prato para pegar a tigela e ele a levou cuidadosamente até o sofá. Erika aqueceu uma cumbuca de ensopado e se juntou a ele. Começou a passar *Newsnight* na televisão.

– Quer a minha chave de volta?

Ele negou com um movimento de cabeça e soprou a aveia.

– A Moss perguntou de você hoje... O médico deu mais alguma notícia?

– Precisam dar um jeito no meu metabolismo, ainda estou perdendo peso – respondeu ele, sem tirar os olhos da televisão. Comeram em silêncio por alguns minutos, então Erika começou a contar dos corpos nas malas e da cocaína encontrada na vítima do sexo masculino. Ele balançou a cabeça com o rosto magro iluminado pela televisão.

– Tem uma menina que é paciente da minha gastroenterologista – disse ele. – Uma embalagem de cocaína estourou e vazou dentro dela. Teve que fazer a mesma operação que a minha, remoção parcial do estômago.

– Ela era contrabandista de drogas?

– Era.

– Britânica?

– Isso. Contrabandeava daqui para Curaçao.

– Qual é o nome dela?

– Zada.

– Como ela é?

Ele deu de ombros:

– Normal. Bonita.

– E continua assim?

Peterson desviou os olhos da televisão e virou o rosto para Erika.

– Você acha mesmo que estou indo à clínica de gastroenterologia pra pegar mulher? – perguntou ele sem expressar emoção alguma.

Erika riu:

– Não.

– Não é um lugar muito sexy.

– Então, essa tal de Zada. Há quanto tempo ela contrabandeava?

– Sei lá.

– Ela foi indiciada?

Peterson negou com um movimento de cabeça.

– Já tinha entregado o bagulho, se é que você me entende. Mas um dos pacotes estourou e a envenenou. Por isso, tecnicamente, foi classificada como uma pessoa que teve uma overdose. – Ele viu o brilho nos olhos de Erika. – E me deixe adivinhar: você quer falar com a moça?

– Ela sabe que você é polícia?

– Sabe. Você nunca se desliga do trabalho, Erika?

– Só estou perguntando sobre essa Zada porque é relevante para o meu caso. Geralmente, não falo de trabalho quando venho te visitar.

– Oh, você me *visita*?

– Sabe o que estou querendo dizer.

Ele levantou do sofá e colocou a tigela na pia. Erika o seguiu.

– Você mal encostou na comida. E a sua mãe tem razão sobre uma coisa, você precisa comer.

– Não estou com fome.

– Você tem que se forçar a comer, James, senão nunca vai melhorar!

– Fico passando mal o tempo todo, é uma náusea constante. Bem que eu gostaria de conseguir vomitar, porque tudo que como tem o gosto errado e me dá ânsia de vômito. A aveia tem gosto de cebola, uma cebola que já foi cozida e está quase ficando rançosa. Então me dá um tempo sobre não querer comer! – gritou Peterson.

Ele voltou ao sofá e se deitou. Erika pegou a tigela na pia e jogou o conteúdo no lixo. Ele ficou alguns minutos se remexendo sob o cobertor, depois parou. Ela começou a andar na ponta dos pés para não fazer barulho, lavando as vasilhas e arrumando as coisas. Conferiu se a medicação dele estava organizada por dia no porta-remédios. Cozinhou alguns ovos, os descascou e deixou na geladeira com um pacote de frango cozido e pão integral.

Quando voltou ao sofá, viu que ele tinha pegado no sono e agachou-se ao seu lado. Na primeira vez em que se encontraram, em uma investigação de homicídio alguns anos antes, ele era tão alto, vigoroso e cheio de vida. Tinha 1,82m de altura, mas agora parecia tão pequeno debaixo do cobertor, e suas pernas pareciam ter desaparecido de tão finas. Erika inclinou-se para a frente e deu-lhe um beijo na testa, mas ele nem se mexeu.

– Por favor, meu Deus, ajude-o a voltar a ser a pessoa que era.

Depois saiu na ponta dos pés e foi embora do apartamento.

O ar estava limpo e frio quando Erika chegou em casa, e o estacionamento em frente ao prédio encontrava-se vazio. Tomou um banho quente e demorado, depois enrolou-se na toalha e foi à sala para servir um vinho, o que fez em um copo de uísque. Abriu uma gaveta em que havia uma foto emoldurada sobre um monte de contas. Um homem louro bonito sorria para ela. Na foto, ele estava sentado em uma poltrona ao lado de uma janela. O sol escorria atrás dele e atingia-lhe o cabelo claro. Era o marido de Erika, Mark, que havia morrido três anos antes. Ela era a oficial no comando da equipe da qual ele fazia parte durante uma batida para pegar um traficante na Grande Manchester. A estratégia tinha sido ruim, e Mark e seis outros membros da equipe de Erika perderam a vida. Sentimentos de culpa e remorso ameaçavam esmagá-la, e ela tomou um longo gole de vinho. A foto de Mark costumava ficar na penteadeira do quarto, mas, quando Peterson começou a passar a noite lá, ela a transferiu para a gaveta da cozinha.

Peterson, outro homem que me seguiu perigo adentro.

Erika fechou a gaveta. Pegou o copo e foi para o sofá. A sala estava arrumada e era funcional, com um sofá e uma mesinha de centro virados para uma pequena televisão. Já ia pegar a pasta de um caso quando seu telefone tocou na mesinha de centro. Viu que era um número confidencial. Atendeu e ouviu uma voz jovem de mulher com um sotaque da parte pobre do leste de Londres.

— Erika Foster?

— Sou eu – respondeu, conseguindo ouvir uma televisão ao fundo.

— O James acabou de me ligar. Ele disse que você quer falar comigo, pra eu ajudar em um caso... Oh, sou Zada Romero, a propósito.

— O que ele te contou sobre o caso?

— Não muito. Você achou um corpo com uma parada de coca na barriga. Escuta só, não quero falar pelo telefone. Posso encontrar você amanhã de manhã, às 9 horas, no Caffè Nero, em Beckenham.

— Combinado, vai ser muito bom.

— O James falou que vocês geralmente pagam as pessoas que falam por debaixo dos panos.

— Falou?

— Falou, sim, disse que eu ia receber duzentos contos. Mais o café e um pedacinho de bolo.

— Tá.

— Ótimo. A gente se vê lá.

Quando Erika desligou, não conseguiu conter um sorriso.

CAPÍTULO 11

QUARTA-FEIRA, 4 DE OUTUBRO DE 2017

Na manhã seguinte, como combinado, Erika se encontrou com Zada Romero no Caffè Nero, em Beckenham. Ela era uma mulher pequena e delicada, de 20 e tantos anos, com um cabelo escuro bem liso pouco acima dos ombros.

– Você não parece policial. Está mais para uma daquelas tenistas estrangeiras – comentou quando Erika retornou à mesa com café e bolo. Ela falava com precisão.

– Nasci na Eslováquia, mas moro no Reino Unido há 25 anos.

Zada soprou o café e deu um golinho. Estavam sentadas ao lado de uma grande janela panorâmica, com vista para a Beckenham High Street, onde pessoas passavam apressadas na chuva.

– E isso é tudo informal e por debaixo dos panos, né? – perguntou ela.

– É claro – garantiu Erika. A cafeteria estava movimentada, e um grupo de mulheres bem-vestidas na mesa da frente estava dando chilique por causa uma bolsa da Hermès.

– Quatro mil, elas custam – disse Zada com inveja.

– Eu sei. Minha irmã, Lenka, me ligou semana passada da Eslováquia totalmente empolgada. O marido tinha acabado de comprar uma igual pra ela.

Zada levantou uma sobrancelha:

– Irmã sortuda. O que o marido dela faz?

– Tem uma sorveteria.

– Ele deve ter vendido muito sorvete pra comprar uma dessas pra ela.

Erika negou com um movimento de cabeça.

– A sorveteria é de fachada. Ele trabalha para a máfia.

– Mas você é policial – retrucou ela, recolhendo um pouco da espuma do cappuccino com uma colher.

– Não na Eslováquia.

Zada chupou a espuma da colher, inclinou a cabeça para Erika e pareceu decidir que podia confiar nela.

– James me contou do seu caso, o máximo que ele podia. Alguém está procurando aquela coca.

– Essa parte eu já sei – disse Erika. – Trabalhei seis anos na narcóticos da Polícia da Grande Manchester.

– É? Acho que deviam simplesmente legalizar as drogas. Vocês nunca vão ganhar essa guerra.

– Sério? – eriçou-se Erika. – Se as vans comuns entregassem apenas mercadorias lícitas, pessoas como você não teriam um meio de vida.

Zada inclinou-se para a frente e bateu a colher na mesa.

– Não era meu "meio de vida", Erika. Era sobrevivência. Meu salão de beleza faliu em 2009, perdi a minha casa e todas as minhas economias. Solicitei benefícios do governo e dei um jeito de conseguir um apartamento pequeno, mas ele tinha um minúsculo quartinho extra e ameaçaram cortar o meu dinheiro. Então arrumei uma inquilina, uma desesperada o bastante pra alugar um armarinho minúsculo, só que ela levava homens pra lá o tempo todo. Um deles tentou me estuprar na minha própria cama. Foi aí que abandonei esse negócio de inquilinos, perdi o apartamento e acabei em uma pensão. Eu só contrabandeava aquela parada porque estava desesperada. Era isso ou prostituição, e algo me dizia que esse era o menor dos dois males. Então não venha me julgar. Estamos todos a um passo de ter que fazer escolhas horríveis para sobreviver.

Ela recostou-se na cadeira em silêncio e secou cuidadosamente uma lágrima do olho. Erika pegou um lenço e o ofereceu a ela:

– Não quero isso – disparou Zada, pegando o pequeno guardanapo no pires de café e passando-o nos olhos.

– Ok, já entendi – disse Erika. Ela deixou Zada se recompor, depois perguntou: – Quantas vezes você fez isso?

– Três. Engolia a parada, embarcava no avião, entregava na outra ponta.

– Pra onde você contrabandeava?

– Levei pra Espanha, duas vezes. E pra Curaçao. É um trabalho do diabo. Nunca senti tanto medo como aquele. Tinha medo de ser pega, tinha medo da bomba-relógio tiquetaqueando dentro dela. E os pacotes são tão grandes que eu praticava engolindo nacos de cenoura. Pensei comigo, sou uma mula de drogas, mas pelo menos vou conseguir enxergar melhor no escuro. – Ela sorriu e balançou a cabeça. – Na primeira vez, tudo funcionou como um reloginho. Na segunda vez, passei mal com a comida do aeroporto, antes do voo.

– O que você fez quando isso aconteceu?

Zada se remexeu desconfortavelmente.

– Tive que lavar tudo na privada do avião e engolir de novo. – Ela se forçou a olhar nos olhos de Erika, mas estava envergonhada.

Erika colocou o café de volta no pires, sentindo-se enjoada.

– Como entrou nisso?

– Trombei com um camarada em frente à agência de emprego em Catford. Ele sacou pela minha aparência que eu estava passando dificuldade. Me levou pra almoçar. Imagina só, foi em um Wetherspoon, um almoço de graça, uma refeição extra antes de eu ter que usar o meu benefício. Ele me contou tudo sobre contrabandear as paradas e falou que eu podia ganhar dez mil em cada viagem.

– A vítima foi encontrada com a barriga cheia de embalagens de drogas. Ele engoliu aquilo quanto tempo antes de sair? É isso que eu preciso determinar: se ele estava saindo do Reino Unido ou se tinha acabado de chegar.

– A gente faz isso o mais próximo possível do horário da partida. Ele podia ter acabado de sair de um voo, mas teria que entregar o que engoliu muito rápido.

– O que acontece quando você chega à outra ponta, ao destino?

– A gente se encontra com o contato. Eles levam a gente a um lugar onde podemos passar a mercadoria. E conferem se está tudo lá, conferem os pacotes pra ver se está tudo intacto. Quando fiz minha última entrega, descobriram que uma das embalagens tinha estourado no meu estômago.

– O que eles fizeram?

– Pegaram a droga e me largaram lá – respondeu ela, pragmática.

– Te largaram? Onde foi isso? – perguntou Erika.

– Num prédio comercial perto do Heathrow. Me acharam inconsciente ao lado de um carrinho de limpeza no corredor externo.

– Lamento.

– A polícia pegou a segunda parte do que eles tinham me pagado. Cinco mil. O que fazem com o dinheiro?

– A polícia fica com ele.

– Eu sei, mas o que acontece com esse dinheiro?

– Fica guardado até o caso ser encerrado, depois a polícia pode entrar com um processo civil para usá-lo em projetos públicos, para pagar dívidas públicas.

Zada meneou a cabeça:

– Ninguém dá uma colher de chá pra gente nesse mundo.

– O que você sabe me dizer sobre as pessoas pra quem trabalhou?

– O primeiro nome delas, só isso. Mesmo assim, não sei se são reais. Mas eles me conhecem. Têm todas as informações sobre o meu passaporte.

– Eu prometo, ninguém vai saber que a gente se encontrou. Como eles entravam em contato com você?

– Ligavam, sempre de números confidenciais. Um cara chamado Zoot, ele era bem riponga, e outro chamado Gary.

– Você estaria disposta a trabalhar com um artista forense para fazermos um retrato falado desse pessoal da gangue de contrabandistas?

– Achei que isso fosse por debaixo dos panos.

– E é. Mas estou procurando um assassino, e talvez você tenha informações que ajudem a investigação. Você pode ir à delegacia, ou podemos mandar alguém ao seu apartamento. Repito, é confidencial.

– Não, desculpa, não quero assumir o risco. Acabei de arrumar um bom lugar pra ficar.

Erika concordou com um gesto de cabeça e deu um golinho de café.

– Pegaram o cara que te largou no prédio?

– Não.

– Essa pessoa matou duas vítimas, pelo que sabemos até agora.

Zada enxugou outra lágrima com o pequeno guardanapo e assentiu.

– Obrigada. Vou esquematizar tudo – disse Erika, e pegou o celular para tomar nota.

– Você sabe que ele te ama. O James – comentou Zada.

Erika suspendeu o olhar para ela.

– O quê?

– O James.

Erika ficou desconcertada.

– Ele falava sobre sua vida pessoal enquanto estava no hospital?

– Quando pessoas se encontram em um hospital, as duas com sonda, não existe nada constrangedor o bastante para não se falar a respeito. Ele não foi indiscreto nem nada. Mas conversamos sobre viver plenamente depois de quase morrer. Ele tem quase 40 anos. Quer sossegar. Quer muito ter filhos, e você não. Provavelmente você já sabe disso.

– Você quer ter filhos com ele? – golpeou Erika.

– Não posso ter filhos – disse ela. – Então você está a salvo.

Erika pegou a bolsa, tirou um envelope de dentro dela e o deslizou sobre a mesa.

– Está tudo aí. Duzentos. E espero que mude de ideia e colabore com o artista forense.

Zada pegou o envelope.

– Não queria te chatear.

– Obrigada por se encontrar comigo – disse Erika, tentando manter a voz equilibrada, depois saiu do café.

Era uma caminhada curta até o local onde tinha estacionado o carro, uma Marks & Spencer na esquina, mas ela ficou encharcada. Entrou e bateu a porta com força. *Ele quer muito ter filhos e você não.* As palavras dolorosas ressoavam e golpeavam sua mente. Ela inclinou a cabeça para trás, encostou no banco e olhou para o borrão de chuva no para-brisa distorcendo o céu cinza e os carros ao redor.

O telefone tocou e ela viu que era Nils. Respirou fundo e atendeu.

– Hora ruim? – perguntou ele.

– Não – respondeu Erika, sentindo a ironia.

– Tenho a identidade das duas vítimas das malas – disse ele, triunfante.

– O quê? Achei que não tivesse conseguido nenhum resultado com o DNA deles no banco nacional de dados criminais.

– É verdade, mas tenho usado um negócio novo que pode ser visto como um pouco heterodoxo, mas que tem gerado um percentual de acerto considerável nos últimos dois anos.

– E que negócio é esse?

– Entro em contato com o banco de dados de DNA privado usado por vários sites de genealogia. Pessoas em busca de suas árvores genealógicas podem solicitar kits de teste de DNA para que elas mesmas recolham o material. O kit chega pelo correio, as pessoas recolhem saliva com um cotonete e o mandam de volta. O banco de dados genealógico nos deu um resultado positivo do DNA das duas vítimas. Estou mandando todos os detalhes para você por e-mail agora.

CAPÍTULO 12

Erika dirigiu até a Delegacia Lewisham Row, foi à sala da Superintendente Hudson e explicou que tinha descoberto a identidade dos dois corpos. Melanie folheou a pasta do caso na mesa e pegou as fotos do passaporte que agora possuíam das duas vítimas.

– Preciso de uma equipe maior. É um duplo assassinato. Preciso de mais policiais – disse Erika.

Melanie suspendeu a foto dos pacotes de droga retirados da vítima do sexo masculino, perfeitamente embalados como amendoins sem casca em sacolas plásticas.

– Erika, a quantidade de cocaína envolvida aqui é grande. A vítima do sexo masculino era contrabandista de droga. Acho que devíamos passar isso para a unidade de narcóticos. Para mim, parece coisa de traficante que deixou o chefe puto – disse ela, recostando-se na cadeira.

– E a mulher? – questionou Erika.

Melanie deu de ombros:

– Ela é a namorada que entrou no caminho.

– Não! Não o mataram por causa das drogas. As drogas não têm nada a ver com isso – argumentou Erika, exasperada. – E não podemos simplesmente *pressupor* que ela era a namorada. Esses assassinatos foram planejados. Quem fez isso precisou convencê-los a ir a algum lugar onde pudesse matá-los sem ser visto. Os rostos foram espancados para evitar a identificação. E, depois de tudo isso, quem agiu não pegou as drogas. Se isso fosse algo relacionado a drogas, um traficante concorrente ou o chefe da operação de contrabando as teria pegado.

Melanie suspirou e olhou para os dois grupos de fotos das cenas dos crimes: os corpos nas malas. Erika pegou a foto ampliada do passaporte de uma jovem magra, com grandes olhos verdes e um nariz pequeno e fino. Sua pele era clara e viçosa, e o cabelo, louro e comprido.

– A vítima do sexo feminino é Charlene Selby, de 24 anos. É de uma família de classe média alta. – Ela pegou a segunda foto de passaporte mostrava um homem de cabelo escuro, pele oliva, olhos castanhos e um rosto redondo com cicatrizes de espinhas. O cabelo escuro, oleoso e ralo estava penteado para trás, deixando exposta a testa alta. – A vítima do sexo masculino é Thomas Hoffman, de 34 anos. É um viúvo sem passagem pela polícia.

– Erika, estou olhando para as mesmas fotos que você...

– Eles são um casal branco, de classe média, que trabalha duro. Você sabe como essas coisas aparecem na imprensa. Consigo até visualizar a manchete estampada por todo o *Daily Mail*.

– Você está ameaçando ir à imprensa?

– Não. Estou falando que é melhor não chutar esse caso para escanteio e colocá-lo com centenas de outros que a equipe da narcóticos está tentando solucionar. Isso pode ser um tiro no pé, senhora.

Melanie suspendeu uma sobrancelha e olhou para as fotos novamente. Meneou a cabeça e decidiu:

– Está bem. Vou te dar uma equipe maior, uma sala de investigação e pessoal de apoio.

– Obrigada – disse Erika, recolhendo as fotos e enfiando-as de volta na pasta.

– Mas quero saber de todos os detalhes assim que algo mudar, e, se isso acabar se mostrando um caso da narcóticos, você não será obstrutiva e passará o caso para a frente. Entendido?

– Totalmente. Não vou obstruir você nem ninguém – disse Erika.

Melanie viu a luz brilhar nos olhos da inspetora e sentiu uma onda de empolgação quando ela saiu da sala, batendo a porta.

– Até parece – Erika pensou em voz alta.

Uma hora depois, a equipe ampliada se reuniu na grande sala de investigação de conceito aberto na Delegacia Lewisham Row. O Sargento Crane, um policial de cabelo claro de 20 e pouco anos, movimentava-se entre as mesas coladas umas às outras distribuindo cópias do arquivo do caso. McGorry estava sentado em frente à Detetive Rachel Knight, uma policial de cabelo escuro de 20 e poucos anos com quem Erika já havia trabalhado, e ao Detetive Brian Temple, um bonito jovem ruivo escocês novo na equipe. Três funcionários civis de apoio – uma mulher e três homens, todos jovens – trabalhavam com Marta Chapman para reunir todas as provas no grande quadro-branco na parede do fundo da sala de investigação. Moss estava diante de um computador finalizando uma ligação. Erika se aproximou do quadro-branco no fundo da sala.

– Ok, boa tarde para todo mundo. A vítima do sexo masculino é Thomas Hoffman, de 34 anos – informou ela, apontando para a foto do passaporte dele colada no quadro-branco ao lado da foto da cena do crime, que mostrava o rosto espancado. – É de nacionalidade britânica, nascido em Norwich. Não tem família, nem filhos. O último endereço dele que temos é em Dollis Hill, noroeste de Londres. Foi casado duas vezes. A primeira esposa, Mariette Hoffman, ainda está viva, mas a segunda, Debbie, morreu dois anos atrás. Ele não tem passagem pela polícia, nem mesmo multa por estacionamento irregular. Quero saber tudo sobre ele: dados financeiros, registros do telefone celular e das redes sociais.

Ela percorreu o quadro-branco até a segunda foto de passaporte:

– A segunda vítima é Charlene Selby, de 24 anos. Também é britânica. Seus pais, Justin e Daphne Selby, estão registrados como sócios da Selby Autos Ltda., uma concessionária muito bem-sucedida em Slough.

– Alguém prestou queixa do desaparecimento deles? – perguntou Moss.

– Não. Não houve nenhuma queixa do desaparecimento deles, o que é bem estranho – respondeu Erika, dando tapinhas nas duas fotos. – Precisamos descobrir se existe alguma ligação entre Charlene e Thomas. Eles se conheciam? Estavam envolvidos em algo similar? Estavam namorando? Charlene Selby estava morando com Thomas Hoffman? Se, de acordo com os registros, ela estava morando em casa, por que os pais não prestaram queixa de seu desaparecimento?

Erika se aproximou de um grande mapa do Tâmisa que dominava o centro do quadro-branco.

– A mala contendo o corpo de Charlene foi encontrada duas semanas atrás por um passeador de cães, durante o período de seca, debaixo da Chelsea Bridge. É uma área residencial, há apartamentos ao longo de toda essa região. Encontramos a mala com o corpo de Thomas dois dias atrás, quatro quilômetros e meio rio abaixo, perto do National Theatre. Nas duas ocorrências, as malas ficaram agarradas em algo que as impediu de descer mais o rio. McGorry, você deu a ideia de falar com a Unidade Marítima sobre o padrão de movimento da correnteza.

– Isso. Estou aguardando resposta da Sargento Lorna Crozier, que trabalha na divisão de mergulho. Mandei as datas e as coordenadas ontem, ela falou que pode demorar uns dois dias para conseguir o padrão de movimento das águas.

– Ok. Estamos aguardando os resultados dos exames toxicológicos das duas vítimas, e o Nils Åkerman, lá da perícia forense, está trabalhando para tentar levantar impressões digitais do bloco de concreto encontrado na mala com Charlene Selby. Acredito que essa possa ter sido a arma do crime e seja uma ligação entre os dois assassinatos. Temos que seguir todas as pistas – finalizou Erika. – Recolham tudo que puderem agora no início e lembrem-se...

A equipe terminou a frase em uníssono:

– Não existe pergunta idiota.

Erika abriu um sorrisão:

– Fico satisfeita em saber que vocês escutam o que eu digo.

– Acho bom jogar um verde no pessoal da unidade de narcóticos pra ver se não tem nenhum burburinho correndo pela comunidade do tráfico de drogas – sugeriu a Detetive Knight. – Pode haver boatos sobre o desaparecimento de uma parada de trinta mil.

– Concordo – falou Erika. – Isso fica por sua conta. O Sargento Crane assumirá as coisas a partir daqui.

A sala ganhou vida quando Crane levantou e começou a distribuir tarefas para os policiais e para a equipe de apoio.

Erika foi até Moss:

– Você vem comigo. Quero informar os parentes hoje – falou ela.

– Thomas Hoffman não tem nenhum parente vivo – disse Moss.

– Mas tem ex-mulher, e acho que ex-mulheres são sempre uma ótima fonte de informação.

– Hashtag "sem filtro" – sorriu Moss.

– Assim espero.

CAPÍTULO 13

Erika e Moss pegaram o trem de Lewisham para London Bridge, depois a linha norte do metrô para Old Street. Uma viatura da polícia as aguardava no Moorfields Eye Hospital de onde seguiram para o Pinkhurst Council Estate ali perto. Erika sempre se surpreendia com a forma como Londres ia, num intervalo de algumas ruas, de prédios residenciais e comerciais de vários milhões de libras a verdadeiros guetos.

Mariette Hoffman morava em um prédio alto cinza, uma das cinco torres que compunham o Pinkhurst Estate no nordeste de Londres. Pararam em um estacionamento esburacado, onde uma gangue de rapazes se reunia em círculo ao lado de um carro queimado. Suas blusas de capuz e calças de moletom de cores vivas eram um ameaçador borrão colorido contra o cinza do céu e do concreto.

– Vou deixá-las o mais perto que conseguir – informou o guarda ao volante, um atarracado homem de meia-idade com barba agrisalhada. – Já estive nesses apartamentos. Geralmente, a gente precisa limpar os pés pra sair deles.

– Ainda bem que escolhemos um carro sem identificação – disse Erika, vendo que o grupo de rapazes olhava ao redor e os observava com atenção.

Ele parou ao lado de uma fileira de três latões de lixo. Mariette morava no segundo andar, Erika e Moss subiram um lance de escadas em um comprido corredor aberto. Ao passarem pelos apartamentos, ouviram bebês chorando e pessoas gritando. As janelas da cozinha eram laterais às portas de entrada, e Erika diminuiu o passo quando passaram por uma menininha de rosa sentada no escorredor de pratos, pressionando a mãozinha minúscula contra o vidro imundo. Atrás dela, uma mulher jovem fumava um cigarro. Ao vê-las passando, avançou e fechou a persiana.

– Acha que somos assistentes sociais – disse Moss, em voz baixa.

Chegaram à porta no final do corredor e bateram. Pouco depois, uma mulher grande e molambenta, de 50 e poucos anos e com um desgrenhado aplique de cabelo preto crespo em forma de tiara, atendeu. Vestia um suéter vermelho desbotado, luvas de borracha Marigold e segurava, numa das mãos, uma escova de privada amarelada. Ao lado da porta, dava para ver o interior de um banheirinho sebento.

– O quê? – perguntou ela, olhando Erika e Moss de cima a baixo.

– Sou a Detetive Inspetora Chefe Erika Foster, esta é a Detetive Inspetora Moss – apresentou Erika enquanto mostravam seus distintivos. – Podemos entrar, por favor?

– Sobre o que é? – perguntou ela, limpando a testa com a manga.

– É sobre o seu ex-marido, Thomas Hoffman – respondeu ela.

– Me deixa adivinhar. Ele está morto – disse ela, ainda segurando a escova de privada.

– Por favor, podemos entrar?

– Tá bom. Mas limpem os pés e tirem os sapatos – advertiu, ficando de lado para deixá-las entrar.

Acharam difícil tirar o sapato na entradinha apertada e ficaram atentas a Mariette de pé diante delas com a escova de privada imunda. A mulher alinhou os sapatos no tapete com perfeição, pôs a escova no lugar e fechou a porta do banheiro. Conduziu-as por um pequeno corredor, passaram por uma escada, uma porta fechada e entraram em uma salinha. A limpeza era uma beleza, mas a mobília, datada. Um aparador baixo de madeira clara estava salpicado de paninhos rendados e enfeites espalhafatosos. Havia uma tigela cheia de conchas do mar em cima de uma televisão de tubo posicionada em um canto. Através de uma cortina de renda branca, uma janela dava vista para o conjunto habitacional. O carpete desbotado e gasto carregava as marcas do aspirador recém-passado, e o cômodo tinha um cheiro opressor de purificador de ar de pinho. Dependurado na parede acima do sofá bege havia um chapéu de baliza, de veludo vermelho pillbox, estilo militar, com enfeite trançado dourado e aba preta brilhante. Embaixo dele, dois ganchos sustentavam um bastão prateado.

– Sentem-se – disse Mariette.

Erika e Moss sentaram-se no sofá. Mariette se ajeitou cautelosamente em uma pequena poltrona ao lado delas. Ainda com as luvas de borracha, pegou um maço de cigarro no bolso do moletom, acendeu um e exalou com uma tosse catarrenta.

– Então, o que foi?

– Sinto muito em dizer que o seu ex-marido foi assassinado – disse Erika.

– Podia ter me contado isso lá na porta – reclamou ela.

– Isso não parece ser um choque para você.

– Oh, não parece, é? Você não sabe o que estou pensando. Vai me dizer que toda vez que você informa as pessoas sobre a morte de um parente elas desabam numa enchente de lágrimas?

– Não.

– Então pronto.

– Como você sabia que estávamos aqui para contar da morte do seu marido? – perguntou Erika.

– Foi um palpite, óbvio. Não sou vidente. Se fosse, ganharia uma fortuna e iria embora dessa porcaria de conjunto habitacional.

– Se foi um palpite, deve ter suspeitado de alguma coisa.

– Ele me falou que ia contrabandear umas drogas – revelou ela, batendo a cinza do cigarro em um pesado cinzeiro de cristal na mesinha de centro. – Como foi que aconteceu?

– Não sabemos de todos os detalhes. Dois dias atrás, o corpo dele foi levado à margem do Tâmisa pela correnteza. Ele foi desmembrado e estava enfiado numa mala – revelou Moss.

– Numa mala? – repetiu Mariette.

– É.

– Tem certeza?

– Tenho, a gente foi à cena do crime.

Mariette meneou a cabeça.

– Ele era um cara bem alto. Alguém deve ter arranjado uma mala bem grande pra caber ele dentro.

Moss olhou para Erika, que acenou com a cabeça e começou a explicar.

– Sinto dizer que o corpo do Thomas foi desmembrado e colocado em uma mala.

– Está explicado, então – falou Mariette, batendo a cinza do cigarro. – Não dá mais pra comprar mala grande. Fui a Benidorm ano passado e só pude levar dez quilos! Quem quiser levar mais tem que pagar uma fortuna. – Ela deu mais um trago no cigarro e o apagou no cinzeiro.

Erika ia perguntar algo, mas Mariette levantou da poltrona num impulso.

– Preciso de uma xícara de chá depois dessa notícia. Vocês querem?

– Hã, queremos, obrigada – disse Erika.

Ela saiu para a cozinha puxando a bainha do suéter por cima das nádegas. Escutaram-na mover-se pela cozinha e a chaleira ferver.

– Que porra é essa? – disse Moss em voz baixa. – Ela descobre que o ex-marido foi picotado e enfiado em uma mala e só consegue falar do quanto é difícil viajar para o exterior com limite de peso?

– Ele *foi* o ex-marido dela.

– Eu sei, mas a maioria das pessoas pelo menos finge que se importa.

– É mesmo tão difícil assim comprar malas grandes? A superintendente falou a mesma coisa.

– É, sim.

– Isso mostra como saio pouco de férias – comentou Erika.

Alguns minutos depois, Mariette retornou com uma bandeja de apetrechos para chá e a colocou na mesinha de centro. Percebeu que Moss estava olhando para o chapéu de baliza e o bastão na parede.

– Fui baliza por cinco anos – comentou ela, servindo chá nas xícaras de porcelana. – Aí fiquei velha demais. Só podemos ficar na trupe até os 18 anos. Eles deram uma flexibilizada nas regras e me deixaram ficar até os 19, mas aí fiquei grande demais pro uniforme e falaram que não faziam maior do que aquilo. Aqueles filhos da mãe.

Ela passou para Erika e Moss delicadas xícaras de porcelana e pires. As duas deram um golinho, incertas sobre como reagir.

– Quando foi a última vez que viu Thomas? – perguntou Moss.

Mariette acendeu outro cigarro e recostou-se com o chá, exalando fumaça.

– Três semanas atrás.

– Hoje é dia 4 de outubro, então, três semanas atrás, foi no dia 13 de setembro.

Mariette pensou por um momento.

– Não, foi no dia anterior, terça-feira. Fui pegar o meu benefício nesse dia e comprei um bolo pra quando ele viesse. Saco meu benefício a cada duas semanas, às terças-feiras.

– Então na terça-feira, 12 de setembro, você o viu. Foi nesse dia que ele te contou sobre as drogas? – perguntou Erika.

– Foi. Ele estava procurando emprego há muito tempo. Mandaram ele pra um daqueles centros de treinamento pra quem está atrás de trabalho.

– Ele estava sendo treinado para quê? – perguntou Erika.

Mariette deu uma risada catarrenta e respondeu:

– Porcaria nenhuma. O governo chama aquilo de treinamento. Na verdade, eles pagam uma fortuna a uma empresa privada, que tranca o pessoal em uma sala durante três meses pra ficar procurando emprego. Depois forçam eles a aceitar aqueles contratos em fábricas sem carga horária certa... Foi lá que ele conheceu, hã, o, hã... – hesitou ela.

– Conheceu quem? – pressionou Erika.

– Um cara lá. Ele perguntou se o Tom queria ganhar dez mil fácil. Quem dispensaria isso? Tom estava desesperado pra sair da merda e pagar umas dívidas. Teve uns anos difíceis.

– Ele te contou o nome desse cara? – perguntou Erika.

– Não. Não ia sair entregando nome de traficante.

– Então esse cara era traficante de drogas? – perguntou Moss.

– Acho que era.

– Por que um traficante de drogas estaria fazendo esse tipo de treinamento?

– Imagino que por causa do dinheiro. E como fachada. Não sei dos detalhes.

– Então esse cara perguntou ao Thomas se ele queria ganhar dez mil contrabandeando drogas?

– Foi isso que eu falei! – Mariette estava ficando agitada.

– Thomas falou para onde iria e como funcionaria esse contrabando? Mariette levantou as mãos, e cinza de cigarro caiu em suas pernas.

– Eu não quis saber! Ok? Olha onde eu moro. Tem essas porcarias desses drogados por todo lado. Essa merda existe aqui na porta da minha casa. Não queria que ele ficasse falando disso aqui dentro.

Erika viu que Mariette estava se fechando, então mudou a tática.

– Posso te mostrar uma foto? – perguntou ela, equilibrando a xícara e o pires na perna para enfiar a mão no bolso. Ela retinia no pires, e Mariette levantou da poltrona num pulo e a pegou.

– Por favor, toma cuidado pra não pingar. Esse sofá é muito claro e qualquer coisa mancha ele – pediu, colocando a xícara cuidadosamente em um porta-copos na mesinha de centro.

– Desculpa, é claro – disse Erika. Guardou o caderno e passou a foto a Mariette.

– Ela é bonita – disse Mariette. – Quem é?

– O nome dela é Charlene Selby. Também foi morta e encontrada desmembrada dentro de uma mala.

Elas ficaram observando o rosto de Mariette, mas a mulher permaneceu impassível e devolveu a foto.

– Que coisa horrível.

– Você nunca a viu com o Thomas? – insistiu Erika.

– Não.

– Ele não falou dela?

– Não. Ela estava envolvida com o contrabando?

– Não podemos compartilhar essa informação. Você sabia se o Thomas tinha namorada?

– Não tinha. Teria me dito, teria se gabado disso.

– Se importa em contar por que se divorciaram?

– Ele era obsessivo. Me sentia sufocada. Era ciumento e violento. Eu achava que merecia mais do que aquilo – respondeu ela.

– Por que o Thomas teve anos difíceis?

– Ele se casou de novo. Debbie era o nome dela. Menina legal. Meio ingênua, meio capacho, mas ela aquietava o facho dele. Trabalhava em uma empresa de transporte em Guildford. Um dia foi ao pátio conversar com um dos motoristas e não viu um caminhão vindo. *Poof.* Morreu na hora, e o neném também. Estava grávida. O Tom ficou despedaçado. Não tinha como pagar o financiamento da casa sozinho. Perdeu o emprego. Voltou para Londres na esperança de conseguir recomeçar. Deixei ele ficar aqui um tempo, mas a gente brigava muito. Aí, quando ele conseguiu um trabalho, alugou um apartamento em Dollis Hill. Depois o trabalho minguou, então ele teve que participar do programa de treinamento do governo.

– Não achou estranho ele não falar com você durante três semanas? – perguntou Erika.

– A gente não era grudado um no outro.

– Você conhecia a família dele?

– A mãe e o pai morreram quando ele tinha 18 anos, não tinha irmão nem irmã.

Erika e Moss trocaram um olhar.

– Está sendo difícil compreender a vida dele. Não conseguimos nada com a família da Debbie. Os pais dela estão mortos, ela também era filha única – comentou Erika.

– Não conseguiu nada, é? Tenho certeza de que vocês duas vivem felizes, com muita grana, em uma casa confortável numa área segura. Os seus vizinhos provavelmente se inclinam na cerca para bater papo quando estão cortando a grama. Olha ao seu redor, isso é o que acontece quando o início da vida não é bom – disse ela, cutucando com o dedo o braço da poltrona – e nenhum filho de uma égua te dá um descanso. Não tenho um círculo de amigos, não vou a jantares nem a clubes de livros. Cresci em orfanatos, pulando entre lares adotivos temporários.

– Sinto muito – falou Erika.

– Oh, não quero a sua pena. Só estou contando porque vocês não encontraram pistas da vida plena e feliz do Tom. Ela não existia... Então, vão tomar o chá que fiz pra vocês?

Elas viraram as xícaras e as colocaram de volta nos pires.

– Estaria disposta a fazer a identificação do Thomas? – perguntou Erika.

– O quê? Aos pedaços?

– É. É uma formalidade.

– Tá bom, vou lá – aceitou ela.

– Obrigada. E talvez tenhamos mais perguntas.

– Oh, é mesmo? O que você espera que eu diga sobre isso? Se vocês têm que perguntar, perguntem!

Mariette ficou observando Erika e Moss atravessarem o estacionamento por trás da cortina de renda na janela da cozinha. O grupo de rapazes continuava fumando, e eles se viraram para vê-las entrar no carro que as aguardava. Mesmo sem identificação e com elas à paisana, eles sentiam o cheiro de policiais a quilômetros. Quando o carro da polícia arrancou, Mariette foi ao telefone fixo na sala.

Ela o pegou e digitou um número.

CAPÍTULO 14

– O que achou da Mariette Hoffman? – perguntou Erika quando estavam no carro, saindo do conjunto habitacional.

– Ela foi honesta, brutalmente honesta – respondeu Moss. – Mas não podemos ser desarmadas pela aparente honestidade e disposição para falar.

Erika concordou com um movimento de cabeça.

– Interessante ela ter mantido o sobrenome de Thomas, mesmo eles tendo ficado casados só um ano e terminado com amargura.

– Será mesmo? Talvez ela não teve disposição para enfrentar a burocracia, principalmente se estiver desempregada há muito tempo e isso puder cortar os benefícios dela. Por que você mantém o seu? – perguntou Moss.

Erika foi pega com a guarda baixa.

– Puta merda, desculpa, chefe. Falei sem pensar. Foi uma pergunta genuína.

– Tudo bem. Meu nome de solteira era Boldišova.

– Como é que fala?

– Bol-dish-oh-vah. Erika Boldišova. É muito eslovaco.

– É difícil de pronunciar depois de umas doses de rum com Coca.

Erika sorriu.

– Foi mais fácil manter Erika Foster. E é um pedacinho do Mark que mantenho comigo. E você e a Celia?

– Ela é Celia Grainger, e eu, Kate Moss. – Ela viu o motorista lhe dar uma olhada pelo retrovisor – Não A Kate Moss, obviamente.

– Obviamente – riu ele.

– Seu atrevido filho da mãe – disse Moss abrindo um sorrisão antes de prosseguir. – Acho que nós duas mantivemos os nomes quando nos casamos por causa das nossas carreiras. O Jacob é Moss-Grainger, o que soa bem chique, acredito eu.

– Vamos dar uma investigada na Mariette, descobrir seu nome de solteira e ver aonde ele nos leva. Ela pode ter sido uma das últimas pessoas que viu Thomas Hoffman vivo – disse Erika.

Elas pegaram o início do *rush* da tarde, por isso levaram quase duas horas para atravessar Uxbridge, no oeste de Londres. Os pais de Charlene Selby moravam em uma comprida avenida arborizada, um mundo de diferença em comparação ao Pinkhurst Estate. Diante de um portão de ferro preto, Moss desceu do carro e foi a um pequeno interfone embutido na pilastra de alvenaria. Ela estava a postos com seu distintivo quando uma voz de mulher atendeu. Soava muito desconfiada e não queria deixá-las entrar, mas acabou cedendo e os portões abriram-se para dentro. Uma comprida entrada margeada de árvores levava a uma grande mansão senhorial. Estacionaram ao lado de uma enorme fonte ornamental. Tinha começado a chover, e ainda que os pingos estivessem borrando a superfície, Erika viu uma enorme carpa koi nadando preguiçosamente no fundo.

Uma mulher abriu a porta da frente. Estava com seus 50 e tantos anos, vestida com elegância, tinha a pele excessivamente bronzeada e um curto cabelo louro descolorido. Agia de maneira bem distante.

– Boa tarde, você é Daphne Selby? – perguntou Erika. A mulher fez que sim. – Sou a Detetive Inspetora Chefe Erika Foster e esta é a Detetive Inspetora Moss, podemos entrar?

Erika e Moss mostraram os distintivos. Daphne deu uma espiada neles e assentiu. Entraram em uma sala com pé direito duplo onde havia uma escada em espiral. A chuva ressoava no vidro colorido de uma cúpula no alto. Ela as levou a uma grande sala arejada, onde o fogo queimava lentamente em uma lareira. Era mobiliada com móveis de madeira escura, um sofá estampado e poltronas. Um homem alto de meia-idade trabalhava com uma chave de fenda para soltar uma enorme tela de cinema retrátil. Vestia calça social cáqui e suéter salmão e, como a esposa, estava muito bronzeado.

– A polícia está aqui – informou Daphne.

O rosto do homem mudou ao vê-las e ele se inclinou para dar-lhes um aperto de mão.

– É a Charlene, não é? – perguntou ele.

– Por favor, podemos todos nos sentar? – disse Erika. – Preciso confirmar se você é Justin Selby.

Ele fez que sim.

– Contem sem rodeios, não fiquem nos cozinhando em banho-maria. É a Charlene, não é? – disse ele. Seu rosto começou a ficar vermelho e lágrimas se formaram em seus olhos. Daphne esticou o braço e segurou a mão dele.

– Sim, infelizmente sua filha foi encontrada morta – informou Erika.

Justin cambaleou até o sofá com o auxílio de Daphne. Erika e Moss aguardaram até que estivessem sentados e cada uma delas ajeitou-se em uma poltrona. Daphne e Justin ficaram abraçados por muito tempo, aos prantos, e em seguida Erika delicadamente deu a eles o restante dos detalhes.

– Vocês estariam dispostos a responder algumas perguntas? – perguntou Moss suavemente.

– Como o quê? – questionou Justin, enxugando os olhos com as costas da mão bronzeada. Usava vários anéis e uma pulseira com seu nome, tudo de ouro. – Se sabemos de alguém que faria isso com a nossa filha? Não!

– Posso perguntar por que não prestaram queixa do desaparecimento da Charlene?

Justin e Daphne trocaram um triste e desesperado olhar.

– Estávamos afastados – revelou Daphne. Ela tinha uma voz muito suave.

– Por que isso aconteceu? – perguntou Erika.

– Drogas, ela era viciada em drogas – respondeu Justin. – Não existe nada mais destrutivo do que um jovem com problema de drogas e uma mesada. Eles se destroem e atraem todo tipo de aproveitadores. Charlene já estava viciada há alguns anos.

– Ameaçamos cortar a mesada dela no início do ano – informou Daphne. Apesar de suave, sua voz era forte. – Ela foi para a reabilitação quatro vezes. Vocês têm que entender, nós fizemos isso... fizemos isso para tentar ajudá-la. Os médicos falaram que ela precisava chegar ao fundo do poço. Nem sabíamos o endereço dela... Você disse que encontraram o corpo dela perto do Chelsea Embankment, nas margens do Tâmisa?

– Isso. E não tenho como passar essa informação de maneira sutil – falou Erika. – O corpo dela foi encontrado dentro de uma mala. Foi desmembrado.

Daphne começou a chorar.

– Quando foi a última vez que viram Charlene? – perguntou Moss.

— Três semanas atrás... Foi no dia em que chegaram carros novos à concessionária. Ela foi à concessionara na Love Lane.

— Essa é a sua concessionária? – perguntou Erika.

— É – respondeu Justin, colocando o braço ao redor de Daphne.

— Você se importa de nos contar o que aconteceu?

Ele deu um riso amargo.

— Ela queria fazer um *test drive* em um dos carros. Aposto que foi aquele sujeito que estava com ela – disse Justin.

— Que sujeito? – pressionou Erika.

Ele levantou, chorou e deu um jeito de se controlar.

— Quando ela foi à concessionária, tinha um sujeito com ela. Um cara grande e sujo de cabelo escuro. Ela apareceu como um foguete, do nada, exigindo as chaves. Falei que não daria, ela disse que estava sóbria, depois o cara se juntou a ela e fizeram uma cena.

— Que tipo de cena?

— Charlene começou a gritar, ele chegou perto do meu rosto e ficou falando que sabia tudo sobre nós, que não nos importávamos com a Charlene... Como se aquele estranho tivesse o direito... Teria dado um sopapo nele, mas tínhamos dois clientes naquele dia, ambos trocam de carro todo ano. Estou falando de trezentos mil em negócios sentados ali na concessionária, assistindo àquilo tudo... – Sua voz desvaneceu. – Então os deixei levar o carro.

— Que horário do dia eles foram à concessionária? – perguntou Moss.

— Lá pelas 14 horas, 14h30.

— Três semanas atrás, na terça-feira, era 12 de setembro. Foi nessa data mesmo?

Daphne suspendeu a cabeça, enxugou as lágrimas dos olhos e confirmou.

— Vocês pegaram o nome desse homem? – interrogou Erika.

— Não. Ele era grande, fedia a bebida. Não a criamos para ficar andando com pessoas como ele.

Erika pegou uma pequena foto de Thomas Hoffman na bolsa e a levantou.

— Isso. É ele – confirmou Justin. – Vocês o prenderam?

— Não. Também está morto. Também achamos o corpo dele no rio, em uma mala, desmembrado igual à Charlene – respondeu Erika suavemente. Houve um longo silêncio.

— Charlene explicou por que queria o carro? – questionou Moss.

– Só disse que queria fazer o *test drive* – respondeu Justin.

– Ela fazia isso com frequência? Pegar carros para fazer *test drive*?

– Era uma coisa que ela adorava fazer quando estava aprendendo a dirigir, quando tinha 17 anos... É claro, naquela época ela não bebia nem usava drogas.

– Depois que pegaram o Jaguar, não tivemos mais notícias, e ela não o devolveu naquele dia, nem no seguinte. Nós o encontramos três dias depois, abandonado em frente ao portão da concessionária.

– Isso foi na sexta-feira, dia 15 de setembro? – perguntou Moss.

– Se ela falou três dias depois, então foi! – zangou-se Justin. Daphne pôs a mão no braço dele.

– Deixaram as chaves na ignição e o estofamento manchado. Estava uma nojeira.

– Ligaram para a polícia? – perguntou Moss.

Essa pergunta deixou Justin furioso:

– Não! Eu não ia chamar o seu pessoal para a minha própria filha. Sabíamos que ela ia trazer o carro de volta.

– E você não tem ideia do motivo para ela ter ficado com o carro tanto tempo, nem para onde eles foram?

Daphne negou com um movimento de cabeça.

– E o que fizeram com o Jaguar? – perguntou Erika.

– Mandamos lavar, mas ele ainda está um nojo. Estamos esperando refazerem o estofamento na esperança de que ainda consigamos... – Daphne começou a chorar. Justin gesticulou desdenhosamente para elas, abaixando a cabeça para esconder as lágrimas.

– Vamos dar um momento a vocês – disse Erika.

Erika e Moss retiraram-se da sala, passaram pela escada e entraram em uma arejada cozinha que dava vista para um belo quintal bem-cuidado, com um tanque de areia, um balanço e um escorregador. Erika encheu a chaleira na pia.

– Se eles cortaram a mesada da Charlene, onde ela estava conseguindo dinheiro? – perguntou. – Como o Thomas se encaixa nessa equação? Ele estava usando drogas? Queria que os relatórios toxicológicos dos corpos já tivessem chegado. – Ela ligou a chaleira na tomada.

– No dia 12 de setembro, Charlene foi à concessionária com Thomas. O mesmo dia que Mariette falou que ele foi se encontrar com ela – disse Moss.

– Ele se encontrou com ela de manhã, então pode ser só uma coincidência. Mas não acredito em coincidências.

Ficaram em silêncio por um minuto e ouviram o som da chaleira começando a ferver. Erika aproximou-se da grande geladeira de aço inoxidável estilo americano. Estava coberta de post-its e tinha uma planilha de dieta do Vigilantes do Peso. Havia fotos de Daphne brincando com um menino e uma menina pequenininhos no balanço e no escorregador do quintal. Em outra foto, ela foi capturada abraçando as crianças em um restaurante. Acima dela, estava escrito "Aniversário de 60 anos da vovó!". Uma das fotos era do casamento de um homem de cabelo ralo, de terno ao lado da noiva.

– Deve ser o irmão da Charlene. E os sobrinhos – comentou Moss.

No canto superior esquerdo havia uma foto presa com um ímã no formato de um *smiley* sorridente. Erika a removeu da geladeira. Tinha sido tirada em uma festa, e era uma foto de família com Daphne, Justin, as crianças pequenas e Charlene de pé, na ponta. Tinha uma aparência macilenta, o cabelo bagunçado e segurava uma garrafa de cerveja, mas apesar do estado desgrenhado, ainda era uma mulher atraente. O ímã sorridente tinha sido colocado sobre a parte da foto em que ela estava.

– Parece que estavam esperando receber a notícia de que Charlene estava morta – disse Moss. – Não consigo me imaginar vivendo assim. Esperando a ligação ou a polícia à porta.

Escutaram a chaleira desligar e fizeram chá para os pais em luto.

CAPÍTULO 15

AGOSTO DE 2016

Nina e Max estavam hospedados num quarto em cima de um pub antiquado, em um prédio alto e fino de blocos de granito que se erguia na fronteira de um pequeno vilarejo em Dartmoor. Nina acordou cedo e olhou para Max dormindo ao seu lado e para a janela por onde o sol jorrava em um puído carpete vermelho. Segurando uma camisa de malha sobre os seios nus, foi à janela e a abriu. Não tinha visto muita coisa quando chegaram, na noite anterior. O ar fresco estava um pouco frio, mas o Sol já escalava um limpo céu azul. Ela conseguia enxergar quilômetros da vastidão de colinas verdes. Um grupo de pessoas fazia caminhada na rua lá embaixo, e estalos dos bastões misturavam-se às conversas murmuradas. Quando chegaram ao urzal cheio de mato, os estalos pararam e eles seguiram em frente, levando a prosa consigo. A vista era espetacular. Nina, uma típica garota de Londres sem tirar nem pôr, estava impressionada com a quantidade de cores, tantos tons vívidos de verde que se estendiam por quilômetros até as montanhas de topo cinza ao longe. Ela ouviu um assovio e virou a cabeça. Chegando ao vilarejo, na outra direção, estava o cara jovem de cabelo preto com quem ficara conversando no pub na noite anterior. Ele era bonito, mas bem magrelo, e tinha flertado muito com ela.

– Ressaca? – perguntou ele, observando-a com os olhos semicerrados e muitos dentes à mostra.

– Um pouquinho – respondeu ela, enrolando uma mecha de cabelo entre os dedos e sorrindo.

– Ainda está a fim de sair pra caminhar?

– Não sei, o Max ainda está dormindo.

Sentiu dedos fecharem-se ao redor de seu braço. Era Max atrás dela.

– Com quem está falando? – ralhou ele.

– Olha, é o Dean – respondeu, apontando.

– Veste uma roupa, porra! – ordenou, vendo que ela segurava a camisa de malha contra o peito. Empurrou-a da janela e olhou para Dean lá embaixo. – Espera aí. A gente vai descer daqui a pouco.

Max fechou a janela com força. Pisando duro, foi tomar um banho no banheiro ao final do corredor, e Nina sentou-se na cama, confusa. A noite anterior tinha sido divertida. Eles jantaram tarde no pub no andar de baixo e, quando Max foi pegar uma rodada de bebidas, voltou com Dean, que tinha conhecido no balcão do bar.

– Essa é a minha Nina, ela não é maravilhosa? – Max havia dito ao apresentá-los.

– Linda – ele concordara, comendo com os olhos seus seios atrás da camisa de malha. Enquanto bebiam, Dean contou que ia acampar a alguns quilômetros dali, e à medida que a noite progredia e eles ficavam bêbados, o rapaz confessou que estava na área para vender drogas nos festivais de música folk da região. Nina não falou muito e ficou escutando os garotos compartilharem experiências sobre crescer em orfanatos e lares adotivos temporários.

Ficaram até o bar fechar, e então houve um momento esquisito quando todos cambalearam até o salão. Max estava entre os dois, com os braços dependurados em volta deles. Puxou-os para perto e seus rostos ficaram colados no dele. Dean passou a mão nos seios de Nina, depois no peito de Max, respirando fundo com um brilho de amor nos olhos.

– Eu quero muito vocês dois – balbuciou, enrolando a língua.

– Anda, de volta pro seu acampamento – Max disse. – Segura a onda.

Nina se perguntava agora, na luz fria da manhã seguinte, se ela não tinha ido longe demais.

Depois de um café da manhã constrangedor no qual Nina tentou, mas não conseguiu conversar, Max decidiu que queria dar uma caminhada. Falou para Nina ir arrumar a mochila deles e saiu para ver Dean.

Quando Nina desceu novamente, quinze minutos depois, encontrou Max e Dean aguardando-a num banco em frente ao hotel. Estavam morrendo de rir, mas pararam quando ela chegou.

– Tudo certo? – perguntou ela, entregando a mochila maior a Max. Ele a colocou nos ombros.

– Claro, está tudo super supimpa – respondeu ele, e os dois racharam de rir novamente.

– Super supimpa! Puta merda. Quem fala super supimpa? – gritou Dean dando um tapa na perna. Quando riu, os dentes grandes e as pegajosas gengivas rosa ficaram expostos. Max abaixou o braço, pegou uma garrafinha de uísque e deu uma golada. Ela já estava pela metade.

– Oh, estou vendo porque está tudo super supimpa – comentou Nina abrindo um sorrisão. Max lhe ofereceu a garrafa, mas ela negou com um gesto de cabeça.

Saíram da frente do pub e caminharam em direção ao urzal. Depois de atravessar uma ponte sobre um rio, Dartmoor espalhava-se diante deles. Max disse que queria mostrar uma cachoeirinha isolada e os três caminharam vários quilômetros. Os garotos secaram o resto do uísque e não demorou para a conversa passar para sexo e, em particular, o tipo de coisa que já tinham feito com mulheres. Nina sentiu-se constrangida e ficou um pouco atrás, observando a paisagem. O urzal estava lindo e quente, mas uma brisa leve empurrava as nuvens pelo céu e o Sol não parava de aparecer e reaparecer, lançando um brilho luminoso e metálico em tudo.

Logo depois do meio-dia, chegaram a uma grande depressão no urzal e seguiram por uma trilha fina até um local onde uma cachoeira surgia nas rochas, caindo em um pocinho fundo rodeado de matacões enormes.

Os garotos estavam com os rostos vermelhos e suados devido ao calor e à bebida, e todos tomaram água da cachoeira. Max os levou a uma fenda crispada na rocha, um pouco afastada de onde a água cascateava. Não dava para vê-la do alto da depressão. Ele sacudiu os ombros para tirar a mochila e desapareceu por uma abertura estreita na rocha, que tinha meio metro de largura e era muito alta.

– Vamos, vocês dois – disse ele, colocando a cabeça de novo para fora.

Dean pôs a mochila nas pedras e entrou depois dele. Nina, relutante, os seguiu.

Alguns passos abertura adentro, a luz desvaneceu e ela teve que prosseguir se guiando com as mãos, as rochas dos dois lados roçando seus ombros. Quando seus olhos se ajustaram à luz, a pequena passagem se abriu e se transformou em uma caverna grande com um teto abaulado. Era muito seco lá dentro, e as paredes e o chão, lisos. A caverna estava fresca e era protegida do calor.

– Estão sentindo isso? – perguntou Max, enfiando a mão em um buraco no teto. Nina se aproximou deles e olhou para cima. O buraco no teto estava escuro, e ela não podia ver onde ele dava, mas sentia o ar fresco que emanava sobre eles. – Acho que é por aqui que a água costumava entrar, milhares de anos atrás, e ela fez essa caverna. Vejam como o chão é liso, mas cheio de ondulações.

– É bem fresco – comentou Dean.

– Se algum dia eu tiver que fugir, este vai ser o meu esconderijo – brincou Max.

Nina se afastou do ar fresco e olhou ao redor. Uma pilha de gravetos e cinzas denunciava o local em que, tempos atrás, alguém tinha feito uma fogueira, e de um lado, onde a pedra lisa fazia uma saliência para fora e criava uma plataforma, havia um grafite. Ela estremeceu. Max apareceu ao seu lado, pendurou o braço ao redor de seu pescoço e puxou-a junto ao peito. Dean estava de pé a alguns centímetros, encarando-os. Max estendeu a mão para Dean e o puxou para debaixo de seu outro braço. Nina sentia-se pressionada contra os dois homens. Max apertou os dois com mais força e ela sentiu uma fisgada de excitação, deixando-se imprensar. Com o peito junto ao de Max, ela sentiu o corpo magrelo e alto de Dean pressionar suas costas, e uma dureza crescente projetou-se contra suas nádegas.

– Vocês querem nadar? – perguntou ela.

– Ok, gata, qualquer coisa que você quiser – disse Max.

Eles se separaram, saíram da caverna e sentiram o sol flamejante. Os garotos estavam despudorados, tiraram a roupa toda e pularam de uma pedra lisa baixa para dentro do poço fundo. Nina, sem graça, tirou a calça, mas ficou de calcinha e camisa. Max estava nadando de costas no poço e Dean apareceu na superfície com o cabelo colado à cabeça.

– A água fica muito melhor pelado! – gritou Max.

– Sério?

– É, está bem fria e refrescante – completou Dean.

Nina respirou fundo, tirou a camisa, depois a calcinha. Ela foi à beirada da pedra e olhou para a água lá em baixo. Era muito funda e clara, dava para ver vários matacões nas profundezas azuis.

– Anda! Pula! – gritou Max, enchendo a mão de água e jogando nela.

Nina gritou quando a água a acertou, depois segurou o nariz e pulou.

– Está congelando! – exclamou, sem ar, ao emergir na superfície com o cabelo escuro e comprido colado à cabeça. Nadou de cachorrinho até os garotos, mas a água doía de tão gelada, então virou, voltou nadando e subiu novamente na comprida pedra plana.

– Qual é, sua fresca! – gritou Max, jogando água nela de novo.

– Não! Tá gelada pra caralho. – Ela tremia e cruzou os braços sobre o corpo nu. Desenrolou uma coberta que tirou da mochilinha e a pendurou sobre os ombros.

– Tem mais uísque no bolso lateral da minha mochila, vai te esquentar! – gritou Dean.

Nina achou uma garrafinha, tirou a tampa e deu um longo gole. Deitou no sol e ficou olhando os garotos jogando água e lutando. Sentiu uma pontada de desejo quando os dois começaram a brigar, pelados, na água. Max passou as pernas ao redor de Dean e lhe deu uma gravata, segurando-o debaixo d'água. Bem na hora que Nina gritou para parar, Max soltou Dean, que chegou à superfície e partiu para cima dele.

Um tempinho depois, eles subiram na pedra, mas não colocaram a roupa e deitaram-se pelados ao lado dela, formando uma fila perfeita: Nina, Max, depois Dean. Gotas de água empoçavam em suas barrigas firmes, e Nina se livrou do cobertor e inclinou a cabeça para trás. Houve um silêncio quando se entreolharam. Max se inclinou e beijou Nina, que hesitou, e depois o beijou também. Ela viu que, diferentemente de Max, Dean era circuncisado, e ele baixou a mão e começou a esfregar o pênis.

– Está com vergonha, Nina? – perguntou Max, acariciando a barriga dela com os dedos e pressionando-os entre as pernas dela.

Ela ficou tensa ao ver que Dean estava se masturbando.

– Não sei... – Ela encolheu os ombros, sentou-se, cruzou os braços sobre o peito e fechou as pernas.

– Ok. E se eu fizer isso? – Max se inclinou e beijou Dean, que correspondeu com entusiasmo. Nina ficou boquiaberta e riu. Os garotos começaram a se tocar, suas mãos explorando os corpos um do outro, e aquilo excitou Nina. Max estendeu a mão e puxou-a para o meio de seus corpos serpenteantes.

CAPÍTULO 16

Nina fez sexo com Max enquanto Dean olhava esfomeado. Quando Max se afastou, estavam cobertos de suor. Ele sorriu, levantou e pulou por cima dela dentro da água. Ela ficou deitada recuperando o fôlego e tirando mechas do cabelo do rosto. Dean continuava observando-a; ainda estava duro e com uma selvageria nos olhos. Nina levantou e se cobriu com uma ponta da coberta.

– Não. Desculpa, isso foi divertido, mas eu não quero – disse ela.

Dean se aproximou com um olhar predador. O desengonçado corpo nu de repente lhe pareceu obsceno. Nina olhou para o poço, porém Max tinha mergulhado e sobraram apenas as ondas espalhando-se pela superfície da água.

– Desculpa, Dean, não – falou ela, estendendo um braço e cruzando o outro sobre o corpo nu.

Masturbando-se furiosamente, ele se agachou sobre ela. Seus olhos estavam loucos, desfocados. Ele colocou um joelho esquelético entre as pernas de Nina. Logo antes de ele abri-las à força, ela viu sangue escorrer de um corte no joelho do sujeito.

– Não! – berrou, tentando se levantar, mas Dean se jogou sobre ela, que sentiu uma intensa dor quando ele a penetrou e começou a enfiar e tirar brutalmente. Seu rosto tinha mudado, não era mais o cara divertido e desengonçado. Seus lábios estavam repuxados para trás, deixando à mostra as gengivas rosa. Em seu rosto magro, os olhos estavam arregalados e as veias pulsavam atravessadas na têmpora. Ele segurava os braços dela com força, e Nina sentia os ossos do quadril baterem na pedra afiada debaixo de si. Tentou ver o poço atrás dele, mas não conseguiu enxergar Max. Dean começou a socar com mais força e, quanto mais tensa ela ficava, mais terrível era a dor. O que há poucos minutos parecia ousado e excitante tornou-se aterrorizante. Assim que ele soltou seus braços e começou a pressionar sua garganta, Nina sentiu a pressão aliviar e o corpo de Dean afastar-se do seu. Pensou a princípio que ele havia se apiedado, mas era Max quem o tinha pegado pelo cabelo, enganchado um braço entre as pernas dele e o jogado na pedra. Dean levantou num pulo, com o rosto vermelho e os olhos estufados, e deu um soco no rosto de Max, que cambaleou para trás e quase caiu no poço. Mas ele se recuperou, trepou em Dean sobre a pedra nua e começou a esmurrá-lo uma vez atrás da outra. Depois estendeu a mão, pegou uma pedra e golpeou a cabeça de Dean.

O rapaz ficou imóvel, com sangue escorrendo pelo nariz. Max respirou fundo e começou a espancar a cabeça de Dean com a pedra, reduzindo seu rosto a uma massa desfigurada.

Nina ficou chocada com a velocidade com que aquilo havia acontecido. Ela não gritou. Estava paralisada, com as pernas ainda muito abertas. Dean estava na pedra, totalmente imóvel, e ela não conseguia ver seu rosto devido à quantidade de sangue. Max levantou lentamente, ainda segurando a pedra. Seu rosto, seus braços e seu torso estavam salpicados de sangue. Nina olhou para baixo e viu que sua pele também estava respingada com o mesmo líquido escarlate. Ouvia apenas os sons da cachoeira e dos pássaros cantando à brisa.

Max se virou e jogou a pedra na água profunda.

– Você está bem? – perguntou ele, agachando-se ao lado da garota e vendo o sangue. Nina ia falar algo, mas sentiu o estômago contrair e vomitou nas pedras ao lado. Max mergulhou, se lavou, irrompeu na superfície e ficou esfregando os ensanguentados nós dos dedos. Encharcado, subiu novamente na pedra, ajudou Nina a se levantar e, segurando-a pelos braços, mergulhou-a na água, depois a puxou de volta e a acomodou na pedra. Ela sentiu um calafrio.

– Ele estava te machucando. Fiz aquilo para te proteger – argumentou ele, pragmático.

– Não, não, não! – sussurrou Nina. Olhou novamente para Dean. Estava imóvel por baixo de todo o sangue, e seu corpo agora parecia de cera. Max vestiu um short, calçou a bota de caminhada, agarrou Dean pelos tornozelos e puxou o corpo para fora da pedra, levando-o embora com a cabeça quicando no solo irregular da trilha estreita. Nina se abaixou e vomitou novamente, e o pouco que havia sobrado em seu estômago se espalhou pela água clara.

Sua próxima memória era a de estar vestida e caminhando com passos desequilibrados atrás de Max, cujas costas nuas ficaram vermelhas devido ao Sol. Então sua mente se desconectou do entorno, e a próxima coisa que escutou foi o barulho de água corrente. Um cano de metal tinha sido improvisado para capturar a nascente que borbulhava das rochas e despejá-la na funda gamela que transbordava na grama. Max se inclinou para a frente, tomou um pouco da água e puxou Nina para que bebesse também.

– Você está bem? – perguntou ele.

– Não sei – respondeu ela.

Ele afastou com carinho o comprido cabelo do rosto suado de Nina e a beijou suavemente, depois a suspendeu até a gamela de pedra. Água derramava pelas beiradas e ela se sentiu aliviada ao afundar ali dentro. Quando seus tênis encostaram no fundo, o nível da água estava em seus ombros.

– Prende a respiração – disse ele antes de empurrar a cabeça dela lá dentro.

A água fria atingiu seu couro cabeludo. Ela abriu os olhos e enxergou todo o fundo, até as marcas de cinzel na pedra, de quando fora esculpida centenas de anos antes. Sentiu na nuca a pressão da mão de Max, que a retirou da água e a colocou na grama. Ao lado da calha, havia algo cheio de musgo que lembrava um *donut*. Era de um verde tão vívido e tinha uma aparência tão macia que dava a impressão de ser comestível. Ela se inclinou para a frente e arrancou um pedaço, revelando o fragmento de uma roda de moinho lisa e branca.

– Cadê ele? – perguntou Nina, sendo tomada por outra onda de medo e náusea.

– Tem um poço fundo, um pouco afastado da cachoeira. Larguei o corpo lá dentro com a mochila, depois joguei um monte de pedras. Ninguém vai achar o cara.

Ele se agachou e olhou nos olhos de Nina.

– Ele estava te estuprando, Nina, e podia ter te matado... Ele tinha me contado que matou um cara quando ficou preso numa instituição para menores infratores.

Nina meneou a cabeça.

– Mas você o matou.

Max agarrou a cabeça dela e sacudiu com as duas mãos.

– Eu agi em legítima defesa. Ele ia te matar! Você está me ouvindo? – Ele a soltou. – Por favor, Nina. Eu te amo. Fiz aquilo por você. Para te salvar.

Ficaram em silêncio durante um longo momento, então Max disse que eles deviam ir para chegarem ao hotel antes de anoitecer.

CAPÍTULO 17

QUARTA-FEIRA, 4 DE OUTUBRO DE 2017

– **P**oderiam ser duas pessoas, dois assassinos trabalhando juntos? – questionou o Detetive Brian Temple. Ele tinha um simpático sotaque escocês. Erika deu as costas para as fotos da cena do crime no quadro-branco. – A senhora afirmou que não existe pergunta idiota – acrescentou ele. Por causa do sotaque, era como se o "senhora" tivesse sido direcionado a uma idosa.

– Senhora está no céu – disse Erika. – Prefiro chefe.

– Ok, chefe – disse ele, inabalável.

– Mas é verdade, não existe pergunta idiota. O que te faz pensar que *duas* pessoas fizeram isso? – Todos na sala de investigação olharam para Temple. Era um sujeito grande. Ele se inclinou para a frente na cadeira, apontando para as fotos da cena do crime com a caneta.

– É difícil para uma pessoa dar conta de duas. Thomas Hoffman era um cara grande, Charlene Selby era mulher, e sem querer ofender, senhoras, mas de alguma forma você são o sexo mais frágil. – As outras mulheres presentes, Moss, Marta e a Detetive Knight, olharam feio para ele e bufaram.

– Ele está levantando uma questão válida – Erika disse e gesticulou para que ele continuasse.

– Thomas e Charlene não têm nenhuma marca no corpo indicando que foram baleados, drogados ou amarrados.

– A Charlene foi esfaqueada, mas não sabemos se isso foi *antes* de ser espancada até a morte... Os resultados dos exames toxicológicos mostram que ela tinha altos índices de cocaína e heroína no sangue, o que poderia ter facilitado o controle do assassino – argumentou Erika.

– Ela era usuária habitual. Os pais confirmaram – acrescentou Moss.

– E o Thomas Hoffman estava limpo, com exceção das drogas na barriga, mas não era usuário – disse Temple. – Isso nos leva de volta à minha teoria de duas pessoas. E se duas pessoas os pegaram de carro, os levaram a algum lugar reservado e os encurralaram depressa? Talvez tenham sido encarcerados.

– Por que eles iriam voluntariamente para um lugar onde poderiam ser encarcerados? – questionou Moss.

– Zada, a mulher com quem falei e que fazia contrabando de droga para o Reino Unido, disse que os traficantes querem que as pessoas entreguem as drogas imediatamente depois de aterrissar – disse Erika. – Os contrabandistas geralmente se encontram com eles e os levam a algum lugar para fazer a entrega. No caso dela, era um prédio comercial perto de Heathrow.

– Isso pode explicar a ida voluntária deles para um lugar onde podiam ser aprisionados – concluiu McGorry.

– Quem disse que o Thomas estava contrabandeando drogas para *dentro* do Reino Unido? E se ele estivesse com tudo preparado e pronto para contrabandear para *fora*? – argumentou Moss. – Aí quem o matou poderia não saber que as drogas estavam no corpo dele.

– É muito "se, mas e talvez" pro meu gosto – disse Erika, aproximando-se novamente do quadro-branco e olhando para o grande mapa de Londres e do rio. – Precisamos descobrir se Thomas e Charlene tinham passagens em voos para dentro ou para fora do país.

– Já fiz essa solicitação – disse Moss.

Erika ficou em silêncio e suspirou.

– Ok. E o Jaguar que usaram durante três dias? Sabemos aonde ele foi?

– Também fiz uma solicitação ao Centro de Dados Nacional de Reconhecimento Automático de Número de Placas. O número da placa deve ter sido capturado pelas câmeras de segurança em Londres e nos arredores. Solicitei que eles mandassem esses dados o mais rápido possível.

– Bom, Moss está fazendo todo o trabalho braçal – repreendeu Erika, encarando o restante da equipe.

– Para ser justa, chefe, só oficiais da minha patente para cima podem acessar informações desse centro de dados. Sou a única detetive inspetora, já que o Peterson não...

Houve um silêncio constrangedor. Erika olhou novamente para a foto do passaporte de Thomas Hoffman no quadro-branco. Ele havia renovado o passaporte dezoito meses antes – seis meses depois que a esposa morreu. Seus olhos tinham uma expressão vazia e assombrada com a qual ela se identificava. Teve que renovar a identidade policial quando voltou ao serviço após a morte de Mark. Sua foto tinha a mesma expressão. Então pensou em Peterson e se perguntou o que ele estava fazendo agora. Imaginou-o no sofá do apartamento, o corpo magro encolhido no cobertor. Deu uma sacudida na cabeça para se livrar desse pensamento, virou e percebeu que Crane estava falando.

– O perfil do Thomas Hoffman no Facebook era bem escasso. Havia pouquíssimas atualizações. Parece que ele só usava para jogos on-line, mas mesmo assim conseguimos achar uma ligação com a Charlene Selby. Eles se conheceram pelo Facebook três meses atrás, jogaram Candy Crush e começaram a se comunicar pelo Messenger. Parece que tinham várias coisas em comum, estavam ambos deprimidos, desempregados e desmotivados. Descobriram que moravam perto: Thomas estava em Dollis Hill, e Charlene vinha dormindo no sofá de uma amiga em Willesden Green. Trocaram telefones e pararam de se falar pelo Messenger. Ainda estamos aguardando os registros telefônicos para podermos acessar as mensagens de texto.

– Quem era a amiga com quem Charlene estava ficando? – perguntou Erika.

– Outra drogada, uma mulher e o namorado – respondeu Crane. – Um guarda deu uma passada lá hoje mais cedo, mas eles estavam bem chapados e mal se lembraram dela. Havia algumas coisas da Charlene no apartamento e as mandamos para a perícia antes de devolver à família.

– Ok. E Mariette Hoffman, quem a está investigando?

A Detetive Knight levantou a mão:

– Nasceu em 1963, em Cambridge. Não tem qualificações. Passou a maior parte da vida recebendo benefícios, teve empregos esporádicos no comércio e em algumas fábricas. Na verdade, foi no Departamento de Trabalho e Pensões que conseguimos todas as informações sobre ela, desde a época em que tinha 20 e poucos anos. Foi presa uma vez por embriaguez e desordem, isso em 2004, na véspera do ano novo, na King's Cross. Ela e Thomas Hoffman brigaram em um ponto de ônibus e Mariette quebrou a vitrine de uma loja. Um guarda a prendeu e ela foi solta depois de receber uma advertência. Atualmente, ela é proprietária de um apartamento no Pinkhurst Estate. Era inquilina de um imóvel do governo, mas o comprou por dezoito mil libras usando a política do direito de compra.

Tinha um financiamento de metade disso, mas o liquidou sete anos atrás. Só que ela alega não ter trabalhado em tempo integral nos últimos vinte anos, então não sei como conseguiu dar a entrada de nove mil e liquidar o financiamento depois. Ela deveria ter declarado isso ao Departamento de Trabalho e Pensões. Pode ser um caso de fraude beneficiária.

– Ok, vamos guardar essa informação para o caso de termos que trazê-la para interrogatório – disse Erika. Era tarde e ela viu que a equipe estava cansada depois de outro longo dia. – Ok. Vamos finalizar por hoje, a gente se encontra aqui amanhã às 9 horas.

A equipe começou a recolher os casacos e todos engataram num papo ao saírem da sala de investigação.

– Anima tomar uma? – perguntou Moss ao pegar o casaco.

– Obrigada, mas tenho que acompanhar umas coisas – respondeu Erika. – Preciso ir atrás do Nils Åkerman lá na perícia forense. Ainda tenho esperanças no teste com vapor de supercola.

– Vou continuar a trabalhar agora à noite, depois que conseguir aqueles dados. Tentar descobrir aonde aquele Jaguar foi.

– Ótimo – disse Erika, começando a mexer em uma pilha de pastas em uma das mesas.

– E me desculpa por ter mencionado o Peterson.

– Por quê? Foi uma observação válida. Você é a única policial na equipe com a patente de detetive inspetora.

– Ok, bom, não trabalhe demais. Estaremos no Wetherspoon, caso mude de ideia – disse Moss.

– Ok, boa noite.

Quando o último integrante da equipe saiu da sala de investigação, Erika pegou o telefone e ligou para Nils. Ele atendeu imediatamente.

– Oi, Nils. Estou ligando para saber do teste com o vapor de supercola no pedaço de concreto.

Ele soou desapontado ao ouvir a voz dela.

– Oh, oi, Erika. Na verdade conduzirei o teste agora. Uma das minhas assistentes está fazendo os preparativos enquanto conversamos.

– Ótimo. Quando você acha que...?

– Erika, já falei pra você, o teste leva muitas horas, e mesmo assim não sei se vamos ter resíduos de impressão digital suficientes para conseguir algum resultado! – gritou ele.

Ela ficou surpresa com a explosão. Nils era sempre tão calmo e sereno.

– Ok – disse ela. – Só quero lembrá-lo que esta é a primeira vez que te pergunto sobre isso, e você falou...

– Sei o que eu falei – vociferou ele. Houve silêncio na ponta da linha. Erika resistiu à vontade de apelar com ele também.

– Você está bem, Nils?

– Estou. Estou, sim. Ótimo. Só um pouco estressado. Orçamentos, sobrecarga de trabalho. Desculpa, Erika.

– Ok. Bem, espero que dê tudo certo com o teste – disse ela.

– Entro em contato no segundo em que tiver alguma coisa – prometeu ele e desligou. Erika colocou o telefone no gancho e olhou para a sala de investigação ao redor. *Os recursos devem estar no limite, já que até o descolado, calmo e imperturbável Nils está pirando*, pensou.

Acabou decidindo ir tomar uma. Pegou o casaco, apagou as luzes e partiu em direção à saída da delegacia para se juntar à Moss e à equipe no pub.

CAPÍTULO 18

Nils Åkerman permaneceu de pé em sua sala por vários minutos depois do telefonema de Erika, respirando fundo muitas vezes. Agarrou a lateral da mesa e ficou aguardando uma onda de tontura e náusea passar. Estava tremendo e um brilho de suor cobria sua pele. O nariz começou a escorrer e ele foi à pia no canto da sala, arrancou um pedaço de papel azul do porta-toalhas e assoou, estremecendo de dor. Ficou chocado com o reflexo no espelho. Sua pele estava amarelada e tinha círculos escuros debaixo dos olhos. A pequena saboneteira de aço inoxidável cintilava à luz, e, quando foi abri-la, bateram na porta.

Uma das peritas, Rebecca March, estava aguardando no corredor. Era uma mulher pequena de cabelo castanho-claro comprido, preso numa trança na altura da nuca.

– Tudo pronto para começar o teste com vapor de supercola – disse ela, e então franziu a testa. – Você está bem?

– Estou – respondeu ele.

– Ainda está mal por causa da alergia? – Nils fez que sim com um gesto de cabeça e foi pegar o crachá na mesa. – É muito estranho você ainda estar com os sintomas. O período do ano em que o ar fica cheio de pólen já passou, não?

– Tenho muita sensibilidade. A poluição também é um problema pra mim. Acabei de tomar outro anti-histamínico – disse ele, passando o cordão por cima da cabeça.

Eles saíram da sala, percorreram o corredor e passaram por uma parede de vidro de um dos laboratórios onde a equipe trabalhava. Chegaram a uma porta dupla no final. Nils encarou Rebecca enquanto ela usava o cartão de acesso para liberar a entrada, mas a assistente parecia muito concentrada naquela tarefa. Entraram em outro corredor e Nils usou seu cartão para abrir uma porta à esquerda. Ela dava em uma pequena sala de preparação, onde havia uma pia grande, armários e uma janela com vista para um laboratório de testes, além de uma grande câmara quadrada de acrílico no centro. Lavaram as mãos na pia, depois vestiram macacões, máscaras e luvas de látex. Quando estavam prontos, Nils autorizou com um gesto de cabeça e Rebecca abriu a porta do laboratório de testes.

Nils se aproximou de um banco que se estendia pela parede lateral e pegou o grande envelope de provas que continha o pedaço de concreto. Conferiu se os lacres adesivos não haviam sido violados. Rebecca abriu um dos painéis de acrílico da câmara e preparou uma pequena bandeja de folha metálica com várias gotas de supercola. Colocou-a em uma mesa com rodinhas junto a um container plástico de água. Nils juntou-se a ela e posicionou o pedaço de concreto em uma armação com três suportes ao lado da bandeja prateada de supercola, de modo que todas as áreas ficassem expostas ao processo de vaporização. Várias manchas escuras mostravam o sangue que havia se empoçado na superfície porosa.

– Vamos torcer para conseguir alguma coisa com isso – disse Rebecca.

– Ficou na água por muito tempo, mas a esperança é a última que morre – concordou Nils.

Saíram da câmara e fecharam o painel de acrílico. Nils se inclinou sobre o painel na lateral do equipamento e programou o timer para trinta minutos. Quando se reergueu e se virou, viu que Rebecca o encarava com os olhos semicerrados acima da máscara.

– Acho que você está sangrando – disse ela, apontando para a máscara ao redor do nariz de Nils com o dedo enluvado. Saíram do laboratório e ficaram na salinha de preparação. Rebecca tirou o macacão, a máscara e as luvas e colocou tudo em um envelope de provas. Nils tirou a máscara e viu que estava respingada de sangue. Limpou o nariz na manga do macacão, que ficou manchada. Rebecca o observava com uma expressão preocupada no rosto.

– Você está bem?

– A alergia, ela faz o meu nariz sangrar – falou ele.

– Vou ter que escrever uma observação sobre isso quando despachar nossos macacões nos envelopes de provas – informou ela.

Ele se aproximou da pia, pegou um papel-toalha e limpou o nariz. Os olhos de Rebecca moveram-se do lenço salpicado de sangue para o rosto de Nils. Ela o observava cuidadosamente:

– Parece que você está muito doente.

– Já te falei, vou ficar bem! – ralhou ele, jogando o lenço no lixo.

Ela estendeu um envelope de provas e ficou observando Nils tirar o macacão e depositá-lo junto com as luvas e a máscara ensanguentada. Estava prestes a selá-lo quando Nils disse:

– Eu termino aqui.

– Mas tenho que registrar e envelopar esses...

Ele tomou o envelope dela.

– Rebecca, desculpa por ter sido grosso com você. Estamos todos trabalhando demais. Você não fez um intervalo de almoço completo, fez? Posso dar um jeito aqui, descanse uns vinte minutinhos. – Um lampejo de preocupação passou pelo rosto da perita. – Por favor, me ajude a ser um bom chefe – disse ele sorrindo e tentando permanecer calmo.

– Ok, obrigada – consentiu ela, ainda um pouco desconfiada.

Ele manteve o sorriso no rosto até Rebecca ir embora. Quando ouviu o zumbido da porta lá fora sendo destrancada e o clique da maçaneta se fechando, retirou a máscara ensanguentada do envelope de provas e a enfiou no bolso da calça. Pegou uma máscara nova no pacote, amarrotou-a um pouco e enfiou no envelope. Retirou o plástico dos dois envelopes, lacrou as etiquetas adesivas e escreveu o nome de Rebecca em ambos os lacres.

O corredor estava vazio quando Nils saiu apressado para a sua sala, tremendo e suando. Entrou e trancou a porta. Conferiu se a persiana estava abaixada, cobrindo a janelinha retangular na porta, trancou-a e foi até a saboneteira na pequena pia. Suspendeu a capinha de metal e, na cavidade onde o sachê de sabão geralmente ficava, havia um pequeno frasco de comprimidos. Pegou o frasco e uma folha de papel na impressora, sentou-se à mesinha de centro de mármore, dobrou a folha com dois comprimidos dentro e os esmagou com o peso de papel de cristal murano. Fez dois montinhos de pó nas costas da mão direita e os cheirou, um para cada narina. Desmoronou na cadeira e inclinou a cabeça para trás, permitindo que aquela onda familiar se apoderasse dele. A estonteante euforia ameaçava massacrá-lo e acabou fazendo-o apagar.

CAPÍTULO 19

QUINTA-FEIRA, 5 DE OUTUBRO DE 2017

Bem cedo na manhã seguinte, Erika, Moss e McGorry se reuniram em uma das salas de audiovisual da Lewisham Row para assistir a uma fita das câmeras de segurança da concessionária Selby Autos Ltda. A imagem preta e branca na tela mostrava a entrada principal. A câmera ficava bem acima dos portões, e uma cerca de tela metálica enfeitada com bandeirolas se estendia pela tranquila rua repleta de árvores.

– Então vamos lá, a rua está tranquila, são 9h03 da manhã do dia 15 de setembro – disse McGorry. Um momento depois, um Jaguar pequeno aproximou-se costurando a rua e subiu na grama antes de passar pela câmera, parando diante da cerca. Charlene Selby saiu do lado do motorista, cambaleando e maltrapilha com uma saia comprida. Parou para colocar o braço dentro do carro e pegar uma bolsa grande. Uma pessoa de short, tênis de corrida e moletom com o capuz levantado saiu pelo lado do passageiro, mas quem quer que fosse manteve a cabeça baixa.

– Que merda, não dá pra ver o rosto. É o Thomas Hoffman? – perguntou Erika.

– Não, ele sai atrás – respondeu McGorry. Nesse exato momento, um homem grande saiu com dificuldade do banco de trás do carro, que era baixo e pequeno. O vento soprava o cabelo ralo. Seu pé agarrou no cinto de segurança e ele quase caiu, mas conseguiu se equilibrar. Virou e olhou para os dois lados da rua.

– Ok, esse aí é o Thomas Hoffman – confirmou Erika. Estava de short, camisa de malha preta e se abaixou dentro do carro para pegar uma sacola.

– E quem é essa? – perguntou Moss quando uma quarta pessoa saiu pela porta de trás. Era uma mulher de camisa sem manga, echarpe e boné abaixado sobre o rosto. Seu cabelo escuro e comprido escorria pelos ombros.

Ela também mantinha a cabeça baixa e, sob o boné, seu rosto permaneceu sombreado. Rodeou o carro e deu uma corridinha para alcançar a pessoa encapuzada, que colocou a mão em sua bunda, e seguiram caminhando. Charlene ficou para trás e esperou Thomas. Começaram a andar para alcançar a mulher de boné e a pessoa de capuz, que aguardavam mais à frente na rua.

– Ok, todos ficam parados ali por dois minutos – disse McGorry enquanto continuavam assistindo à fita.

– Mas não dá pra ver o rosto deles – reclamou Moss.

Ele balançou a cabeça e completou:

– Não dá pra melhorar a imagem, a fita está muito embaçada.

– Câmeras de segurança embaçadas parecem ser um tema recorrente nas nossas investigações, não é mesmo, chefe? – disse Moss.

Erika fez que sim e revirou os olhos.

Na tela, um minicab[2] passou pelo Jaguar abandonado e parou ao lado dos quatro que aguardavam ali. A pessoa de capuz inclinou-se na janela do carro, pareceu falar algumas palavras com o motorista e entrou no lado do passageiro. Charlene aproximou-se depressa da porta de trás e também entrou, seguida pela mulher. Thomas deu a volta mancando até a porta do outro lado do veículo.

– Passa de novo a parte em que o Thomas Hoffman sai do carro. E dá um close no rosto dele – solicitou Erika. McGorry voltou o vídeo rapidamente. – Isso, pausa aí e dá um zoom.

A imagem estava embaçada, mas dava para ver no close que Thomas Hoffman estava com o rosto machucado.

– Quem são essas outras duas pessoas? – perguntou Moss.

– Uma mulher jovem e, talvez, muito provavelmente, um homem jovem – acrescentou McGorry.

– É a primeira vez que os vemos – afirmou Erika. – E a impressão é de que podem ser amigos de Thomas e Charlene.

– Isso contribui para a teoria do Temple de que duas pessoas podem ter apagado os dois – disse Moss. Erika deu uma olhada para ela. – Desculpa, matado os dois.

– E o motorista daquele minicab deve ter dado uma boa olhada em todos eles – comentou Erika. – Entrem em contato com as empresas de minicabs da região e descubram quem estava dirigindo o carro.

---

[2] Minicabs são um tipo alternativo de táxi que circula em Londres. Essa modalidade de serviço deve ser contratada previamente. (N.T.)

CAPÍTULO 20

SEXTA-FEIRA, 6 DE OUTUBRO DE 2017

Nils Åkerman chegou tarde ao trabalho no dia seguinte, dizendo aos colegas que tinha ido ao médico para tratar os problemas de alergia. Eles fingiram preocupação, alguns inclinaram a cabeça em solidariedade, mas ninguém fez mais perguntas. Quem acreditaria que aquela aparência terrível, as mãos trêmulas e o rosto suado de Nils eram sintomas de alergia a plantas, no centro de Londres, em outubro? Não existia alergia. Nils era um viciado funcional havia um tempo. Tinha começado dez anos atrás, durante seu ano sabático nos Estados Unidos, quando machucou as costas surfando e o médico prescreveu Vicodin, um analgésico altamente viciante. Aquele foi o início de um longo e escorregadio declínio na direção de onde se encontrava hoje.

Nils foi direto para a sua sala, trancou a porta e abriu a tampa da saboneteira. Colocou três comprimidos na mão e foi a uma das poltronas próxima à mesinha de mármore. Esmagou os comprimidos e cheirou dois montes enormes do pó branco nas costas da mão. Ele desmoronou para trás na cadeira e limpou o nariz, que estava em carne viva por dentro. Levantou, oscilando um pouco, pôs o frasco de comprimidos de volta na saboneteira e viu que estava quase vazio. Pegou o telefone na mesa e ligou para Jack, um cara jovem que era seu traficante havia alguns anos.

— É o Nils, posso dar uma passada aí mais tarde? – perguntou ele.

— Pra me pagar? – questionou Jack.

Nils hesitou.

— Hoje não, preciso de mais. Segundo o nosso acordo, tenho até o final da outra semana para...

— As coisas mudaram. Preciso do dinheiro hoje – disse ele, a voz jovem cheia de desdém.

– Jack, o nosso esquema é semanal, você sabe disso.

– É, bem, o meu chefe está com a grana meio curta e resolveu cobrar os débitos depois que alguns clientes ficaram inadimplentes. Aliás, inadimplente é a palavra errada. Tiveram overdose. Viciados mortos não pagam as contas, então preciso que acerte comigo.

– Não sou viciado – afirmou Nils, rangendo os dentes.

Jack deu uma gargalhada. Foi uma gargalhada falsa e cheia de escárnio.

– Você me deve dois mil.

– Tenho condições de pagar – disse Nils.

– Melhor ter mesmo...

– Jack!

– Não, escuta aqui, Nils. Você é uma bosta de um viciado e a merda ficou séria, então preciso da grana até o fim do dia.

– Mas...

– Sei que você ganha um bom dinheiro, Nils. Então isso não deve ser problema. Ou é?

Jack desligou e Nils ficou em pé tremendo, olhando para o telefone. Sentiu um calor inundar seu nariz, estendeu a mão e pegou um papel-toalha azul no suporte bem a tempo de estancar o sangue que lhe escorria das narinas. Inclinou a cabeça para trás na tentativa de conter o fluxo, mas, após alguns minutos, acabou tendo que encher as narinas de papel.

Nils pegou seu crachá e deixou o escritório. Saindo do estacionamento subterrâneo, foi tomado pelo ar frio. Tranquilo, o Tâmisa cintilava ao Sol fraco. Foram necessários apenas alguns minutos para caminhar até a estação de ônibus Vauxhall, que estava movimentada, e entrar na fila do caixa eletrônico. Quando chegou sua vez, tentou sacar quinhentas libras. Na tela, uma mensagem informou que ele não possuía limite. Tentou seus outros dois cartões de crédito, que também foram recusados. Ouviu alguns sons agitados e notou que dois operários, com os macacões sujos de barro, aguardavam atrás dele.

– Parceiro, você vai demorar? – perguntou um deles de cara fechada, as mãos enfiadas no bolso por causa do frio.

– Desculpa, só mais um momento – disse Nils. O operário revirou os olhos. Nils inseriu o cartão de débito, digitou a senha e solicitou quinhentas libras. O caixa eletrônico ficou ruminando um tempão.

Um vento frio soprava ao redor da estação e pessoas passavam apressadas. O caixa apitou e apareceu uma mensagem na tela informando que ele não tinha saldo.

– O quê? – gritou ele. Pressionou a opção para conferir o saldo e viu que havia um débito de mil libras, além do financiamento imobiliário e dos pagamentos mínimos de seus cartões de crédito. Como podia ter se esquecido de que a parcela do empréstimo seria debitada? Com as mãos trêmulas, pegou o cartão e retornou atordoado ao trabalho, sem notar a expressão no rosto das pessoas enquanto sangue pingava em sua camisa branca.

Quando chegou novamente à sua sala, Nils trocou a camisa, passou água fria no rosto e recolocou papel dentro do nariz. Conferiu a carteira, porém não tinha nada. Fez algumas contas rápidas para saber quanto tempo ainda faltava para o dia do pagamento, mas uma parte enorme do seu salário seria engolida por empréstimos e financiamentos. Bateram na porta e ele a abriu, ainda segurando um lenço no nariz. Era Rebecca.

– Boa tarde, senhor – disse ela com a testa franzida. – Ainda com problemas?

Ele forçou um sorriso, estancando o nariz.

– Ainda.

– Estou com o resultado do teste com o vapor de supercola da arma do crime. Não conseguimos nada. Não havia impressão digital.

CAPÍTULO 21

A atmosfera depressiva tomou conta da sala de investigação quando Erika transmitiu a notícia de que Nils não havia conseguido levantar nenhuma digital do pedaço de concreto.

– Foi um tiro no escuro, mas achei que eles podiam trabalhar com aquela quantidade mínima. Achei que pudessem ter deixado algo nele... – Sua voz desvaneceu.

– E o resíduo de sangue no concreto? – perguntou Moss?

– Eles farão mais testes, mas o sangue está entranhado na superfície porosa do concreto. Vai levar tempo. É um processo complexo. O que mais nós temos?

– Thomas Hoffman comprou duas passagens de avião para Jersey, uma para ele e outra para Charlene. A partida seria no domingo, 17 de setembro, do Gatwick – disse McGorry. – Obviamente, não chegaram a embarcar.

– Quando compraram as passagens? – perguntou Erika.

– Quarta-feira, 14 de setembro.

– Então existe a possibilidade de que ele estivesse indo contrabandear cocaína para Jersey, ou para outro destino.

– Estou investigando tudo, chefe. Já solicitei as filmagens das câmeras de segurança do aeroporto, para o caso de terem aparecido por lá.

– Duvido que alguém seria idiota o bastante para sequestrá-los na sala de embarque, mas é sempre bom conferir – disse Erika, desanimada. – Moss, como está o levantamento das informações com o Centro de Dados Nacional de Reconhecimento Automático de Número de Placas?

– Recebi uma planilha e estou trabalhando nela – respondeu a detetive inspetora. – É bom e ruim. Bom porque o Jaguar andou por todo o centro de Londres durante os três dias em que ficou fora da concessionária dos Selby, então o número da placa foi capturado por centenas de câmeras.

Ruim porque tenho que comparar os dados pra montar uma rota e um padrão, mas estou conferindo isso.

Erika olhou para os membros da equipe e tentou pensar em algo, qualquer coisa, que os motivasse a manter as coisas em movimento, mas não conseguiu. Estava tão desanimada quanto eles. Tinham localizado o minicab que pegou Thomas, Charlene, o homem e a mulher não identificados em frente à Selby Autos, a partir da logo da empresa na lateral do carro. O motorista era Samir Granta. Uma mulher que trabalhava no atendimento disse que ele estava de férias com a família na Austrália e que não sabia quando voltaria. Também não podia informar o local aonde Samir havia levado os quatro passageiros, pois não mantinham um registro dos endereços. A mulher deu a eles o número do telefone celular de Samir, mas já era tarde. Melbourne e ele não estava atendendo.

Erika olhou para o relógio. Eram quase 18 horas.

– Ok, vamos terminar por hoje, pessoal – disse ela. – Vão pra casa e descansem um pouco. A gente se encontra aqui amanhã às 8h30.

A equipe começou a se movimentar na direção da porta, despedindo-se com os casacos nas mãos. Moss parou à mesa de Erika.

– Já que estamos saindo cedo, chefe, por que não vai jantar lá em casa?

Erika olhou para o relógio.

– Obrigada, mas vou ficar aqui. Em algumas horas vai amanhecer na Austrália, e o tal do Samir pode ter alguma pista sobre o homem e a mulher não identificados que estavam com Thomas e Charlene.

– Você está um caco, chefe. Vamos lá comer alguma coisa, depois você continua trabalhando. Tenho que cair matando nas informações do número da placa. A gente janta cedo, e o Jacob vai adorar dar um "oi" pra tia Erika.

– Ele me chama de tia Erika?

– Chama, vive perguntado de você. Ele te desenhou na escola semana passada...

– Que gracinha.

– Bem, sabe como é. Os desenhos das crianças não são tão elogiosos assim. Você tem nove dedos em cada mão e é do tamanho da nossa casa, mas o que vale é a intenção.

Erika riu. Olhou para o relógio novamente e ficou tentada a dar uma saída durante algumas horas, mas sabia que naquela noite não seria a melhor das companhias. Não conseguia parar de pensar no caso.

– Obrigada, quem sabe na próxima vez. Se eu for, vou agarrar no vinho e a noite já era! Mas vamos marcar em breve, e manda um "oi" pra Celia e pro Jacob.

– Ok, só vai com calma. Aviso quando terminar o serviço com as informações da placa. – Ela sorriu e, pegando o casaco, saiu da sala de investigação.

Erika se aproximou do quadro-branco e absorveu seu conteúdo em silêncio por um momento. Observou as fotos e os mapas, e mais uma vez teve a familiar sensação de que aquilo tudo estava lhe escapando. Se ela não fizesse progresso em breve, uma pessoa, ou várias, se safariam daqueles assassinatos.

– Vamos trocar uma palavrinha, Erika? – perguntou uma voz. Era a Superintendente Hudson, que segurava dois copos da Starbucks. Ela se juntou a Erika diante do quadro-branco e lhe passou um dos copos.

– Obrigada – falou Erika.

– Vi o relatório do Nils Åkerman. Não encontraram impressões inteiras nem parciais no bloco de concreto.

Erika balançou a cabeça, deu um gole de café e saboreou o gosto.

– Estou com esperança de falar com o motorista do minicab mais tarde e ver se ele pode nos contar alguma coisa sobre as duas pessoas que estavam com Charlene Selby e Thomas Hoffman. Também estamos peneirando imagens de câmeras de segurança das rotas do Jaguar.

– Sei que você trabalha com o instinto, Erika, e eu respeito isso, mas preciso manter o desenvolvimento dessa investigação – começou Melanie.

– O que está fazendo em relação às drogas encontradas no estômago de Thomas Hoffman?

– Reafirmo que a pessoa que matou Hoffman não estava envolvida com drogas – disse Erika.

– Entrei em contato com o Detetive Inspetor Chefe Steve Harper, da narcóticos... – Erika ia protestar, mas Melanie levantou a mão. – Ontem à noite, a equipe dele fez uma batida em uma fábrica de drogas em Neasden. Apreenderam equipamentos, produtos químicos e materiais usados para fabricar, embalar e contrabandear drogas. Preciso que envie a cocaína encontrada no estômago de Thomas Hoffman à perícia, para que façam testes nos pacotes.

– Eles já fizeram testes nos pacotes.

– Fizeram só os básicos. Preciso que façam uma bateria de testes específicos nos materiais usados para embalar os pacotes, pra ver se são compatíveis com os materiais apreendidos na fábrica de drogas. A equipe do Inspetor Chefe Harper fez quatro prisões ontem. Esses homens estão em custódia, e podemos ter a chance de provar que as drogas encontradas no estômago de Thomas Hoffman foras feitas e empacotadas por eles.

– Está me tirando da investigação? – questionou Erika.

– É claro que não, mas tenho que ampliá-la. Precisamos compartilhar essa prova, já que existe uma potencial sobreposição com a sua investigação de assassinato.

– Investigação de *duplo* assassinato.

Melanie respirou fundo e tentou manter a compostura.

– Isso é algo ainda aberto à discussão. Por favor, providencie o envio das drogas encontradas no corpo de Thomas Hoffman para a perícia forense em Vauxhall, ok? Já liguei avisando. Nils Åkerman e sua equipe estão cientes de que precisam agilizar.

– Se já providenciou tudo, por que está pedindo pra mim? – zangou-se Erika. – Agora entendi por que apareceu aqui com café.

– Isso se chama cortesia profissional – disse Melanie. – Algo que você deveria praticar. Aprecie o seu café.

Ela foi embora e deixou Erika sozinha na sala de investigação.

CAPÍTULO 22

Nils ficou andando de um lado para o outro em sua sala durante horas. Observou pela pequena janela o Sol afundar no céu e as estrelas surgirem acima do Tâmisa.

Estava chocado com a reviravolta em seu acordo com Jack. Quando começou a comprar drogas com ele, era quase como se estivesse ligando para um amigo em Camberwell. Conversavam sobre política ou esporte, às vezes tomavam um chá antes de trocarem grana e mercadoria, e agora aquele garoto o chamava de viciado.

Nils tinha ligado novamente para Jack implorando por mais tempo, mas ele o ameaçou.

– Nils, sei que você trabalha na unidade forense em Temple Wharf, no quarto andar. Sei quem é o seu chefe e tenho o número dele. Também sei onde você mora.

– E então o quê? Você vai invadir o prédio e quebrar as minhas pernas? – Nils gritara, horrorizado, perguntando-se como Jack sabia daquelas informações.

– Se você não me pagar, Nils, vou fazer coisa pior do que quebrar as suas pernas, porque você vai ter que sair correndo do caos que vou aprontar pra você. Eu vou te destruir. Vou destruir a sua reputação. – Ele dissera calmamente antes de finalizar a ligação.

Andando pela sala, as últimas palavras de Jack ecoavam em sua cabeça. Duas mil libras não eram um valor alto, mas tratava-se de uma quantia que ele não conseguiria levantar rapidamente. Já tinha pegado dinheiro emprestado com dois amigos, e ao sentar-se, suando, com o coração aos solavancos, se deu conta de que eles provavelmente não continuariam em sua vida por muito tempo – Nils estava evitando suas ligações. Podia pedir a um de seus colegas? De jeito nenhum. Dá para pegar no máximo cinco librazinhas com colegas, e isso com aqueles que se conhece muito bem.

Ele abriu a geladeira, pegou as sobras rançosas do bolo de cenoura. Enfiou um pedaço na boca e começou a mastigar na esperança de que o açúcar aliviasse a ansiedade, mas, assim que engoliu, correu para a pia e vomitou.

Quando abriu a torneira e começou a lavar a pia, o telefone tocou. Era Erika Foster explicando que precisava entregar os narcóticos tirados do estômago de Thomas Hoffman para que fizessem mais testes.

– Que horas você pensou em vir? – perguntou ele.

– É urgente, então posso chegar aí em uma hora, uma hora e meia, dependendo do trânsito – respondeu ela.

Nils apertou o telefone com força. Uma ideia tinha lhe fisgado a mente.

– Se chegar em duas horas, o laboratório estará pronto para fazer os testes imediatamente.

– Ok, obrigada.

– O meu turno vai ter acabado – mentiu ele. – Mas alguém da equipe fará a primeira rodada de testes. Há um cofre para depósito de material bem na entrada da garagem subterrânea. Coloque os pacotes na abertura.

– Obrigada, Nils – disse Erika.

Ele desligou o telefone com o plano totalmente formulado na cabeça. Era terrível e ousado. Narcóticos entravam e saíam do laboratório todos os dias. O controle da entrada era rigoroso e a saída tinha que ser justificada. Entretanto, não era incomum, depois do horário do expediente, que narcóticos fossem deixados no cofre para depósito de material no estacionamento do subsolo. Em duas horas, Erika deixaria ali um pacote com embalagens de cocaína que ao todo valiam trinta mil libras. Ela iria de carro ao cofre para depósito de material. E se alguém aparecesse de moto e o roubasse dela? A localização do laboratório forense não era amplamente conhecida, mas eles já tinham sido alertados para o fato de que a localização do cofre para depósito de material era demasiadamente aberta e pública.

Nils pôs a cabeça nas mãos e deu um longo gemido de desespero. Tinha realmente chegado àquele ponto? Pela primeira vez ele se deu conta, lá no fundo, de que era um viciado. Precisava de ajuda, mas tinha que fazer aquilo. Podia liquidar sua dívida e seguir em frente. Virar a página. Começar de novo. Pegou o telefone e ligou para Jack.

– Puta que pariu, já era hora! É melhor ser notícia boa...

– Por favor, escute – disse Nils, com a voz trêmula. – Se você fizer exatamente o que eu disser, terá o seu dinheiro de volta com um lucro enorme. Mas tem que me prometer que fará isso sem que ninguém saia ferido.

CAPÍTULO 23

Estava tarde quando Erika desceu à sala de provas. Ficava em um porão da Lewisham Row, no lado oposto ao prédio das celas, e mesmo após tantos anos na força, ele ainda lhe dava arrepios.

A inspetora chefe falou com o jovem policial que trabalhava em uma pequena mesa ao lado da porta. Ele pegou o número de série dela e desapareceu em meio às fileiras de estantes. A sala baixa era iluminada por cima, fazendo brilhar o cabelo castanho do jovem policial que andava entre as prateleiras abarrotadas. Estavam lotadas de envelopes de provas de todos os formatos e tamanhos, contendo facas encrostadas de sangue, roupas bem dobradas e respingadas de fluidos corporais, pedaços de corda, joias delicadas e até mesmo brinquedos de criança. Os brinquedos eram o que mais afetava Erika, bem como todos os envelopes de provas cheios de roupas íntimas femininas: os diferentes tamanhos e estilos tornavam-se ainda mais sinistros por estarem rasgados e ensebados. A sala de provas continha a resposta para muitos crimes, a ligação científica entre vítima e criminoso.

O policial localizou a sacola plástica transparente com os pacotes de drogas em uma prateleira no fundo e retornou à mesa. Havia duas etiquetas grudadas sobre a abertura da sacola, assinadas por Erika e Isaac Strong. Suas assinaturas passavam por cima do lacre adesivo, de modo que, caso ela fosse aberta e adulterada, seria impossível selá-la novamente e alinhar a complexa teia de letras.

Erika conferiu se estava tudo intacto e passou alguns minutos preenchendo formulários antes ir embora da sala.

Chegou ao corredor principal onde ficavam a cantina, o vestiário dos funcionários e a sala de armas. Passou pelo Sargento Woolf saindo da cantina com um copo de chá fumegante.

– Não está à caça de um biscoitinho doce, está? Roubei os últimos – disse ele segurando um pacotinho.

– Tenho uma coisa muito mais forte – disse ela, levantando o pacote com as drogas.

Woolf lançou os olhos sobre ele.

– Vou ficar com os biscoitinhos doces.

Erika passou por mais alguns guardas que finalizavam o turno e chegou à porta da sala de armas. Pressionou a campainha o olhou para a câmera montada acima dela. Um segundo depois, a porta emitiu um clique e abriu. Com a identidade em mãos, solicitou um cassetete e uma arma de choque. Como policial treinada em armas, Erika tinha autorização para operar pistolas de choque. Ela assinou a autorização para a retirada dos dois itens e conferiu se a arma estava carregada antes de colocá-la em um cinto de couro junto ao cassetete.

Ela saiu de carro de Lewisham e pegou um trânsito leve entre Peckham e Camberwell. Poderia facilmente ter mandado um oficial subalterno entregar o envelope de provas, mas delegar não era algo que Erika fazia com facilidade. Queria manter contato com Nils para garantir que seu rosto continuasse presente na mente dele. Solicitaria um teste pericial completo no Jaguar da Selby Autos. Os pais de Charlene disseram que tinham mandado limpar o carro, mas ele ainda podia ter impressões digitais e DNA. O problema eram tempo e recursos. O Departamento de Perícia Forense estava com sobrecarga de trabalho e sem recursos para processar provas rapidamente, então manter-se próxima a Nils poderia ajudar.

Havia um pouco de trânsito em um cruzamento perto de Kennington, e Erika parou atrás de uma fileira de carros. Ela conferiu se o carro estava todo trancado. As drogas estavam em uma sacola de supermercado no banco do passageiro, e a vistosa ilustração de frutas e verduras divergia do que havia dentro dela. O semáforo ficou verde e ela arrancou novamente, passou pela estação Oval do metrô e seguiu a rua ao redor dos muros altos do estádio de críquete. Os poucos carros à frente dispersaram logo antes da rua tornar-se de mão única, e Erika entrou atrás da estação de trem Vauxhall e pegou a Nine Elms Lane. Quando entrou na rua ao lado do Tâmisa, não percebeu a Range Rover preta com vidros escuros estacionada nas sombras perto do muro alto e curvado que separava a Nine Elms Lane do rio que corria lá embaixo.

Reduziu a velocidade e deu seta para virar à esquerda, onde uma via de acesso levava ao estacionamento subterrâneo e ao local de entrega do laboratório da perícia forense.

Os faróis da Range Rover acenderam no alto e o veículo arrancou cantando pneu, atravessou a pista contrária, se aproximou e ficou visível no retrovisor.

– Que diabos...? – Erika reclamou quando a Range Rover ficou emparelhada com seu para-choque, cegando-a com o farol alto. Instintivamente, ela acelerou e passou direto pela via de acesso. A Range Rover acelerou e deu uma cutucada em seu para-choque traseiro. Erika segurou o volante com força, tentando manter o controle do carro. A estrada passava como um borrão pelas janelas e ela estendeu o braço para pegar o rádio no banco ao lado, mas a Range Rover recuou, aumentou a velocidade e bateu na traseira do carro de Erika. O rádio e o cinto com a arma de choque escorregaram do banco e caíram no assoalho do passageiro. Em ambos os lados, borrados pela velocidade, iam ficando para trás mercados, uma cerca de tela metálica, uma rua com trânsito intenso e o muro alto que separava a via do rio. A Range Rover recuou um pouco, então Erika pregou o acelerador no assoalho na esperança de se distanciar. Porém, mesmo quando o velocímetro passou dos 130 para os 140, a Range Rover manteve o ritmo e bateu nela de novo.

– Porra! – gritou quando o semáforo vermelho apareceu na frente, onde o trânsito aguardava em um cruzamento. A Range Rover retrocedeu, voltou a avançar e os veículos da pista oposta dispararam a buzinar. Bateu na lateral direita, empurrando Erika para a esquerda. Ela ficou agarrada ao volante enquanto o carro entrou sacudindo e batendo em uma via lateral irregular. Era uma rua de pista única que se estendia entre duas cercas de tela metálica. Não havia postes e a Range Rover permanecia em cima, batendo na traseira, e ela precisava continuar segurando o volante para manter o controle. Sua mente zumbia, tentando entender o que havia acontecido nos últimos sessenta segundos.

A rua de pista única transformou-se em uma ladeira íngreme e fez uma curva para a esquerda. Um grande prédio com cais de carga agigantava-se à frente, e diante de sua grande porta metálica havia uma plataforma elevada de concreto de aproximadamente dois metros. A Range Rover freou e recuou. Erika meteu o pé no freio e parou cantando pneu a alguns centímetros da plataforma. Estendeu o braço na direção do rádio no assoalho do passageiro, mas, antes de conseguir pegá-lo, ouviu o motor rugir e bateu a cabeça no painel quando a Range Rover atingiu a traseira de seu carro. O veículo deu ré e, cantando pneu, atingiu o carro de Erika novamente. O capô amassou como papelão ao acertar o muro baixo do cais de carga. Erika estava atordoada e mal conseguia mexer a cabeça depois do impacto. Sangue escorria de cima de sua sobrancelha.

A Range Rover parou aproximadamente um metro atrás dela, em ponto morto. Em seguida, os faróis apagaram, mergulhando-a na escuridão.

– Puta merda, puta merda – sussurrou ela, tentando se movimentar com rapidez, rangendo os dentes de dor. O cais de carga era cercado de depósitos que bloqueavam muito da luz artificial ao redor. Ela apalpou o assoalho do passageiro, encontrou o rádio e fechou a mão em volta dele, porém, quanto tentou pedir reforço, viu que não havia sinal. – O quê? – vociferou ela, pressionando freneticamente os botões. Tentou novamente, trocando as frequências, mas não havia nada além de silêncio. Virou a cabeça e estremeceu. Os faróis da Range Rover continuavam apagados e ela não conseguia enxergar nenhum movimento lá dentro. Puxou a maçaneta da porta, mas a lateral dianteira superior estava amassada do lado do motorista, impedindo-a de sair. Erika tentou falar pelo rádio novamente e ficou tateando em busca do cinto de couro com a arma de choque e o cassetete.

– Controle, está me ouvindo? – insistiu com raiva. Viu o botão logo abaixo do volante e o pressionou para acender a luz azul e ligar a sirene estridente de sua viatura sem identificação. A Range Rover permanecia imóvel e escura. Erika trepou no lado do passageiro e, com as pernas compridas e o longo casaco escuro enganchados na alavanca da marcha, tentou abrir a outra porta, que também estava emperrada. Deu uma ombrada na porta, sentiu a dor disparar pelo corpo, e mesmo assim não cedeu. Estava prestes a passar para o banco traseiro quando lembrou que, por se tratar de um veículo para carregar suspeitos, as portas e as janelas de trás não abriam. Estendeu o braço, ainda tremendo devido à dor, e tentou abrir as portas, mas estava certa.

Entrando em pânico, Erika suava debaixo do casaco. Inclinou-se e tentou abrir os vidros elétricos da frente, mas não funcionaram – as portas estavam amassadas para dentro. Olhou para a janela de trás, que começava a embaçar. Sua mente trabalhava depressa. *Eles sabiam que eu estava com o envelope de provas?* A localização daquele laboratório não era de conhecimento público. *Por qual motivo alguém me forçaria a sair da estrada?*

Através da embaçada janela de trás, Erika viu as portas da Range Rover se abrirem e duas pessoas de preto descerem lentamente. Aproximaram-se do carro carregando pés-de-cabra e ambas usavam balaclava. Erika olhou ao redor e viu a fivela do cinto de couro com a arma de choque e o comprido cassetete despontando debaixo do banco do passageiro. O carro balançou quando uma das pessoas de preto tentou abrir o porta-malas com o pé de cabra. Erika estendeu a mão debaixo do banco do passageiro e o vidro do motorista explodiu, chovendo vidro no interior do veículo. O ar frio e o som estridente da sirene o invadiram.

– Mostre as mãos – ordenou um deles, apontando uma arma para Erika.

CAPÍTULO 24

OUTUBRO DE 2016

Os acontecimentos do feriado em Dartmoor haviam mudado Nina. Max a ajudou a voltar ao hotel naquela noite, confiscou seu telefone e lhe deu comprimidos para dormir. Quando acordou no dia seguinte, já bem tarde, ela ainda queria ir à polícia.

— Eu estava te defendendo – argumentou Max, incrédulo. – Nina, ele podia ter te matado. E em troca você quer que eu vá pra cadeia?

— Eles não vão te mandar pra cadeia se contarmos a verdade! – discordou ela.

— E qual é a verdade, Nina? É uma coisa que nós sabemos, eu e você. Mas e a polícia, que vai ver a minha ficha? E o DNA deixado nele? O fato de que desovei o corpo e que nós fomos embora? Um juiz e um júri acreditariam na verdade ou me olhariam e enxergariam só um assassino?

— Mas... É assim que as coisas funcionam... – respondeu ela com a voz fraca. – Você vai contar a verdade e vai ficar tudo bem. Minha mãe sempre diz que se falarmos a verdade as coisas dão certo.

Max balançou a cabeça e a tomou nos braços.

— Você precisa cair na real sobre como as coisas funcionam, Nina. Não é só o meu DNA que está nele, é o seu também. Acha que a polícia vai acreditar mais em você do que em mim?

— Ele tentou me estuprar.

— Você transou comigo enquanto o Dean olhava. E estava dando o maior mole pra ele na noite anterior, no pub. Eles vão ouvir que você estava agindo como uma puta. E o juiz e o júri vão achar a mesma coisa... – Ela enterrou a cabeça no peito de Max e começou a chorar. – Sabe como é a prisão pra meninas novas igual a você? – perguntou ele, ninando-a como um bebê. – O Dean está descansado em um poço muito, muito fundo. Nunca vão achá-lo. Ele era uma pessoa solitária, um traficante e estuprador. Você se lembra das mãos dele ao redor do seu pescoço, não lembra, Nina? – Ela recuou, levantou o olhar na direção dele e assentiu com o rosto vermelho e cheio de lágrimas.

– Se ele tivesse me matado, você teria ido à polícia?

– É claro que eu teria ido à bosta da polícia – vociferou ele, empurrando-a.

– Fiz aquilo por você – sussurrou inclinando-se para a frente. – Matei um homem com minhas próprias mãos por *você*. *Você* quer me entregar pra polícia, e agora me pergunta se eu ia largar o seu corpo no fundo de um poço?

– Não, Max, não falei is...

– Puta merda, como você é burra. Estou aqui, em pé na sua frente, um homem que te ama. Que morreria por você. Que *matou* por você...

– Max, desculpa – disse ela aos prantos, agora histérica, jogando-se nele e agarrando suas roupas.

– É óbvio que isso não é o suficiente pra você, então beleza, procura a polícia. Vai embora. Boa sorte pra você no mundo real lá fora. Eles só vão enxergar uma putinha vagabunda.

– Não vou fazer isso! Prometo, por favor, não consigo. Preciso de você, amo você. Vamos lidar com isso e pronto. Vou lidar com isso... – Nina deu uma engasgada brusca e teve que correr à pia para vomitar. Max a seguiu e segurou o cabelo dela para trás.

– Está tudo bem – disse ele, tranquilizando-a. – Põe tudo pra fora. Vamos seguir em frente. Esse tipo de coisa acontece na vida e você tem que seguir em frente. Prosseguir. Temos um ao outro, não temos?

Nina limpou a boca e levantou o rosto para ele com os olhos injetados de sangue.

– Temos – respondeu ela.

– Somos só nós dois, Nina, eu e você contra o mundo. Diga isso.

Ela assentiu:

– Eu e você contra o mundo.

Quando chegou em casa, Nina só queria ficar encolhida no quarto, escondida do mundo. No entanto, sua mãe informou que Paul tinha levado as coisas dele para lá e que passariam a morar juntos. A casa imediatamente adquiriu uma atmosfera diferente. Tinham sido Nina e a mãe desde que conseguia se lembrar, e ela achava Paul sinistro.

Além disso, a maneira desesperada como a mãe o bajulava era constrangedora. O clima da casa ficou estranho com os pertences de Paul por todo lado, com o murmúrio baixo da voz dele quando Nina estava na cama no andar de cima, e o cheiro de pós-barba barato inundava o ar de forma agressiva.

Na primeira manhã, Nina saiu do banheiro enrolada em uma pequena toalha e quase trombou com Paul, que esperava para entrar. Vestia apenas cueca samba-canção e uma velha camisa de malha branca.

– Bom dia, Neen – sorriu ele, olhando demoradamente para o corpo dela.

– Bom dia – respondeu, indo passar por ele, mas Paul bloqueou o caminho.

– Não se importa de eu te chamar de Neen, né? – comentou, os olhos movendo-se pelas curvas do corpo dela debaixo da toalha.

– Acho que não... – Nina respondeu, evitando o olhar dele, agarrando-se à toalha e desejando que ela fosse mais comprida.

– Não vou pedir que me chame de papai – riu ele.

Mandy apareceu no alto da escada com uma pilha de toalhas limpas e Paul imediatamente parou com a sordidez dando um passo para trás. Mas Mandy tinha visto a situação e decidiu que era Nina quem estava passando dos limites.

– Vá para o seu quarto e vista alguma coisa! – vociferou ela. Nina saiu depressa, e suas bochechas vermelhas não testemunharam a seu favor.

Nesse dia, ela tinha visitado o apartamento de Max pela primeira vez. Ficava no alto de uma casa perto da King's Cross, com vista para o trilho do trem. Era minúsculo, mas limpo, com uma pequena cozinha em um canto e um banheiro minúsculo no outro. Sua coleção de livros, uma mistura de títulos de filosofia e história, ocupava uma parede. Max tinha feito chá e torrada com ovo para eles. Comeram com os pratos apoiados no colo, em frente ao brilho de uma lareira elétrica de três barras, ouvindo a chuva martelar o telhado. Nina sentia-se segura ao lado de Max. Estava com a sensação de que havia sido jogada no mundo. Não tinha mais a rotina da escola, era como um peixe fora d'água em casa e todos os amigos próximos foram para a universidade. Ela só tinha Max.

Nas semanas seguintes, com o tempo piorando e as noites tornando-se mais longas, Nina passou a ficar a maior parte do tempo no apartamentinho de Max. Apesar de o incidente em Dartmoor pesar muito em sua cabeça, aquela era uma época feliz, e os dois tornaram-se muito próximos. Nina ficou chocada com a inteligência dele e em como era articulado. Ela se deu conta de que podia até ter mais qualificações, porém, se comparada a Max, era inculta e ignorante em relação ao mundo. Max falava sobre governos mundiais e história, sobre teorias da conspiração e sua obsessão pelos Illuminati.

– Somos todos peões em um enorme jogo. Ninguém se importa com a gente, Nina. Ninguém se importa com você... com exceção de mim. Não passamos de vermes se contorcendo na merda, e um pequeno grupo de pessoas, as corporações, a elite, nos controla.

Ele contou detalhes sobre sua infância, sobre ter sido abandonado pela mãe quando era bem pequeno, sobre como foi horrível crescer em orfanatos e sobre como havia sofrido abuso sexual de vários funcionários dessas instituições quando tinha 9 anos.

– Você tem que lutar por tudo nessa vida – disse ele. – Lutei por você quando o Dean quis te estuprar e tirar a sua vida. Então eu matar esse sujeito foi certo ou errado?

– Acho que, se você olhar desse jeito, foi certo – respondeu Nina com uma vozinha.

– É claro que foi. Pense em todos os políticos que começam guerras. O que são guerras?

– É quando um país faz uma coisa ruim com outro.

Max negou com um movimento de cabeça, levantou e começou a andar pelo quarto, animado.

– Nina, guerras acontecem por causa de dinheiro. Pra vender armas e ganhar poder. Sabia que muitos políticos têm empresas que fabricam produtos para a guerra? Posso te mostrar exemplos em um monte de livros. Esses mesmos políticos declaram guerra por interesses pessoais. Matam milhares, se não milhões, de pessoas inocentes e nunca são responsabilizados. Fazem lavagem cerebral em todos nós para acharmos que a guerra é nobre. Que os soldados que vão lutar estão fazendo isso pelo país. Pobres coitados. Os soldados são nobres, claro, mas aquilo pelo que estão lutando não... E defendi você, Nina, tirei uma vida miserável pra proteger você, e posso ficar preso vinte anos e ser largado na prisão pra apodrecer. Quantas outras mulheres o Dean deve ter estuprado e matado? Não, existe uma lei pra elite e outra pra nós, os bostas dos vermes. Eu me recuso a ser um desses vermes. Eu me recuso a me contorcer e ser subserviente!

No final de outubro, ambos foram demitidos do trabalho no Santino's por não aparecerem em várias ocasiões. Nina estava farta de trabalhar lá havia algum tempo, mas mantinha o emprego em parte por que a mãe insistia que ela pagasse contas da casa.

Houve um ponto de virada no relacionamento dos dois. Max a convidou para se mudar para a quitinete e eles começaram a receber o seguro desemprego. Nina sentiu-se livre e feliz pela primeira vez em meses, e acreditava que ela e Max tinham um verdadeiro futuro pela frente, que ela tinha encontrado a pessoa certa.

Então eles foram para Blackpool.

CAPÍTULO 25

SEXTA-FEIRA, 6 DE OUTUBRO DE 2017

Erika viu que a arma apontada para ela era uma Smith & Wesson com silenciador caseiro. As sirenes da viatura sem identificação continuavam a berrar, e o pequeno cais de carga estava iluminado por luzes azuis intermitentes.

— Mãos para o alto! – gritou ele. Seus grandes lábios rosa apareciam pelo buraco da balaclava.

Erika suspendeu os braços lentamente, ajoelhada no banco do passageiro.

— Abra o porta-malas! – gritou a voz. Era masculina e bem pronunciada. – Faça isso ou atiro em você!

— O botão fica perto da coluna de direção – disse Erika, sem tirar os olhos dele. – Você quer as drogas?

— Quero, agora abra o porta-malas! – gritou ele, com a voz estridente.

Eles estão pressupondo que coloquei no porta-malas, pensou ela. Estava ajoelhada em uma posição esquisita no banco, com a sacola do Tesco contendo os narcóticos debaixo das pernas. Houve um barulho esganiçado de metal quando o outro homem tentou abrir o porta-malas com o pé de cabra. *Quem são esses dois?*, pensou ela. *Isso é coisa de amador, tudo isso por trinta mil em drogas. Mesmo que a batizem com farinha de trigo, vão vender por alguns mil a mais, só que estão arriscando muito.* Como ela não conseguiria identificá-los por cima da balaclava, havia uma chance de deixarem-na viva.

— Anda, depressa, abre e desliga as sirenes! – gritou ele, inclinando a arma na direção do volante.

— Preciso me abaixar para alcançar o botão debaixo da coluna de direção – alegou Erika.

— Faça isso, porra!

A outra pessoa continuava a raspar a traseira do carro e, na fração de segundo em que o homem de balaclava olhou para o outro e deixou o revólver abaixar um pouco, Erika suspendeu a arma de choque escondida atrás de si e a disparou no pescoço do sujeito. A sirene mascarou o barulho do disparo e da descarga de quando os ganchos do fio agarraram-lhe a pele. Ele ficou rígido e caiu no chão. Erika continuou segurando a arma de choque, foi ao banco do motorista e saiu pela janela. Ele estava deitado no chão. A policial tirou o pente da arma, o embolsou e deu a volta mancando até a traseira do carro, onde a segunda pessoa, agora em pânico, cravava o porta-malas com o pé de cabra.

– Mãos ao alto! – gritou ela. O cara suspendeu o rosto, soltou o pé de cabra e levou a mão à parte de trás da calça. – Deixe as mãos onde eu posso ver – ordenou, apontando a arma de choque para o peito do sujeito.

– Sua piranha do caralho! – xingou através da balaclava.

Erika mirou a arma de choque na virilha e disparou nas bolas. Ele gritou, ficou rígido e caiu no chão.

– Isso vai te ensinar a não me chamar de piranha do caralho – disse, virando-o de barriga para baixo, pegando a Smith & Wesson enfiada no cinto dele e tirando o pente. Revistou os bolsos e encontrou um apare-lhinho preto; era um bloqueador de sinal de curto alcance, usado para obstruir frequências de rádio e celular. Em seguida, foi à porta traseira do lado do passageiro e estourou a janela com a coronha da arma. Enfiou o braço lá dentro e pegou duas algemas. Foi ao primeiro homem, algemou uma de suas mãos, arrastou-o até uma grade de metal comprida ao lado do cais de carga e o prendeu à barra mais baixa. Tirou a balaclava. Tinha cabelo louro e o rosto liso e redondo. O homem olhou para ela, aturdido. Erika fez o mesmo com o segundo homem: arrastou o corpo bambo até a grade e o algemou. Tirou a balaclava dele também. Ficou surpresa ao ver o quanto era jovem – mal parecia ter saído da adolescência.

Ela encontrou o rádio e pediu reforço, aproximando-se da Range Rover para conferir se estava vazia. Tirou a chave da ignição, retornou e mostrou o distintivo para os dois homens.

– Vocês estão presos. Não precisam dizer nada, mas a sua defesa pode ser prejudicada caso não respondam, quando interrogados, algo a que possam recorrer mais tarde no tribunal. Tudo o que disserem pode ser usado como prova.

Só então, quando a adrenalina começou a deixar seu corpo, ela co-meçou a sentir a extensão de seus ferimentos.

O homem mais velho de cabelo louro tentou cuspir no rosto de Erika, mas não teve força. Ela teve que resistir à vontade de espancá-lo com o cassetete. Sabia que, se começasse, não seria capaz de parar.

CAPÍTULO 26

MARÇO DE 2017

Nina tinha se desentendido com a mãe e, como resultado, eles não tinham mais carro. Max ouviu falar que um amigo em Blackpool estava vendendo um carro barato, então decidiram ir até lá e aproveitaram para passar o fim de semana.

Como Nina suspeitava, fazia muito frio e ventava demais em Blackpool no final de outubro. A hospedaria em que ficaram era um pouco rústica e, mesmo com as janelas fechadas, as cortinas no quarto tosco balançavam com a corrente de ar. Mas isso não importava. Estavam em Golden Mile e à noite as luzes brilhavam através da cortina de renda, iluminando o teto acima da cama. Nina adorou ficar à beira-mar. Acordaram cedo no sábado e passaram o dia em Mile. Jogaram caça-níqueis, comeram peixe com batata em embalagens de papel e arriscaram ir à praia dar umas remadas no mar gelado.

Tinham marcado de pegar o carro novo naquela noite e, antes de saírem, Max pagou para irem até o alto da Blackpool Tower ver a passarela de vidro. Subiram pouco antes de fechar e foram os únicos integrantes da última tour do dia. Era tranquilo lá em cima, e Max pegou a mão de Nina quando começaram a caminhar pela passarela transparente. As pessoas se movimentavam pelo calçadão lá embaixo, o mar estendia-se pelo horizonte e o píer esticava-se mar adentro.

– Parece que estamos flutuando acima de tudo – comentou Nina, segurando a pilastra de ferro e ajoelhando. Deitou com o rosto para baixo. Sentia o vento esbofeteando a torre e, distante, lá de baixo, vinha o som arrastado das ondas que quebravam e puxavam o cascalho da praia. Max ajoelhou, juntou-se a Nina e os dois ficaram deitados com a parte de cima da cabeça encostadas. Bem embaixo deles, duas mulheres andavam com carrinhos de bebê vazios e três crianças pequenas corriam ao redor delas, como satélites minúsculos.

– Olha todo mundo lá embaixo – comentou Max.

– Parecem pessoinhas de brinquedo – disse Nina.

Max virou a cabeça para ela e completou:

– Contorcendo-se como vermes minúsculos, é o que eu acho. Fervilhando, retorcendo-se cegamente, procriando cegamente. É uma questão de sobrevivência e só. Insignificante. Todos alheios a como o mundo realmente funciona... Veja aquelas duas mulheres. Se soubessem como o mundo *realmente* funciona, não teriam dado à luz. Já se perguntou se a sua mãe em algum momento pensou em abortar você?

Nina virou-se para ele.

– Não! E sei que ela me queria, apesar de a gente não estar se falando. Sei que ela me ama.

– Sabe mesmo?

– Sei.

– Minha mãe queria abortar, tenho certeza disso, mas a gravidez já estava muito avançada quando ela descobriu...

Nina olhou para o alto da cabeça dele, o Sol fraco capturando alguns fios dourados do seu cabelo. Eram tantos os sentimentos que tinha por Max: luxúria, pena... medo. Mas seu amor por ele sempre flutuava acima desses, tornando-os insignificantes como ruído branco.

– Você não fala muito sobre a sua mãe – disse Nina. – Eu adoraria saber.

– Ela era uma escrota. É isso que você precisa saber – disse ele. – Mijaria na sepultura dela se soubesse onde é.

– Max, a gente pode descobrir. Não que eu queira que você mije nela, mas podíamos colocar umas flores...

Max virou a cabeça para ela de modo que suas testas ficassem pressionadas uma à outra.

– É por isso que eu te amo, Neen, você enxerga o lado bom das coisas. E, ainda que eu saiba que está errada, é legal ver que até agora o mundo não te destruiu.

– O mundo é um lugar bom, Max – disse ela, dando-lhe um beijo. Ele também a beijou e se virou para olhar as pessoas que se aglomeravam longe lá embaixo, mantendo o topo de suas cabeças pressionados um ao outro.

– Eu me imagino aqui em cima com um grande botão vermelho – disse Max. – Posso apertá-lo a qualquer momento, então ele soltará uma bomba nessas pessoas, acabando com o sofrimento delas. Uma bomba nuclear vaporizaria todos.

– E nós? – perguntou Nina.

– Você está comigo, Neen. Eu tenho o grande botão vermelho. Comando o mundo e você é a minha rainha – respondeu, abrindo um sorriso. Foi um sorriso malicioso, desprovido de ternura.

Nina ia falar algo, mas foi interrompida por um rapaz que se aproximou para informar-lhes que a torre já ia fechar. Max rolou, ficou de costas no chão e olhou o relógio.

– Faltam quatro minutos para dar o horário, então ainda temos quatro minutos.

– O meu relógio está de acordo com o GMB – disse o rapaz. Era jovem, magro e tinha os dentes salientes.

Max se levantou e questionou:

– GMB?

– Isso – respondeu o rapaz.

– E o que "GMB" significa? – perguntou Max.

– Sei lá, só sei que está na hora de vocês dois irem embora. Estamos fechando.

Nina levantou da passarela de vidro.

– É GMT, seu idiota: Greenwich Mean Time – falou Max.

– Anda, vamos nessa – disse Nina, puxando o braço dele.

Max encarou o rapaz, que percebeu sua expressão insana. Sua cabeça afundou no pescoço e ele sorriu sem graça.

– Do que é que você está rindo?

– De nada – respondeu o rapaz. Estava com medo.

– Vamos, Max…

– Está achando alguma coisa engraçada?

O rapaz negou com um gesto de cabeça.

– E, para seu conhecimento, imbecil, ainda estamos no horário de verão, o British Summer Time. BST – disse Max.

Se Nina não estivesse com tanto medo de ele partir para a violência, teria rido. Tinha mesmo importância aquele rapaz, que provavelmente ganhava um salário mínimo, não saber a diferença entre GMT e BST? E o relógio de Max estava atrasado, então era provável que o do rapaz estivesse correto. Por fim, Nina puxou Max para irem embora, pegaram o elevador até o térreo e se juntaram às massas fervilhantes.

Voltaram caminhando até a hospedaria para pegar as malas, depois tomaram o ônibus para o conjunto habitacional onde o colega de Max morava. O encontro com esse amigo deixava Nina nervosa, preocupada com o que ele pensaria sobre ela, se a acharia convencida ou careta. Mas foi uma transação rápida. Um sujeito alto, com cara de pilantra, dentes amarelos se encontrou com eles em frente a uma casa e os levou a um pequeno Renault que, no escuro, parecia ser marrom. Max espiou pelas janelas, depois entrou com o rapaz e ligou o motor. Os rostos deles alongavam-se nas sombras lançadas pela luz interior. Em seguida, deram a volta no capô, o rapaz acendeu uma lanterna e eles ficaram olhando lá dentro. E foi isso.

– Vai na manha, gata. – O rapaz piscou para Nina antes de voltar trotando para casa com um maço de notas de cinquenta libras dobradas.

– Quanto custou? – perguntou Nina enquanto punham as malas no porta-malas.

– Quinhentas pratas.

Eles entraram e ela viu que o carro estava limpo, arrumado e tinha um CD player.

– É legal.

– É mais do que legal, é uma pechincha do caralho.

– Por que isso foi pechincha?

– Não me faça perguntas e eu não te contarei mentiras – respondeu ele, abrindo um sorrisão antes de beijá-la.

A viagem para casa foi longa e o trânsito na M40 estava pesado, então saíram da rodovia e pegaram estradas menores. Percorriam uma rua tranquila perto de Oxford, sem postes nem olho de gato na pista, apenas o contorno do asfalto adiante. Nina estava cochilando, embalada pelo movimento do carro, quando um vulto escuro saiu da lateral da estrada de repente. Eles o acertaram com toda a velocidade e o borrão rolou pelo capô, para-brisa acima, depois despencou do teto. Max meteu o pé no freio e os pneus berraram. O carro derrapou e parou de lado na pista contrária, perto de uma vala.

– Você está bem, querida? – perguntou ele.

Nina respondeu que não tinha certeza. Tinha batido no painel e seu nariz estava sangrando. Max pegou a ponta da camisa e o limpou.

– Você também está sangrando – avisou ela, apontando para um corte no queixo dele. Desceram do carro, estava muito escuro e silencioso, o único som era o do motor em ponto morto. Não havia casas nem prédios; apenas árvores e um mato baixo margeavam a estrada. Suas altas sombras escuras agigantavam-se diante deles, lançadas pelos faróis do carro. Cem metros estrada acima, havia um homem caído de costas. Max pegou o celular e acendeu a lanterna. Era um senhor de meia-idade, usava barba e vestia roupas pretas: um casaco grande, calça e tênis. O corpo parou retorcido de um jeito esquisito, com o braço direito debaixo das costas. O rosto estava ensanguentado e ele respirava com dificuldade e ruidosamente, respingando sangue por cima dos lábios. Nina foi ajudá-lo, mas Max estendeu a mão para impedi-la.

– Está me ouvindo? – perguntou ele.

O homem engoliu com dificuldade.

– Estou – grasnou ele finalmente.

– Você estava esperando um carro para poder se matar?

Ele assentiu e estremeceu, as lágrimas se formando no canto dos olhos.

– Precisamos chamar uma ambulância – disse Nina, pegando o telefone. Max o tomou dela e enfiou no bolso. – O que está fazendo? Ele precisa de ajuda! Max, esse homem precisa de uma ambulância!

O som dos gemidos e gorgolejos do homem na estrada era terrível. Max se abaixou e pôs dois dedos no pescoço do sujeito.

– O pulso dele está bem forte – afirmou, apalpando o corpo do jovem, procurando bolsos debaixo das dobras do comprido casaco. – Nossa, o osso do quadril está pra fora da calça – disse Max, fazendo uma careta. Nina vislumbrou algo branco e vermelho atravessando o tecido da calça. Ele gritou e sangue escorreu de sua boca quando Max enfiou a mão no bolso de trás do homem e pegou uma carteira preta surrada.

– Me dá o meu telefone, a gente tem que pedir ajuda – insistiu Nina.

Max se levantou e circulou o homem, que começou a implorar com sussurros gorgolejantes. Andou até a grama na beirada da estrada e procurou por algo. Retornou segurando uma grande pedra chata.

– Você pode acabar com isso – disse Max, estendendo-a na direção de Nina. – Ele queria se matar, mas nem isso conseguiu fazer direito. Chamar uma ambulância... não era bem isso que ele queria. O cara está bem ferrado. Provavelmente não vai mais andar. Vão manter o cara vivo, mas ele não vai ter força pra pôr um fim em tudo. Eu o respeito por desistir. Queria que o carro estivesse mais rápido... – Ele passou a pedra de uma mão para a outra e começou a rir. – É a primeira vez que eu ando no limite de velocidade!

Nina estava confusa e sentindo dor por causa da pancada. O sangue no nariz dela estava frio. O homem tentou sentar, mas as roupas grandes demais emboladas ao seu redor e os ferimentos causavam espasmos perturbadores. Ele observava Max com olhos arregalados injetados de sangue. Virou de lado soltando um grito e começou a rastejar para o mato na beirada da estrada.

– Oh, não, não – disse Max. Ele pôs a pedra na estrada, pegou uma das pernas do homem e o arrastou de volta.

– Por favor, não! NÃO, NÃÃÃÃO! – berrou o homem.

Max tirou um maço de cigarro do bolso e acendeu um, exalou, começou a vasculhar a carteira do homem, sacou a habilitação e a olhou.

– Derek Walton – disse ele, lendo. – Walton. Então ele cresceu sendo um dos Walton. Me pergunto se eram uma família grande. Se alguém se preocupava com ele. Provavelmente, não. – Ele vasculhou a carteira. – Nenhum dinheiro, e ele tem um cartão para informar que é diabético. – Pôs os cartões de volta e enfiou a carteira no bolso. Nina estava paralisada no mesmo lugar. O homem havia se arrastado alguns centímetros para longe deles novamente. Max se aproximou e pressionou o calcanhar contra o tornozelo da perna que estava com o osso do quadril exposto. O homem uivou.

– Max, para com isso!

– Nina, ele é um verme, um vermezinho patético. Olha pra esse cara. Você ficou lá me escutando e concordando comigo o tempo todo sobre como o mundo funciona. Concordou em viver uma vida livre de regras, sem abaixar a cabeça pra ninguém e sem submissão. Tem que provar pra mim que quer viver de acordo com as minhas regras. Acabe com o sofrimento desse homem. Pense nisso como um teste.

Ele estendeu a pedra para ela e pressionou o calcanhar com mais força. O homem deu outro gemido gorgolejante.

– Não, Max, não... Por favor. Você tem que enxergar que o mundo é um lugar bom. Concordo com o que você diz, mas existem luz e escuridão. Tem que existirem. Eu te amo, você sabe disso.

– Ama mesmo? Existe um "nós" ou você só está me enganando? Posso encontrar outra pessoa, uma garota que queira ficar comigo...

– Por favor, Max – choramingou Nina, mas ele cravou-lhe aqueles olhos caramelo que queimavam alaranjados e empurrou a pedra para as mãos dela.

– Isso pode acabar em um segundo, e você vai ajudar o cara, Nina. Vai providenciar luz onde há escuridão. Se eu tivesse acertado um cervo, não ia pensar duas vezes antes de acabar com o sofrimento dele. Você será a salvadora deste homem. Ele queria morrer, Nina, ele queria acabar com tudo. E quanto mais esperarmos, mais *você* o manterá infeliz e desesperado.

Nina pegou a pedra. Era pesada e lisa em sua mão. Fria e lisa. Ela baixou o rosto na direção do homem que estendia o braço para a beirada da estrada, o rosto virado para ela contorcido numa careta, os olhos cheios de medo e a pele manchada de sangue.

– Max, eu...

– Mira no rosto, na ponte do nariz, levanta bem alto e abaixa rápido – disse Max, insistentemente. Aproximou-se de Nina e tirou, carinhosamente, uma mecha de cabelo do rosto dela. – Se não agir, você só terá falado da boca pra fora. Não pode ser só uma espectadora, Nina. Matei o Dean pra te proteger, e você aceitou. Aceitou que as regras não se aplicam a nós. Eu me arrisquei por você. Arrisquei a minha vida. Acredita nisso?

– Acredito nisso, sim.

– Ótimo, então escuta. Eu bebi mais cedo. Se chamarmos a ambulância, a polícia também virá. Vão me examinar. Vão ver quanto álcool tenho no sangue, eles conseguem descobrir se eu estava correndo, e eu estava mesmo. Esse homem saiu do nada e nos usou pra acabar com a própria vida. Ou pelo menos tentou. Você pode salvar esse cara e pode me salvar, Nina. – Ela estava chorando e o homem tentava freneticamente soltar a perna do pé de Max. – Faça isso, Nina. Faça isso agora. Como um ato de compaixão e humanidade. Um ato de amor. Dê o próximo passo. Fique comigo para sempre.

Ele empurrou Nina para baixo de modo que ela se ajoelhasse ao lado do homem, que gemia de olhos arregalados.

– Levante bem alto e abaixe com força. Este verme aqui sabe o que é e tentou acabar com tudo. Não tire isso dele, Nina. Seja uma boa pessoa, seja superior comigo. Fique acima das regras mesquinhas. Acabe com ele. ACABE COM ELE!

De repente, Nina enlouqueceu e suspendeu a pedra bem alto no ar. Bateu-a no rosto do homem, que fez um estalo. Ela suspendeu a pedra de novo e, com um gemido explodindo de sua boca, golpeou a cabeça com um baque molhado e surdo. O homem estava imóvel. Max tirou o pé e deu um passo para trás.

– Olhe pra ele, Nina. Veja como o salvou – disse Max.

Quando Nina olhou para o rosto arruinado do homem, a Lua deslizou de trás das nuvens e escureceu o sangue. Ele tirou a pedra das mãos trêmulas de Nina.

– Volta pro carro – falou suavemente.

Nina cambaleou pela estrada e parou para vomitar no mato ao lado do asfalto. Limpou a boca com a manga da blusa e entrou no carro. Ligou o aquecedor e ficou tremendo por alguns minutos. Tudo o que conseguia enxergar era seu reflexo à luz interna. Seu rosto parecia comprido e grotesco, como se estivesse na sala dos espelhos de um parque de diversões. A porta abriu alguns minutos depois. Max estava coberto de sangue. Sua camisa, seu rosto, seus braços, tudo estava respingado.

– O que você fez? – grasnou ela.

– Eu me certifiquei de que ninguém vai encontrá-lo. Tem um cano de drenagem antigo na vala. Eu o empurrei lá pra dentro.

Max a tirou do carro e os dois foram ao porta-malas, onde havia uma garrafa grande de água. Ele a pegou e arrancou a camisa. Algo em Nina assumiu o controle, fazendo-a levantar a garrafa no alto e jogar a água por todo o corpo de Max, para lavar o sangue. Ele balançou o comprido cabelo molhado e abriu um sorriso. Em seguida, pegou a garrafa e lavou o rosto de Nina com cuidado. Ela tirou a blusa ensanguentada e Max jogou água em todo o corpo da garota.

– Eu te batizo – disse ele com um sorriso.

Pegaram uma toalha e algumas mudas de roupa nas bolsas. Quando estavam novamente dentro do carro, Nina teve uma sensação esquisita e perturbadora. Uma onda, uma euforia. Tinha provado para si mesma, provado para Max, quem ela era e que era dele. Max a olhou e sorriu.

– Agora eu te amo mais ainda – afirmou. Ligou o carro e foram embora.

CAPÍTULO 27

SÁBADO, 7 DE OUTUBRO DE 2017

Erika sabia que estava sonhando. Era a primeira vez que tinha ciência de que estava dentro de um sonho...

Encontrava-se de volta em sua cidade natal, na Eslováquia. Era o fim de tarde de um dia de verão. O calor tinha perdido sua ferocidade e o Sol se punha bem no horizonte. Levantou a mão na altura do rosto, protegendo os olhos da luz dourada, e viu uma garota jovem um pouco à frente, correndo ao longo de uma enorme extensão de concreto. A menina parou e se virou para trás, sorrindo. Não tinha mais do que 11 ou 12 anos. Estava descalça e vestia um fino vestido azul, coberto de manchas de barro e grama que adquiriu durante a brincadeira. Usava uma trança no comprido cabelo louro e tinha traços fortes e bonitos. A princípio, Erika achou que fosse sua irmã, Lenka, ou sua prima, Karolina, mas era outra menina, uma garota jovem que via com frequência ao longo dos anos em sua imaginação. O corpo de Erika doía e ela sentia o rosto inchado, mas, ao suspender as mãos para tocar sua pele, viu que estava viçosa e lisa. Tinha o cabelo louro comprido preso num rabo de cavalo baixo.

A menina sorriu e acenou para que Erika se juntasse a ela, depois virou a cabeça e começou a correr. O Sol mergulhou atrás de um prédio alto à frente e Erika viu que estavam no grande telhado plano do teatro da cidade. A menina chegou à beirada, sentou e ficou balançando os pés descalços. Lá embaixo ficava a praça da cidade, pavimentada em um mosaico de pedras cinza e brancas, e, no centro, um grupo de crianças brincava ao lado da fonte. Belos prédios enfileiravam-se nas fronteiras da praça, pintados em tons pastel de azul, verde e rosa. Pareciam comestíveis, como glacê. Erika e Lenka brincaram muito no telhado daquele teatro, que tinha sido um canteiro de obras durante boa parte de seus primeiros anos de vida. Ela chegou à beirada do telhado e estendeu a mão para tocar no cabelo da menina, que brilhava à luz natural.

– Me olha pular, mamãe – disse a garota.

– Não! – exclamou Erika, mas a menina segurou na beirada, deu um impulso e se arremessou na direção da praça lá embaixo, com os braços e as pernas balançando e o cabelo esvoaçando.

Erika avançou um pouco e espiou pela beirada. Era uma queda de vertiginosos vinte e cinco metros, mas não havia menininha nenhuma destroçada no mosaico de pedras da praça. Apenas o barulho das risadas das crianças brincando lá embaixo e o brando som da água respingando na fonte. Procurou pela praça e viu a menina se divertindo na água, sem nenhum ferimento, acenando para ela.

– Mamãe... Ela me chamou de mamãe – disse Erika. Sabia que era um sonho, mas as palavras soavam verdadeiras na boca da menina. Sentia o cheiro do ar do verão, e a menininha, a maneira como sorria, era a combinação dos rostos dela e de Mark.

Era o bebê, a menina que havia decidido não ter, e mesmo sabendo que acordaria em breve, precisava vê-la. Tinha tanta coisa a lhe dizer! A luz dourada borrava devido às lágrimas que enchiam seus olhos, e um pranto terrível percorreu seu peito. Erika correu para uma porta na lateral do telhado. Queria pedir desculpa e abraçar a menina. Desceu apressada a escada de concreto no interior do prédio; o teatro em construção era exatamente como se lembrava na infância. Quando saiu na praça lá embaixo, era inverno. Trinta centímetros de neve cobriam o chão e a feira de Natal estava à toda. Erika olhou para trás. O teatro encontrava-se pronto, com vidro nas janelas, e um pôster anunciava o espetáculo de Natal. Virou-se para a fonte e viu que estava coberta por tábuas de madeira e que havia um presépio ao lado de uma enorme árvore de Natal. A menininha, de pé ao lado do presépio, usava um casaco de inverno vermelho-claro. Um grupo de pessoas se movimentava em frente a Erika, bloqueando sua visão, e ela avançou empurrando-as.

– Eu estou aqui, querida! A mamãe está aqui! – gritava ela, mas sua voz não ultrapassava o barulho, nem a multidão. "In the Bleak Midwinter", uma clássica canção de Natal, tocava ao fundo. A multidão se dispersou um pouquinho e Erika viu a menina novamente, olhando para os lados, perdida. Ela avançou, empurrando as pessoas que gargalhavam e bebiam vinho quente, e finalmente chegou perto do presépio. A menina, agora de costas para Erika, estava com o capuz do casaco vermelho levantado.

– Está tudo bem, estou aqui, a mamãe está aqui – disse Erika, mas, ao colocar os braços ao redor da menina, o casaco amassou. Não havia nada dentro. Erika o agarrou com mais força, mas tudo o que restou em suas mãos foi um casaco vermelho vazio. Levou o tecido ao rosto e inspirou, mas só sentiu o cheiro de amaciante. Tudo começou a se apagar. A praça, a feira de Natal, a música e o cheiro de comida quente foram substituídos por um frio torpor.

Erika abriu os olhos e se viu em uma pequena área de hospital cercada por cortinas. Não sentia dor e estava deitada numa cama macia, quase flutuando. Sua visão melhorou e a trilha sonora do departamento de emergência preencheu o ar: pés se movimentando, o murmúrio baixo de vozes, o barulho do movimento de uma cortina, comprimidos retinindo em uma bandeja. Ficou deitada por alguns minutos, ofegante, as lágrimas escorrendo pelo rosto, ciente de que tinha sido um sonho, mas chocada com o que seu subconsciente lhe havia infligido.

A cortina abriu e uma médica baixinha entrou. A mulher não possuía mais de um metro e meio e parecia exausta: tinha cabelo grisalho e a cara fechada. A única coisa colorida nela era o estetoscópio rosa-choque ao redor do pescoço.

– Como está? – perguntou, retirando da ponta da cama a prancheta que continha suas anotações.

Erika levantou a mão para enxugar as lágrimas do queixo.

– Você é que me diz – grasnou ela e viu que havia uma agulha nas costas da mão. – Merda, por que isso está aqui?

– Morfina – disse a médica, folheando as anotações.

Erika viu que o outro braço tinha um gesso da mão até o cotovelo.

– Você quebrou o pulso, fraturou uma costela e provavelmente vai começar a sentir muita dor quando o efeito dos remédios diminuir. Também houve um corte feio acima do olho esquerdo. Tenho uma mão ótima para pontos, por isso qualquer cicatriz que tiver vai ficar na linha da sobrancelha.

Erika levou a mão ao pescoço e ao colar cervical que estava usando.

– Onde estou? – perguntou ela. Sua voz soava grossa e estranha, e ela tocou o rosto. Não sentiu o local, mas percebeu que estava inchado e disforme.

– Hospital UCL, em Londres...

– Sei onde o UCL fica.

– Vi que é policial, Detetive Inspetora Chefe Foster – comentou ela, olhando o formulário.

Erika lembrou-se da batida de carro e dos dois caras tentando levar a sacola de drogas.

– Tenho que falar com meu chefe. Cadê meu telefone? – perguntou ela, sentando na cama.

– Por favor, deite-se – disse a médica, colocando gentilmente a mão no ombro de Erika. – Você não vai poder trabalhar durante algumas semanas. E vai ficar em observação... Teve uma concussão séria.

Um enfermeiro apareceu por trás da cortina e cumprimentou a médica com um aceno de cabeça. Conferiu o soro e a médica prosseguiu:

– Você não informou nenhum parente próximo.

– A minha família, a minha irmã, está na Eslováquia. Eles não falam inglês.

– E no Reino Unido? Quer que liguemos para alguém?

Erika pensou brevemente em Peterson, mas livrou-se da ideia:

– Quero, Kate Moss.

A médica e o enfermeiro entreolharam-se e ele foi conferir a prancheta.

– A pressão está normal, a temperatura um pouco elevada – comentou em voz baixa.

– Precisamos monitorar qualquer sinal de alucinação. Ela sofreu espancamento – disse a médica antes de virar-se para Erika novamente. – Por que quer que liguemos para a Kate Moss?

– Não para a *Kate Moss*. Para a Detetive Inspetora Kate Moss, é uma colega da minha equipe na Polícia Metropolitana – esclareceu Erika.

A médica anotou o telefone, mas ainda não parecia convencida.

– Agora, por favor, preciso do meu telefone, tenho que falar com a minha superintendente. Estou trabalhando em um caso de homicídio.

– Lamento, tem que descansar – recusou o enfermeiro.

– Quero a droga do meu telefone! Eu posso ficar deitada aqui e olhar para um telefone!

A médica inclinou a cabeça de lado e a encarou.

– Não quero ter que sedá-la.

Erika recostou-se, fazendo careta.

– Quanto tempo vou ficar enfurnada aqui?

– Mais vinte e quatro horas, pelo menos. Vamos transferir você para o leito quando tivermos uma cama disponível.

A médica e o enfermeiro saíram e fecharam ruidosamente a cortina. Erika olhou para o teto com a cabeça rodando. Apesar da frustração, pegou no sono.

CAPÍTULO 28

SEGUNDA-FEIRA, 9 DE OUTUBRO DE 2017

Erika teve um sono agitado até o efeito da morfina começar a passar. As horas remanescentes até receber alta do hospital pareciam se alongar naquele lugar onde suas únicas companhias eram o teto e uma ala cheia de senhoras idosas.

A médica fez um último check-up e advertiu com seriedade que ela tinha que descansar por pelo menos quatro semanas. Em seguida, Moss apareceu.

— Nossa, chefe. Parece que você levou uma surra – disse ela.

— Obrigada – falou Erika, estremecendo ao pegar o casaco e o pacote grande de remédios. – Vi meu rosto mais cedo quando fui ao banheiro.

— Não vou mentir, o lado direito do seu rosto está parecido com o da Jocelyn Wildenstein.

Erika sorriu e falou:

— Você é uma sacana. Ai. Mexer o rosto dói.

— Tudo bem, afinal você não é assim tão sorridente – brincou Moss, ajudando-a com o casaco. Tentou passá-lo por cima do gesso da mão, mas viu que estava grosso demais. – Acho que teremos de colocar isso por cima dos ombros.

Moveram-se lentamente pela enfermaria e pelo corredor. Quando chegaram à porta dupla no final, Moss segurou uma aberta, Erika passou com cuidado e elas chegaram ao elevador.

— É a costela quebrada, né?

Erika fez que sim. As portas do elevador se abriram e elas se espremeram ao lado de uma cama com uma senhorinha que as encarava, apoiada em seus travesseiros. Desceram dois andares em silêncio até o elevador parar e o funcionário do hospital sair empurrando a cama de rodinhas.

— Me conte o que está acontecendo — disse Erika. — Estava muito desorientada quando os primeiros policiais chegaram ao local. Quanto tempo fiquei internada?

— Dois dias. É segunda-feira de manhã. A Superintendente Hudson vai mandar alguém colher o seu depoimento amanhã. Vai ter que explicar por que estava com as duas armas de fogo dos agressores e por que tirou a munição. Também vai ter que esclarecer o motivo de ter disparado a arma de choque.

Erika cuidadosamente virou a cabeça no colar cervical para encarar Moss.

— Você está de brincadeira comigo? Eles apontaram armas pra mim, miraram em mim, eu acho, porque eu estava carregando trinta mil em narcóticos.

— Acho que é porque você não seguiu o protocolo e disparou nas bolas de um deles. Ao que parece, a remoção dos ganchos do saco dele foi um procedimento bem complicado.

— Não foi você que teve que fazer isso, foi? — perguntou Erika abrindo um sorriso e estremecendo.

— Não sou a melhor pessoa pra lidar com sacos.

O elevador parou, elas saíram e atravessaram lentamente o estacionamento. Moss ajudou Erika a entrar no carro e ela urrou de dor quando a colega passou o cinto de segurança. Moss arrancou bem devagar, mas viu que Erika fazia careta quando passavam por um quebra-molas. Quando saíram na Warren Street e seguiram o caminho para Lewisham, Moss começou a atualizar Erika.

— Os dois homens que você prendeu são Eduardo Lee e Simon Dvorak, uma espécie de intermediários nas redes de tráfico do centro de Londres. Passaram pra eles a informação de que você ia entregar os narcóticos.

— Quem passou essa informação pra eles?

Moss ficou em silêncio, com uma expressão aflita no rosto.

— Kate. Quem?

— Nils Åkerman — revelou ela.

— O quê? Não. Nils?

Moss fez que sim:

— Lamento, mas foi ele. A Melanie agarrou esse negócio que nem cachorro no osso. Investigou todo mundo que sabia que você ia ao

Departamento de Perícia Forense em Vauxhall. O Nils ligou para duas pessoas noventa minutos antes de você sair para ir a Vauxhall. Uma delas era um estudante chamado Jack Owen. A polícia fez uma batida no apartamento dele em Camden hoje e apreendeu uma grande quantidade de cocaína, haxixe e ecstasy. Ele, por sua vez, ligou para Simon Dvorak, o cara que você eletrocutou nas bolas. Simon ocupa uma posição mais alta na cadeia de fornecimento, quer dizer, ocupava antes de perder a liberdade, e por um triz não perdeu as...

– Ok, Moss, já entendi a ideia.

– Desculpa. Estão todos em custódia e sendo interrogados.

– Como o Nils foi se envolver com tudo isso?

– Ainda não sabemos de muita coisa, mas o teste que fizeram ao prendê-lo deu positivo para opioides, cocaína e álcool. Uma das colegas dele se apresentou e nos informou sobre um incidente num laboratório, quando ele sangrou em uma das máscaras e depois a trocou por outra limpa. Obviamente, a máscara poderia cair na triagem para verificação de contaminação, revelando traços dessas substâncias. O Nils está afundado em dívidas. O banco está prestes a fazer a reintegração de posse do apartamento, e ele deve duas mil libras a Jack Owen. Jack é traficante dele há dois anos...

Erika ficou satisfeita por terem chegado ao Blackwall Tunnel. A parca luz deu-lhe um momento para enxugar as lágrimas.

– Lamento que isso tenha acontecido – disse Moss.

Erika balançou a cabeça:

– O Nils trabalhou com a gente em tantos casos: no desaparecimento da Jessica Collins, no caso do Darryl Bradley... Era alguém em quem eu confiava, uma parte importante da nossa equipe.

– Eu sei – disse Moss. – E não quero ser a portadora das más notícias, mas a Polícia Metropolitana está pirando. Ele foi o responsável por testemunhos-chave de um número enorme de casos.

– Puta que pariu, foi o testemunho dele que levou à condenação da Simone Matthews! – lamentou Erika, estremecendo ao apoiar a cabeça no encosto do banco.

Simone Matthews foi um caso em que Erika e sua equipe tinham trabalhado dois anos antes. Matthews era uma modesta enfermeira geriátrica que, por vingança, promoveu uma matança em Londres: ela invadiu a casa de quatro homens e os sufocou com uma sacola plástica. Apesar de confessar todos os assassinatos, a defesa alegou que ela sofria de esquizofrenia paranoide, e Nils e sua equipe desenvolveram um extraordinário trabalho de perícia forense para que pudessem ligar Simone Matthews a todas as cenas dos crimes. Àquela altura, Simone estava sendo mantida por tempo indeterminado no hospital psiquiátrico Broadmoor.

– Ainda estamos muito no início – alegou Moss. – Olhando as coisas pelo lado positivo, temos Jack Owen, Simon Dvorak e Eduardo Lee, todos em custódia. Estamos com o veículo deles, com os telefones celulares, e temos esperança de conseguir alguns acordos para alcançar gente mais graúda.

– E o Nils?

– Está em custódia também, em Belmarsh. Deve pegar de dez a doze anos e, é claro, nunca mais vai trabalhar com perícia forense.

Erika olhou pela janela enquanto o fluxo de carros passava por ela na escuridão.

– Nils devia saber o que eles fariam comigo. Sabia que eles me matariam por aquelas drogas – disse ela.

– A gente acha que conhece as pessoas – comentou Moss. – Elas são colocadas na Terra principalmente pra nos desapontar.

– Mas ele devia estar desesperado. O vício em drogas, ele muda as pessoas. A personalidade delas se perde. E o caso?

– Vai passar para uma das maiores equipes do Departamento de Investigação de Assassinatos em West End Central, e o Detetive Inspetor Chefe Harper está investigando agora, também pelo ângulo do tráfico, a morte de Thomas Hoffman.

– E você?

– Estou fora do caso também, junto com o restante da equipe... – Ela olhou para Erika. – Quanto tempo você vai ficar de licença?

– Não sei. Disseram que não posso trabalhar durante umas duas semanas.

– Pela sua aparência, chefe, sem querer ofender, vai precisar de mais do que umas duas semanas pra melhorar.

Erika olhou seu rosto no espelhinho do quebra-sol. Um lado permanecia inchado, bem como o lábio inferior, e um grande hematoma roxo começava a se formar. O corte acima do olho estava coberto por um curativo respingado de sangue, e os vasos de sangue rompidos deixavam seus olhos vermelhos.

– Você precisa se acalmar. Aposto que só vão te afastar por algumas semanas. Aproveite essa folga oportuna.

– Folga – repetiu Erika, sentindo um calafrio. Aquela palavra não significava nada para ela.

– É, descanse, dê uma chance aos programinhas matinais de televisão... Avisei o Peterson também, espero que não tenha problema.

Erika olhou seu reflexo no espelho novamente.

– Tudo bem.

– Ele queria vir comigo, mas achei que você ia preferir um pouco de espaço.

Erika sentiu uma onda de cansaço devastadora que a fez inclinar a cabeça e fechar os olhos.

– Só preciso ir pra casa. Só preciso dormir e de mais analgésicos – disse ela.

CAPÍTULO 29

SEXTA-FEIRA, 11 DE AGOSTO DE 2017

Eu e Max estamos morando juntos. "Coabitando", como diria a minha mãe. Isso se eu e ela estivéssemos conversando.

Moramos em um apartamento no térreo de um alto conjunto habitacional em Kennington. Nunca tinha morado nesse lado do rio. É sinistro. Vários rapazes ficam de bobeira na rua, vendendo drogas, mas me sinto segura quando estou com Max. Não sei se ele deu um toque nos garotos, ou se eles o conhecem, mas não mexem com a gente. Todas as janelas têm grade de ferro preta, todos os apartamentos do térreo têm grade, e o nosso foi reformado por dentro. O sofá e as poltronas da sala são novos, bem como a cozinha e o banheiro. A porta da frente dá para o estacionamento e, quando estou limpando a janela, as pessoas passam bem na minha frente no corredor. A janela do banheiro dá vista para uma rua movimentada, mas consigo enxergar um pedacinho da silhueta de Londres; dá para ver o Big Ben. Mas o nosso colchão não é novo. Não entendo por que o governo se esforçou para redecorar o lugar, mas nos deu o colchão de outra pessoa. Tinha uma mancha marrom nele. Tomara que seja de chá, mas o Max o virou do outro lado, que está impecável.

Depois de tudo que aconteceu, é um grande passo para nós poder viver juntos de verdade. Estou feliz. Tenho que estar. Não recebo visitas, já que não estou falando com a minha mãe, nem com a Kath, nem com nenhuma outra pessoa. Costumava achar que conhecia Max e que o veria o tempo todo, mas morar junto é diferente. Na maioria dos dias, ele sai de manhã e só volta bem tarde. "Fazendo negócios", diz ele. Nunca perguntei o que ele faz. Isso parece loucura, não parece? Agora mesmo, escrevendo isso, olho para as palavras e é... é ingenuidade minha não ter perguntado. Quando trabalhávamos no restaurante, achava que aquele era o trabalho dele. Mas era meio expediente, e ele sempre tinha dinheiro, como o grande maço de notas que ele usou para comprar o carro em Blackpool. É droga, tenho certeza. Está envolvido com drogas, mas ele não usa. Tem orgulho do fato de não usar. Também não bebe muito. O único vício que tem são os livros. Foram necessárias cinco viagens de carro pra levar todos até o apartamento, e ele não me deixou tirá-los das caixas. Estão todas empilhadas rente às paredes do nosso quarto, até o teto.

Quando recebemos o apartamento, só nos deram uma cópia das chaves. Pedi ao Max para fazer outra, mas ele falou que não confiava nossa chave a mais ninguém. Falou que estava na lista para conseguir um apartamento de conjunto habitacional havia anos, mas tinha recusado um no passado. Ele adorou este porque tem grades nas janelas.

Quando ele sai de casa, leva as chaves. Não posso ir a lugar nenhum. Tenho que ficar aqui dentro. Tudo bem. Sei que ele me ama.

Quer que eu fique aqui para ele.

CAPÍTULO 30

DOMINGO, 20 DE AGOSTO DE 2017

Estava enchendo a máquina de lavar hoje de manhã e ouvi Max gritar o meu nome. Fui à cozinha e a porta da frente estava aberta. O menininho que mora no andar de cima estava em pé no degrau ao lado da cozinha com as mãos nos bolsos da calça jeans. Não tinha mais do que 5 anos.

– Esse menino quer uma torrada – falou Max.

– Ela fez uma pra mim outro dia – revelou o menininho, apontando para mim. Tinha bochechas rechonchudas e um cabelão afro alto, de um castanho forte e brilhante. Era confiante e bem-vestido para um garoto de 5 anos: calça jeans, uma camisa da Adidas azul brilhante e tênis de corrida caro. – Pode colocar aquela geleia?

– Então esse menino, que tem um tênis mais legal que o meu, come a minha comida?

– Estou vendo um pão de forma inteiro na bancada. Você pode dividir um pedaço, cara!

Apesar da diferença de idade, Max e o menininho estavam se desafiando, com peitos estufados, queixos erguidos e mãos estendidas.

– Acha que isso aqui é uma porra de uma cantina? Anda, vaza daqui – disse Max, fechando a porta com um chute. Vi a silhueta do menino através do vidro fosco, depois ele foi embora. Max balançou a cabeça e sentou-se novamente, pegando o jornal.

– Foi só uma vez – falei. – As crianças desse lugar... Eu os vejo à toa no estacionamento o dia inteiro. Alguns têm no máximo 3 ou 4 anos, as mães devem colocar as crianças pra fora de manhã...

Ele levantou o rosto do jornal com os olhos furiosos e minha voz desvaneceu.

– É porque as mães deles estão no esquema, Nina. Acha que eles deviam estar em casa, assistindo a um filme da Disney, com o barulho da mãe sendo fodida ressoando no fundo? E eu tenho que ficar ralando a bunda o dia inteiro pra alimentar a cria bastarda delas?

Ele deu uma mordida na torrada e recostou-se, aguardando uma resposta. Minhas pernas começaram a tremer.

– Fui botar o lixo pra fora outro dia. Ele estava esperando na porta quando voltei. Pediu um copo d'água e chorou, falando que estava com fome...

Não contei a ele que também dei torradas a uma menininha e a outro menininho.

A silhueta do garotinho apareceu de novo na porta e suas palmas pequenas bateram no vidro.

– Por favor, quero uma torrada... Por favoooor – choramingou ele.

Max jogou o jornal e levantou. Me encolhi, mas ele passou por mim, foi até a porta e a abriu com um puxão.

– Mudou de ideia? – perguntou ele, suspendendo o rosto com um sorrisinho presunçoso.

Max foi até a pia e pegou a bacia para lavar vasilhas, que estava cheia de água suja, e despejou na cabeça do menininho. Toda a sua petulância desapareceu e ele disparou a chorar, com folhas de chá, borra de café e um pouco do macarrão da noite anterior grudados no cabelo e na camisa molhados. A bacia fez barulho quando Max a jogou de lado dentro da pia, então ele se abaixou e bateu no rosto do garoto, que caiu para trás fazendo um terrível baque surdo no concreto.

– Bate na minha porta de novo que eu te mato, porra! Depois mato a puta da sua mãe – ameaçou Max, e bateu a porta. Ele enxugou as mãos no pano de prato e sentou à mesa da cozinha com o jornal. Eu ouvia o menininho chorar.

– Por que você fez isso comigo? – perguntou ele com uma voz tão impregnada de confusão que eu quis abrir a porta, pegá-lo e ficar abraçada com ele. Mas eu estava paralisada, com medo demais para fazer alguma coisa.

– Não fica parada aí. Faz outro chá pra mim – ordenou Max, com a voz perigosamente tranquila.

Fiz o que ele mandou.

O choro finalmente acalmou do lado de fora e eu servi chá fresco para Max. Queria ligar o rádio, mas sabia que quando ele estava de mau humor era melhor não fazer nada, nem mesmo movimentos bruscos. Era mais seguro se fundir ao cenário. Parte de mim sentia-se aliviada pelo fato de *o menininho ter sido o alvo da explosão dele, e não eu. Isso é covardia ou sobrevivência? Ultimamente tenho me perguntado se não são a mesma coisa.*

A cadeira rangeu quando Max, sem me olhar, levantou, pegou as chaves, a carteira, o telefone e saiu, batendo a porta. Fiquei observando a silhueta dele através do vidro fosco enquanto ele girava a chave do lado de fora. Trancando-me lá dentro.

CAPÍTULO 31

TERÇA-FEIRA, 10 DE OUTUBRO DE 2017

Era uma tarde sombria, o céu estava escuro e a chuva açoitava a janela. Melanie Hudson tinha ido à casa de Erika com um guarda, que havia acabado de colher um depoimento formal. O guarda foi embora, mas Melanie decidiu ficar para bater um papo mais informal e confirmar se estava tudo bem.

— Sabe que tem o meu total apoio – disse ela, ajeitando-se na beirada do sofá em sua saia e blazer elegantes, o cabelo louro liso e impecável. – Colher seu depoimento é uma formalidade, Erika. Sei que passou por uma situação terrível e que sua vida ficou em perigo. Estou orgulhosa pela forma como lidou com a situação.

— Só estava fazendo o meu trabalho. Estou sendo investigada? – perguntou Erika, com a voz grossa e um pouco embolada. Todas as luzes encontravam-se acesas na sala, apesar de estarem no início da tarde, e a claridade parecia intensificar os hematomas que afloravam em seu rosto. Remexia-se desconfortavelmente na poltrona. Estava achando difícil ficar sentada, deitar, andar e fazer praticamente qualquer outra coisa.

— Não, não está sendo investigada – respondeu Melanie. – Vamos te dar um mês de licença, isso para começar. Precisa nos manter informados sobre o que a médica diz. Mas fui comunicada de que você deve precisar de mais tempo para se recuperar. E quero te dizer uma coisa: está tudo bem. Não haverá pressão para que retorne até se sentir capaz. Bola pra frente, vamos continuar nos comunicando.

— Vou precisar de umas duas semanas – discordou Erika, levantando o braço engessado e movimentando-o no ar, afastando a sugestão. Melanie aceitou com um gesto simpático, decidindo não pressioná-la mais.

Deu uma olhada geral no apartamento de Erika, na parca mobília, na bagunça da cozinha, nas pilhas de pratos sujos, na lata de lixo transbordando.

– Precisa de ajuda?

– O quê? De ajuda com a casa? Igual a uma velha coroca?

– Não foi isso que eu quis dizer...

– Está se oferecendo pra fazer uma faxina?

Melanie moveu os olhos novamente para a pia e Erika se perguntou, por um momento, se a superintendente faria mesmo faxina para ela caso pedisse.

– É brincadeira, estou bem. Mas você pode tirar o plástico disso – respondeu, pegando um maço de cigarro ao lado da poltrona.

Melanie desembalou a caixa e a devolveu.

– Quer um? – ofereceu Erika, colocando um cigarro no canto da boca inchada e acendendo-o com a mão boa. Por um momento, pareceu que Melanie aceitaria.

– Não. Obrigada. Parei há seis anos.

– Sorte sua – comentou ela, baforando com uma expressão de dor no rosto. – Quem está com o caso de duplo assassinato?

– Foi passado para o Detetive Inspetor Chefe Harper – respondeu Melanie. Ela viu uma xícara de chá na mesinha de centro transbordando guimbas de cigarro. Levantou e foi à cozinha.

– Nunca ouvi falar dele. O que está fazendo?

– Procurando um cinzeiro.

– Olha nas gavetas.

Melanie abriu a gaveta de cima com a foto de Mark. Ficou parada por um segundo, mas não falou nada e a fechou depressa. Continuou procurando até encontrar um cinzeiro de cristal na última gaveta de baixo. A superintendente voltou e Erika o pegou, equilibrando-o no braço da poltrona e batendo a cinza do cigarro.

– Precisa garantir que o Inspetor Jackson tenha acesso às informações do Centro de Dados Nacional de Reconhecimento Automático de Número de Placas em que a Moss estava trabalhando. As câmeras de trânsito... Não quero que isso fique perdido pelo caminho.

– Os arquivos do caso e tudo relacionado à investigação estão sendo passados para a frente – afirmou Melanie. – Supervisionarei o processo.

– Ok... e tem um táxi... um minicab... – Erika parou, perdendo a linha de raciocínio. Deu outro trago doloroso no cigarro. Melanie aguardou pacientemente enquanto ela colocava a mão na testa, esforçando-se para lembrar.

— Você pediu um minicab?

— O quê? Não, são as porcarias dos comprimidos que me deram, estão deixando minha cabeça confusa. Ainda estou falando do caso. Tem o motorista do táxi, do minicab, que pegou o Thomas Hoffman e a Charlotte.

— Charlene.

— É, Charlene. Tentei entrar em contato com ele antes, mas estava viajando de férias... Austrália. A nova equipe precisa dar continuidade a isso. Ele pode ser a única testemunha a...

— Por favor. Você precisa descansar. Precisa de tempo para se recuperar. Você sofreu uma agressão terrível. Alguém está vindo aqui te ajudar? Amigos ou familiares?

— É claro — respondeu Erika, na defensiva.

Melanie fingiu acreditar. Sabia que Erika não tinha muitos familiares e que estavam na Eslováquia. Sabia de um relacionamento capenga com Peterson e que Moss era amiga dela, mas o resto da vida de Erika era uma espécie de mistério. Entretanto, olhando para o parco apartamento, ela se perguntou se Erika realmente tinha uma vida fora do trabalho.

Erika viu que Melanie a estava julgando e a pena no rosto da superintendente era pior do que a dor que sentia.

— Terminamos, então? — perguntou ela.

Melanie pegou a bolsa e se levantou.

— Terminamos, Erika. Me ligue se precisar de alguma coisa, a qualquer hora. Se houver uma emergência. Se precisar de uma carona para o hospital ou para fazer compras. Posso ser sua amiga tanto quanto sua chefe...

Erika a olhou com a cara fechada. Odiava que sentissem pena dela.

— Mas você vai viajar de férias na semana que vem.

— É. Vou, sim.

— Duas semanas.

— Isso.

— Então só está sendo educada? — Houve um silêncio constrangedor, Melanie abriu e fechou a boca. — E aonde você vai? Ecaterimburgo, na Rússia?

— Isso.

– É um lugar frio e horroroso. Por que não levam as crianças para a Disneylândia, como os pais normais? – Erika expirou e cravou-lhe um olhar frio. Melanie pegou o casaco no encosto do sofá.

– Vou fingir que é o remédio para dor que está falando – disse ela antes de sair do apartamento, batendo a porta.

Erika inclinou a cabeça para trás e estremeceu quando o rosto inchado atingiu a lateral da poltrona.

– Que merda! – xingou ela.

CAPÍTULO 32

SEGUNDA-FEIRA, 28 DE AGOSTO DE 2017

Max me mantém trancada no apartamento desde a semana passada. Devia ter falado alguma coisa na primeira vez que ele fez isso, mas não falei, e quando ele voltou para casa, dei aquela ajeitada no cabelo, me maquiei e pus uma roupa bonita. Servi o jantar para ele, depois fizemos sexo e senti total desejo e amor por ele. Nada parece certo sem Max. Preciso dele. Uma voz dentro de mim discorda, mas ela parece estar enfraquecendo a cada dia, essa voz que me diz que isso não está certo.

Tenho racionalizado isso na minha cabeça, o porquê de ele me trancar no apartamento. Continuo afirmando para mim mesma que tenho toda a comida de que preciso, roupas limpas, televisão, computador. Temos até Netflix.

Tenho observado pela janela as crianças brincando no estacionamento. Elas se mantêm longe da nossa porta e sinto falta delas. Só lhes dei comida e bebida aquela única vez; há algo saudável em se falar com crianças. Elas enxergam o mundo com uma luz tão pura e honesta. Tenho certeza de que, se o Max as prendesse aqui dentro, elas disparariam a perguntar: "Por que me prendeu neste apartamento?". Igual ao menininho que questionou Max: "Por que fez isso comigo?". Escutei as crianças batendo na porta da senhora idosa no fim do corredor. Ela não era muito amigável, mas lhes dava água.

Ontem à noite, Max veio para casa e fez uma piada sobre me trancar, mas não percebi na hora. Ele tinha uma flor, um lírio branco, que enfiou atrás da minha orelha e disse: "Você é a minha pequena Aung San Suu Kyi...". Eu não sabia quem era essa pessoa, então só ri vagamente, na esperança de que aquela fosse a resposta correta. Mais tarde na cama, depois que fizemos sexo e a respiração dele tinha voltado ao ritmo lento, percebi que um dos livros empilhados até o alto das paredes era sobre Aung San Suu Kyi. Levantei e o puxei do lugar, entre os livros sobre a Alemanha nazista.

Dei uma folheada e descobri porque ele tinha usado aquele nome. Ela foi uma prisioneira política que ficou muito tempo em cárcere domiciliar. Max acha que sou perigosa, que vou falar sobre as coisas? Que ele me colocou em cárcere privado? Ele remexeu na cama, então coloquei o livro no lugar depressa e voltei a me deitar ao lado dele. Fico muito tempo repassando conversas que tivemos e, se brigamos, tento descobrir como isso aconteceu. E o que fiz de errado.

Não durmo muito à noite. Gosto de ver Max dormir e de sentir o corpo dele perto do meu, mas não consigo relaxar. Também tenho pesadelos. Vejo o senhor que entrou na frente do carro. O homem que matei. Lá. Escrevi isso. Eu matei um homem. Foi isso que fiz. Eu o matei. Ele podia ter vivido, e provavelmente teria morrido, mas tirei a vida dele naquele momento. Também tenho pesadelos sobre aquela caminhada que fizemos em Dartmoor até a cachoeira. No pesadelo, Max e eu estamos fugindo e vamos ao esconderijo dele, a caverna debaixo da cachoeira. Nos meus sonhos, é exatamente como me lembro: a entrada lisa meio escondida, o teto alto com rochas onduladas, mas, quando entramos, Dean está lá, esperando. Morto e apodrecido. Há pedaços de carne dependurados em seu corpo. Max me protege quando Dean vem na minha direção, com as veias pulsando na testa. Felizmente, sempre acordo nesse momento. O corpo dele ainda deve estar lá, enterrado no fundo daquele poço.

Enterrei tudo tão fundo em mim que temo que um dia tudo volte num vômito. Durante meses após aquela viagem de Blackpool para casa, tive medo de que, do nada, revelasse tudo a um estranho em uma loja, ou ao telefone com a minha mãe.

Não tenho que me preocupar com este último mais. Por isso decidi escrever este diário. Tenho que sufocar essa voz no papel, a voz na minha cabeça que vem diminuindo lentamente.

Estou aterrorizada, porém apaixonada, e essa pessoa a quem entreguei minha alma, sem a qual não consigo viver, é alguém que não compreendo. Uma pessoa que quer me ter, como uma posse.

Há um espelho enorme parafusado no quarto, e deixo este diário escondido entre ele e a parede.

CAPÍTULO 33

QUARTA-FEIRA, 30 DE AGOSTO DE 2017

Max chegou em casa com duas pessoas hoje à noite. Não explicou nada quando destrancou a porta e elas marcharam, enfileiradas, até a cozinha. Eram um cara grande de cabelo preto bagunçado e uma loura bonita. Ele se apresentou como Thomas. A mulher, como Charlene. Thomas era magricela e estava um pouco suado, mas tinha uma beleza bruta. Charlene era bonita, usava roupas legais e tinha uma bolsa Mulberry, que presumi ser falsificada. Max os levou à sala e me falou para providenciar umas bebidas.

– Que tipo de bebida? Chá? – perguntei.

– Não. Alguma coisa mais forte. Aquela Smirnoff Black Label com Coca-Cola, em copos decentes.

Servi quatro copos com gelo e depois fui à sala. Max tinha ligado a televisão no VH1 e eles assistiam ao vídeo de "Poker Face", da Lady Gaga. Thomas estava sentado ao lado de Max, e Charlene, na poltrona. Todos fumavam. Entreguei as bebidas e, quando me abaixei para pegar o cinzeiro na prateleira debaixo da mesinha de centro, senti o cheiro do couro da bolsa Mulberry. A esplêndida fragrância do couro macio.

– É original ou falsificada? – perguntei.

– Original – respondeu Charlene, dando um golinho distraidamente. Ela engoliu e retorceu o queixo como os drogados fazem.

– Posso pegar?

Charlene deu de ombros e assentiu com um gesto de cabeça, depois seus olhos rolaram para trás por um momento. Parecia que Thomas não estava drogado. Ele conversava com Max sobre a ex-mulher, Mariette.

– Ela está piorando com a mania de limpeza. Quando a vi outro dia, a mão dela estava toda vermelha de tanta água sanitária. Me dava nervoso só de ver... – dizia ele.

Minha atenção voltou para a bolsa de Charlene. Peguei-a. Era macia e luxuosa, um azul-escuro bonito, e tinha uma costura amarelada.

– Sempre quis uma bolsa assim. Elas são caríssimas.

– É, são mesmo... – concordou ela, mas seus olhos estavam em Max. Ele tinha colocado uma comprida e larga caixa de madeira na mesinha de centro. Era antiga e tinha uma estampa em dois tons, um claro e um escuro.

Ele suspendeu a tampa e, aninhados lá dentro, em rolos impecáveis, havia sacos com um pó branco, comprimidos, e um bloco com algo marrom que parecia açúcar mascavo, mas eu sabia que era haxixe. "Paparazzi", da Lady Gaga, estava tocando na televisão, mas a atmosfera no cômodo era quase de sala de aula. Max tirou oito pacotinhos de cocaína da caixa de madeira.

– Preciso da minha bolsa de volta! – exclamou Charlene, tomando-a de mim. Ela começou a vasculhar lá dentro em busca da carteira, depois pegou um cartão de crédito e uma nota de dez libras.

Max abriu um dos saquinhos e despejou uma pequena quantidade do pó branco no tampo de vidro da mesa. Charlene se agachou e fez duas carreiras com o pó. Enrolou a nota, cheirou uma e ofereceu a outra a Thomas, mas ele recusou. Ela sentou no carpete, limpou o nariz e cheirou.

– Te falei que essa parada era da boa – disse Max, observando e sorrindo enquanto os efeitos a inundavam. Thomas esfregou o rosto suado com a mão grande.

– Você está bem, meu amor? – disse ele, estendendo o braço e encostando no ombro dela. Tinha um rosto mais gentil. O dela era bonito, porém magrelo, pálido e um pouco rude.

– Há quanto tempo estão juntos? – perguntei. Max disparou um olhar para mim.

– Uns dois meses – disse Thomas orgulhosamente, levantando do sofá e sentando no carpete ao lado de Charlene. Os olhos dela rolavam nas órbitas e a cabeça despencou para trás. Thomas a puxou para dar-lhe um abraço. Ela peidou alto. Começou a feder e, um momento depois, eu levantei para abrir a janela. Max disparou outro olhar para mim, mas havia uma alegria repentina em seus olhos.

– Dar uma cheirada sempre a deixa meio peidorreira, principalmente depois de uma parada mais pura – disse Thomas, como se ela não tivesse comido nada além de duas fatias de pão integral com alta concentração de fibra. Havia algo um pouco sinistro sobre a forma protetora como Thomas segurava Charlene, como se fosse dono dela. Como se a garota fosse uma *posse. Depois de alguns minutos e mais músicas da Lady Gaga na televisão, Charlene voltou a si.*

– Essa parada é boa demais, Max – elogiou ela, inclinando-se para a frente e arrastando os seis sacos de cocaína da mesinha de centro para dento da Mulberry. – Vou ter que ficar te devendo essa...

Houve um longo silêncio, e Max ficou olhando para eles o tempo todo.

– Você sabe que ela não vai furar, Max – disse Thomas, colocando o braço ao redor de Charlene novamente, mas ela o ignorou e se levantou.

– Ele sabe que não vou furar – disse ela, confiante.

– Claro – falou Max.

Ela lambeu o dedo, pressionou-o no resto do pó branco na mesa e esfregou nas gengivas.

Quando foram embora, comecei a recolher os copos e a limpar a mesa.

– Há quanto tempo você é traficante? – perguntei, borrifando produto de limpeza na mesinha de centro e esfregando-a com um pano. Max estava enfiando a caixa na mochila.

– Desculpa por isso. Não gosto de fazer negócio em casa – disse Max. Ele se aproximou de mim e eu levantei, sacudindo o pano.

– É perigoso – afirmei olhando nos olhos dele, que cintilavam ternura. Ele balançou a cabeça.

– Ocupo um lugar bem alto nessa organização. E é melhor pra você não saber de nada, ok?

Concordei com um gesto de cabeça.

– Os negócios têm sido bons ultimamente. Vou comprar uma daquelas bolsas Mulberry pra você.

– Sério?

– É, só o melhor para a minha garota.

E o triste foi que... eu acreditei nele.

CAPÍTULO 34

TERÇA-FEIRA, 12 DE SETEMBRO DE 2017

Logo depois das 18 horas, um Jaguar parou no estacionamento. Um Jaguar verde pequeno, parecido com o do James Bond. Passou roncando pelo estacionamento todo fodido e esburacado, sacolejando em frente a outros carros ferrados e crianças brincando. Parou cantando pneu em frente à janela. Max saiu colocando o cabelo louro atrás das orelhas. De calça jeans e jaqueta marrom, estava sexy pra cacete. Destrancou a porta com um sorrisão. Não o via sorrir havia muito tempo.

– O que é isso? – perguntei.

– Sua carruagem. Gostaria de dar uma volta?

– Já ia começar a fazer o jant...

– Foda-se isso aí – falou, sorrindo.

Agarrou o meu braço e me puxou. Vários vizinhos apareceram nas varandas para ver, e as mulheres jovens, em particular as mães pirralhas que me olhavam com cara feia, ficaram mortas de inveja.

Ele abriu a porta do passageiro e eu entrei. Era tão novo e luxuoso, tinha banco de couro e painel de madeira polida. Passeamos por Kennington e fomos até o centro de Londres. Estava impressionada com o cheiro do couro. Couro macio. Aquilo me deu tesão, e no Max também. Vi pela calça que ele estava ficando duro, mas, quando pus a mão, ele a tirou gentilmente e pôs de volta na minha perna.

– Mais tarde. Quero fazer uma coisa antes – disse ele.

Fomos à Primrose Hill e o Sol estava se pondo quando estacionamos com a vista de Londres à nossa frente. Ele tirou o cinto de segurança, virou-se ao banco de trás e pegou uma cesta de vime.

– O que é isso? – perguntei.

Ele me ajudou a afastar o banco para trás e a colocou no assoalho aos meus pés. Dentro dela havia uma garrafa de champanhe, duas taças finas e compridas, queijo, azeitona, biscoito e uma caixa de papelão cor de lavanda cheia de bolos do tipo chique, que cintila, com frutas frescas em cima. Meu queixo caiu.

— Está passando mal, Neen?

— Não. Só estou chocada... Chocada de tão feliz — acrescentei depressa.

O champanhe fez barulho quando ele o abriu e encheu as duas taças. A espuma subiu depressa em uma delas. Max se inclinou para chupá-la e dar uma golada, depois arrotou.

— Porra, não fiz isso com muita classe. Dá pra ver que nunca fui garçom — disse ele, me entregando uma taça. — A nós, a você, Neen. A melhor coisa que já me aconteceu. Sei que tenho sido um pesadelo, Neen. Mas eu e você estamos juntos. Eu e você juntos, e eu te amo.

— Também te amo — falei. Estava ébria. Dei uma olhada no carro, nele e no Sol se pondo sobre a Londres que se estendia diante de nós.

— Sempre quis vir aqui. Já leu 101 Dálmatas?

— Não. Vi o filme — respondi.

— O livro é mil vezes melhor. Adoro quando os cachorros vêm a Primrose Hill para a Latição Crepuscular, e eles falam com os outros cachorros a quilômetros de distância.

— Só que isso não é verdade, né?

— Gosto de pensar que é. E, porra, a gente não tem a menor ideia do que os cachorros estão realmente falando quando latem. Idiotice minha, né? — disse ele, passando a mão pelo cabelo.

— Não. Não é, não. É mágico — falei. E era mágico estar ali com ele. Eu me senti como na primeira vez que ficamos juntos, naquela noite em que parei no semáforo perto do Santino's e o Max entrou no meu carro. Ele sorriu e encheu o meu copo.

— Um dia, vamos ter um carro igual a este, Neen. Prometo. — Eu sorri e concordei com um movimento de cabeça, sem querer perturbar o bom humor dele com uma pergunta, mas ele a respondeu mesmo assim. — Você se lembra daquele casal que foi lá em casa outro dia à noite, a Charlene e o Thomas?

— Nunca vou esquecer o peido dela. Está gravado no meu cérebro.

Max sorriu por um momento, depois ficou sério.

— Ela ainda está me devendo aquela parada que comprou.

– Quanto?

– O bastante. Ela é rica, o pai tem uma concessionária. Peguei esse carro como seguro: devolvo quando ela me der o dinheiro. E, quando receber esse dinheiro, vai ser com uns juros bem robustos.

– Você não...

– O quê? Dei porrada neles? Não. Foi ideia dela, daquela vadia idiota. Essas bostas desses riquinhos são os piores. O papai cortou a mesada dela, mas ele sempre cede, ao que parece. No longo prazo, vou fazer ainda mais dinheiro com aquela puta idiota.

Assenti e mordi uma azeitona.

– Isso está delicioso – falei.

– Melhor que esteja mesmo, custou caro. – Ele olhou para mim e passou a língua nos dentes.

– O quê?

– Ia fazer isso só mais tarde, mas foda-se. – Ele abriu a porta, saiu do carro, foi ao porta-malas, voltou com uma sacola gigante e a colocou no meu colo. Era de um cinza luxuoso, tinha um laço em cima e a logo da Mulberry estampada em relevo dourado. Ele viu que fiquei chocada.

– Anda, abre – disse ele.

Max pegou minha taça e eu desfiz o laço. Dentro havia outra caixa, e, quando levantei a tampa, vi uma bolsa Mulberry vermelha. Tirei-a e fiquei apalpando o material, as dobras do tecido macio. Coloquei-a no nariz e cheirei o couro novo, a costura no interior era creme.

– Nossa, Max. É original? – perguntei.

– Claro – respondeu ele, sorrindo. Eu a segurei junto ao peito e senti uma alegria enorme. – E você devia dar uma olhada dentro, no bolso. – Enfiei a mão, procurei no forro, encontrei o bolso e tirei dele uma chave prata. – É do apartamento. Desculpa. Andei meio maluco ultimamente por ter que dividir tudo com você. Tenho dificuldade pra confiar nas pessoas, mas confio em você.

Senti uma enorme onda de amor e alívio. Lancei-me sobre ele e o cobri de beijos. Max ligou o carro, nós saímos e achamos uma rua tranquila sem saída. Ele me falou para tirar toda a roupa e ir para o banco de trás. A sensação do couro na minha pele era incrível e, quando ele pressionou o corpo quente sobre o meu, acreditei de verdade que ficaria tudo bem.

Tentei me agarrar a essa sensação o máximo que pude.

CAPÍTULO 35

SEXTA-FEIRA, 15 DE SETEMBRO DE 2017

O Jaguar está aqui há alguns dias. Esse conjunto habitacional é barra-pesada, mas todo mundo tem medo do Max. Toda manhã a gente levanta e ele está lá, ainda brilhando no estacionamento, intocado e impecável. À medida que os dias passam, sinto o humor de Max ficar mais sombrio. Queria perguntar quanto dinheiro Charlene e Thomas lhe deviam, mas não me atrevo.

Então eles apareceram aqui hoje de manhã, quando estávamos tomando café. Charlene parecia fora de si: estava bem-vestida, como de costume, mas tinha os olhos dilatados e fedia um pouco por falta de banho. Thomas suava, e sua camisa do Manchester United tinha manchas molhadas debaixo dos braços.

Sentaram-se à mesa da cozinha, levantei e me ocupei com o preparo do chá. Max escutou com os braços cruzados enquanto Charlene chorava e Thomas explicava que os pais dela tinham cortado a mesada.

– Sempre dão a mesada dela, mesmo no passado, quando falaram que iam parar, era só da boca pra fora...

– Beleza. Eu fico com o Jaguar, esse é o trato – disse Max.

– Nããão! – gritou Charlene. – Meu pai vai chamar a polícia se você fizer isso.

– Então o carro que você deixou aqui como seguro pelo que me deve não vale nada? – questionou Max.

– É da concessionária do meu pai! – falou Charlene com a voz estridente, os olhos arregalados e retorcendo o queixo. – Ele é cheio da grana, é milionário! Max, eu consigo o dinheiro com ele!

– Mas cortaram a sua mesada... – Ela ficou sem palavras e virou-se para Thomas, que olhou para o chão. – Então, qual é a chance deles te darem seis mil libras?

– Seis mil? A parada era só... só dois mil! – protestou Thomas.

Max inclinou a cabeça e vi que os dois recuaram. Ele se levantou e eu saí do caminho enquanto ele abria a gaveta de talheres e pegava uma *faca enorme. Pegou uma maçã na fruteira e voltou para a mesa. Charlene e Thomas não tiravam os olhos da lâmina.*

– Preciso do meu dinheiro – disse ele suavemente, enquanto cortava, com a faca cintilante, a casca vermelha que crescia e formava um comprido laço na polpa da maçã. – Então vocês não vão ficar sentados aí chorando. Vão arranjar uma solução. Rápido.

– Max, foi por isso que a gente veio aqui – disse Thomas, forçando um sorriso nos lábios. Estava com gotas de suor na testa e suas mãos grandes tremiam. Ele as colocou debaixo da mesa. Charlene vasculhava dentro da bolsa.

– Tenho a chave da casa dos meus pais – falou a garota, levantando-a. – Eles vão pra casa do meu irmão hoje. Vão cuidar das crianças. Sempre têm dinheiro em casa. Eu sei o segredo do cofre, e tem joias. – Max pôs um pedaço de maçã na boca e mastigou lentamente. Charlene estava com os olhos arregalados e deu um sorriso maníaco para ele. – E se eu der a minha bolsa Mulberry pra Nina? – acrescentou, suspendendo-a. A bolsa já estava desgastada e um pouco encardida. Ela ia falar algo, só que Max levantou a mão.

– A Nina não vai ficar com a sua bolsa toda fodida e velha como parte do pagamento. Ela já tem uma.

– É, eu tenho uma bolsa dessa. Vermelha – falei. Charlene abaixou a cabeça e parecia um cachorro espancado. Começou a chorar de novo.

– Sou imune a lágrimas de drogados – alertou Max. – Mas a gente vai lá pegar os seis mil que vocês me devem.

– Você vai? – disse Thomas, pegando a mão de Charlene.

– Vou. Mas se vocês tentarem alguma gracinha, juro por Deus que mato os dois – ameaçou Max. Ele olhou para mim e eu concordei com um movimento de cabeça, sentindo uma onda de poder.

Max estava no comando, e eu, com ele.

Levamos algumas horas para chegar a Slough, onde o pai de Charlene tinha a concessionária. Estacionamos o Jaguar em frente ao portão e pegamos um minicab para a casa dos pais dela. Estava achando aquilo tudo muito arriscado, mas Max disse que em lugar de gente rica, as regras eram diferentes. Os pais dela estariam fora e, como entraríamos com a chave da própria Charlene, seria ela quem levaria a culpa.

– Não podem dizer que foi roubo. Nós temos a chave – ele disse. – Quero você comigo porque, se alguma coisa sair errada, vai parecer que somos visita. Um esquema de casais...

Não comprei aquela ideia, mas as coisas estavam boas entre a gente: ele tinha me dado a bolsa, e a lembrança daquele piquenique na Primrose Hill ainda me dava um friozinho na barriga.

Quando chegamos ao lugar, vimos que era muito chique mesmo. Tinha portões de ferro e um caminho comprido levava à casa. No final do caminho, havia um lago com peixes enormes, e o jardim era realmente lindo. Vi que Max ficou puto com aquilo tudo.

– Ela cresceu no meio disso? Teve todas as oportunidades? Puta merda, odeio ela mais ainda – sussurrou entredentes no meu ouvido. Quando chegamos à porta da frente, Charlene pôs a chave, mas ela não funcionou.

– Devem ter trocado as fechaduras – falou ela, virando o rosto para trás e nos olhando.

– E a porta de trás, querida? – perguntou Thomas. Ele suava e o cabelo grudava na parte careca de sua cabeça. – Esperem aqui – falou para mim e Max antes dos dois desaparecerem pelos fundos. O motorista do minicab aguardava no carro estacionado ao lado da fonte e estava compenetrado em seu telefone. Caminhei até a fonte e olhei para o fundo, onde nadavam alguns peixes enormes cobertos de manchas vermelhas e brancas.

De repente, um alarme disparou. Olhei para cima e uma luz azul piscava em uma caixa na frente da casa. Era muito alto e cortava o silêncio. Max ficou agitado, foi às janelas e olhou lá dentro. Pegou o telefone e digitou um número, mas ninguém atendeu.

– Companheiro, estou caindo fora – disse o motorista do minicab, ligando o carro.

– Espera! – gritou Max. Ele me puxou da fonte e entramos no carro.

– Mas que merda está acontecendo? – perguntou o motorista, acelerando até o fundo e espalhando pedras no caminho.

– A gente achou que ela tinha a chave, a casa é dos pais dela – respondi.

Disparamos até a saída com o barulho do alarme ainda ressoando atrás de nós. Chegamos aos grandes portões de ferro e ele reduziu a velocidade.

– Se isso não abrir automaticamente... – começou o motorista, mas, um tempinho depois, eles cederam uma abertura. Estávamos na metade da elegante avenida quando dois carros de polícia passaram por nós, mas Max não ficou aliviado.

– Aqueles putos ainda me devem seis mil – rosnou ele no meu ouvido.

CAPÍTULO 36

SEGUNDA-FEIRA, 16 DE OUTUBRO DE 2017

Erika se sentou na frente da televisão com uma caneca de café e um cigarro. Estava assistindo de lado, olhando de vez em quando pela janela, para as folhas caindo das árvores no estacionamento. Quase não conseguia reconhecer o fato de que estava gostando de assistir à televisão em plena manhã de um dia de semana. Era um programa sobre cirurgias plásticas malfeitas. Tinha o visto na semana anterior e, quando estava fazendo o café, ocorreu-lhe que era hora do programa e que não queria perdê-lo de jeito nenhum. Acendeu outro cigarro e fez careta quando, na tela, uma mulher mostrou aos dois cirurgiões como o procedimento em sua bunda tinha dado errado, deixando-a com uma nádega maior do que a outra.

Havia se passado uma semana desde sua alta do hospital, e Erika se sentia um pouco mais como ela mesma novamente. O inchaço tinha diminuído e ela vinha lidando melhor com a dor. Moss passava lá de vez em quando para levar comida e, apesar dos protestos de Erika, lavava umas trouxas de roupa para ela e até comprava frutas, comida congelada e cigarro.

— Fico feliz em ajudar, mas impus um limite: não vou te colocar no banho e lavar suas partes íntimas – ela tinha dito em sua última visita. Foi a primeira vez que Erika riu e, devido à costela quebrada, sentiu muita dor.

Os cirurgiões na televisão estavam prestes a operar o traseiro desfigurado da mulher quando a campainha tocou. Ela deu um impulso para se levantar da poltrona e estremeceu de dor. Com passos arrastados, foi à porta e a abriu. Ficou surpresa ao ver Peterson do lado de fora.

— Olá – cumprimentou ele. Estava segurando uma caçarola.

— Oi.

– Ai, bem que a Moss me falou que parecia que você tinha sido atropelada por um caminhão. – Ele ficou olhando para o hematoma no rosto dela. Envergonhada, Erika suspendeu a mão com gesso.

– Falou?

– Sim. Ela tem me mantido informado. Você quebrou o pulso?

– E fraturei uma costela.

Ele vestia calça jeans e um elegante casaco de inverno preto com um cachecol vermelho. De barba feita, seu rosto continuava magro, mas parecia ter mais energia.

– Entra – disse ela, movendo-se para o lado.

– Vai a algum lugar? – perguntou ele, entrando e vendo uma mala ao lado da porta.

– Vou, sim. Ver a Lenka na Eslováquia. Ficar com ela um pouquinho, ver as crianças. A neném já está andando, quer dizer, nem é mais neném. Tenho algumas semanas de licença e estou enlouquecendo um pouco, por isso achei que seria uma hora boa pra ir.

Eles foram para a sala. A mulher na tela estava deitada com o rosto para baixo na mesa de operações e o cirurgião tirava um implante de silicone grande de uma de suas nádegas. Erika pegou o controle remoto e desligou a televisão. O apartamento ficou em silêncio e dava para ouvir o vento assobiando ao redor do prédio e o farfalhar dos montes de folhas secas redemoinhando pelo estacionamento. – Nunca passei tanto tempo em casa. Não sabia que era tão morto e tranquilo durante o dia.

– Nem me fala. Quando você viaja?

– Hoje à tarde.

Ele colocou a caçarola na bancada da cozinha.

– Então isso aqui não foi uma boa.

– Posso congelar.

– A mamãe que fez. Mandou um abraço... – Houve um silêncio constrangedor. – Posso fazer um café pra você?

– Não precisa. Você quer um? – ofereceu ela.

– Ainda não posso tomar café... – disse Peterson, dando um leve tapinha na barriga. Ambos continuavam em pé, e Erika gesticulou para que sentassem.

– Pensei em você essa semana, nos silêncios desse apartamento... – Ela balançou a cabeça. – Isso soou mais mórbido e esquisito do que eu imaginei. Fiquei pensando em todas as semanas e meses que você ficou preso em casa.

– Agora sabe como é.

– Verdade. Mesmo vendo pelo que você passava, eu não *entendia*. Desculpa, James.

– Erika, já falamos disso.

– Mas quero que saiba o quanto lamento, por tudo. – Ela deu um sorriso e estremeceu. A lateral do rosto ainda estava inchada. Ele devolveu o sorriso.

– Posso só tomar uma água?

– Claro.

Peterson levantou, foi à cozinha, pegou um copo e o encheu. Erika achou que ele estava muito diferente das últimas semanas. Movimentava-se normalmente e tinha um ânimo de volta aos passos. Sentou no sofá, deu um gole de água e teve que empurrar para o lado uma pilha de livros e revistas para abrir espaço na mesinha de centro, onde colocou o copo.

– Você me parece melhor – comentou ela.

– Estou mesmo. O médico falou que o pior já passou. Comecei a comer direito. Meu apetite voltou com tudo alguns dias atrás, e a diferença é extraordinária. Estou dormindo de novo... *Meu intestino está trabalhando com regularidade* – acrescentou ele, colocando a mão jocosamente na lateral da boca e fazendo uma careta. – Nunca tinha me dado conta do quanto essas coisas são importantes para o nosso bem-estar e a nossa felicidade, até perdê-las.

– Que ótimo. Quando volta a trabalhar?

– Só daqui a algumas semanas, mas estou pegando leve. Quero começar a malhar na academia em breve. Só coisa de baixo impacto.

Ele notou o braço engessado dela apoiado na lateral da poltrona.

– Não vim aqui para... para tripudiar nem nada. Vim devolver os favores.

– Que favores?

– Você foi lá me ver aquele monte de vezes, levou comida e tolerou meu mau humor.

– Aquilo não foram favores, James. Fui lá como... Bem, não interessa agora.

– Minha namorada – completou ele.

– É. Apesar de achar que deixei de ser isso há muito tempo.

Peterson não falou nada e olhou para fora, pela janela, além dela. Erika desejou ter deixado a televisão ligada. O vento lamuriava e uivava ao soprar pelos cantos do prédio.

– Você não quer... – começou ele.

– Voltar?

Ele engoliu em seco, esfregou as mãos sem graça e disse:

– Erika, achei de fôssemos só amigos.

– E somos. Mas obrigada pela novidade. Agora sei como se sente – disse Erika, com aversão ao tom dele, um indicativo de que Peterson a estava dispensando delicadamente.

– Achou que a gente ia voltar?

– Não!

– Então o que foi? – perguntou ele.

– Não sei. Você é britânico. Achei que fazia parte do acordo não falar dos seus sentimentos. Achei que a gente estava só deixando as coisas esfriarem.

– Ok. Ótimo.

– Ok, ótimo? Você veio aqui pra colocar um selo oficial nas coisas? Pra me dispensar?

– Não! Mas você tocou no assunto.

– Não. Não toquei, não – discordou ela.

– Erika, você acabou de fazer isso, só passei aqui para trazer comida e dar um "oi".

– Bom, você trouxe a comida. Você deu "oi". Agora pode ir se foder.

Ele balançou a cabeça:

– Às vezes você consegue ser tão escrota...

– É, tá bom, já me chamaram de coisa pior.

Ele levantou e começou a ir embora, mas parou.

– Erika, vamos ter que trabalhar juntos, e quero deixar claro que não te culpo pelo que aconteceu. As coisas mudaram entre nós, só isso. Nosso relacionamento simplesmente não era pra dar certo. Podemos seguir em frente, como amigos?

– Acabou de me chamar de escrota e agora quer ser meu amigo?

– Falei que você consegue ser uma escrota. Não falei que é.

– Bom, já que estamos deixando as coisas claras, você é um cuzão por vir aqui quando estou me sentindo uma merda e começar isso! – Sentiu lágrimas ferroarem seus olhos e levantou uma mão. – Vai embora... VAI!

Ele permaneceu ali por um momento. Ia falar algo, mas mudou de ideia e saiu pela porta.

Erika olhou para o relógio e desejou que as horas passassem. Queria ir embora, deixar tudo para trás durante um tempo. Aquilo tudo era demais para ela.

CAPÍTULO 37

SÁBADO, 16 DE SETEMBRO DE 2017

Max não teve nenhuma notícia de Charlene e Thomas. Chegou em casa tarde ontem à noite, bêbado e exigindo comida. Dei a ele um prato de macarrão. Tinha feito mais cedo e, depois de algumas horas na panela, ficou ressecado. Max enfiou uma garfada na boca e cuspiu.

– O que é isso?

– Fiz mais cedo. Não sabia quando você ia voltar – respondi. Estava sentada em frente a ele na mesa da cozinha. Tive aquela familiar sensação de pavor de quando sabia que as coisas estavam prestes a ficar ruins. Era como se o ar passasse a zumbir ao redor das minhas orelhas e uma goteira gelada começasse a pingar no meu estômago. Comecei a suar e tremer, porque sabia que qualquer coisa que eu fizesse, que eu respondesse, estaria errada.

– Essa bosta é comida de cachorro – reclamou ele, apunhalando a comida com o garfo. – Acha que é certo me dar comida que não serve pra uma bosta de um cachorro?

Tentei recuperar o fôlego e comecei a chorar.

– Oh, vai começar a chorar agora, é?

– Você está me assustando! – gritei.

Ele jogou o prato de macarrão na parede atrás de mim. Senti o molho respingar nas minhas costas.

– Por que ainda está sentada aí? Limpa isso.

Arrastei a cadeira para trás enquanto levantava devagar.

– Limpa ISSO!

Eu me encolhi quando ele deu a volta na mesa, agarrou a parte de trás do meu cabelo e virou minha cabeça para a parede. Um rastro vermelho escorria por ela.

– Que merda é essa? Trabalho que nem um condenado e você faz essa merda.

Fechei os olhos com força. Tentei reprimir minhas emoções, mas lágrimas escapuliram e escorreram pelo rosto. Achava que as coisas estavam melhorando, mas aí aconteceu aquela merda com a Charlene e o Thomas, e ele estava descontando tudo em mim.

– Você comeria isso? – perguntou ele, ainda agarrando minha cabeça e enchendo a mão de macarrão.

– Eu comi isso... – Não pronunciei o resto das palavras porque ele enfiou o macarrão na minha boca e esfregou o resto no meu rosto. Tentei cuspir, mas ele manteve uma mão atrás da minha cabeça e, com a outra, empurrou a massa ensebada dentro da minha boca. Senti aquilo escorregando pela minha garganta e não conseguia respirar. Meus olhos ardiam por causa do molho e eu não conseguia enxergar. Max me soltou de repente e eu caí no chão, arfando e tentando recuperar o fôlego.

Ouvi a porta dos fundos bater e a fechadura girar. Eu me limpei, arrumei a bagunça e só depois percebi que ele tinha levado meu telefone e minha chave.

Isso não pode continuar. Vou deixá-lo. Quando ele voltar, estarei com uma faca, e irei embora.

CAPÍTULO 38

SEGUNDA-FEIRA, 18 DE SETEMBRO DE 2017

Fiquei sentada na cozinha a noite inteira, olhando para a porta com uma enorme faca diante de mim, porém Max não voltou. Ao nascer do Sol, levantei, fiz um chá e observei os vizinhos do lado de fora começarem a se envolver em seus afazeres. A senhora idosa que morava no apartamento no final do corredor passou com sacolas de compras. As crianças começaram a brincar e o meu pânico diminuiu.

O domingo passou muito devagar, e então o Sol começou a se pôr. Eu me preocupava sobre como sairia se houvesse um incêndio. Como eu escaparia. As grades de ferro estavam parafusadas do lado de fora das janelas, como uma jaula. A porta dos fundos era de madeira maciça, com vidro temperado na janela. Não havia como sair.

Às 3 horas da manhã, acordei sem ar. Tateei debaixo das cobertas e encontrei o cabo da faca. A chuva golpeava a janela e dei um pulo quando um trovão irrompeu, fazendo um estrondo. Saí do quarto segurando a faca em frente ao corpo. A sala e o banheiro estavam vazios. Fui à cozinha e bebi um pouco de água. Fiquei sentada à mesa no escuro, escutando a tempestade. Os relâmpagos chamejavam, iluminando as paredes.

Então, ouvi o som de um carro entrar no estacionamento. Ele sacolejou nos buracos cheios de água e os faróis brilharam através das persianas, lançando uma luz quadriculada acima da minha cabeça antes de deslizar pela parede. Ela foi substituída por uma luz vermelha. O carro tinha virado. As luzes intensificaram e o zumbido do motor aumentou.

Levantei achando que o carro ia entrar de ré pela janela da cozinha. Enfiei o dedo na persiana e vi que ele estava estacionado com o porta-malas a centímetros da porta dos fundos. Max desceu. Estava encharcado.

Soltei a persiana e fiquei de pé segurando a faca em frente ao corpo. Minha mão começou a tremer quando ouvi a chave girar na fechadura e a silhueta de Max surgir através do vidro fosco. A chave virou e a porta abriu. Um trovão estrondou alto e a chuva ecoava na passarela de concreto. Andei na direção da porta. Max estava de costas para mim, abrindo o porta-malas.

Ele se virou.

– Nossa! O que está fazendo, Neen? – sussurrou ele, me vendo com a faca. Parecia genuinamente confuso sobre o motivo de eu a apontar para ele. Suas roupas estavam ensopadas, seu cabelo louro pendia molhado ao redor dos ombros e ele tinha uma mancha de terra na bochecha. Seus olhos haviam perdido a frieza psicótica da outra noite e ele parecia estar com medo.

– O que está fazendo? – perguntei, mantendo a faca apontada para ele.

– Preciso da sua ajuda, por favor – sussurrou Max, levando o dedo aos lábios. – Veste o casaco e me dá uma mão.

Estava tão estarrecida por sua mudança de humor, tão aliviada por vê-lo, que entrei de novo, coloquei meu casaco comprido por cima do pijama e prendi o cinto. Pus um boné na cabeça e, ainda segurando a faca, segui na direção da cozinha.

Parada à porta, vi o porta-malas do carro aberto. Max segurava o corpo de um homem pelas axilas e o arrastava para dentro da cozinha. Soltou-o no meio do chão e saiu novamente pela porta. A cabeça quicou no linóleo e os braços ficaram prostrados. Reconheci a calça jeans encardida e a camisa de futebol antes do rosto. Era Thomas.

Max enfiou a cabeça na porta quando veio o estrondo de outro trovão com relâmpagos.

– Preciso de uma mão – disse ele, como se tivesse sacolas de compras no carro.

Passei pelo corpo e fui ao corredor do lado de fora. As janelas ao nosso lado estavam escuras. Me juntei a Max na porta traseira do lado do passageiro, onde ele estava pegando o corpo de Charlene.

– Me ajuda com as pernas.

– Não – falei, balançando a cabeça, e voltei para dentro.

Um momento depois, Max também entrou e largou o corpo de Charlene ao lado de Thomas.

– Só vou colocar o carro no lugar onde ele costuma ficar – informou ele, fechando a porta e me deixando com os dois corpos. Achava que tinha

lidado com a morte e com o trauma nos últimos meses, mas nada prepara uma pessoa para ter dois cadáveres caídos no chão da cozinha. Quis rir. Não era engraçado, mas uma risada escapuliu da minha boca. Não soou como uma risada, no entanto. Foi um som estranho e apavorado. As roupas de Charlene estavam rasgadas. Ela usava uma saia longa e blusa azul, mas os botões abertos deixavam um dos seios à mostra por cima do sutiã. Seu cabelo louro estava emplastado de sangue, e o nariz, completamente achatado. O rosto de Thomas era uma massa ensanguentada, os braços prostrados em um ângulo esquisito.

O som da porta se fechando me fez parar de olhá-los. Max entrou com duas malas e as apoiou na bancada. Conferiu se as persianas estavam fechadas e prendeu o cabelo para trás com um elástico que tinha no pulso. Foi à pia, pegou dois rolos grandes de saco de lixo preto. Rasgou um e o abriu com uma sacudida.

– Pode segurar, Neen?

Neguei com um movimento de cabeça. Continuava com a faca e a segurava com força, mas era como se ela não estivesse ali. Ele não deu mais do que uma olhadinha para ela antes de tirar os sapatos de Thomas e Charlene e jogá-los no saco de lixo. Quando se abaixou para fazer isso, vi a coronha de uma arma saindo da parte de trás de sua calça jeans. Visualizei a mim mesma me aproximando dele, pegando a arma e atirando. Não levaria mais do que alguns segundos.

Ele estava com uma tesoura e, pelo barulho do tecido sendo cortado, vi que havia aberto a camisa de futebol de Thomas na frente e em uma das mangas. Segurou o braço direito de Thomas no alto e xingou, mas cortou o resto da camisa e a jogou no saco de lixo. O peito de Thomas tinha uma camada densa de cabelo escuro, mas sua pele, amarelo-clara, não parecia real. Max virou e começou a cortar a calça, o que não foi fácil.

– Você os matou? – perguntei.

– Matei. Iam sair do país. Compraram passagens para Jersey.

– Como descobriu?

– Tenho amigos. Conheço gente que fica de olho nessas coisas quando as pessoas estão devendo dinheiro.

– Jersey? Por que Jersey?

– Sei lá, tem alguma coisa a ver com o pai dela. Casalzinho filho da puta. Eles estavam vazando, indo embora pra sempre...

Começou a cortar a perna direita da calça. O corpo de Charlene remexeu no chão e sentou. Eu estava com medo demais para me mexer, mas acabei gritando quando ela estendeu o braço deformado e puxou a arma da calça de Max.

– Jesus Cristo! – exclamou ele.

Charlene erguia-se e tentava mover as pernas. Com um dos olhos fechado de tão inchado, ela transferiu a arma para a mão que não estava quebrada e tremeu ao apontá-la para Max. O barulho foi ensurdecedor. Nunca tinha ouvido uma arma de verdade disparar. A força jogou o braço da garota para trás, mas ela soltou um gemido estranho, levantou a arma de novo e a apontou para o peito de Max. Ele olhou para mim, e me dei conta de que ainda estava com a faca. Bati no braço dela com força e afundei a comprida lâmina da faca entre os seios, até o cabo. Ela ficou se debatendo debaixo de mim, mas eu a empurrei de novo para o chão da cozinha, afundei a faca ainda mais fundo e torci para ela ficar imóvel novamente.

– Nossa, Neen – disse Max, olhando para mim com admiração enquanto pegava a arma e conferia as balas.

Corri para o banheiro e vomitei na pia. Tranquei a porta e fui tomar um banho, fiquei debaixo da água por muito tempo, até o frio me deixar dormente. Quando voltei à cozinha, Max estava limpando uma enorme poça de sangue do chão com um esfregão, e havia um cutelo na pia. Ao lado da pia estava o saco de lixo com as roupas de Thomas e Charlene e, ao lado da porta da frente, vi duas malas estufadas. Sangue gotejava da parte de baixo das duas.

– Precisamos limpar isso, depois jogar as malas no rio antes que amanheça – disse Max.

Me chocou a forma como, naquele momento, eu me sentia no controle.

– Ok – falei. – E o tiro? Foi alto...

– Já era para a polícia estar aqui. E esse conjunto habitacional é barra-pesada.

Concordei com ele e peguei o esfregão. Matei a Charlene para salvar a vida do Max. Ela teria atirado no peito dele. Não me sentia mais como uma vítima. Eu me sentia no controle, e pela primeira vez me sentia igual ao Max. Aconteceram comigo coisas que eu jamais serei capaz de superar. Tenho que seguir em frente, tenho que sobreviver.

– Sei de um lugar às margens do rio. É tranquilo e não tem câmeras – falei.

Eram quase 4 horas da manhã quando colocamos as malas no carro e fomos a uma área industrial abandonada no Battersea Park. Havia uma estamparia antiga ali que eu costumava visitar com o meu pai quando o acompanhava nas entregas durante as férias de verão. Meu pai entregava refrigerante por toda Londres.

Estacionamos na lateral de um prédio comercial caindo aos pedaços e carregamos as duas malas até um pequeno píer ao lado do rio. Havia pouquíssima luz e a água era uma imensidão escura.

Jogamos as malas com Thomas e Charlene no rio o mais longe que conseguimos e, com um tibum, elas desapareceram, sugadas pela água que se movia apressada.

Max pôs o braço ao meu redor e ficamos ali um longo tempo, observando a água. Estava escura, como tinta.

CAPÍTULO 39

QUARTA-FEIRA, 1º DE NOVEMBRO DE 2017

Era início da noite quando Erika desceu do banco de trás do Jeep Cherokee do cunhado. Por ser bem alto, a descida fez sua costela quebrada doer, mesmo já estando quase curada. Com o braço bom, ajudou a sobrinha, Karolina, e o sobrinho, Jakub. Apesar da noite escura e fria, o estacionamento em frente ao cemitério encontrava-se movimentado, e ela lhes disse para ficarem por perto.

Estavam com suas melhores roupas, assim como Erika. Um grupo de senhoras passou caminhando com casacos pretos elegantes, joias de ouro e cabelos escovados. Todas elas carregavam uma grande grinalda verde de plástico, com flores coloridas vívidas, e entraram no fim da fila, onde aguardavam para passar pelos portões do cemitério. Centenas de velas com suporte de metal queimavam ao lado de uma estátua da Virgem Maria embutida na parede ao lado dos portões, e Erika viu um tapete de velas brilhando lá dentro.

No dia 1º de novembro era comemorado o Dia de Todos os Santos. Era uma data importante na Eslováquia em que, no início da noite, multidões abarrotavam o cemitério. A irmã de Erika, Lenka, deu a volta no Jeep empurrando o carrinho de bebê com Evka, de 2 anos, vestida com um elegante casaco de inverno preto e gorrinho com pompom.

– Olha o seu rosto! – gritou Lenka para Jakub, que tinha uma mancha de chocolate no queixo. Ela sacou um lenço e cuspiu nele.

– Mamiiiiii! – berrou o menino, afastando-se.

– Meu rosto está limpo – acrescentou Karolina.

– Jakub, vem cá. Você não vai à sepultura da vovó com esse rosto imundo!

– Aqui – disse Erika, pegando um pacote de lenço para retirar maquiagem do bolso do casaco. – Esses aqui não têm cuspe. – Ela se agachou e

Karolina a ajudou a abrir o pacote, retirando um lenço. Erika ainda estava com o punho direito engessado e pendurado em uma tipoia. Limpou com delicadeza o rosto redondo do sobrinho e ele virou os olhos para ficar zarolho, colocando a língua para fora e fazendo-a rir.

O cunhado de Erika, Marek, saiu do carro e se juntou a eles, falando ao telefone. Era um homem enorme e imponente, de cabeça raspada, mas olhos gentis. Tinha vestido um terno preto e Erika o achou muito elegante. Assim que finalizou a ligação, o telefone tocou novamente. O toque era "Gangnam Style", música que cortou o clima sombrio.

– *Ty si sedlac* – falou Lenka entredentes.

– São negócios! – disse ele, revirando os olhos antes de atender a ligação e sair caminhando pelo estacionamento.

– Hoje é um dos dias mais religiosos do ano, e ele está fazendo negócios ao lado de um cemitério!

– É. Está vendendo muito sorvete em novembro – murmurou Erika, olhando para Lenka com a cara fechada. Terminou de limpar o rosto de Jakub, que mostrou um sorriso sem os dois dentes da frente.

– Não começa – alertou Lenka.

– Gosto de você aqui, tia Erika – comentou Jakub. – Por favor, você pode ficar pra sempre?

Erika estava lá há aproximadamente duas semanas, e eles já haviam feito com que se sentisse parte da família. É claro, ela *era* parte da família, mas tinha se esquecido de como as coisas funcionavam na Eslováquia. As famílias tinham atritos, discutiam com frequência, mas as pessoas eram sempre honestas umas com as outras, e essa honestidade era complementada com amor e lealdade. Erika pensou nas vezes em que os parentes de Mark foram passar um tempo na casa dela. Eram períodos em que todo mundo se comportava da melhor maneira possível, e isso era exaustivo.

Jakub e Karolina encaravam-na, aguardando uma resposta.

– Não posso ficar para sempre, mas vou ficar aqui mais um tempinho, até eu sarar – sorriu ela.

– Conta pra gente de novo como você lutou com aqueles dois homens com armas! – gritou Jakub, agarrando a mão dela.

– Como se sentiu quando atirou neles? – perguntou Karolina.

– Foi com uma arma de choque que eu atirei neles, e não com um revólver. Ela dispara um choque elétrico no... – falava Erika, mas duas senhoras idosas que passavam por ali olharam-na de cara fechada. –

Talvez seja melhor a gente falar sobre isso mais tarde, quando formos tomar chocolate quente.

– O papai tem uma arma, ele guarda ela em uma lancheira do Batman – revelou Jakub.

– Chega de conversa, vamos andando – disse Lenka, pegando uma grinalda de flores e um pacote de velinhas com suporte de metal na traseira do Jeep. Enfiou a grinalda em Marek, que continuava ao telefone.

– Viu o cinto dela? – perguntou Karolina, sem emitir som. Erika olhou para o cinto no casaco de Lenka. A fivela era adornada com as palavras "GOLD DIGGA". – Ela não sabe o que *gold digger* significa – acrescentou Karolina.

– Pegue essas velas – falou Lenka, entregando as velinhas a Erika. – São de marca. Uma marca muito exclusiva. Comprei na Bratislava.

– *Gold digger* é uma mulher que dorme com um homem rico só pelo dinheiro – soltou Karolina. Erika reprimiu um sorriso. Lenka não estava ouvindo. Ela se aproximou de Marek, disse-lhe para sair do telefone e todos foram para o cemitério. Era o maior cemitério da pequena cidade de Nitra: estendia-se por vários acres, como um tapete de luzes cintilando ao longe. Estava lotado de gente movendo-se entre as sepulturas, e, ao passarem por cada uma das lápides, Erika observava as velas dispostas em jarros coloridos e suportes ornados de vidro. As copas das árvores ainda tinham as últimas folhas do outono, que refletiam o cordial brilho laranja da massa de velas. Caminharam alguns minutos em silêncio e encontraram a sepultura dos pais de Erika e Lenka. Era simples, com mármore negro e letras douradas:

František Boldiš   Irena Boldišova
1950–1980   1953–2005

Lenka pôs a grinalda de flores no mármore e as crianças começaram a limpar as velas que haviam queimado substituindo-as por outras. Enquanto ajudava Jakub a acender uma velinha com suporte de metal e colocá-la em um castiçal, Erika ficou observando os nomes escritos em dourado na lápide. Tinha 8 anos, e Lenka, 6 quando o pai morreu. Era uma memória distante, e Erika só se lembrava de flashes dele na infância: de quando chegava em casa do trabalho na fábrica de plástico com o bolso cheio de balas; de um feriado quando foram acampar, às margens de um lago, e as irmãs revezavam o lugar no ombro dele quando caminhava para a parte mais funda.

A memória da noite em que bateram na porta do apartamento ainda estava viva em sua mente. Havia um policial do lado de fora com o gerente da fábrica. Erika ainda conseguia escutar o pranto da mãe quando lhe informaram que o marido havia morrido em um acidente no trabalho. Lenka era muito pequenininha para entender, e Erika, sem saber o que fazer, levou-a ao quarto delas, onde brincaram de boneca durante horas e horas.

Nos dez anos seguintes, Erika e Lenka viram a mãe se afundar no alcoolismo.

Erika balançou a cabeça para se livrar das memórias às quais não queria se agarrar. Olhou para Lenka e Marek de mãos dadas, para Jakub e Karolina em pé diante deles, ao lado da pequena Evka, que olhava para todas as velas maravilhada. Eram a imagem da família feliz, toda banhada na luz suave.

Erika foi embora da Eslováquia quando tinha 18 anos, fugindo de sua infância infeliz e da terrível relação com a mãe, em busca de uma vida melhor – uma vida nova na Inglaterra. À luz das velas bruxuleantes, pensou nos últimos anos da sua vida, na perda de Mark e em como tinha que lutar todos os dias no trabalho para alcançar os resultados. Em seguida, pensou no caso em que vinha trabalhando, nos últimos encontros com Melanie e Peterson. Sabia que as coisas entre ela e James tinham acabado, mas ouvir aquilo dos lábios dele tornou a situação real. O que havia sido aquele relacionamento? Um campo minado, de muitas maneiras. Erika era sua chefe, trabalhavam juntos, e havia sido muito importante comprometer-se com outro homem após Mark. Contudo, não tinha se entregado inteiramente, sabia disso agora.

Olhando para Lenka, tão feliz com sua família e sua vida em Nitra, Erika se perguntou se fugir tinha valido a pena. E do que havia fugido? Lenka ficou e construiu uma família. Erika estava perto dos 50 anos, era viúva, não tinha filhos e a carreira oscilava à beira do fracasso. A traição de Nils Åkerman a decepcionara profundamente, e as ramificações do que ele tinha feito ainda estavam por vir. Tinha amigos em Londres, Isaac e Moss, mas sempre os mantinha a certa distância. Lutava para encontrar algo positivo em seu futuro.

– Está com o rosto triste, tia Erika – comentou Jakub, os olhinhos castanhos resplandecendo preocupação.

– É uma época triste do ano – disse ela enxugando uma lágrima.

– Está com saudade do tio Mark?

Erika fez que sim.

– Não me lembro bem do tio Mark, mas ele sorria muito.

As lágrimas escorriam pelas bochechas de Erika, e Lenka parou ao lado dela.

– Está tudo bem – disse ela, colocando os braços ao redor da irmã. Erika disparou a chorar no ombro da irmã, agarrou-lhe o braço e enterrou o rosto no tecido macio. Marek gesticulou às crianças e as levou para uma caminhada, dando privacidade às duas. Erika chorou durante um longo período. Chorou pelas pessoas que perdeu e pela vida que sentia ter desperdiçado.

– Está tudo bem, *moja zlata* – disse Lenka, acariciando o cabelo curto da irmã. – Está tudo bem, você não está sozinha.

As lágrimas de Erika finalmente cessaram e ela se sentiu melhor. Ninguém mais a encarava porque aquele era o único lugar em que era aceitável chorar.

Lenka entregou-lhe um lenço.

– Sabe que pode ficar quanto tempo precisar.

– Eu sei. Obrigada, mas a minha vida não é mais aqui. Vou ter que voltar em algum momento.

– Anda, vamos acender essas velas e ir para a cidade tomar um chocolate quente – falou Lenka. – Depois mando o Marek ficar com as crianças e a gente sai pra tomar umas.

Erika concordou com um movimento de cabeça, sorriu e elas acenderam o restante das velas.

CAPÍTULO 40

SEXTA-FEIRA, 17 DE NOVEMBRO DE 2017

Não escrevo neste diário há séculos. Acho que precisei de um tempo para me ajustar e processar tudo o que aconteceu. Esfaquear Charlene me mudou. Foi como se eu desse um passo para fora de mim mesma e entrasse em uma pessoa diferente. Não que eu não sinta culpa ou horror pelo que fiz. Mas sinto como se tivesse sido espancada, e tomar a iniciativa e assumir o controle me levou ao despertar do qual Max está sempre falando. Eu o entendo. O mundo não está inclinado a nosso favor. Devemos pegar aquilo de que precisamos, devemos lutar para sobreviver. É como se eu tivesse acabado de decidir que não quero mais ser uma vítima. A voz na minha cabeça costumava dizer: Por que não gosta de mim? Por que está fazendo isso comigo? O que estou fazendo de errado? *Eu me senti empoderada quando enfiei aquela faca no peito dela. Da vadia mentirosa, trapaceira e drogada.*

Depois que voltamos da desova dos corpos, ficamos acordados conversando. Perguntei a Max o que ele queria da vida e como podíamos fazer isso acontecer. Ele foi pego de surpresa pela pergunta. Contou-me que queria ir embora. Que seu sonho era se mudar e abandonar essa pocilga de país. Economizar um dinheiro e ir para a Espanha ou para o Marrocos e ter um bar ou uma fazenda.

— Neste país vou sempre ser escória – disse ele. – Vou sempre ser o moleque com ficha na polícia. Esse sistema de classes está contra mim. Posso ficar aqui e ganhar na loteria que mesmo assim vou ser visto como reprovável e indigno. Ou posso fazer as coisas acontecerem para mim.

— A gente pode fazer as coisas acontecerem. Vamos trabalhar juntos, pare de pensar que estou contra você. Estamos nessa juntos. Eu matei. Tenho sangue nas mãos. Somos iguais, vamos fazer as coisas acontecerem – falei.

Nossa conversa foi transformadora. Toda a natureza da nossa relação mudou, e chegamos a algo que se aproximava da normalidade.

Nas semanas após a desova de Thomas e Charlene, ficamos mais quietos. Não aconteceu quase nada em relação ao desaparecimento deles. Os corpos apareceram algumas semanas depois que os desovamos, mas a polícia não tem pista alguma. Houve certa agitação na internet e uma pequena nota em um jornal, mas depois tudo voltou a ficar tranquilo. Nesse meio tempo, estávamos fazendo planos. E, para transformar nossos planos em realidade, precisávamos de dinheiro.

Ontem à noite nós fomos ao Soho. O Max traficava para um cara gay que trabalhava no centro financeiro de Londres e que recentemente deixou escapar que possuía uma cobertura na Drury Lane. Achei que valia a pena investigar isso um pouco mais. Uma cobertura na Drury Lane valia milhões, e ele podia ter alguns desses milhões dando bobeira em casa.

Começamos a noite no Ku Bar e pegamos uma mesa de canto. Max recebia muita atenção dos caras atrás do balcão do bar, e percebi o quanto ele se destacava. Estava com uma camisa nova que compramos naquela tarde, era bem apertada e deixava os músculos à mostra. O cabelo comprido escorria abaixo dos ombros. Seu cabelo é do tipo que fica bonito sem nenhum cuidado. Usava um boné novo, e as partes do cabelo que ficavam à mostra brilhavam às luzes coloridas do ambiente. Estava ficando movimentado e alguns caras se ofereceram para lhe pagar bebidas – o que ele aceitou. Até onde eu sabia, Max era totalmente hétero, mas gostava de dar corda para aqueles caras em troca daquelas bebidas realmente caríssimas. Era estranho ver as coisas acontecerem de outro ângulo. Estou acostumada a ficar em pânico nas boates e nos pubs quando acompanhada de Max por medo dele ficar com ciúme, por isso me esforço para ele não achar que estou paquerando e não faço contato visual com as pessoas. Estávamos lá havia uma hora quando um cara alto, realmente muito bonito, se aproximou. Max o apresentou a mim como Daniel. Era muito educado e estava muito bem-vestido. Foi ao bar e voltou trazendo um balde de gelo com champanhe Cristal e três copos. Aguardei até ele servir nós três e dei um golinho, depois pedi licença e fui ao banheiro feminino, dando a Max a oportunidade de enfiar bebida em Daniel. Quando voltei, Max servia o resto da garrafa para eles.

– Meninos, vocês estão com sede – sorri.

– Podemos pedir outra garrafa se você quiser – disse Daniel.

– É claro, porra – Max sorriu, virando o champanhe de uma vez. Bebemos a garrafa seguinte na mesma velocidade, depois Max e Daniel *foram dançar. Fiquei um pouco chocada quando eles chegaram à pista de dança e Max se agarrou em Daniel. Continuei sentada lá e bebi o resto do champanhe sozinha, sentindo ciúme. Depois de mais algumas músicas, o cara foi ao banheiro e Max voltou.*

— Parece que está se divertindo — falei.

— Esse é o único lugar onde eu quero enfiar o meu pau — afirmou ele, estendendo o braço e agarrando minha virilha. Abri as penas de leve.

— Não se esqueça disso — falei.

— Ele convidou a gente pra ir ao apartamento dele, Neen. Pra porra daquela cobertura!

— Até onde você acha que vai ter que ir? — perguntei. — O que vai fazer com ele? — Eu geralmente não era tão direta assim com ele, mas estava com ciúme. Ele era meu. Senti que pertencia a ele durante tanto tempo que era legal, para variar, me dar conta de que ele também pertencia a mim.

Max se inclinou sobre a mesa e pegou a minha mão. Levou-a ao bolso direito e a pôs sobre o volume da arma. Ela parecia maior no bolso, e eu sentia que Max estava ficando duro debaixo dela.

— Vamos fazer uma grana alta hoje à noite — disse ele, abrindo um sorrisão. — É disso que temos falado.

— Não pira, Max.

— Ele vai sobreviver — sorriu ele.

Um momento depois, Daniel voltou do banheiro. Cambaleava um pouquinho e os olhos estavam meio vidrados. Ele virou o resto do champanhe e fomos embora do bar.

Pegamos um táxi para percorrer o curto trajeto até o apartamento de Daniel. Nunca tinha ido a um lugar tão bonito, era como um hotel chique. Daniel mal me notou quando chegamos e, depois de preparar bebidas para nós, pedi licença e fui ao banheiro. Havia fotos ao longo das paredes no corredor, acho que dos familiares dele, pois eram bem parecidos. Uma mulher aparecia em todas as fotos, e havia várias apenas dela e Daniel. Acho que era a mãe dele. Era muito pequenininha, bem-vestida e tinha o cabelo cortado no estilo Imelda Marcos.

O banheiro era amplo e lindo, com mármore branco e torneiras douradas. Preso ao enorme espelho acima da pia havia outra foto daquela mulher, muito mais jovem e ninando um menininho de cabelo escuro que devia ser Daniel. Fiquei observando aquela imagem e o meu reflexo durante um longo momento. Queria ter um neném pequenininho para segurar no colo, e estava com saudade da minha mãe. Ela nunca foi muito carinhosa, nunca fomos próximas como aquelas famílias mediterrâneas, mas daria qualquer coisa para voltar à época antes de tudo isso, antes de as coisas mudarem, antes de eu mudar.

Olhei para o meu reflexo no espelho. Passei os dedos pelo cabelo, que escorria abaixo dos ombros, e ajeitei meu decote. Achei que ela estava linda, a mulher no espelho que me encarava. Não a reconhecia mais como "eu".

Quando voltei à sala, encontrei Max no chão montado em Daniel ao lado de um sofá em L. Os dois tinham tirado a camisa e achei que estavam se pegando, então vi que o nariz de Max sangrava e que ele tinha as mãos ao redor do pescoço de Daniel. Tudo aquilo estava fazendo pouquíssimo barulho, apenas alguns leves gorgolejos e engasgos de Daniel.

– Nossa, você podia me ajudar aqui, hein? – disse Max. Fiquei paralisada. – Neen! Tira a arma do meu bolso.

Quando me aproximei, Daniel moveu violentamente uma das pernas e derrubou o enorme vaso prata de pot-pourri na mesinha de centro de vidro. As pétalas vermelhas se espalharam por todo o tapete azul. Puxei o revólver do bolso de Max e, com ele nas mãos, pensei: E se eu atirar no Max? E se eu atirar nele depois contar a Daniel tudo sobre a minha vida, contar que eu sou a vítima? Ele tem dinheiro, pode me recompensar por salvar sua vida.

– O que está esperando? – berrou Max. Daniel o arremessou para trás e ficou em pé, com o rosto roxo e o cinto de Max ao redor do pescoço. Cambaleou para trás e caiu na mesinha de vidro, que quebrou sob seu corpo. Max se jogou para a frente, pegou um pesado cinzeiro e o golpeou na cabeça. Daniel bambeou depois da primeira pancada, porém Max continuou a golpear, uma vez atrás da outra. O sangue começou a espirrar nas paredes, respingava brilhante do cinzeiro e borrava o teto.

– Chega! Já chega! – berrei. Max hesitou, com o cinzeiro ensanguentado acima da cabeça. Virou-se e olhou para mim. Apontei a arma para ele. – Já chega. Agora precisamos agilizar. Abaixa o cinzeiro.

Max agiu obedientemente e o pôs no carpete. Foi na minha direção, fechou a mão no cano e tomou a arma de mim.

– Acha uma faca.

Fui à cozinha e achei um cutelo na gaveta. Levei-o para Max. Ele havia colocado Daniel no chão e estava tirando as roupas dele.

– Vou me limpar – falei.

Tomei um banho no banheiro maravilhoso, mas coloquei a fotografia do neném e da jovem mãe virada para baixo na pia. Saí do box e me enrolei em uma toalha enorme. O quarto principal tinha varanda e um terraço com vista para a cidade. Havia um closet enorme de assoalho de madeira polida cheio de roupas elegantes, sapatos, casacos de inverno, chapéus e até luvas. Comecei a procurar nas prateleiras, nas gavetas, no meio das roupas. Então vi o local onde os sapatos estavam enfileirados ao longo de uma das laterais do closet. Debaixo deles havia uma tábua no assoalho de madeira que era mais brilhante do que as outras.

A tábua saiu com facilidade, e sob ela havia uma cavidade com um pequeno cofre preto. Ele estava aberto e dentro havia maços de dinheiro, notas de cinquenta libras, todas impecáveis e muito bem organizadas com aquelas cintazinhas de papel para mantê-las juntas. Estava escrito "£5,000" em cada uma. Eram quatro no total: vinte mil libras.

Max apareceu à porta, coberto de sangue. Ele viu os maços de dinheiro espalhados no chão e seus olhos brilharam.

CAPÍTULO 41

DOMINGO, 19 DE NOVEMBRO DE 2017

A atmosfera na Central de Controle de Câmeras de Segurança de Westminster era de muita concentração. Ao longo de um lado da sala, havia uma parede de vídeos onde telas amplas mostravam imagens das câmeras de segurança de toda Londres.

Às 4h15, duas pessoas chegaram à ponta de Covent Garden, no centro de Londres, e foram até a estação de metrô, com as cabeças baixas e os rostos sombreados por bonés. Caminhavam com determinação, ignorados por alguns bêbados que passavam por eles. A mais alta das duas pessoas puxava uma mala de rodinhas.

A primeira câmera de segurança, que ficava perto de uma Apple Store na ponta superior de Covent Garden, os capturou ao fazer seu movimento arqueado, afastando-se da King Street, onde um mendigo curvado andava a passos arrastados, empurrando um carrinho de supermercado sobre os paralelepípedos entre os pilares da St Paul's Church e os arcos gigantes do mercado coberto de vidro, e parando para focalizar a Royal Opera House. Covent Garden nunca está completamente vazia, nem mesmo às 4h15 da manhã.

Quando as duas pessoas passaram pela tela do computador com os bonés puxados para baixo, um jovem policial os notou e ficou observando atentamente. Eram brancos, estavam bem-vestidos e carregavam uma mala. O frio era congelante e eles se moviam depressa, caminhando com determinação. O policial de serviço na sala de controle concluiu que se tratava de pessoas viajando, indo pegar um voo cedo, e virou sua atenção para outra imagem ao vivo.

As duas pessoas seguiram caminhando pelos paralelepípedos em direção à estação de metrô de Covent Garden. As persianas estavam fechadas nas bilheterias, que só abririam dali a meia hora. Dois montículos de tecido e roupas indicavam que havia pessoas dormindo junto à grade.

O policial na sala de controle viu que as duas pessoas tinham deitado ali às 2h30, quando os pubs e as boates já haviam botado todo mundo para fora e era seguro encontrar um lugar para dormir por algumas horas. Ele vinha conferindo os dois durante as últimas horas, observando-os com atenção na tela, mas ambos permaneciam imóveis. A temperatura tinha ficado abaixo de zero em todas as noites na semana anterior, e ele assistira, dois dias atrás, a uma ambulância ser chamada por um funcionário do metrô que achou uma mulher congelada no saco de dormir.

Recostou-se na cadeira. O casal com a mala estava perto da entrada da estação de metrô, movimentando-se depressa com as cabeças baixas. *Eles devem estar ansiosos para entrar*, pensou ele, e então virou sua atenção para um grupo de rapazes que tinha aparecido na parte de baixo da tela, ziguezagueando bêbados pela King Street. Ele perdeu o momento em que o casal largou a mala. Fizeram isso rápido, deixando-a ao lado de um dos sem-teto que dormia ali. Em seguida, continuaram andando e deram prosseguimento à sua jornada em direção à Charing Cross Road.

Na metade da Lang Acre, as duas pessoas sumiram do monitor do computador do jovem policial, que agora se concentrava nos jovens ziguezagueando a caminho do metrô Covent Garden, e apareceram no monitor de outra operadora na sala de controle. Ela os observou, dando um gole no café, mas enxergou apenas duas pessoas apressadas para chegar em casa no frio. A operadora se distraiu quando o jovem policial a chamou. Os rapazes estavam forçando a entrada da Apple Store. Ela se afastou do seu computador. Na tela, as duas pessoas chegaram à Charing Cross Road e entraram em um ônibus.

CAPÍTULO 42

Cat Marshall era sem-teto desde o meio do ano. Ainda na faixa dos 40 anos, neste mesmo período no ano anterior ela estava com o aluguel atrasado e desempregada. Achou, na época, que passava por uma situação difícil, mas aquilo não era nada em comparação à perda da casa. Tinha passado seis meses dormindo em sofás de conhecidos e bebendo demais até que, uma a uma, suas amizades começaram a sumir. No final de junho, um conhecido a deixara dormir, a contragosto, em seu carro usado na entrada da garagem. Foi a última linha a conectá-la com o mundo real e o último endereço que pôde usar para solicitar os benefícios do governo. Alguns dias depois, a casa pegou fogo e o carro foi capturado pelas chamas. Paramédicos retiraram Cat de dentro dele e ela passou a noite no hospital por inalação de fumaça. Recebeu alta no dia seguinte, sem nada. Perdeu os cartões do banco, o telefone, o passaporte e quase todos os seus pertences. Ficou vários dias em hostels, mas, à medida que o tempo passava, ficava mais imunda e desiludida. Antigamente, quando via sem-tetos na rua, perguntava-se por que bebiam álcool barato e nojento, e agora sabia. Era a única forma de fugir. Certa noite, ela vomitou na recepção do hostel em que estava ficando e foi expulsa na hora, o que deu início à sua vida nas ruas.

Cat estava congelando quando acordou ao lado das grades fechadas da estação de metrô Covent Garden. Ouviu gritos, mas estava acostumada com eles. Quando abriu os olhos encrustados de sono, havia um policial com equipamento de proteção apontando uma arma para sua cabeça. Ela se remexeu, sentiu o frio sacudir seu corpo e percebeu que estava molhada.

– É a polícia, levante-se e ponha as mãos para o alto! – gritou a voz, projetada por um megafone. – Mexa-se devagar.

Ela fez o que mandaram, tirou as mãos imundas de dentro do saco de dormir e as levantou. O ar frio a ferroava. Não temeu a arma, nem se amedrontou com os carros de polícia estacionados nos paralelepípedos nem com o isolamento da área ao redor da estação. Instintivamente, olhou para o local de onde o molhado vinha. No passado, havia cometido o erro de dormir nos fundos de um hotel grande, perto do respiradouro da calefação, que lançava ar quente para fora. Um dos funcionários do hotel a tinha encharcado com água suja de pia. Isso havia acontecido em novembro e o frio quase a matou.

– Levante, AGORA! – ordenou a voz pelo megafone. O silêncio era sinistro e ainda começava a clarear, mas não havia ninguém ao redor.

Cat começou a se mover, tirando o corpo dolorido do saco de dormir. Os trapos que tinha amarrado na cabeça e debaixo do queixo estavam afrouxando. Então ela viu a grande mala preta estacionada ao seu lado. Uma grande poça vermelha infiltrou-se por baixo do saco de dormir e espalhou-se por todo o seu corpo, por todo o saco de dormir, encharcando-lhe até as pernas. Ela gritou apavorada.

CAPÍTULO 43

O táxi deixou Erika em frente ao seu apartamento em Forest Hill. Ela pagou o motorista e atravessou o estacionamento, puxando a mala. Quando foi para a Eslováquia, mal tinha conseguido abrir a porta do táxi, mas agora estava quase recuperada. Fisicamente, ao menos.

Era domingo bem cedo. Tinha pegado o voo das 4 horas da manhã na Bratislava e, com a estrada vazia do Luton Airport, chegou em casa pouco antes das nove. As folhas do outono haviam caído e ela notou que tudo tinha uma aparência acinzentada. Quando abriu a porta, foi recepcionada por uma pilha de correspondências no tapete, e o interior do apartamento estava muito frio. Colocou a mala ao lado da porta do quarto, saiu pelo apartamento abrindo um pouco as janelas para deixar o ar entrar e ligou o aquecedor. Abriu a porta para a varanda. Uma brisa gélida inundou o apartamento quando entrou no pequeno espaço quadrado. Londres tinha um ar diferente. O frio era cruel e úmido. Tirou um maço de cigarro do bolso e rasgou o plástico com a chave de casa. O gesso estava um pouco encardido e continha as garranchadas assinaturas de Jakub, Karolina, Evka e Lenka. Passou o dedo sobre a caneta esferográfica e o *smiley* que Jakub tinha desenhado, o sentimental coração de Karolina e o rabisquinho da pequena Evka. Pela primeira vez, não teve vontade de voltar para Londres, e vinha tendo ideias malucas de se aposentar mais cedo, comprar uma casinha com jardim e morar com a pensão da polícia em Nitra – deixar, pelo menos uma vez, a vida levá-la aonde quisesse.

Mas o caso dos corpos nas malas tinha importunado-a, e, quando recuperou a saúde e começou a sentir-se bem novamente, essa sensação inquietante retornou.

Puxou um cigarro do maço e o acendeu. As duas árvores pequenas no minúsculo quintal estavam despidas de folhas. Escutou o som da porta destrancar no andar de cima e disparou apressada para baixo da varandinha. Tinha ficado fora algumas semanas e sua vizinha de cima, Alison, adorava bater papo. Teria semanas de perguntas reprimidas e Erika jamais conseguiria escapar. A inspetora escutou Alison movendo-se para lá e para cá acima dela, o som das cadeiras de plástico sendo arrastadas pela varanda e uma secadora de roupas sendo aberta. Alison possuía o faro de um cão farejador e provavelmente tinha sentido o cigarro, mas, se sentiu, se deu por enganada e voltou para dentro. Erika relaxou e acendeu outro. Estava na metade quando escutou a campainha.

– Puta merda – murmurou ela. Alison provavelmente decidiu descer e saber das fofocas. Ela ainda ponderava se atenderia quando a campainha tocou de novo. Apagou o cigarro pela metade na ponta do sapato e o deslizou de volta para dentro do maço.

Quando abriu a porta da frente, ficou surpresa ao ver o Comandante Paul Marsh, vestido da cabeça aos pés com roupas da seção masculina da Marks & Spencer, segurando uma caixa de chocolates.

– Puta merda, é você! – falou ela.

– Obrigado. É tudo que consegue dizer? – sorriu ele. Erika e Mark tinham conhecido Marsh no curso para a polícia lá em Manchester, porém Marsh sempre foi um policial de carreira e ascendeu rápido na corporação. Era um homem bonito e, com seu 1,90m, um dos poucos mais altos do que ela.

– Desculpa, achei que fosse a minha vizinha faladeira. Entra. – Marsh inclinou-se para a frente e lhe deu um beijinho constrangido na bochecha antes de ela se afastar para deixá-lo entrar.

– Quer beber alguma coisa? – ofereceu Erika, pegando os chocolates. – Tenho café puro, água.

– Não tem nada mais forte? – perguntou ele enquanto entravam na sala.

– Vodca, mas não são nem 10 horas da manhã de domingo.

– Tenho novidades – disse ele. – Fui reintegrado.

Erika parou de vasculhar dentro do freezer e ergueu o corpo.

– Foi a julgamento?

– Não. Não tinham provas, pelo menos nada concreto. Ou seja, a minha licença remunerada terminou depois de um ano, mais ou menos. Fui reintegrado com a ficha limpa.

– Que excelente uso do dinheiro dos contribuintes – disse Erika, localizando uma garrafa de vodca encrustada no gelo no fundo do freezer e servindo dois copos. Passou-lhe um, eles brindaram e tomaram um golinho. – Parabéns.

Marsh tinha sido suspenso pela nova comissária assistente, a temidíssima Camilla Brace-Cosworthy. Durante seu período como comandante de distrito, ele havia feito vista grossa às atividades da família Gadd, que tinha um negócio de importação-exportação em Londres. Em troca disso, a família Gadd compartilhava informações valiosas sobre redes criminosas na capital. Marsh estava apenas seguindo os procedimentos de seus antecessores, que tinham achado o acordo benéfico, mas Camilla enxergou ali uma oportunidade de mostrar sua autoridade no novo posto, e Marsh foi suspenso.

– Vou voltar pra Lewisham Row. Vou trabalhar de lá como comandante dos distritos de Lewisham, Greenwich e Bromley – disse ele.

– Poxa, as coisas mudam tão rápido. Estou feliz por você.

– E você? – perguntou ele, olhando para o gesso no pulso dela.

– Não sei. Tenho uma consulta médica amanhã.

– Ouvi falar do Nils Åkerman. – Ele balançou a cabeça. – Você teve sorte de sair daquele sequestro relâmpago viva.

– É, tive mesmo, e essa é outra razão pra tomarmos mais uma e comemorar – falou ela virando o resto da vodca, pegando a garrafa e enchendo os copos de novo. Ele sorriu, brindaram e deram mais um gole.

– Essa é das boas... Por que não aceitou a promoção, Erika? – perguntou Marsh. A mudança de assunto a pegou de surpresa. – Podia ser minha superintendente. Aquela tal de Melanie Hudson me parece meio sem sal.

Erika pensou em seu último encontro com ela, sentiu-se culpada e discordou:

– Ela não é sem sal.

– Por que não aceitou?

– Não entrei na corporação pra preencher papelada e ficar presa numa sala. Sei que você sim.

Marsh deixou esse comentário pra lá e falou:

– Tem que aproveitar as suas forças, Erika. Poderia ter exercido muita influência. O alto escalão não é todo ocupado por corruptos filhos da mãe como você pensa.

– Diz o sujeito que foi reintegrado por falta de provas.

– Ai – disse Marsh antes de virar o copo.

– Desculpa. É que... vi a realidade da vida – justificou-se, suspendendo o gesso. – Passei anos tentando mudar as coisas, tentando lutar contra o sistema. Aonde isso leva?

– Essa aí não se parece com a Erika Foster que eu conheço... e chamo de amiga.

– Não vai demorar muito para os casos de assassinato em que trabalhei com o Nils serem contestados, e não vou ter controle nenhum sobre isso. Estava investigando um caso de duplo assassinato antes do sequestro relâmpago, e não tenho dúvida de que outra equipe está fazendo um servicinho de merda com ele agora. Enfim, nada que eu possa resolver.

Deu outro golinho de vodca e olhou para Marsh por cima do copo. Ele parecia ter voltado a ser quem era. Havia passado por muita coisa com a suspensão e estava separado da esposa e das duas filhas.

– O que aconteceu com você e a Marcie?

– A gente está voltando, vamos dar mais uma chance – respondeu ele, deixando um sorriso escapulir no rosto. – Ela quer tentar de novo. Eu também, e acho que é o melhor para as meninas. Oficialmente, volto pra casa amanhã. Amanhã é o dia em que começamos de novo.

Ele suspendeu o copo e disse:

– Mais um, pequenininho.

Ela concordou e encheu os copos até a borda.

– Preciso de um cigarro. – Levaram as bebidas para a varanda. Erika acendeu o cigarro e ficou surpresa quando Marsh aceitou um. – Não sabia que você fumava.

– Só estou me divertindo um pouco antes de...

– Antes de voltar pra sua esposa?

Marsh fechou os olhos.

– A situação está tão fodida. Amo a Marcie, você sabe que amo... – Erika fez que sim. – E as minhas filhas, elas são tudo pra mim no mundo, mas foi a Marcie que dormiu com aquele sujeito. O estudante de artes bonito de 29 anos e cabelo escorrido descolado. Eu conseguiria tolerar a Marcie com qualquer outro cara... Acho que ela está voltando pra mim por causa do dinheiro. Bem na hora em que sou reintegrado, ela me quer de volta?

– Tem certeza disso?

– Não sei... Não sou jovem como ele. Não consigo fazê-la rir como ele. O rapaz encoraja o hobby dela, a pintura, eles fizeram uma exposição juntos.

– Paul, não é por mal que vou falar isso, mas os quadros dela são uma merda – falou Erika.

Ele a olhou surpreso e questionou:

– Sério?

– *Sério*. Toda aquela bobagem moderna de grampear fralda suja na tela, tirar selfies na Saatchi Gallery... É muito fácil simplesmente esguichar tinta em uma tela e chamar de arte. Ela vendeu algum? Aquele vermelho que ela fez me lembrava uma cena de crime.

– O pai dela comprou aquele por quinhentas libras.

– Quinhentos paus? Nossa. Os artistas não têm que conquistar o direito de mudar o mundo? Até lá, é só bobagem com uma etiqueta de preço rechonchudo.

Marsh começou a rir. Ela pegou a garrafa de vodca e encheu o copo dele. Entreolharam-se por um longo momento, ele inclinou-se e a beijou. Erika soltou a garrafa, ele a puxou para mais perto e ela correspondeu, beijando-o avidamente. Marsh moveu as mãos pelo corpo de Erika, tirou a camisa de dentro da calça jeans e passou os dedos pelas costas dela. Erika sentiu os músculos do peito dele contra os seios e seus mamilos endureceram. Moveram-se para dentro, ainda se beijando, e desabaram no sofá, esfregando as mãos por todo o corpo um do outro, e ela desabotoou a calça de Marsh.

A campainha cortou o silêncio. O comandante se afastou e os dois ficaram se entreolhando, sem fôlego e chocados. Tocou de novo, mais demoradamente. Erika pôs a mão na boca, abismada com o que tinha acontecido e em como havia se perdido no momento.

– Que merda, que merda – falou ele, levantando num pulo, abotoando a calça e ajeitando o cabelo.

– Provavelmente é a minha vizinha. – A campainha tocou novamente. – Paul, eu não sei o que acabou de acontecer...

– É melhor eu ir embora – disse ele, andando na direção da porta. Erika o seguiu enfiando a camisa na calça. Marsh abriu a porta e era Moss do lado de fora, com seu comprido casaco preto. As bochechas sardentas estavam vermelhas de frio.

– Chefe, você não vai acreditar no que aconteceu... – começou ela, então viu Marsh. – Oh, oi, senhor.

– Eu estava de saída – falou Marsh. – A gente se vê, Erika. – Despediu-se de Moss com um gesto de cabeça e desapareceu.

Ela ficou observando Marsh sair apressado pela porta do prédio e chegar ao carro, então virou-se para Erika:

– É muito bom te ver.

– Bom te ver também – falou Erika, tentando recuperar a compostura. – Quer entrar?

– Soube que você tinha voltado e precisei vir te buscar.

– Me buscar?

– É. Acabei de receber uma ligação. Acharam outro corpo enfiado em uma mala em frente à estação Covent Garden.

Erika segurou o marco da porta.

– O quê?

– Sei que não estamos no caso, mas achei que ia querer dar uma conferida.

– É claro.

– Beleza. Estou de carro.

Os olhos de Erika se acenderam. Ela pegou o casaco e saiu do apartamento.

CAPÍTULO 44

Gesticularam para que Erika e Moss passassem com o carro pela fita de isolamento da polícia e elas seguiram pela primeira vez pelos paralelepípedos da deserta Covent Garden. A enorme árvore de Natal em frente ao mercado coberto balançava ao vento enquanto o carro passava por uma pequena aglomeração de pessoas próxima à Royal Opera House. Estacionaram em frente à loja da Boots e caminharam até a fita de isolamento da polícia. Mais adiante, na direção da estação de metrô, avistaram a van do patologista forense e um grande veículo de apoio da Polícia Metropolitana. Mostraram seus distintivos para o policial e assinaram a permissão para entrar. Caminharam até uma segunda fita de isolamento, onde se encontraram com uma jovem que lhes entregou macacões descartáveis. Quando estavam se vestindo, Erika viu que era Rebecca March, uma das assistentes de laboratório que trabalhavam com Nils. Elas se reconheceram na mesma hora.

– Como você está? – perguntou, ajudando-a a colocar a manga por cima do gesso.

– Estou bem – respondeu Erika.

– Achava que era alergia, o comportamento estranho dele – disse ela. – Como fui burra.

– Você não é burra – afirmou Erika. – Estava sendo uma boa colega. Bons colegas acreditam uns nos outros. Foi o Nils que violou essa confiança.

Rebecca assentiu, e Erika e Moss seguiram para a cena do crime. Uma barraca branca havia sido erguida provisoriamente à esquerda das grades, cobrindo a entrada da estação de metrô Covent Garden. Foram recepcionadas por uma perita que nunca haviam visto. Era baixinha e tinha penetrantes olhos verdes. Seu forte sotaque irlandês soava muito animado através da máscara.

– Sou Cariad Hemsworth – apresentou-se, os olhos enrugados por um sorriso. – Sou a substituta do Nils Åkerman. O seu *timing* é impecável. Acabamos de recolher material genético da pobre moça que foi envolvida em tudo isso.

– A sem-teto? – perguntou Erika.

– Isso. Vamos ter que nos certificar de que darão roupas novas e cuidarão dela. Todos os bens materiais da moça agora estão envelopados e a caminho do laboratório.

Ela as levou para dentro da barraca na cena do crime. Era apertado lá dentro, e sob seus pés ficava o ladrilho em forma de mosaico do saguão da estação de metrô. Isaac trabalhava com um fotógrafo pericial para documentar a cena. Uma mala preta rígida estava aberta nos ladrilhos e, dentro dela, embalados, encontravam-se os membros ensanguentados de um homem nu. A cabeça da vítima estava separada do torso e enfiada debaixo do braço. O rosto era uma massa ensanguentada com o cabelo preto emaranhado. Ao lado da mala, havia uma vasta e escorregadia mancha de sangue, que congelava e reluzia sob as ferozes lâmpadas presas no alto da barraca.

– Oi – cumprimentou Isaac, vendo Erika e Moss em pé ali.

O fotógrafo tirou uma última foto, depois deu a volta no sangue escorregadio e saiu da tenda, passando pelo espaço apertado entre elas.

– Mas que lugar estranho pra te ver de novo depois da sua viagem.

– É. Vamos ter que tomar um café – disse Erika, acrescentando com um sorriso – Bom te ver.

Isaac retribuiu o sorriso, depois se virou para o corpo na mala:

– Acreditamos que a vítima seja Daniel de Souza, de 28 anos.

– Como podem já ter a identidade? – questionou Moss.

Isaac entregou-lhes dois envelopes de provas. Dentro deles havia uma carteira de motorista manchada de sangue com a foto de um jovem bonito de pele oliva e cabelo preto-azeviche.

– O rosto está esmagado. O corpo foi picotado. E, dessa vez, quem fez isso deixou junto a identidade, a carteira, as chaves e o telefone celular.

Cariad pegou um pedaço de papel em um envelope de provas transparente e o passou a Erika.

– Também deixou um bilhete – revelou ela.

Era uma única folha de papel com uma mancha de sangue na ponta. Estava escrito com um garrancho insano:

Esta é a NOSSA quinta vítima. Vocês PALHAÇOS sequer sabiam que TÍNHAMOS matado quatro pessoas? Sabem de Thomas Hoffman e Charlene Selby, mas e dos outros? Está ficando chato, podiam pelo menos deixar as coisas interessantes e tentarem nos achar. Ou só ficam sentados de bobeira cheirando o pó que deixei na pança do Tommy? Até.

– Jesus – disse Erika, levantando os olhos para Moss. – São duas pessoas.

CAPÍTULO 45

Erika e Moss chegaram à Lewisham Row logo antes do almoço. Quando entraram na recepção, o Sargento Woolf ajudava o pessoal de apoio a decorar uma pequena árvore de Natal artificial ao lado da porta.

– Quanto tempo, hein? – disse ele, dando-lhe um sorriso. – Como está se sentido?

– Muito bem, diferente daquela fadinha – respondeu, apontando para a Barbie detonada com uma estrela prateada colada na cabeça com uma grudenta fita adesiva.

– É, parece mesmo que ela ficou algumas horas na cela – concordou Woolf com um sorrisão e, abrindo as pernas da boneca, chuchou-a no galho mais alto da árvore. Deu a volta no balcão e apertou o botão que abria a porta, liberando a entrada. – Bom te ver de volta – disse Woolf, dando-lhe uma piscadela. Erika começou a subir as escadas na direção da sala de Melanie, e Moss a seguia apressada.

A inspetora chefe bateu na porta, mas não se preocupou em aguardar e entrou. Sentada à mesa, Melanie levantou o rosto, que estava compenetrado no computador.

– Erika? O que está fazendo aqui? – perguntou ela, surpresa. – E oi, Kate.

– Olá, senhora – cumprimentou Moss, sem graça, juntando-se a Erika.

– Acabamos de chegar da cena de um crime – informou Erika. – Um homem de 28 anos foi encontrado picotado dentro de uma mala largada em frente à estação de metrô Covent Garden, e dessa vez os assassinos deixaram um bilhete.

– Assassinos?

Erika tirou uma cópia do bilhete do bolso. Desamassou e deslizou pela mesa. Melanie a pegou e começou a ler, depois virou-a na mão.

– Caceta... Espera aí, espera aí, quando voltou de viagem? Tecnicamente, ainda está de licença médica. Meu plano era que retornasse aos poucos, e queria conversar com você.

– Considere que meu retorno aos poucos já aconteceu. Estou pronta para trabalhar e quero voltar para este caso, por favor, senhora. – Erika sorriu para ela, esperançosa.

– Ok. Como sabemos que isso é verdadeiro? – perguntou Melanie.

– Nunca soltamos nada na imprensa sobre as drogas que achamos dentro do Thomas Hoffman – argumentou Erika. – Isso é verdadeiro e eles ainda estão muito à nossa frente. Qual é o progresso no caso? Quanto a equipe avançou na West End Central?

– Não sei. Acho que o chutaram para escanteio.

Erika revirou os olhos.

– Bom, estou aqui e quero o caso de volta. Ainda há dois assassinos soltos por aí.

Melanie olhou para o bilhete novamente:

– Ok. Me diga do que você precisa.

Algumas horas depois, Erika se aproximou da sala de investigação no subsolo da Lewisham Row e viu, através da divisória de vidro, que a equipe estava reunida. O bate-papo acabou quando ela entrou.

– Boa tarde a todos, é bom vê-los de novo – disse ela.

– E é bom te ver de pé de novo, chefe. Como você está? – perguntou o Sargento Crane. Todos os olhos da sala caíram sobre o gesso em seu braço, e ela viu olhares de pena. Respirou fundo e levantou o pulso com o gesso.

– Só digo o seguinte: podem até ter moído os meus ossos, mas nada vai me impedir de pegar esse assassino.

– Essa foi boa, devia mandar fazer um adesivo de para-choque com ela.

– Agora, tenho certeza de que todos estão cientes do que aconteceu com Nils Åkerman, mas temos que seguir em frente. Não podemos perder tempo com a traição de um ex-colega. Isso não vai nos impedir de fazer o nosso serviço da melhor maneira possível. Todos vocês, sem exceção, são valiosos para essa investigação.

Houve silêncio na sala de investigação enquanto todos concordavam com movimentos de cabeça e expressões sombrias no rosto.

– Ok, vou colocá-los a par do que temos – disse ela, coçando as beiradas do gesso. – Hoje de manhã, o corpo de Daniel de Souza, 28 anos, foi encontrado picotado dentro de uma mala largada em frente à estação de metrô Covent Garden... – Ela apontou para a imagem da cena do crime ao lado de uma foto de Daniel de férias na praia. Ele sorria para a câmera sob o céu azul e com a areia ao fundo. – Deixaram um bilhete junto ao corpo. Nele os assassinos afirmam ter matado Thomas Hoffman, Charlene Selby, Daniel de Souza e mais duas pessoas.

– Ele era modelo? É um cara bonito – disse McGorry, observando a foto de Daniel. Quando convocaram McGorry, ele estava passeando com a namorada no parque e ainda usava calça jeans e camisa do Chelsea.

– Gostou dele, né? – disse Crane.

– Não. É uma constatação.

Crane ficou de cara amarrada.

– Está bem, está bem. É uma observação válida – disse Erika. – Não podemos deixar nada passar despercebido. E não, ele não era modelo, trabalhava em um fundo de investimento no centro financeiro de Londres.

– Não falei que isso era obra de duas pessoas trabalhando juntas? – Acrescentou o Detetive Temple com seu leve sotaque escocês.

– Sim, e isso foi devidamente levado em consideração, muito bem, mas precisamos de mais do que suposições corretas – disse Erika. Ela se aproximou de outra imagem no quadro-branco. – Conseguimos isto de uma câmera de segurança na entrada do apartamento de Daniel de Souza. A imagem mostra Daniel na frente com duas pessoas atrás dele. O rosto da mulher está levemente borrado, mas acho que é jovem. O homem de boné atrás dela mantém a cabeça abaixada, então o rosto ficou escuro. O horário na imagem mostra que passava um pouco das 22 horas de ontem... – Erika apontou para uma imagem ao lado. – Quase seis horas depois, às 3h47 da manhã, vemos a mulher e o homem saírem puxando uma mala preta. John, pode apagar a luz?

McGorry foi à porta e apagou a luz. Erika fez um movimento de cabeça para o Sargento Crane, que ligou o projetor. Um vídeo em preto e branco da câmera de segurança de Covent Garden apareceu no quadro-branco.

– Isso aconteceu quatorze minutos depois, às 4h15 da manhã. Aqui temos as duas pessoas com a mala, caminhando na direção da estação de metrô Covent Garden. O apartamento de Daniel de Souza fica a apenas alguns minutos a pé desse local.

O ângulo mudou para uma imagem da estação do metrô, e Erika apontou para o vídeo no momento em que a dupla deixou a mala ao lado da fileira de sem-teto que dormiam ali e seguiu caminhando até sair da imagem. O vídeo no quadro-branco apagou e foi substituído pela filmagem da câmera de segurança na Selby Autos.

— Agora, se revermos a filmagem da câmera de segurança do dia 15 de setembro, quando Charlene Selby deixou o Jaguar na concessionária dos pais, novamente temos essas duas pessoas não identificadas. O homem de cabelo louro comprido e corpo parecido com o do sujeito visto no apartamento de Daniel de Souza, e a mulher.

— Fizeram de tudo pra esconder a identidade de nós — disse Moss. — Só que agora deixaram a identidade da vítima na mala com um bilhete.

Erika foi aos interruptores e acendeu a luz. A equipe ficou piscando quando as lâmpadas fluorescentes voltaram a funcionar.

— Ok. Quero um perfil completo da vítima, Daniel de Souza. E precisamos descobrir a identidade dessas duas pessoas. Vou entrar em contato com o Departamento de Informática e ver se conseguimos melhorar a imagem borrada dessa mulher na entrada do apartamento de Daniel de Souza. Também quero que procurem DNA de cima a baixo naquele Jaguar da Selby Autos. Cariad Hemsworth é o nosso novo contato lá no Departamento de Perícia Forense, vamos transformar em missão nossa o envolvimento total dela neste caso. Agora, vamos trabalhar.

O resto da tarde transcorreu com uma enxurrada de atividades, e Erika ficou surpresa com o quão rápida foi sua passagem de volta para o modo trabalho. Logo antes das 17 horas, Moss foi à mesa da chefe com a pasta de um caso.

— Tem um momento?

— O quê?

— Estava inserindo detalhes de alguns casos no sistema Holmes e uma coisa apareceu. Há um caso incomum de um corpo encontrado dez dias atrás na vala de drenagem no terreno de uma fazenda. A alguns quilômetros de Oxford, numa estrada perto da M40.

— Incomum por quê? — questionou Erika.

— É o corpo de um homem beirando os 60 anos e ele estava parcialmente mumificado.

— O que estar mumificado tem a ver com o nosso caso?

— A forma como o corpo foi assassinado é que fez o sistema apontar uma similaridade com as nossas outras vítimas. O rosto foi esmagado com uma pedra. Então, fora a mala, essa é a única coisa que liga

Thomas Hoffman, Charlene Selby e, agora, Daniel de Souza. O assassino esmaga os rostos, obliterando a identidade dos corpos. Esse corpo encontrado no cano de drenagem ainda não foi identificado, mas a polícia conseguiu recuperar várias pedras grandes manchadas de sangue dentro do cano e algumas amostras de cabelo nas roupas da vítima. A patologista forense de Oxford é uma antiga colega minha. Posso entrar em contato com ela.

Erika pegou a pasta de Moss e passou os olhos na documentação.

– Essa pode ser a quarta vítima que está faltando – afirmou. – Faça isso, dê uma ligada pra ela.

CAPÍTULO 46

Erika chegou tarde em casa depois do trabalho, e informações do caso redemoinhavam em sua cabeça. Era uma daquelas detestáveis, escuras e úmidas noites de novembro. Estavam destrancando a porta quando deu de cara com a vizinha, Alison, uma mulher grande e corada com uma desgrenhada cabeleira escura e cacheada. Usava um comprido casaco camuflado e trazia seu grande Rottweiler em uma coleira.

– Oi, meu bem! Ouvi mesmo que você tinha voltado – disse ela. Tinha um leve sotaque galês.

– Acabei de voltar... – comentou Erika, colocando a chave na porta.

– Estava na Eslovênia?

– Eslováquia.

– Ah tá, tem diferença?

– Tem, a Eslovênia é outro país...

Erika abriu a porta, mas Alison prosseguiu.

– Sempre quis viajar, mas o Duque tem que ir comigo e eu não tenho o menor saco pra encarar toda aquela palhaçada pra tirar passaporte de animal de estimação. – O cachorro olhou para Erika com uma cara pesarosa e deitou no chão, dando um suspiro.

– Ok, bom, tenha uma boa no... – começou Erika, já entrando pela porta.

– Não tenho visto o seu amigo por aqui, Erika. Aquele que parece com Idris Elba. É um pão, aquele moço.

Erika tentou inventar uma desculpa que não desse muita informação, ela também não sabia como Peterson estava. Semanas se passaram desde que haviam se falado pela última vez.

– Ele andou, hã, doente. Estava de licença médica.

– Nossa, que horrível. O que ele teve? O meu falecido marido tinha umas pedras nos rins horrorosas. Vou te falar uma coisa, pedras nos rins derrubam as pessoas, e ele sofria demais quando ia fazer xixi. Vivia expelindo as pedras no vaso. Pobre coitado. Uma foi tão grande que quebrou a louça do vaso.

— Não era pedras nos rins...

— Oh, que bom. E você? Vi que machucou o braço. Como fez isso? Jogando tênis?

— Não. Devo tirar o gesso em breve. — Houve um microssegundo de trégua na conversa e Erika tentou disparar para dentro de casa, mas Alison prosseguiu.

— Tivemos um problema quando você estava viajando. Fiona, a proprietária, precisou entrar na sua casa pra limpar a calha, mas não tínhamos a chave. Você conhece a Fiona?

— Não.

— Vou te falar, é uma vaca carrancuda, viu? E está pior agora que perdeu peso. Sabia que ela foi hipnotizada pra achar que tem um anel gástrico?

— É mesmo?

— É. Eles enganaram o cérebro pra ela acreditar que tinha um, mesmo sem ter. Perdeu quase quarenta quilos. Estou pensando em fazer também. Voltei a comer Ryvita há duas semanas e não perdi nem meio quilo.

— Alison, eu tenho que ir — cortou Erika.

— Oh, ok — disse ela, piscando, surpreendida com o tom de Erika. — É melhor eu ir mesmo, estou atrasada pra aula de pole dance. — Erika olhou para Alison com seu casaco de inverno e para o cachorro deitado no chão. — Faço aula em um lugar onde a gente pode levar os animais de estimação. É bom pra dar uma saída de casa. Não tenho ninguém pra cuidar dela. Estou totalmente sozinha no mundo... — O sorriso perpétuo presente nos lábios de Alison durante a conversa desabou por um momento. — A gente se vê, Erika, até mais. — E saiu com Duque trotando atrás dela.

Erika entrou e fechou a porta. Esfregou o rosto e foi à sala. Os dois copos usados de manhã continuavam na mesinha de centro. Teve a sensação de que Marsh esteve ali havia dias. Lembrou-se do que tinha acontecido entre eles e estremeceu. Em seguida, pensou no que Alison admitiu tão francamente: que estava totalmente sozinha no mundo. Aquilo fez Erika se sentir incomodada. Pensou em si e no quanto era bom estar de volta ao serviço. O trabalho era um vício, algo sem o qual não conseguia viver, mas havia uma vozinha no fundo da cabeça questionando o que faria dali a dez anos, quando começassem a pressioná-la para se aposentar.

Tirou o casaco e serviu uma bebida. Quando sentou no sofá, pegou o telefone e decidiu ligar para Peterson. Ficou olhando para o número dele por muito tempo, então largou o telefone, abriu o computador e continuou a trabalhar no caso.

CAPÍTULO 47

Na manhã seguinte, pouco depois das 7 horas, alguém tocou a campainha no apartamento de Erika. Ela saiu e foi correndo ao estacionamento. Ainda estava escuro, e os buracos, cheios de água congelada. Moss aguardava dentro do carro. Erika entrou e ficou saboreando o ar quente.

– Odeio as manhãs nessa época do ano – reclamou Erika quando entraram na escura rua vazia. A sensação era de que estavam no meio da noite. Ela coçava as beiradas do gesso.

– Quando vai tirar isso aí? – perguntou Moss.

– Era pra ser hoje, mas cancelei a consulta. Está coçando tanto.

– Devia usar uma agulha de tricô pra alcançar o lugar que está coçando.

– Pareço alguém que tem uma agulha de tricô? – retrucou Erika.

– Você tem que ir ao médico.

– Já reagendei. Um dia não faz mal.

Moss suspendeu os ombros.

– A saúde devia vir em primeiro lugar.

Erika disparou um olhar para a amiga e mudou de assunto.

– Como conheceu aquela patologista forense, qual é mesmo o nome dela?

– Patty Kaminsky. A gente namorou um tempo quando eu estava no curso de formação da polícia e ela, na faculdade de medicina – revelou Moss.

– O relacionamento acabou amigavelmente?

– Mais ou menos. Eu terminei, mas são águas passadas. Marquei de irmos à cena do crime primeiro.

– Nossa, o melhor lugar para se encontrar uma ex – comentou Erika.

Moss abriu um sorriso e revirou os olhos:

– Por falar em ex, tem notícias do Peterson?

– Não. Não desde que viajei.

Algo na maneira como Moss evitava contato visual fez Erika achar que havia mais alguma coisa.

– Você se encontrou com ele?

– Encontrei. Tudo bem?

– Por que não estaria?

– Você é minha amiga, ele é meu amigo. Só quero que todos nós sejamos amigos, ou que eu seja amiga de vocês dois.

– Tudo bem. Não sou o tipo de pessoa que vai te pedir pra escolher – disse Erika.

– Ótimo – falou ela, abrindo um sorriso e aparentando alívio.

– Sabe quando ele volta a trabalhar?

– Não deve demorar, vai falar com a superintendente essa semana. Ganhou muito peso, está com uma aparência boa. Quer dizer, boa no sentido de saudável. Quer que eu ligue o rádio?

– Quero.

Moss inclinou-se para a frente e o ligou. O programa *Today* estava no ar e elas passaram o restante da viagem escutando as notícias.

Levaram alguns minutos para chegar a Oxford. Estava começando a clarear quando saíram da rodovia e começaram a percorrer o caminho sinuoso pelos vilarejos próximos. Muitos dos chalés já tinham iluminação de Natal nas janelas, e algumas igrejas antigas já haviam montado seus presépios. Erika sempre ficava impressionada com o quanto a Inglaterra mudava quando escapuliam das fronteiras da rodovia M25. Era um mundo à parte da confusão e da agitação de Londres.

– Acho que já é por aqui – comentou Moss, olhando para o GPS no painel. – Isso, essa é a igreja de que a Patty falou. – Saíram da rua e entraram em um pequeno estacionamento ao lado de uma antiga igreja de pedra com uma torre redonda. Um Porsche parado em um canto piscou os faróis. O telefone de Moss tocou no suporte no painel e ela atendeu.

– Que bom que são pontuais! – disse uma voz refinada. – Não saiam do carro, está frio pra cacete. Vamos em comboio. – E desligou.

O motor do Porsche roncou ao passar por elas. Atrás do volante, Erika viu uma mulher de rosto branco como giz e batom escarlate. Ela levantou um dedo do volante.

– Parece refinada – comentou Erika.

– É de família aristocrática – comentou Moss.

– Odeio essas divisões. Um é aristocrata, o outro não. Então uma pessoa que rala pra cacete e fica rica é vulgar, e a folgadona que herda a riqueza de um tio distante é considerada superior.

– Parece que é bem por aí mesmo.

– Essa droga de país – reclamou Erika, balançando a cabeça.

Estava difícil para Moss acompanhar o Porsche que roncava pela estrada. Passaram por campos abertos e por algumas instalações abandonadas. Chegaram a uma descida e, depois de fazerem uma curva, viram os campos se estenderem no horizonte com seus vários tons de marrom e preto sob o Sol de inverno.

O Porsche estacionou perto de uma vala, ao lado de uma antiga placa de trânsito. Moss parou atrás e, quando desligou o carro, sentiram o vento esbofeteá-lo.

Patty era baixinha e tinha o cabelo preto-azeviche penteado para trás, mantido no lugar por uma faixa verde. Vestia legging preta, galochas, um enorme casaco de pele e luvas.

Muito mais alta do que ela, Erika se aproximou e teve que gritar para vencer o barulho do vento rugindo pelos campos. Moss e Erika colocaram galochas e seguiram Patty, que desceu o barranco e entrou na vala funda, invisível, da estrada. Estava muito seco e as folhas afundavam sob os pés. Também ficou muito quieto quando o vento parou de uivar e a parede da vala as protegeu.

– Uns operários acharam o corpo – disse Patty, liderando, com Moss atrás dela e Erika por último.

Patty sacou uma lanterna e a acendeu quando se aproximaram da abertura de um enorme cano de concreto. No interior, o cheiro era seco e turfoso, e o solo rachado sob os pés estava coberto por uma camada de folhas.

– Queria mostrar o interior do cano pra vocês – disse ela, apontando a lanterna para as paredes curvadas. – Foi construído para tirar o escoamento dos campos ao redor, mas fizeram outro cano em cima do campo por causa de uma estrada nova, o que significa que toda a água da chuva é redirecionada, deixando este lugar aqui extremamente seco. Quando descobriram o corpo, estava quase todo coberto de folhas. Tinha sido deixado aqui havia vários meses, mas a pouca umidade somada ao nitrogênio produzido pelas folhas, que apodrecem bem devagar, deixaram a taxa de decomposição incrivelmente lenta.

– Ele estava mumificado? – perguntou Erika.

– Não. Havia purificação, mas o corpo também ressecou. É impressionante como a taxa de decomposição pode reduzir nas condições certas. Vejam que há pouquíssimos insetos aqui.

– A polícia encontrou alguma pista da arma do crime?

– Eles passaram muito tempo aqui, peneirando as folhas. Acharam várias pedras e rochas grandes ao redor do corpo, e levaram todas.

Erika entrou mais um pouco no cano, que se estendia por quinze metros. A luz esmaecia e as vozes de Moss e Patty distanciavam-se. A atmosfera era estranha, como se o ar a pressionasse para baixo, e estava árido demais. Ela engoliu em seco algumas vezes e sentiu um gosto metálico na língua. Sacou o telefone, acendeu a lanterna e apontou a luz para o solo ressecado e turfoso. Enxergou algo na terra ao lado do cano e agachou, apontando a lanterna na direção dele. Um fiozinho marrom retorcido estava enrolado em alguma coisa. Erika pôs uma luva de látex e o retirou do solo cuidadosamente. Era um fio de cabelo escuro de aproximadamente dez centímetros de comprimento. Erika o colocou em um pequeno envelope de provas e o lacrou.

A próxima parada foi no necrotério, onde Patty mostrou-lhes os restos mortais do homem encontrado no cano. Ela puxou a gaveta de metal e abriu o zíper do saco preto. A pele tinha uma estranha cor de couro marrom muito parecida com carne seca.

– É caucasiano – afirmou Patty, vendo o rosto de Erika. – Os órgãos ficaram bem pastosos, mas deu pra ver que tinha ferimentos internos. Além disso, a perna e as costelas estavam quebradas e a pélvis, fraturada. Se prestarem atenção, verão que o fêmur direito está projetando-se na pele. São ferimentos consistentes com atropelamento, e a proximidade em relação à lateral da estrada sustenta essa teoria. Entretanto, observem o rosto. Ele foi golpeado várias vezes com uma pedra ou rocha. Encontrei fragmentos de pedra na pele, e as maçãs do rosto, nariz, maxilar e crânio estão todos quebrados em vários lugares. Com a força dos golpes, a cartilagem do nariz entrou no cérebro.

– E isso não condiz com o impacto de um veículo? – perguntou Erika.

– Não. A força do impacto está centrada nas costelas e na perna, o que significa que ele estava de pé na estrada quando o veículo o atingiu. Ele poderia ter sofrido alguns ferimentos no rosto se fosse jogado no asfalto, mas não há nenhum ponto de impacto na face. O tipo de ferimento que ele tem deve-se a vários golpes com algo duro, um objeto dilacerante.

– E já temos a identidade? – questionou Moss.

– Por enquanto, não. Não estava carregando nada. A carteira estava vazia. – Elas voltaram a olhar para o corpo deitado na mesa de aço.

– Acho que alguém bateu nesse homem de carro, depois o executou para acabar com o sofrimento dele – disse Patty enquanto fechava lentamente o zíper do saco, empurrando o corpo de volta para a gaveta refrigerada.

– Acabar com o sofrimento dele, depois enfiá-lo em um cano de drenagem – acrescentou Erika. – Como anda a perícia?

– Recolheram tudo, inclusive vários pedaços de concreto com manchas de sangue encontrados ao redor do corpo – informou Patty. – Se me disser que há uma ligação com outro caso, tenho certeza de que conseguimos dar uma acelerada nas análises.

– Acha que estamos matando cachorro a grito? – perguntou Erika no caminho de volta para o carro.

– Se acho que queremos ligar esse assassinato aos outros? Acho, sim. Mas, psicologicamente, o esmagamento do rosto do sujeito aponta para a possibilidade de serem os assassinos do nosso caso. Se conseguirmos material forense desse crime que seja compatível com DNA ou fluídos corporais encontrados no Jaguar do Justin Selby, podemos ter ganhado na loteria.

Erika assentiu, olhou a escuridão lá fora pela janela e comentou:

– Um homem e uma mulher. A psicologia disso é perturbadora demais. A dinâmica de um relacionamento disfuncional somada à prática de assassinatos.

– E por que você acha que estão fazendo isso?

– Diversão, poder, vingança, luxúria... dinheiro. Escolha um ou todos eles. As emoções cotidianas trazem à tona o pior das pessoas.

CAPÍTULO 48

SEGUNDA-FEIRA, 20 DE NOVEMBRO DE 2017

Na manhã seguinte, Erika foi convocada para uma reunião com a Superintendente Hudson e o Comandante Marsh na grande sala de reuniões no último andar da delegacia. Era a primeira vez que via Marsh desde o ocorrido no apartamento dela no dia anterior, e ele a cumprimentou com um seco aceno de cabeça. Erika explicou rapidamente como estava o andamento do caso até então, depois compartilhou pistas novas.

— Agora temos uma imagem melhorada da mulher que foi ao apartamento de Daniel de Souza — disse Erika, suspendendo uma imagem de câmera de segurança que mostrava claramente o rosto da jovem.

— E as câmeras de segurança não pegaram nada do homem que possamos usar?

— Não. O Departamento de Informática conseguiu melhorar o rosto da mulher, mas parece que o cara é bem esperto, ou teve sorte. Manteve a cabeça abaixada. Não havia nada que pudesse ser melhorado. Porém, ele está usando o mesmo boné azul da Von Dutch no vídeo feito em frente à Selby Autos, no de quando chegou ao apartamento de Daniel e, mais tarde, nas imagens de Covent Garden. Depois caminharam pela Long Acre e pegaram o ônibus N155, que vai para Morden por Westminster, Elephant and Castle, Clapham, etc. Fizemos uma solicitação urgente ao Departamento de Transportes de Londres para que nos enviem qualquer filmagem que tiverem.

— Alguém da família identificou o corpo de Daniel de Souza? O ideal seria estar com tudo isso pronto antes de soltar qualquer coisa na mídia — comentou Melanie.

– Sim, a mãe identificou o corpo uma hora atrás. Ela não mora longe dele. Daniel de Souza comprou um apartamento para ela ali perto, em Marylebone, dois anos atrás.

Marsh pegou as fotos da cena do crime, das partes do corpo manchadas de sangue dentro da mala e do rosto afundado.

– Deixaram o corpo muito mutilado e irreconhecível. Precisamos fazer algum teste de DNA para termos certeza, não acha? – questionou Marsh.

– Mandamos uma policial à casa da Sra. Souza para mediar a relação da família com a polícia. Daniel de Souza é de descendência cubana e tinha um lírio-mariposa tatuado na lateral do braço esquerdo. – Erika suspendeu uma foto da tatuagem tirada durante a autópsia. Era uma flor branca com quatro pétalas, e a tinta clara usada na tatuagem emitia um brilho fantasmagórico na pele escura. – A mãe sabia da tatuagem, que serviu como parte da identificação formal – argumentou Erika, um pouco mais brusca do que o necessário. – Agora, gostaria de divulgar detalhes sobre o assassinato. Descobrimos que Daniel era gay e acho essencial concentrarmos o nosso apelo em redes sociais direcionadas à comunidade LGBTQIA+.

– Ok. Vamos entrar em contato com Colleen Scanlan sobre isso – concordou Melanie.

– Acha que foi um ataque homofóbico? – perguntou Marsh.

– Não sei. As vítimas anteriores são de grupos sociais diferentes. Só acho que tem coisa demais fazendo barulho por aí, e concentrar essa história na comunidade gay vai dar mais destaque para o caso, torná-lo mais evidente – disse Erika. – Mandei guardas fazerem perguntas nos bares do Soho e estamos investigando várias pistas sobre onde Daniel de Souza foi visto na noite de sábado à noite. – Ela ficou em silêncio por um momento. – Além disso, encontramos um corpo não identificado em um cano de drenagem perto da M40, em um vilarejo de Oxfordshire. Ele não estava desmembrado, mas compartilha várias características com esses outros assassinatos.

Marsh e Hudson trocaram um olhar, e em seguida Marsh falou:

– Então você acha que temos um esquema tipo Bonnie e Clyde acontecendo aqui?

– Não sei. Quero manter todas as cartas à mão. Preciso ter certeza de que podemos ligar todos os assassinados antes de irmos a público, e quero esconder da mídia que foram duas pessoas. Quero mostrar a foto da mulher. Estou aguardando o resultado da perícia no Jaguar que Charlene Selby pegou na concessionária do pai. Também quero conversar com o motorista do minicab que pegou os quatro em Slough. Parece que durante a minha ausência, quando este caso foi enviado ao Detetive Inspetor Chefe Harper da narcóticos, nada foi feito. Jogaram para escanteio.

– Mas o caso deu a eles uma valiosa contribuição sobre uma rede de drogas considerável – falou Melanie.

– Não. Ser agredida por dois traficantes ralés deu a eles uma contribuição valiosa – ralhou Erika, suspendendo o gesso no braço. Houve um desconfortável silêncio em que Marsh e Melanie se ocuparam com documentos espalhados na mesa.

– Sim, bem, tenho certeza de que você tem tudo de que precisa para dar prosseguimento a isso – disse Marsh. Erika teve que se esforçar para não revirar os olhos. – E, Erika, certifique-se de que a sua equipe não comece a usar apelidos, que não fique falando Bonnie e Clyde, ou Thelma... e Louise. A imprensa adora se apegar a esse tipo de coisa.

– Acho que precisa dar crédito aos policiais que trabalham comigo. Ninguém da minha equipe vaza informação, e foi você a primeira pessoa a usar esses nomes. Além disso, a imprensa vai ser mais do que capaz de inventar algo por conta própria, e não teremos controle nenhum sobre isso – disse Erika.

– Lembre-se de que nomes idiotas pegam, só isso – argumentou Marsh. – Eles atiçam medo na população, a mídia volta a colocar os holofotes na polícia e sempre saímos mal na fita.

Erika olhou para ele e viu que estava usando suas antigas táticas de desviar e atacar.

– Se a polícia tivesse recursos adequados e não fosse obcecada por RP e pelo que as pessoas pensam de nós, poderíamos simplesmente seguir fazendo o nosso trabalho...

Melanie interrompeu:

– Erika, lembre-se de que o comandante tirou um tempo da agenda dele, em cima da hora, para se encontrar conosco.

– E eu agradeço por ele ter arranjado um tempo para nós – disse Erika com uma pitada de sarcasmo. – Agora, gostaria de prosseguir com o trabalho e fazer um apelo para conseguir a identidade dessa mulher, caso concorde com isso, senhor.

Melanie olhou para Erika e Marsh, que estavam quase levantando os punhos um para o outro.

– Gostaria de falar mais alguma coisa? – perguntou Hudson, virando-se para o comandante. Marsh e Erika encaravam-se, e ela viu as emoções dele borbulhando atrás dos olhos. Ele tinha muito mais a dizer, mas não era sobre o caso.

– Isso é tudo, obrigado, Erika. Mantenha-nos informados – disse Marsh antes de sair da sala.

CAPÍTULO 49

Um tempo depois naquela tarde, Erika e sua equipe estavam trabalhando na sala de investigação quando McGorry informou que havia uma ligação para ela. A inspetora atendeu em sua mesa. Era Cariad Hemsworth, da perícia.

– Erika, oi. Terminamos as análises no Jaguar. Identificamos cinco conjuntos de impressões digitais: Charlene Selby, Thomas Hoffman e Justin Selby, o que eu já esperava, uma vez que ele é o dono da concessionária. Também encontramos outros dois grupos de impressões digitais que devem pertencer às duas pessoas vistas saindo do carro.

A atmosfera na sala de investigação estava muito turbulenta e Erika gesticulou para que se acalmassem.

Cariad prosseguiu:

– A perícia também recolheu impressões digitais no apartamento de Daniel de Souza. Os mesmos conjuntos de impressões digitais não identificadas estavam presentes. Temos um polegar parcial e um dedo indicador.

Erika deu um soco no ar com o braço engessado e a sala de investigação ficou em silêncio, observando.

– Também recebi uma ligação da Patty Kaminsky, minha colega que trabalha na Polícia do Vale do Tâmisa, em Oxford. Você se encontrou com ela para saber do corpo não identificado.

– Sim.

– Uma colega dela fez um teste com vapor de supercola em duas das pedras grandes encontradas com o corpo do homem não identificado no cano de drenagem, o que rendeu uma impressão digital aproveitável.

Erika segurou o telefone com mais força:

– Temos doze pontos de compatibilidade em todas as digitais. Também estamos fazendo análises adicionais em busca de DNA no resíduo da impressão digital e no material que recolhemos, mas isso vai levar mais um tempo.

– Obrigada... – começou Erika.

– Tem mais – prosseguiu Cariad. – Conseguimos um resultado positivo de DNA no fio de cabelo que você encontrou no cano de drenagem. É de uma mulher chamada Rachel Trevellian. Ela mora em Oxford, tem 45 anos e foi presa por agressão corporal em 2009. Recolheram material para inserir o DNA dela no sistema, mas as acusações foram retiradas. Vou mandar tudo isso por e-mail. O endereço dela também vai junto.

Erika desligou o telefone e repassou as informações para a equipe, que se empolgou e comemorou com muitos "uhus".

– Você estava certa, chefe! – disse McGorry com um sorriso enorme no rosto. – Teve o pressentimento de que os assassinatos tinham ligação, e tinham mesmo.

Moss deu um soco no ar e Crane a cumprimentou com um gesto de cabeça, levantando o polegar.

– Ok, é um avanço muito importante...

– Avanço importante? Isso é maravilhoso, porra – empolgou-se o Detetive Temple, seu sotaque escocês deixando o palavrão mais sonoro.

– Eu disse *avanço importante* porque ainda precisamos da identificação de dois suspeitos – Erika explicou.

– Colleen Scanlan acabou de me mandar um e-mail – informou Moss. – Ela está com tudo pronto pra soltar a imagem da câmera de segurança na mídia, e é possível que entre nos jornais do início da noite. Também está postando nas redes sociais, enfatizando a informação de que Daniel de Souza era gay. Não está explícito que é um crime de ódio, mas os detalhes são convincentes o bastante para cativar as pessoas e fazê-las compartilhar e comentar nas suas redes sociais.

Erika e a equipe ficaram na sala de investigação até a notícia passar no jornal do início da noite da BBC London. Outra equipe estava a postos para receber informações do público nos telefones da Lewisham Row, mas eles permaneceram em silêncio.

Erika decidiu fazer um intervalo para comerem alguma coisa e foi até a recepção, onde o Sargento Woolf terminava seu turno e passava o serviço para outro policial.

– O que aconteceu com a árvore de Natal? – perguntou Erika ao ver que ela tinha desaparecido do canto da recepção. – Não me diga que alguém reclamou de termos um símbolo religioso exposto aqui.

– Não – respondeu ele, balançado a cabeça e vestindo o casaco. – Trouxeram um cracudo para interrogatório outro dia e o cara começou a comer os enfeites.

– Você está brincando.

Ele negou com a cabeça.

– Ele comeu dois festões de Natal e meio antes que eu percebesse, e isso porque ele estava sufocando. Felizmente, tirei o festão antes de ele perder a consciência.

Erika mordeu o lábio.

– Desculpa. Não tem graça.

– Tem, sim, mas é uma pena, a árvore dava uma iluminada nas coisas aqui – disse ele. – Parece que tudo de bom no mundo é destruído ou tirado de nós. – Eles saíram da delegacia e desceram a escada. O frio estava congelante, mas o céu, limpo. – Boa noite então – despediu-se o sargento.

– Não está de carro?

– Não, vou de trem. É muito mais fácil.

Ele enrolou o cachecol no pescoço e saiu em direção à estação.

Erika começou a atravessar o estacionamento e passou por uma grande Space Cruiser na vaga de Marsh. Ao olhar pela janela, viu a esposa dele, Marcie, lá dentro. Erika deu um tchauzinho encabulado e seguiu em frente, porém Marcie abaixou o vidro.

– Oi, Erika. Quanto tempo – comentou ela. Marcie tinha idade similar à de Erika, mas irradiava uma beleza quase etérea com sua pele cremosa e sem imperfeições, o cabelo escuro comprido e o rosto lindo.

Erika aproximou-se do carro e viu duas garotinhas no banco de trás discutindo por causa de um iPad.

– Vocês aí! Podem dividir? As duas querer assistir à *Peppa Pig*, então não sei por que estão brigando – ralhou Marcie, olhando sobre o ombro. As menininhas eram irmãs gêmeas, tinham cabelo comprido escuro e começavam a adquirir a beleza da mãe. – Desculpa, Erika. É sempre essa loucura. Como você está? Soube que teve um arranca-rabo com uns caras maus.

Erika arrepiou um pouco diante da forma como Marcie reduziu o que aconteceu a proporções estilo Enid Blyton[3] e se esforçou para colocar um sorriso no rosto.

---

[3] Falecida escritora britânica muito popular no Reino Unido, bem como em vários outros países. Além de histórias infantis, escreveu diversos livros de mistério direcionados principalmente ao público de jovens leitores. (N.T.)

– É, uma costela quebrada, dor no pescoço, pontos e um pulso fraturado – disse ela, suspendendo o braço.

– Eles não te ofereceram uma promoção? Devia ter aceitado, é muito mais seguro atrás de uma mesa. – Ela virou para as garotas, que encaravam Erika pasmas. – Vocês se lembram da tia Erika, meninas? Ela é amiga do papai.

As duas meninas semicerraram os olhos obedientemente e responderam em uníssono:

– Não, mamãe.

– Eu me lembro de vocês duas quando nasceram, e já fui à sua casa algumas vezes – comentou Erika.

– É provável que as meninas não se lembrem porque geralmente você esmurrava a porta tarde da noite.

Houve um silêncio constrangedor e elas se encararam. Então, Marsh apareceu descendo a escada da delegacia.

– Papai, papai, papai! – gritaram as meninas e começaram a se retorcer nas cadeiras. Marsh foi até a porta traseira do lado do passageiro, abriu-a e começou a desafivelá-las.

– Oi pra vocês duas! – disse quando as meninas desceram dos acentos e puseram os bracinhos ao redor dele. Estavam de casaco rosa, calça azul e tênis rosa idênticos.

– Mas que inferno, hein! A mamãe apertou muito o cinto de vocês.

– Não quero que elas peguem o hábito de ficar pulando pra todo lado no carro – justificou Marcie.

Erika notou o quanto as narinas dela se alargaram quando falou com Marsh.

– Marcie, você deixa as crianças trancadas dentro do carro. Devia soltar o cinto delas quando está estacionada – falou ele. – Me mantenha informado sobre o apelo – ordenou sem olhar nos olhos de Erika.

– É claro, senhor. Só vou comprar um sanduíche...

– Ah, se está saindo pra comprar um sanduíche, podemos te dar uma carona? – ofereceu Marcie.

Isso era algo que Erika não entendia sobre os britânicos: primeiro eles te feriam profundamente com um comentário cheio de farpas, depois ofereciam uma carona para não parecerem grossos.

– Não, obrigada. Vou de carro – respondeu Erika. Tinha começado a chover e ela levantou a gola do casaco. – Bom te ver, Marcie. E vocês também, meninas.

Todos a ignoraram, envolvidos demais no bate-boca para colocar as meninas de volta nos assentos. Erika correu para seu carro, entrou e ficou saboreando o silêncio. Aguardou Marcie sair e ligou o carro. Quando passou em frente à entrada, Peterson apareceu na escada. Vestia calça jeans e uma grossa jaqueta preta, tinha perdido a aparência magra e esquelética do rosto. Erika reduziu a velocidade e baixou o vidro.

— Oi, como vai? — perguntou ela. — O que está fazendo aqui?

— Vim ver a Superintendente Hudson pra conversar sobre a minha volta. Ao trabalho.

— Ela não comentou nada.

Ele deu de ombros.

— Acho que esse tipo de coisa é confidencial.

Erika viu que ele estava se molhando na chuva.

— Não está de carro?

— Não. Vim de trem.

— Me deixa te dar uma carona até a estação. — Ele ponderou por um minuto, desceu a escada e entrou. Os dois hesitaram, então ele lhe deu um constrangido beijo na bochecha.

— Como você está? — perguntou Peterson olhando para o gesso.

— Vou tirar isso em breve, e estou como nova, me sentindo ótima. Você também já é quase o velho Peterson de novo.

— É, dei uma guinada quando...

— Quando fui embora? — disparou Erika.

— Não, ia falar quando me deram os remédios certos e eu consegui comer e dormir. Ganhei quase doze quilos.

— Vai voltar a trabalhar em tempo integral?

— Nas próximas semanas, vou, sim.

— E pediu pra ficar onde? Investigação de Assassinatos?

— Sim. Isso vai ser um problema? É trabalho burocrático nas primeiras semanas — disse ele.

— Não será problema pra mim, se não for para você. Sabe que te acho um policial excelente e uma parte valiosa da equipe, de qualquer equipe.

— Obrigado pela crítica.

— Não foi uma crítica.

A chuva agora batia no teto e eles tinham chegado à estação. Peterson agradeceu pela carona e desceu.

– James, espera – Erika deixou escapar. Ele abaixou a cabeça na chuva e olhou pela porta do carro. – Hum, podemos...

– Podemos ser amigos – completou ele, a chuva rapidamente escurecendo seu casaco. – Era isso que ia perguntar? Se podemos ser amigos?

– Era. Acho que vai ser mais fácil. É mais fácil simplesmente deixar as coisas rolarem. E sei que a Moss vai gostar disso.

Ele concordou com um movimento de cabeça e ficou piscando contra a chuva que despencava.

– Olha só, tenho que ir.

– Ok, tchau.

Bateu a porta e correu em direção à cobertura da Estação Lewisham. Erika ficou observando até ele entrar. Estava satisfeita por ver que voltava a ser o velho Peterson, e satisfeita por ter concordado em serem amigos. Mas isso era mais fácil de falar do que fazer, trabalhar com toda aquela bagagem.

Seu telefone tocou, fazendo-a dar um pulo. Era Moss.

– Chefe, onde você está? Conseguimos identificar a garota.

– Estou aqui na esquina. Quem é ela?

– Uma tal de Nina Hargreaves, de 19 anos.

– Você acha que é ela mesmo? A identidade é confiável?

– Deve ser. Foi a mãe dela que ligou pra polícia.

CAPÍTULO 50

Era bem tarde quando a mãe de Nina Hargreaves, Mandy, chegou à Lewisham Row. Erika e Moss a levaram para a sala de reunião no último andar da delegacia e pediram para um guarda ir comprar um café decente.

– Obrigada por vir conversar com a gente, Sra. Hargreaves – disse Erika. Havia um sofá grande no canto perto da janela e ela gesticulou para que Mandy se sentasse. Erika e Moss viraram duas cadeiras à mesa e sentaram-se diante da mãe de Nina. Nesse estágio, queriam que a conversa fosse o mais informal possível. Erika ainda não havia descartado a possibilidade de a mulher possuir informações valiosas, e a melhor maneira de fazer as pessoas falarem era deixando-as relaxadas. O guarda chegou com cappuccinos e os distribuiu.

– Obrigada – disse Mandy, pegando um copo e aconchegando-o nas mãos. Era uma mulher pequena, na faixa dos 50 anos, com o cabelo escuro abaixo dos ombros e uma pele oliva clara muito bonita. Estava de calça jeans, blusa de frio preta apertada e dava a impressão de ser bem mais jovem.

– O que fez você ligar para nós? – perguntou Erika.

Mandy deu um gole de café.

– Acho que a minha filha vai ficar mais segura sob custódia.

Erika e Moss trocaram um olhar.

– Você viu as informações sobre a nossa investigação?

Mandy fez que sim.

– A minha vizinha viu, no Facebook, a foto da câmera de segurança. Ela bateu lá em casa e eu fui ver, depois assisti às notícias na BBC London.

– Estamos procurando a sua filha para interrogá-la sobre um assassinato.

– Eu sei.

– Agora, você confirma que é ela nesta imagem? – questionou Erika, tirando a foto de uma pasta.

Mandy pegou a impressão e mordeu o lábio.

– Confirmo. Ela está magra.

– Também acreditamos que Nina está envolvida na morte de outras duas pessoas e que pode estar envolvida, ou ter testemunhado, uma terceira.

Mandy respirou fundo e desabou. Suas mãos tremiam tanto que o café respingava no chão.

– Desculpa, desculpa mesmo.

– Tudo bem – falou Moss, pegando alguns guardanapos e ajudando-a a se limpar. Mandy pegou um e enxugou os olhos. O rímel começou a borrar.

– Estou afastada da Nina há mais de um ano... Mas não é como se ela tivesse saído dos trilhos. O pai dela, meu marido, morreu quando ela tinha 11 anos. Ataque cardíaco. Ele era entregador e tenho certeza de que a culpa foi daquele monte de hora extra e de todo aquele fast food... Nina era o pequeno pilar que me sustentava, que me dava força. Eu que fiquei despedaçada, e ela tomou conta de mim, me animou... É minha única filha.

– Por que vocês se afastaram? – perguntou Erika.

– Depois que ela se formou, todas as amigas foram pra universidade e ela ficou perdida. Ficou sem saber o que fazer. Queria que fosse para a universidade, mas não tínhamos como pagar e ela não era muito estudiosa, então pensei que não fazia sentido fazer a menina ficar devendo empréstimos durante os próximos vinte anos. Ela arranjou emprego em um restaurante lá perto de casa. Tinha um cara que trabalhava lá, mais velho, por quem ela ficou obcecada. O nome dele é Max Kirkham. – Mandy fungou e limpou o nariz com o guardanapo.

– E eles ainda estão juntos?

A mãe de Nina pegou as impressões das imagens da câmera de segurança.

– Aposto o que quiserem que este é o rapaz – disse ela, apontando para a imagem do homem de cabeça baixa com boné azul da Von Dutch.

Erika olhou para Moss, cujas sobrancelhas tinham desaparecido dentro do cabelo.

– Como pode ter certeza de que este é o Max Kirkham? – perguntou Erika.

– Parece com ele. O cabelo, o nariz, mesmo borrado, e também porque a única maneira dela fugir dele é se forem pegos, ou se um deles morrer. E essa seria a única forma de ela voltar para mim... – Ela balançou a cabeça e as lágrimas começaram a escorrer novamente.

– O que sabe sobre o Max Kirkham?

Mandy pegou outro guardanapo com Moss e enxugou os olhos.

– Muito pouco. Pelo que sei, não tem pais. Dizem que os dois morreram e o mandaram para um orfanato. Nenhum familiar. É obcecado por coisas estranhas, como teorias da conspiração e Illuminati, revólveres e armas. Tentou entrar para o exército, mas foi dispensado por questões psicológicas. Tem facas de caça, sei que gostava de fabricar espingardas de ar comprimido.

– Quantos anos ele tem?

– Ele... ele tem 30 e poucos. Nós fomos beber com ele no seu aniversário.

– Nós?

– Eu e o meu ex-parceiro. A gente terminou há uns seis, oito meses. Aquela festa de aniversário foi um aprendizado, se é que pode chamar de festa um bando de jovens brancos furiosos ficando loucos em um pub. Foi nessa noite que a coisa começou a desandar. Eu não estava feliz com ela e o Max, e isso foi o início de tudo.

– Isso foi em qual pub? – perguntou Moss.

– Acho que no White Horse, na Carradine Road, em Crouch End. Um lugar imundo e violento. Tentei levar a Nina embora comigo naquela noite, pra ela ir para casa, tirá-la dali, deixar o Max apagar e melhorar daquilo que estava bebendo ou usando, seja lá o que fosse. Mas, apesar de todas as bebidas e pessoas, era como se ele tivesse olhos atrás da cabeça que ficavam vigiando a Nina. Ele saiu do outro lado bar e começou a despejar insultos em mim. Me chamou da palavra que começa com P – Ela balançou a cabeça. – A Nina ficou do lado dele, falou que era eu quem estava criando confusão. Disse pra eu ir embora e me acalmar. Falou que eu ia deixar o Max chateado. *Eu* ia deixar o *Max* chateado. – Mandy balançou a cabeça novamente. – Foi depois disso que eles foram morar juntos, ou ela foi morar com ele.

– Sabe pra onde eles se mudaram?

– Não.

– Não sabe o endereço dela? – perguntou Moss, soando um pouco incrédula. Mandy suspendeu os olhos na direção dela.

– Você tem filhos?

– Tenho, tenho um menininho.

– Ficar afastada de um filho é uma das coisas mais horríveis do mundo. Tentei manter contato, mas ela me bloqueou no Facebook, me deletou do telefone. Abandonou todos os amigos. Desapareceu da face da Terra. Cheguei a contratar um detetive particular, mas ele foi inútil e me custou os olhos da cara. Não conseguiu achá-la. Uma amiga dela, Kath, conseguiu encontrá-la por intermédio do amigo de um amigo e olhou seu perfil do Facebook, mas Nina tinha parado de postar. Isso é o suficiente pra te convencer de que não sou uma vadia sem coração?

– Desculpa – disse Moss. – Sei que deve ser difícil.

– É verdade, e somos muito agradecidas por você ter vindo falar com a gente, principalmente tão tarde. Você tem uma foto da Nina? – perguntou Erika.

– Um monte, e tenho uma dela com o Max. – respondeu Mandy, demonstrando cansaço. Pegou a bolsa e tirou dela um pequeno álbum de plástico da Snappy Snaps. – A foto dele está atrás. Eu só a guardei porque... porque achei que ia ter que entregá-la à polícia.

– Achava que o Max podia matar alguém?

– Não, achava que ele podia matar a Nina.

Erika e Moss pegaram o álbum e folhearam as fotos. Eram de Nina com 10 anos, vestida de escoteira ao lado de uma árvore de Natal. Tinha a beleza morena da mãe, um sorriso atrevido e as mãos na cintura. Era uma menina ativa, e outra foto a mostrava com uma garota loura em uma piscina. Em outra, estava sentada no sofá aconchegando um gato. As fotos seguintes eram do final da adolescência, e Nina, com um punhado de espinhas ao longo do maxilar, estava sentada em um restaurante, bloqueando as lentes da câmera com a mão. Quando chegaram ao final do álbum, a última foto mostrava Nina atrás do balcão do restaurante, de casaco branco, chapéu e redinha no cabelo.

– Tirei essa sem ela saber – revelou Mandy. – Foi a primeira noite dela trabalhando no Santino's, um restaurante especializado em batata com peixe. Foi lá que ela conheceu o Max.

– Quando foi isso? – perguntou Erika, suspendendo a foto.

– Agosto do ano passado.

– Quanto tempo ela trabalhou lá?

– Alguns meses. Os dois foram despedidos por não aparecerem no serviço. Depois solicitaram benefícios do governo, apesar de o Max vender droga. É daí que vem a verdadeira renda dele.

Erika achou uma foto enfiada na parte de trás do álbum. Havia sido tirada ao lado de um carro, em uma rua ensolarada com casas grudadas umas às outras. Nina estava sentada ao lado de um rapaz bonito de cabelo comprido. Vestia um short rosa curto e camisa de malha branca. Descalça, tinha o cabelo comprido amarrado para trás. Estava com o braço enganchado no de Max e o rosto virado para ele, que usava short de futebol, camisa sem manga e boné.

– Podemos usar essa foto? – perguntou Erika.

– Podem. É pra isso que ela está aí. – Houve um momento de silêncio. – Detetives, o que vai acontecer com a minha filha? A Nina não está sendo ela mesma, o Max fez uma lavagem cerebral na menina. Ela está com medo e acho que fez essas coisas coagida. Só quero que ela fique a salvo. Vocês levam esse tipo de coisa em consideração se pegarem os dois?

– Sim, isso é algo que levamos em consideração – respondeu Erika. Moss encarou a chefe; ambas sabiam que ela estava dizendo aquilo que Mandy queria ouvir.

Alguém bateu na porta e uma jovem policial entrou.

– Mandy, essa é a Detetive Kay Price – disse Erika. – Ela vai levar você pra casa e mediará o nosso contato.

– Só isso?

– É, por enquanto é só isso. Avisamos assim que tivermos mais alguma informação.

– É um prazer conhecê-la – disse Kay, sorrindo e balançando a cabeça.

– Tem mais uma coisa – acrescentou Mandy antes de sair. – Uma das últimas vezes que falei com a Nina foi quando ela viajou com o Max. Estavam em Devon, e ela me ligou de uma cabine telefônica. Não sei se o telefone dela estava sem bateria... Falou que tinha sido agredida e que o Max fez alguma coisa por causa disso.

– O que quer dizer com "fez alguma coisa"?

– Ela desligou e eu retornei a ligação. Liguei pra lista telefônica pra tentar descobrir de onde era o número e soube que era de uma cabine à margem de uma rodovia para Okehampton. Quando ela voltou pra casa, desmentiu aquilo rindo e nunca mais tocou no assunto. Falou que tinham bebido muito, mas ela não parecia estar bêbada ao telefone. Parecia que estava...

– Parecia que estava o quê? – perguntou Erika, colocando a mão no ombro de Mandy.

– Apavorada. Totalmente aterrorizada... – Ela começou a chorar novamente. – Não durmo direito há meses. Deixei de viver. Meu relacionamento despedaçou... Vi no jornal o que fizeram com aquele homem. Então, ou verei a minha filha do outro lado de uma mesa na sala de visita da prisão, ou na maca do necrotério. De um jeito ou de outro, vai ser uma espécie de resolução.

Erika olhou para Mandy e pensou no quanto ela devia estar triste e derrotada para dizer aquilo.

CAPÍTULO 51

TERÇA-FEIRA, 21 DE NOVEMBRO DE 2017

A equipe de resposta armada chegou a Kennington bem cedo na manhã seguinte, logo depois das 5 horas da manhã. Erika e Moss tinham assumido seus postos em uma van de apoio na esquina após a entrada do alto prédio residencial. Era uma construção encardida dos anos 1970 enfiada em um labirinto de casas que se estendia a partir da estação de metrô Oval. Ele compunha o Wallis Simpson Estate, e três outros blocos erguiam-se formando um conjunto de quatro prédios. Haviam localizado Nina Hargreaves e, consequentemente, Max Kirkham, por intermédio do departamento de benefícios sociais, e chegaram a um apartamento de um quarto no térreo do Baden-Powell House. Erika não demorou para reunir uma equipe de resposta armada para prendê-los. Nenhum dos dois teve o nome revelado na mídia na noite anterior, mas ainda existia a possibilidade de terem visto a notícia e fugido.

Na gelada van de apoio, Erika e Moss assistiam na tela à equipe armada se posicionar e cercar o prédio. Ela tinha doze integrantes e era comandada pela Detetive Inspetora Parkinson, uma determinada mulher de cabelo ruivo.

– Ela é uma versão mais magra de mim com um fuzil – brincou Moss, depois que Erika fez a reunião na Lewisham Row às 3h30 da manhã.

– Em posição. Não há sinal de pessoas no interior do apartamento, nenhuma luz acesa – informou a voz de Parkinson pelo rádio.

– Vigie a parte de cima – respondeu Erika.

– Em cima, embaixo, nossos olhos estão em todos os lugares. Esse conjunto habitacional é barra-pesada... – Houve interferência e o rádio ficou em silêncio. Erika não estava diretamente no comando: a responsabilidade era da Detetive Inspetora Parkinson, mas aquela era a primeira equipe de resposta armada com quem Erika se envolvia desde a época em que trabalhara em Manchester, então estava extremamente nervosa.

Houve outra interferência e a voz de Parkinson chegou estrondosa:

– Estamos ativando as câmeras. – Havia um monitor montado na mesa diante de Erika e Moss que acendeu as seis telas.

– Nossa, as maravilhas da tecnologia de ponta – comentou Moss.

Cada um dos vídeos recebia as imagens via conexão sem fio a partir de um dispositivo na lapela dos integrantes da equipe. A filmagem, feita com visão noturna, era verde e um pouco granulada, mas elas conseguiam ver três ângulos levemente diferentes do grande estacionamento iluminado por holofotes, onde havia um punhado de carros. Outra imagem mostrava as portas dos apartamentos do primeiro andar espalhadas ao longo de um corredor de concreto, e a quarta e a quinta estavam sendo filmadas de uma curta distância do outro lado da rua, dando-lhes a visão do lado oposto do prédio.

Aquilo era uma novidade para o policiamento. A tecnologia envolvendo câmeras presas ao corpo só tinha sido disponibilizada para os policiais de linha de frente seis meses antes, e era a primeira vez que Erika e Moss a viam em ação.

– Ok, vamos entrar – informou a Inspetora Parkinson. A filmagem granulada no topo da fileira de imagens tremia à medida que a equipe avançava furtivamente.

A porta da frente aproximava-se nas telas das detetives. Duas outras imagens mostravam a extensão do corredor de concreto, onde dois policiais estavam posicionados, um de cada lado da escada, no corredor externo aos apartamentos. Além das câmeras com visão noturna, dois integrantes da equipe de resposta armada tinham sido munidos com óculos de visão noturna.

O uso deles havia sido questionado mais cedo naquela noite, em uma reunião emergencial com Marsh e a Superintendente Hudson.

– É um prédio residencial movimentado. Os apartamentos são muito pequenos e há iluminação externa – argumentara Marsh. – O estacionamento é iluminado por holofotes e Londres tem muita poluição luminosa.

Em seguida, Erika contou a eles sobre o interrogatório com Mandy Hargreaves e sobre a obsessão de Max pelo exército e por armas.

– Não sabemos o que vamos encontrar e não podemos esperar até o dia nascer pra entrar – argumentara Erika. – Vocês estão cientes de que óculos de visão noturna vêm sendo aprovados pra umas coisas muito malucas. O governo de Staffordshire os usou no passado pra pegar passeadores de cães que não catavam o que os cachorros faziam, e a polícia em Swindon os usou para pegar uma gangue de ladrões de hortas comunitárias. Estamos investigando uma chacina aqui!

Então Marsh cedeu e autorizou o uso de óculos de visão noturna.

No monitor, Erika e Moss viram a equipe se aproximar da porta do apartamento, com as imagens firmes enquanto moviam-se lentamente. Mas em outra filmagem, feita a partir do pé da escada no corredor externo, ressoou o barulho de passos quando dois rapazes de moletom e boné fizeram a curva. Eram bem jovens e arregalaram os olhos de medo ao verem a equipe de resposta armada.

— Voltem lá pra cima e entrem em casa — ordenou o policial entredentes. Na tela, viram uma mão com luva gesticular para que retornassem pela escada. Os rapazes viraram e dispararam degraus acima.

— Oh, lá vamos nós — falou Moss, apontando para outra imagem que mostrava um policial à janela da frente do apartamento.

— A cozinha dá direto naquele corredor principal — disse Erika. A imagem na tela ficou escura quando o policial espiou pela janela. Houve uma longa pausa, depois uma explosão de ruído estático e um murmúrio. Os quatro vídeos da porta da frente de repente retrocederam, e elas viram o prédio afastando-se na tela.

— O que está acontecendo? — perguntou Erika. — Está me ouvindo?

— Todos, recuem imediatamente — ressoou a voz da Detive Inspetora Parkinson pelo rádio. — Repito, recuem imediatamente. Parece que há um artefato explosivo montado em uma mesa grande na cozinha. Parece uma pequena granada, e ela está conectada a um fio.

— Puta merda — disse Erika, virando-se para Moss.

— Precisamos evacuar o prédio e trazer a unidade antibombas pra cá depressa — disse Parkinson.

CAPÍTULO 52

Tinha acabado de passar das 7h30 da manhã quando Mariette Hoffman entrou no cemitério Bunhill Fields e caminhou em direção às lápides. O Sol acabava de se levantar e iluminava o céu de azul e dourado. As árvores altas estavam nuas e seus tênis brancos de corrida pareciam encardidos contra o tapete de folhas laranja e vermelhas que cobria a grama. Ela carregava uma bolsa para compras e uma sacolinha de supermercado com panos e produtos de limpeza. Era um local sossegado em meio ao caos do entorno, e os sons do trânsito silenciavam-se. Mariette adorava as primeiras horas da manhã, quando o dia estava fresco, novo e cheio de oportunidades. Tinha comprado uma raspadinha, que estava na bolsa de compras junto com o leite, a manteiga e um belo pão integral. Pensar nela a enchia de esperança. Prestaria sua homenagem, depois voltaria para casa, faria uma bela xícara de chá forte e algumas torradas com manteiga. Em seguida, tentaria a sorte com a raspadinha. No mês anterior, no Tesco Metro, tinha visto uma mulher ganhar quinhentas libras com uma raspadinha que custou uma prata – e ela já parecia ser bem abastada. Era um novo mês e certamente estava na hora de mais alguém ter a chance. Cem pratas já seriam uma dádiva de Deus.

O cemitério ficava enfurnado em uma área a menos de um quilômetro e meio de seu apartamento no Pinkhurst Estate. Era uma visitante regular, gostava de perder-se em meio às lápides cobertas de musgo. Havia inclusive tumbas de mármore esculpido adornadas com anjos e querubins, e com frequência ela parava para ler as inscrições, que datavam desde os anos 1800. Algumas eram de mulheres jovens que morreram de tuberculose, ou de bebês que viveram apenas alguns dias e sucumbiram à febre amarela.

Tinha espalhado as cinzas de Thomas algumas semanas atrás, na grama ao lado de uma fileira de bancos. Era pobre demais para pagar por um terreno ou uma lápide, e teve que pedir ajuda financeira à prefeitura para cremá-lo.

Não deu aos bancos mais do que uma olhadela, depois virou à esquerda e desceu um caminho de cascalho. No final de uma comprida fileira, ao lado de uma grossa raiz de carvalho saliente no chão, havia uma lápide de granito preto simples. Os nomes do pai e da mãe estavam lavrados com letras douradas. Tinham comprado um dos últimos terrenos antes de o cemitério fechar para novos enterros. Estava com a lotação máxima, bem como o resto de Londres.

Mariette pôs as sacolas no chão e pegou uma pazinha de lixo e uma escova. Começou o trabalho de varrer as folhas molhadas que cobriam a base da lápide. Em seguida, tirou um pano e a limpou, passando-o com cuidado nas letras douradas.

May Jean Kirkham   Derek Kirkham
Falecida em 01/02/1981   Falecido em 23/03/1982

– Pronto, tudo limpo e arrumado. – Ela endireitou o corpo, pôs o pano em cima da lápide por um momento e ficou respirando o ar frio da manhã. Tinha imaginado que estaria sozinha àquela hora, mas viu um lampejo de cor atrás de uma árvore na fileira seguinte.

Max saiu de trás dela acompanhado de uma jovem de cabelo castanho, ambos de boné puxados para baixo, e Mariette achou que a garota estava muito magra e com uma aparência exausta. Max se apressou na direção dela entre as lápides, de cabeça abaixada. Carregava uma mochila, assim como a garota.

– Tudo certo, mamãe – falou ele.

Mariette fez um bico e atirou o pano de volta na sacola.

– Essa é a minha namorada, Nina.

– Vi a foto dela no jornal ontem – disse Mariette, olhando Nina de cima a baixo. – Parecia mais gorda na foto. Combinava mais com você.

Nina não soube como responder àquilo.

– Oi. É um prazer te conhecer, eu não sabia...

– Não sabia que ele tinha mãe?

– Nunca me contou – justificou-se Nina.

– Eu desisti dele, ele te contou isso? Dei pra adoção. Aí, depois desses anos todos, ele me encontrou... Acho que devia ter continuado desaparecido, se quer saber. – Mariette pegou as sacolas e saiu caminhando.

Nina olhou para Max com uma expressão aflita.

— E agora, o que diabos a gente vai fazer? – questionou ela entredentes.

Max balançou a cabeça e sorriu, depois correu para alcançar Mariette. Começou a caminhar ao lado dela e soltou uma das alças da mochila.

— Posso te dar cinco mil agora, em dinheiro, e mais cinco mil quando formos embora – disse ele, pegando um dos maços de notas de cinquenta. Mariette parou. Pôs as sacolas no chão lentamente, pegou o maço de notas, passou-as pelos dedos, depois, quase comicamente, as cheirou. Olhou para Nina, que esperava lá atrás, perto do final da fileira de sepultura.

— O que ela sabe?

— Tudo. Ela sabe do Thomas e da Charlene. Foi ela que terminou o serviço na Charlene. — Mariette fez um biquinho e inclinou a cabeça.

— Tô achando ela meio patricinha. Garota chique mimada. Gosta do negócio com um pouco de força, não gosta?

Max se aproximou do rosto dela.

— Escuta aqui, sua puta velha desgraçada. Esse dinheiro é de verdade, e esse também – afirmou ele suspendendo outro maço de notas de cinquenta. — Em troca, precisamos ficar escondidos na sua casa alguns dias. Tenho um plano e não vamos precisar ficar muito tempo olhando pra esse seu cabelo mal tingido.

Mariette pareceu ter ficado mais ofendida por Max dizer que ela não tingia o cabelo direito do que por tê-la chamado da palavra que começa com P.

— Tá bom – concordou ela.

— Não está curiosa pra saber onde consegui o dinheiro?

— Não – respondeu ela, pegando o maço de notas e enfiando-o no bolso do casaco. — Cadê o seu carro?

— Está em frente ao depósito.

Mariette tirou um molho de chaves do outro bolso.

— Vai lá e estaciona dentro do depósito. Vou levar a moça para o apartamento. A gente encontra você lá.

Max pegou as chaves e disparou na direção das árvores.

— E leva essas sacolas – disse Mariette, suspendendo-as. Nina se aproximou e as pegou. — Vamos, vou colocar a chaleira pra esquentar.

A jovem olhou ao redor e, a contragosto, saiu do cemitério seguindo Mariette.

CAPÍTULO 53

Foram necessárias várias horas para o esquadrão antibombas evacuar e revistar o prédio antes de afirmar que estava seguro. Retiraram o pequeno artefato encontrado na mesa da cozinha e o enviaram para que fosse submetido a outras análises. Pouco antes do meio-dia, Erika, Moss e a equipe de peritos entraram no apartamento que Max e Nina dividiam. Ao caminharem pelo pequeno imóvel, Erika ficou impressionada com o quanto as posses deles eram parcas. Havia pouquíssima comida na geladeira, um pouco de leite vencido e um pequeno pote de margarina. O banheiro não continha nada além de um sabonete, uma lâmina de barbear e uma caixa vazia de absorventes internos. A sala tinha uma mobília genérica e uma televisão pequena. Não havia revistas nem DVDs.

— Acha que eles se livraram das coisas quando a foto da Nina Hargreaves apareceu na mídia? – perguntou Moss.

— Não sei. Talvez sejam minimalistas, não? – disse Erika.

Um dos peritos com equipamento de proteção apareceu a uma porta no final do corredor.

— Vocês precisam ver uma coisa – afirmou ele.

Erika e Moss o seguiram. Entraram no quarto e Erika levou um momento para entender o que havia de diferente. Em todas as quatro paredes, empilhados do chão ao teto, havia livros, centenas e centenas de livros de todos os formatos e tamanhos. Um pequeno guarda-roupa ocupava a parede em frente à cama, e os livros estavam empilhados ao redor e em cima dele. Nenhuma das paredes era visível, com exceção de uma pequena parte acima da porta. A cama estava desfeita e o quarto cheirava a mofo.

— Será que eles tinham um clube do livro? – perguntou Moss. Erika ouviu o perito segurar o riso atrás da máscara. Ela se aproximou do guarda-roupa e o abriu. Havia algumas peças de roupa penduradas: duas calças jeans e um amontoado de roupa íntima. Também havia uma pilha de pornografia na parte de baixo. Erika colocou luvas de látex e pegou uma delas. Era coisa pesada, cenas de bondage. Numa das fotos, uma mulher jovem estava deitada em uma mesa com uma *gag ball* na boca, de olhos arregalados de medo e a pele ao redor dos seios e da barriga muito vermelha e mosqueada de sangue. Um homem nu, com exceção do capuz de couro preto, estava de pé em cima dela com uma chibata. Erika folheou e as imagens pioravam progressivamente. Contou 27 revistas no total e viu que ao lado delas havia uma pilha de DVDs regraváveis. Moss apareceu atrás dela.

– Chefe, você tem que ver isso.

Erika colocou a pilha de revistas de volta no armário e foi ao canto direito da cama. À primeira vista, parecia que os livros estavam empilhados em blocos de cores, porém, inspecionando com mais atenção, viu que estavam duplicados muitas vezes.

– Ele tem 17 exemplares de *Minha luta*, todos empilhados juntos, e outros 25 exemplares de *The Gates of Janus* – comentou Moss.

Erika pegou um dos exemplares e olhou a capa.

– *The Gates of Janus: Serial Killing and its Analysis by the Moors Murderer Ian Brady*[4] – disse ela, lendo. A capa tinha uma imagem de Ian Brady desenhada à mão. Sua intensa expressão ameaçadora sempre lhe dava calafrios.

– Em cada versão, ele fez anotações em todas as páginas – disse o perito, folheando com o polegar outros dois exemplares idênticos. – Há livros aqui sobre o Holocausto, psicologia, hipnose, filosofia. A parede inteira do lado esquerdo do guarda-roupa está coberta por uma pilha de bíblias, o Velho e o Novo Testamento, a Bíblia Hebraica, o Alcorão. E há 66 exemplares de *O psicopata americano...*

Erika olhou para as paredes ao redor e viu que, apesar do volume de livros, havia uns cento e poucos títulos originais. O restante estava duplicado.

– Não existe lei contra acumular exemplares do mesmo livro um sobre o outro, nem sobre ler textos religiosos – comentou ela.

– É. A minha esposa tem as edições antigas e as novas do livro 5 *famosos no caso* – comentou o perito.

– Os livros originais são totalmente classistas, não são? – questionou Moss. – Fiquei bem chocada com o quanto as versões modernas são diferentes quando as li pro meu filho.

---

[4] *Os portões de Janus: assassinatos em série e sua análise pelo assassino do urzal Ian Brady*, em tradução livre. (N.E.)

– O que isso tem a ver com o que estamos vendo aqui? – questionou Erika.

– Bem, ter livros e lê-los não é crime – comentou o perito. – Pode-se ler muito e explorar diferentes opiniões, o que não significa que concorde com elas. Apesar da natureza extrema dessa biblioteca... estou mais preocupado com a pornografia *hardcore* no guarda-roupa do que com palavras escritas em uma página. Aquelas mulheres são reais, e as coisas terríveis que aconteceram com elas quando as fotos foram tiradas são reais. Esses livros todos são só um emaranhado de letras em um pedaço de papel.

– Verdade – concordou Moss. – Mas o que isso quer dizer? Que a caneta é mais poderosa do que a espada?

Erika estava prestes a mudar de assunto quando outro perito apareceu à porta.

– Encontramos uma coisa lá na entrada – informou.

Foram ao local onde um espelho de corpo inteiro havia sido retirado da parede. Usando luvas, o perito levantou um pequeno caderno. Erika o pegou e folheou, página por página, os textos escritos com uma letra delicada em tinta azul.

– É o diário dela – disse Erika, passando os olhos pelas páginas.

– Estava enfiado no vão atrás do espelho – informou o perito.

O local escureceu quando baixaram as persianas e apagaram a luz da cozinha.

– Podem fechar as portas de todos os cômodos? – pediu uma voz. O perito que tinha achado o diário foi fechar as portas da sala, do banheiro e do quarto, e o interior do apartamento ficou escuro.

Ainda segurando o diário com força, Erika foi à entrada da cozinha, que estava na escuridão. Depois de um clique, o cômodo foi banhado por uma luz ultravioleta. Um dos peritos se ajoelhou no chão ao lado da porta dos fundos segurando uma fina lanterna. Ele começou a movimentá-la lentamente da beirada da porta até o lugar onde Erika e Moss estavam paradas. A luz dispersava-se em uma camada uniforme até atingir o centro do cômodo, quando a lâmpada ultravioleta capturou o resplandecente resíduo brilhante de uma gigantesca poça de sangue; ela estendia-se por vários metros, atravessando o meio da cozinha, e havia resíduos de sangue respingados nos armários, em cima da geladeira e no alto da parede.

– Jesus, deve ter acontecido um banho de sangue aqui – disse Moss.

CAPÍTULO 54

No fim da tarde daquele dia, Erika foi inesperadamente convocada para uma reunião no prédio da New Scotland Yard, no centro de Londres. Chegou sozinha e foi levada diretamente à sala de reunião no último andar.

Quando entrou, todos a aguardavam. À cabeceira de uma comprida mesa lustrada encontrava-se a Comissária Assistente da Polícia Metropolitana, Camilla Brace-Cosworthy. Estava vestida para a batalha, com um bonito terno azul-esmalte de grife e um volumoso colar dourado. As unhas pintadas de vermelho combinavam com o batom, e o cabelo louro partido de lado tinha sido cortado bem curto recentemente. Moss tinha apelidado aquele corte de o "curtinho maquiavélico". Ao lado de Camilla, sua assistente estava pronta para tomar notas, e à sua direita e esquerda encontravam-se o Comandante Marsh e a Superintendente Hudson, ambos bem-vestidos para a ocasião. Colleen Scanlan estava ao lado de Melanie, e, ao lado de Marsh, havia um homem e uma mulher. Tinham idade similar à de Erika e vestiam ternos caros.

– Desculpem o atraso. Não me avisaram com antecedência que teríamos reunião. Tive que vir direto da cena do crime – disse Erika, olhando para o gesso, a calça preta surrada, a blusa amarrotada e o comprido casaco preto coberto de pó para revelar impressão digital. Passou a mão no cabelo para ajeitá-lo e sentou-se ao lado de Colleen. Cumprimentou o homem e a mulher sentados à frente com um movimento de cabeça, mas eles a ignoraram.

– Não se preocupe, Erika. Chegou bem na hora – disse Camilla com seu habitual tom de superioridade. – Agora podemos começar.

Erika olhou para ver se o homem e a mulher estavam de crachá, mas não usavam nada. Perguntou-se por que Camilla não os apresentou. Concluiu que deviam ser importantes, porque serviram chá e café em xícaras de porcelana, com jarra de leite e torrões de açúcar em tigelas.

Mascavo e branco. Depois de ficar acordada a noite inteira e a maior parte do dia, Erika estava sedenta, então serviu-se de uma xícara fumegante e a adoçou com dois torrões de açúcar.

Melanie abriu a reunião e resumiu o que havia acontecido nas primeiras horas da manhã durante a batida no prédio residencial em Kennington. Ela confirmou que o artefato encontrado na cozinha não era um explosivo relacionado a terrorismo.

– Obrigada – falou Camilla. – Entretanto, primeiramente gostaria de abordar os acontecimentos que levaram à utilização da equipe de resposta armada... O problema que venho tendo com tudo isso, Erika, foi porque você entrou lá, talvez, com inteligência insuficiente.

Erika pôs a xícara na mesa, surpresa:

– Nós falamos com a unidade de contraterrorismo com antecedência...

– Estou aqui representando o contraterrorismo – disse o homem, manifestando-se pela primeira vez. Tinha uma voz suave e bem aguda.

– Então você sabe – disse Erika.

– E nós os avisamos sobre a alto grau de ameaça de ataque terrorista.

– Desculpe, posso perguntar quem você é?

– Já falei, represento o contraterrorismo.

Camilla interrompeu:

– Acho que aquilo com que todos estamos preocupados é que o artefato poderia ter explodido e, se isso tivesse acontecido, o resultado seria uma catastrófica perda de vidas. Só queremos, Erika, que os procedimentos sejam seguidos à risca. Está ciente do contratempo que isso causou? Dos recursos que tiveram que ser empregados para evacuar não apenas o prédio, mas também a área ao redor? – Ela inclinou a cabeça de lado e encarou Erika.

A inspetora chefe sentiu a raiva crescendo no estômago.

– Senhora, tínhamos identificado a identidade de Nina Hargreaves e de Max Kirkham. Não havia nada que sugeria que eles tivessem plantado um artefato explosivo. Como eu disse, entrei em contato com o contraterrorismo para compartilhar inteligência, não há nenhuma célula terrorista operando na área. Max Kirkham tem uma condenação anterior por furto quando adolescente, e Nina Hargreaves tem a ficha limpa.

– A mãe de Nina Hargreaves declarou que Max Kirkham era obcecado por espingardas de ar comprimido – disse Camilla, olhando para suas anotações na mesa.

– Declarou, sim. Foi por isso que convocamos a equipe de resposta armada, que entrou lá munida com fuzis de assalto e coletes à prova de balas. Esta operação foi feita de acordo com o protocolo, senhora. Mas sempre há coisas que não são possíveis de se planejar. Acho que a equipe comandada pela Detetive Inspetora Parkinson deveria ser condecorada por ter lidado com a situação de forma segura e eficiente... – Erika virou-se para a mulher diante de si. – E, se não se importa de eu perguntar, qual é o seu papel aqui?

Ela se remexeu constrangida.

– Sou representante do Ministério do Interior. Se aquilo tivesse sido um ataque terrorista, teríamos que convocar uma reunião do comitê COBRA. É claro, esse tipo de coisa está acima da sua alçada.

Erika sorriu e tentou permanecer calma.

– Com todo o respeito, repito, não era um ataque terrorista.

– Era um explosivo caseiro encontrado em uma localidade do centro de Londres – contestou a mulher, abrindo as mãos e olhando ao redor da mesa jocosamente. – Kennington é uma área densamente povoada da capital. E se fosse uma arma química ou um dispositivo nuclear? Estaríamos diante de uma zona de exclusão que incluiria o Palácio de Westminster. *Milhões de pessoas afetadas.*

– Todas essas observações são válidas – disse Erika. – Mas não sei por que fui convocada para esta reunião.

– Erika – interveio Marsh, encarando-a com um olhar implacável, mas ela continuou.

– Agora, se vocês todos querem conversar sobre os detalhes práticos do que aconteceu hoje de madrugada, ótimo. Quero que conste na ata que tive que brigar para que dois policiais da equipe de resposta armada pudessem usar óculos de visão noturna.

– Erika, isto aqui não é fórum público para solicitação de equipamento e orçamento para a polícia – repreendeu Camilla.

– Com todo o respeito, senhora, talvez seja, sim. Sinto que os policiais que botam a cara a tapa lá na rua não têm a oportunidade de manifestar suas preocupações. Óculos de visão noturna custam, no varejo, mais ou menos trezentas pratas cada, e eles estão em falta na corporação. Agora, se aqueles dois policiais não estivessem equipados com visão noturna, teriam derrubado a porta do apartamento, detonado o artefato e, muito provavelmente, teriam morrido. E como a senhora sem nome aqui na minha frente declara, o artefato podia ser qualquer coisa: uma arma química, um dispositivo nuclear. Então o que estou afirmando aqui é que os policiais precisam ser devidamente equipados. Ninguém quer ler no jornal que, pela mesquinharia de seiscentas pratas, o centro de Londres é agora uma zona de evacuação nuclear inabitável. Mas, é claro, como você disse, isso está muito além da minha alçada.

Ela recostou-se, tremendo. Houve um silêncio desagradável.

– Paul? Melanie? Vocês são os superiores diretos da Erika. Algo a acrescentar? – perguntou Camilla, quebrando o silêncio.

CAPÍTULO 55

Marsh estava furioso descendo o elevador com Erika e Melanie.
— Sinto muito. Assumo a responsabilidade por tudo que disse lá dentro — disse Erika.

— Você colocou o meu na reta.

— Você colocou o seu na reta!

— Erika... — interveio Melanie.

— Desculpa, mas não. Não vou ser culpada por falar a verdade. Acham que sou burra? Me chamaram lá pra me fazer de bode expiatório. Estão procurando alguém em quem colocar a culpa por causa da evacuação onerosa dessa madrugada.

— Você não entende como o orçamento administra a corporação, Erika — disse Marsh.

— Não, pessoas administram a corporação! Policiais! E quem eram aqueles dois engomadinhos lá? Eram do Ministério do Interior, não eram? Por que eles não tiveram a decência de me falar os nomes deles? Esse negócio todo cheio de segredinhos e mistérios é muito maçante. Se for pra ficar sentado lá com cara de bunda que levou uns tapas, melhor nem ir à reunião. Por que não podem trabalhar juntos, em vez de ficarem causando divisões e brigas de poder? Isso é exaustivo.

— Foi só por causa da recomendação da Superintendente Hudson que permitiram a sua participação! — vociferou Marsh.

— Agradeço por isso, Melanie — disse Erika.

— Ela é a sua superior imediata e você vai se dirigir a ela como tal.

— Obrigada, senhora — disse Erika. Sabia que estava irritando Marsh ao permanecer calma, por isso continuou. — Me parece que eu era a única naquela reunião que realmente se importa com esse caso e com a prisão de Nina Hargreaves e Max Kirkham.

– Você nunca entendeu como os departamentos do governo funcionam e como temos que trabalhar de mãos dadas com o serviço público – atacou Marsh.

– Não há ninguém mais comprometido do que eu com esse caso – disse Erika. – E essa reunião foi uma perda de tempo. Tenho que voltar para a delegacia. Tinha resíduo de sangue espalhado por todo o apartamento. A perícia identificou quatro tipos diferentes de sangue. Também temos um diário que acreditamos ter sido escrito por Nina Hargreaves e que conta detalhes sobre os crimes.

– Tem alguma pista sobre o paradeiro deles? – perguntou Melanie.

– Não, e é pra discutir isso que deveríamos estar fazendo reuniões. Eles mataram cinco pessoas, pelo que sabemos, e só descobrimos quem eram porque eles quiseram. E temos que lidar com isso, o que é muito perigoso.

Chegaram ao térreo e as portas do elevador se abriram. Caminharam até a rua e ameaçava chover. Marsh continuava furioso.

– Quero que você supervisione Erika neste caso, Melanie. Parece, como de costume, que ela precisa de um freio. E, no futuro, Erika não participará de reuniões com o alto escalão.

– Sim, senhor.

Marsh caminhou arrogantemente até seu carro, que aguardava ao meio-fio, e entrou sem oferecer-lhes carona até a delegacia. Quando arrancou, Erika virou-se para Melanie:

– Ok, escutei o que todo mundo está falando, e vou trabalhar com você neste caso. Sempre nos demos bem e eu te respeito.

– Tudo bem, Erika. Cá entre nós, gostei de ver você soltar os cachorros neles sobre os cortes no orçamento. Mas tem que tomar cuidado com esses tipos do gabinete do primeiro-ministro. É lamentável, mas eles vivem isolados do mundo real.

– Obrigada – disse Erika.

– E o Marsh ficou se contorcendo de vergonha quando a Camilla passou o ferro nele.

– Acho que o Marsh sente falta do antigo comissário assistente. Ele era muito bajulador.

– Ok, qual é o seu próximo passo, Erika?

– Quero aprofundar o trabalho da perícia e investigar mais o histórico do Max e da Nina. Precisamos encontrar aqueles dois.

– Eles devem ter alguém trabalhando com eles ou os escondendo – sugeriu Melanie.

– Bloqueamos o passaporte da Nina Hargreaves, o Max não tem passaporte. Todos os aeroportos, portos e estações de trem estão em alerta máximo, e enviamos a foto deles para todas as agências criminais do país.

– Por que não falou tudo isso lá na reunião? – perguntou Melanie. – Esta é a policial com a cabeça no lugar que eu conheço.

Erika deu de ombros:

– Eu sei, sou burra. Mas estou de saco cheio de lidar com o pessoal do alto escalão que não tem ideia de como o trabalho policial funciona.

– Eu te entendo. Só não sei aonde o Marsh foi que nem doido. Ele tem que estar de volta aqui em uma hora.

– Por quê?

– Vocês dois vão fazer uma declaração formal para a imprensa – disse Melanie.

CAPÍTULO 56

Era início da noite, e Nina e Max estavam diante do espelho no apertado banheiro do apartamento de Mariette. Com uma máquina, Nina tinha acabado de raspar a cabeça de Max, que estava empoleirado em um banco.

— Nossa, estou sentindo frio na cabeça — comentou ele, passando a mão na curta penugem e inclinando-se na frente do espelho.

— Você está bonito. O formato da sua cabeça é legal.

— E a sua cabeça, minha querida, faz um boquete legal. — Ele levantou, abriu o zíper e começou a empurrá-la para baixo.

— Max! Não. Toda hora escuto sua mãe passar em frente à porta. E não tem tranca.

— Isso provavelmente vai dar uma excitada nela — disse ele, tirando as roupas e pulando pra dentro do box minúsculo.

Nina começou a recolher as compridas mechas louras de Max e, conferindo se ele estava olhando, enfiou uma no bolso. Ela olhou para aquele banheiro verde-abacate encardido e para as bonequinhas espanholas tricotadas em que os rolos de papel higiênico ficavam guardados. Ela achava Mariette e seu apartamento sebentos e um pouco repugnantes. Quando chegaram, Mariette fez chá com torradas e pegou todos os antigos álbuns de fotos. Nina pressupôs que era para mostrar fotos de Max bebê, mas todos os dez álbuns continham imagens de Mariette de baliza em bandas marciais e competições.

— Use o que quiser no apartamento, meu amor — disse ela, tocando de leve no joelho de Nina. — Mas se eu vir você encostando naquele chapéu ou naquele bastão, quebro a merda dessas suas pernas.

Nina esperou Mariette rir ou falar que era brincadeira, mas isso não aconteceu. Ela seguiu o olhar de Mariette até os ganchos acima do sofá, onde o chapéu e o bastão estavam dispostos, e prometeu não encostar neles.

– Boa menina, acho que chegamos a um acordo – disse ela.

Nina olhou para seu reflexo no espelho. Já tinha cortado o cabelo bem curto, na altura dos ombros, e com a ajuda de um kit para descoloração, estava transformada. Inclinou a cabeça e gostou do que viu. A diferença era impressionante. Max terminou o banho, abriu a porta e estendeu o braço para pegar a toalha. Ela entregou-lhe uma e ele saiu pisando no tapete.

– Então, o que acha do meu plano? – perguntou, observando-a no espelho.

Nina mordeu o lábio e se olhou no espelho antes de falar:

– Vamos seguir esse plano, mas me prometa uma coisa: elas não vão se machucar.

– Eu prometo, ninguém vai se machucar – falou Max. Ele abriu a toalha e a puxou contra sua ereção. Dessa vez, Nina não conseguiu resistir. Ela se abaixou e o colocou na boca.

O plano tinha começado a tomar forma mais cedo naquela noite, quando dois policiais apareceram na New Scotland Yard para fazer uma declaração formal sobre o assassinato de Daniel de Souza. Eles afirmaram que estavam oficialmente ligando o caso aos assassinatos de Thomas Hoffman e Charlene Selby.

Max tinha pesquisado os policiais no Google e lido, com interesse, tudo sobre a Detetive Inspetora Erika Foster, que perdeu o marido durante uma batida policial em um traficante. Havia um perfil dela no *Daily Mail* publicado alguns anos antes, na época em que ela capturou a serial killer Simone Matthews. O artigo desenhava a imagem de uma mulher solitária e determinada. Não tinha filhos nem amigos, e Max decidiu que o plano não funcionaria com ela. Erika não tinha ninguém que sentiria sua falta.

Quando pesquisou sobre o Comandante Paul Marsh, um dos resultados mostrou-se muito interessante. Um pequeno artigo num jornal local no sul de Londres, com data de 2015, informava que o Comandante Marsh tinha participado da Hilly Fields Fun Run em benefício da Comic Relief. Tinha corrido dez quilômetros vestido de Lady Gaga, ajudando a levantar dez mil libras para a caridade. O artigo mostrava Paul Marsh com sua esposa Marcie, que tinha feito a fantasia para ele, mas foi a foto embaixo do artigo que realmente acendeu uma lâmpada na cabeça de Max: na linha de chegada, havia uma foto de Marsh ao lado da esposa e de suas duas filhas pequenas. Ele examinou a imagem minuciosamente. Eram gêmeas idênticas chamadas Mia e Sophie. Umas gracinhas.

– Aposto que valeriam muito se desaparecessem – falou Max.

– O que está querendo dizer? – perguntou Nina.

– Se você raptar uma criança qualquer, a polícia sempre vai dizer que não paga resgate. A polícia não paga resgate em situações de sequestro, mas no caso das filhas de um policial do alto escalão, aposto que o jogo é completamente diferente.

CAPÍTULO 57

Na manhã seguinte, Nina e Max começaram a colocar o plano em ação. O Comandante Paul Marsh não estava no Facebook, mas Marcie, sim, e mesmo que seu perfil não fosse público, conseguiam ver as coisas que havia curtido. Uma delas era a creche Acorns, na Hilly Fields, no sul de Londres.

Outra pesquisa na internet revelou que a creche estava em busca de uma cuidadora para trabalhar meio expediente. Max sabia das vantagens de se ter uma bela garota branca com sotaque de classe média para deixar as pessoas à vontade, então pôs Nina para ligar e fazer algumas perguntas sobre a vaga. Agachou-se ao lado dela e escutou a conversa. Nina passou os primeiros minutos falando sobre "experiência" e, quando conseguiu entrosar, começou a pescar mais informações.

– Na verdade, uma amiga minha deixa as filhas aí – disse Nina. – Não quis mencionar isso logo de início para não criar uma situação desconfortável. É a Marcie Marsh. Ela fala que as gêmeas adoram essa creche.

A secretária fez uma leve pausa na outra ponta do telefone e Nina aguardou para ver se ela tinha identificado corretamente.

– Ah é, elas são uma gracinha – disse a secretária. – Sophie e Mia. E são idênticas mesmo, você deve saber. A Marcie põe roupas iguaizinhas nelas, então é sempre difícil saber quem é quem!

Max escutava ao lado de Nina e levantou o polegar.

– É, sempre que vamos ao shopping e ela vê uma roupinha de criança, a primeira coisa que pergunta é se eles têm duas no estoque!

– Não exagera – Max disse sem emitir som. Nina assentiu.

– Ok, eu adoraria me candidatar à vaga. Para quais dias vocês estão contratando?

– Segunda, terça e quarta.

– Isso é ótimo – disse Nina. Ela ficou em silêncio por um momento e decidiu lançar a isca. – Significa que vou conseguir ver as meninas também.

– É verdade, elas vêm pra cá todo dia, a não ser na quinta-feira. A Marcie deixa as crianças quatro dias por semana. Gosta de passar as quintas com elas.

– É, gosta mesmo... Ok. Maravilha. Olha só, eu baixei o formulário no site, vou preenchê-lo e entro em contato de novo.

– Qual é mesmo o seu nome? – perguntou a secretária.

– Emma. Emma Potter – respondeu Nina.

– Ok, Emma, fico te aguardando. Boa sorte!

Nina colocou o telefone no gancho. Ficaram em silêncio por um momento. Tinham levado o telefone para o topo da escada e estavam sentados no carpete em frente ao banheiro.

– Puta merda, você é um gênio – elogiou Max.

– Não sei se gosto disso – falou Nina, sentindo-se enjoada. Ficou chocada com o quanto foi fácil conseguir a informação. – Mesmo que a gente tenha conseguido fazer isso, como diabos vamos chegar à creche e convencer aquelas gêmeas a ir embora com a gente? E a Marcie vai estar lá.

– Não vai, não – falou Max. – Vou garantir isso.

– Você falou que ninguém ia se machucar.

– E não vai mesmo. Só que ela é o nosso maior problema, a Marcie. Vamos dar um jeito de fingir que você é a babá nova e que pode pegar as crianças. Só precisamos continuar sendo criativos. Temos que botar as mãos no celular da Marcie, e você vai dar um jeito de imitar a voz dela. A boa e velha espionagem.

Max sorriu e se inclinou para beijá-la, mas ela se afastou.

– Você tem que me prometer que só vamos sequestrar as meninas. Não vamos encostar um dedo nelas. Estou falando sério, Max.

– Claro, Neen. São duas criancinhas. Eu nunca machucaria crianças. Vamos ficar com elas quarenta e oito horas, no máximo. Vão ficar sãs e salvas. E qual é a idade delas? Não vão mais se lembrar disso daqui a alguns anos. Vamos levar uns jogos de tabuleiro e doces.

Nina olhou dentro dos olhos de Max, que pareciam muito sinceros. Ele pegou a mão dela.

– Essa é a nossa passagem para um novo começo. Uma vida nova juntos. Assim que tivermos o dinheiro, vamos embora. Pra mim já chega de infringir a lei e viver desorientado. Quero um novo começo, longe dessa merda de país, com seu sistema de classes, tudo arranjado a favor dos ricos. Não quer ir embora para criarmos uma vida nova juntos?

Nina agarrou a mão dele e fez que sim.

– Quero. Mas me promete de novo. Ninguém sai machucado.

– Te dou a minha palavra. Prometo.

– Acha mesmo que isso vai funcionar?

– Vai, sim. Não temos absolutamente porra nenhuma a perder, Neen, e isso nos coloca em uma posição muito forte. Deixa a gente perigoso.

Mariette saiu da sala puxando o aspirador de pó e fazendo a maior barulheira.

– Você dois terminaram a conversa fiada no telefone? Posso limpar o carpete? – perguntou ela, olhando pra eles lá de baixo.

– Mas que inferno, terminamos, sim – respondeu Max.

Quando ela passou em frente à entrada principal do apartamento, a ponta do cano do aspirador de pó agarrou a cortina, que abriu. A luz do corredor lá fora escorreu para dentro.

– Cuidado com essa bosta dessa porta! – berrou Max, puxando Nina para trás no alto da escada.

– Não dá pra ninguém te ver aí em cima! – disparou Mariette, largando o aspirador de pó no chão e fazendo uma cena ao fechar a cortina. – Ninguém tá nem aí pra duas merdas que nem vocês.

Ela arrastou o aspirador de pó escada acima e parou lá no alto, recuperando o fôlego. Max levantou num pulo e lhe deu uma bofetada com as costas de mão. Mariette caiu para a frente.

– Estou te dando dez mil, tá? Mantenha as cortinas e a boca fechadas! – Ele deu um chute na barriga de Mariette, que gritou de dor. Depois, entrou no banheiro e bateu a porta.

Gemendo, Mariette rolou e ficou deitada de costas, segurando a barriga. Nina se aproximou e a ajudou a se levantar.

– Obrigada, meu amor – disse ela, inclinando-se no corrimão. – Não sei o que vocês dois estão tramando, mas nada disso vai acabar bem. As coisas nunca acontecem como a gente quer.

Nina não respondeu. Bloqueou a mente e tentou se concentrar no resultado final.

CAPÍTULO 58

SEXTA-FEIRA, 24 DE NOVEMBRO DE 2017

Bem cedo na sexta-feira, Nina e Max saíram de carro para dar uma olhada na casa de Marsh na Hilly Fields Road.

Mariette mantinha uma van branca velha no depósito e ainda tinha o adesivo magnético usado pelo antigo dono, que era encanador. Max sabia que, para o plano funcionar, tinham que manter a primeira parte muito simples, então colocaram o adesivo de volta na lateral da van, e ele e Nina vestiram macacões. Era uma tentativa grosseira de fazer com que se passassem por encanador e aprendiz, mas havia muito tempo Max tinha se dado conta de que, se a pessoa encenasse um papel e não tentasse se esconder, era impressionante as coisas das quais era possível se safar.

Viraram na rua de Marsh logo depois das 7h30. O Sol estava nascendo e as primeiras pessoas, parecendo exaustas, saíam de casa para trabalhar. Estacionaram a algumas centenas de metros da casa de Marsh e ficaram sentados na van com uma garrafa de chá, fingindo mexer em documentos. Pouco depois das 8 horas da manhã, Marsh saiu pela porta de casa, entrou no carro estacionado ao meio-fio e passou bem ao lado deles. Nina abaixou a cabeça e pegou a garrafa no chão, mas Max olhou bem na direção de Marsh enquanto ele passava.

– Nossa. E esse cara se diz comandante de polícia? – disse Max. – Nem me viu, nem olhou pra nós, Neen. Provavelmente estava mais preocupado com o lugar onde vai tomar seu primeiro café.

– Você precisa ter cuidado, Max – alertou Nina, com as mãos trêmulas.

– Querida, estamos completamente diferentes das fotos. E essa área é chique. Somos dois encanadores da ralé. Ninguém vai dar a mínima pra gente.

Nesse exato momento, uma mulher saiu por uma porta e passou ao lado da janela do motorista. Era atarracada, parecia estar de saco cheio e usava o habitual uniforme preto das pessoas que trabalham em escritórios em Londres. Ela passou caminhando ao lado da van sem sequer notá-los.

– Viu? – falou Max.

Nina serviu mais um pouco de chá, mas suas mãos não paravam de tremer.

Às 8h45, Marcie saiu pela porta da frente com Mia e Sophie. Nina ficou chocada com o quanto as menininhas estavam lindas com vestidos rosa idênticos, meias-calças brancas grossas e casacos azul-escuros. As duas conversavam quando Marcie as colocou no carro e as prendeu no assento com o cinto. Nina viu que Marcie, com seu comprido cabelo preto e um corpo maravilhoso, era linda. Quando as gêmeas estavam seguras nas cadeirinhas, a mãe entrou na frente e arrancou.

– Lá vamos nós – disse Max, ligando o carro. Seguiram-na, mantendo uma distância de dois carros, até Marcie deixá-las na creche, que ficava em uma grande casa geminada de esquina.

– É muito perto, a creche – comentou Nina.

– É, e a vadia preguiçosa ainda leva as meninas de carro – falou Max.

Alguns minutos depois, Marcie saiu pela porta da frente da creche e voltou para o carro. Estava mexendo no telefone quando arrancou e passou por eles sem olhá-los.

– Mais uma no seu próprio mundo – concluiu Max.

Arrancaram de novo e perseguiram-na até a Forest Hill Station, onde Marcie comprou café para viagem e pão em uma padaria. Depois foi para casa.

Seguiram-na até a entrada da rua, então viraram na direção oposta, no sentido de New Cross.

– Tudo bem. Temos o fim de semana para fazer os últimos preparativos. A gente ensaia e repassa tudo, aí agimos na segunda de manhã – definiu Max.

Nina ficou olhando para fora pelo para-brisa, em silêncio. Sentia que aquilo era real. Ver as duas menininhas. Ver o quanto elas amavam a mãe.

– Limpo a parte de trás da van e a gente põe cobertores lá – disse Max, olhando para ela. – E você pode ir com as meninas e dar doces e tal.

– Ok, tá.

– Vamos fazer isso por dinheiro, não pra machucar alguém.

– Eu sei.

– A gente só tem que torcer pra vadia não receber nenhum amigo riquinho pra tomar café com ela na segunda de manhã.

– As pessoas costumam tomar um chazinho e beliscar alguma coisa lá pelas 11 horas da manhã.

– Bom, não sei desse tipo de coisa. A gente não beliscava nada com chazinho antes do almoço no orfanato – disse Max enfaticamente.

Percorreram todo o caminho até Pinkhurst Estate em silêncio. Chegaram de volta ao depósito e Max estacionou o carro lá dentro. Depois de fechar a porta, ele trocou as placas da van.

CAPÍTULO 59

DOMINGO, 26 DE NOVEMBRO DE 2017

Estava muito tarde, e a semana tinha sido longa e frustrante. Erika sentou-se com Isaac Strong na minúscula sala de seu apartamento diante dos restos do curry que haviam acabado de devorar. Isaac tinha visto o quanto Erika parecia cansada e desnutrida durante sua declaração no jornal alguns dias antes. Ele tinha ligado na sexta e no sábado e falado que ela precisava tirar algumas horas para comer direito e dar uma descansada, mas Erika havia dito que precisava trabalhar. No domingo, a inspetora finalmente aceitou jantar.

— Agora você está com uma corzinha nas bochechas — comentou Isaac, quebrando um papari na metade e enfiando-o em um potinho com chutney de manga.

— Estava muito bom, obrigada. É disso que eu sinto falta quando vou ao meu país — disse Erika antes de dar um comprido gole de cerveja. — Comida indiana.

— Não tem comida indiana na Eslováquia?

— Não muita. A comida eslovaca é muito boa, então a nossa culinária não se diversificou muito culturalmente.

— Quando você veio para o Reino Unido?

— Em 1992 — respondeu Erika.

— Então chegou no finalzinho da nossa terrível culinária — riu ele. — Tinha que ver as coisas que eu comia quando era criança. Isca de peixe, batata frita, assado de carne moída com pouquíssimo sabor. O primeiro abacate que eu vi foi na faculdade de medicina... Meus pais não eram muito aventureiros com comida — disse Isaac dando uma risada.

— Onde você cresceu? — perguntou Erika.

— Em Suffolk, num vilarejo perto de Norwich.

– Minha mãe costumava fritar tudo e o sabor era sempre bom, mas, depois que o meu pai morreu, ela passou a se dedicar mais à bebida do que à comida – falou Erika.

– Ela era alcoólatra?

– Era, mas a única pessoa que prejudicava era a si mesma. Nunca ficou violenta, manteve o emprego... Enfim. Vamos falar de outra coisa.

– Quer um cigarro?

– Fiquei doida pra fumar o dia inteiro.

Ela pegou um maço de cigarro e um isqueiro na gaveta da cozinha, vestiram os casacos e foram para a varanda. Fazia um frio de congelar e ameaçava chover. As nuvens pendiam baixas e brilhavam alaranjadas devido à poluição luminosa da cidade. Fumaram em silêncio por alguns minutos, olhando para os prédios que se estendiam ao longe, acima das copas das árvores.

– Se fosse um serial killer e a polícia soubesse quem você é e onde mora, para onde iria? – perguntou Erika.

– Pergunta interessante, parece um jogo.

– Questionei isso na sala de investigação hoje mais cedo porque estamos ficando desesperados. Max Kirkham e Nina Hargreaves simplesmente desapareceram... Quando fiz a pergunta, a Moss pensou a mesma coisa que você, que parecia um jogo do tipo "com quem você mais gostaria de dormir?".

– Jason Statham, com certeza – falou Isaac.

– O quê?

– É com ele que eu mais gostaria de dormir.

– Quem é esse aí?

– Ah, qual é, Erika. Você não viu *Carga explosiva*? Nem *Carga explosiva* 2 e 3? Cabeça raspada, corpão excelente.

– Não. Acho que não tenho muita oportunidade de ver filme.

– Ok, com quem você mais gostaria de dormir, com exceção das pessoas com quem você trabalha?

– Não tem ninguém do trabalho que... – ela percebeu Isaac suspendendo uma sobrancelha. – Ok. Eu gostaria de dormir com o Daniel Craig.

– Ai, por favor, você é tão servidora pública, Erika. Quer dormir com o James Bond?

– James Bond, não, Daniel Craig. Enfim, para de falar disso. A pergunta que eu fiz foi séria. Pra onde você iria se fosse um serial killer fugitivo?

– Bem, não bateria na sua porta porque você meteria uma algema em mim antes que eu conseguisse falar *Octopussy*. Acho que iria para a casa dos meus pais, ou tentaria sair do país.

— Max Kirkham não tem passaporte.

— Ele pode conseguir um falso?

— Acho que pode, sim... Quando mataram Daniel de Souza, esvaziaram o cofre do apartamento. A mãe dele não sabia quanto dinheiro tinha lá, mas falou que ele sempre guardava milhares de libras. E isso depende do Max conhecer alguém que possa conseguir uma boa falsificação. Eles também teriam que conseguir dois passaportes, porque colocamos um impedimento no da Nina.

— É incrível o quanto é difícil fugir. Há câmeras de segurança em todos os lugares e este país é pequeno, isso sem falar que Londres é abarrotadíssima de gente. Eu com certeza mudaria a minha aparência: ficaria louro. Ou ruivo. Nos filmes, quando as pessoas estão fugindo, pouquíssimas optam pelo ruivo – comentou Isaac.

Escutaram um estalo vindo de cima e Alison falou com eles lá da varanda.

— Com licença, meus amores, estava aqui dependurando minhas roupas de baixo e ouvi o que estavam falando...

— Oi, Alison – cumprimentou Erika.

— Concordo com essa pessoa que está com você, com esse homem de voz suave e bonita.

— Oi, sou o Isaac – apresentou-se, acenando para Alison. Erika se juntou a ele e acenou, depois se abaixaram de novo sob o toldo.

— Jason Statham é um *pedaço de mau caminho* – comentou Alison. – Mas, se eu matasse alguém, iria pra casa da minha mãe em Gower. Ela me manteria em segurança.

Erika revirou os olhos para Isaac.

— Ok, obrigada, Alison – disse ela.

— Te vi na televisão outro dia, Erika. Não sabia que estava trabalhando naquele caso de assassinato. Espero que pegue os bandidos rápido. Não gosto da ideia de dois assassinos trabalhando juntos. Deve ser mais fácil se eles juntarem as forças. Até mais.

— Pois é... boa noite – disseram Erika e Isaac. Escutaram um rangido acima deles e a porta fechou.

— Ela parece legal – comentou Isaac.

— Só porque te chamou de "homem de voz suave e bonita" – falou Erika, abrindo um sorrisão.

Isaac deu uma sacudidela nas finas sobrancelhas. Ela ofereceu outro cigarro e eles os acenderam novamente. Erika baixou a voz.

– Mandy Hargreaves se apresentou à polícia e entregou a identidade da filha, então a Nina não vai pra lá. Além disso, colocamos a Mandy sob vigilância nos últimos dias, não houve contato. Nina não tem irmãos nem outros parentes. Também colocamos a ex-melhor amiga dela sob vigilância, mas não conseguimos nada com isso.

– E o Max Kirkham? – questionou Isaac, soprando fumaça pelo canto da boca.

– Ele é órfão. Cresceu em um orfanato em West Norwood. A mãe já faleceu.

– E o quão seriamente isso foi investigado?

– Coloquei uma pessoa da minha equipe para confirmar e ela me passou a informação.

Isaac balançou o dedo comicamente.

– A Erika que *eu* conheço teria confirmado isso pessoalmente e não ficaria satisfeita até ver o atestado de óbito. O Max parece ter um passado de altos e baixos. Também é um homem com recursos limitados, mas é comum que pessoas que crescem em lares pobres tenham laços familiares bem mais fortes... Você viu o atestado de óbito?

– Não, mas confio na minha equipe. São muito meticulosos – argumentou Erika.

– Você confiava no Nils Åkerman.

– Não olhei por esse lado. A confiança era implícita, assim como confio em você e no seu julgamento.

– Teve mais notícias dele? – perguntou Isaac.

– Não. Estou tentada a ir visitá-lo em Belmarsh. Olhar nos olhos dele e... não sei. Não sei o que dizer. Traiu a mim e a tantas pessoas, mas trabalhei em unidades de narcóticos por tempo suficiente pra ver que as drogas se apoderam das pessoas. Roubam a personalidade delas. Talvez seja culpa do vinho, me deixando complacente demais.

Isaac sorriu.

– Não sei se é culpa do vinho, e sei que ele é um serial killer perverso, mas você não acha o Max Kirkham bem sexy?

– Não! É óbvio que você bebeu mais vinho do que eu – falou ela, abrindo um sorrisão. Eles apagaram os cigarros e entraram. – Mas você tem razão sobre a falecida mãe do Max. Preciso dar uma olhada nisso.

CAPÍTULO 60

Nina e Max passaram o resto do fim de semana planejando e se preparando para segunda-feira. Esvaziaram a van branca, encheram o tanque e colocaram um galão com dez litros de diesel na parte de trás do veículo. Mandaram Mariette ir duas vezes ao supermercado e ela retornou com comida enlatada e desidratada suficiente para encher uma mochila grande. No domingo de manhã, Max a mandou ao centro de Londres, com um maço de dinheiro, para fazer as últimas compras. Ela voltou no final da tarde.

— Vê se toma cuidado com o meu carpete — advertiu ela quando Max e Nina carregavam as sacolas pela sala.

— Comprou tudo? — perguntou Max.

— Comprei. E em troca quero o meu segundo pagamento de cinco mil. — Apesar do clima frio, estava brilhando de suor, o que fazia sua maquiagem borrar.

— Amanhã de manhã. Vou te dar bem cedo — falou Max. Ele então começou a conferir os itens, tirando-os das sacolas enquanto Nina os riscava em uma lista. — Fogareiro de acampar, quatro sacos de dormir térmicos...

— Pra que precisam de quatro? Você são só dois — disse Mariette, esfregando o rosto com um lenço e olhando todo o material agora espalhado pelo chão. Max a ignorou.

— Três celulares pré-pagos e duas baterias extras. Temos que colocar tudo isso pra carregar, Neen.

— Ok — disse ela, escrevendo essa informação no papel.

— Demorei uma eternidade pra comprar essa porcariada toda... Todas as lojas estão fervilhando de gente fazendo compras de Natal. E nem estamos em dezembro.

— Puta merda, por que não sai daqui e vai fazer um chá? — escrachou Max, encarando-a com raiva.

– Cinco mil, é disso que vou continuar falado, dessa porcaria desses cinco mil!

– São dez mil! – gritou ele depois. Voltou-se novamente para Nina, que mastigava a caneta com nervosismo. Ele pegou um pacotão de balas de gelatina sortidas da Haribo. – Olha, isso é pras meninas. Elas vão adorar, tem um monte de coisa diferente: Ursinhos de Ouro, Happy-cola...

Nina deu um sorriso débil e tomou nota. Max pegou duas baterias extras de laptop, depois uma comprida caixa de plástico amarela e vermelha. Ele assoviou.

– Nossa, ela conseguiu até ir à loja de artigos para acampamento! – exclamou ele, abrindo uma caixa e tirando dela dois compridos cilindros amarelos que pareciam ter uma tampa de rosca vermelha em cada ponta. – E ela comprou o certo. Dois foguetes de sinalização de longo alcance. Achei que a vadia idiota ia voltar com um foguete de brinquedo, ou com aqueles que a gente solta no Réveillon.

Nina ficou observando-o examinar os compridos cilindros de plástico.

– Como funcionam?

– Você segura com esta ponta para o alto – disse, apontando para uma seta. – E desenrosca a ponta de baixo. – Ele torceu uma ponta. A tampa cedeu e um pedaço pequeno de corda saiu lá de dentro. – Então você puxa. Ele dispara um foguete em chamas a cem metros de altura... – explicou, colocando a tampa cuidadosamente e enroscando-a até ficar bem presa. – Isso, Neen, é a chave pra nossa fuga. E temos outro de garantia.

– E o seu amigo. Confia nele? – perguntou Nina.

– Confio porque ele vai ganhar uma bela fatia do dinheiro do resgate. E esse é o melhor tipo de confiança.

Nina olhou para tudo aquilo espalhado pelo tapete.

– Não acredito que vamos fazer isso.

Max colocou o foguete de sinalização de volta na caixa com cuidado, depois se virou para ela.

– Nós *vamos* fazer isso, Neen – afirmou. – Vamos fazer isso por *nós*, pela chance de termos um futuro juntos. Não essa existência miserável sem dinheiro, sem esperança, sem perspectiva. A probabilidade está a nosso favor. Chegou a nossa hora, e temos que agarrar essa oportunidade com as duas mãos. Ninguém vai se machucar.

Nina olhou nos olhos dele e, durante um momento, quase acreditou.

Nina não dormiu muito naquela noite. Ficou observando Max roncar tranquilamente ao seu lado durante umas duas horas, depois levantou e desceu a escada em silêncio para tomar uma xícara de leite quente. Havia acabado de colocar uma pequena panela no fogão e estava acendendo o fogo quando visualizou o telefone fixo na mesinha da entrada. Foi à sala e ficou escutando os sons do prédio. O tique-taque do relógio, o chiado do gás queimando no fogão. Quando pegou o telefone, o som dos números sendo digitados era familiar e reconfortante. Sabia o número da mãe de cor; ele não tinha mudado desde que era criancinha, quando treinava atender o telefone, pegando-o e falando: "Alô, 0208 886 6466", como a avó costumava fazer. Com o coração martelando, Nina começou a digitar 0, 2, 0, 8... 8, 8, 6... 6, 4, 6... Seu dedo pairou sobre o número "6".

– Vai abandonar ele? – questionou uma voz que a fez dar um pulo. Virou-se e viu Mariette sentada no sofá na sala escura.

– Não – disse Nina, recolocando o telefone na base.

– Não caga num profissional em fazer merda.

– O quê?

– Não sacaneia um profissional da sacanagem... – falou Mariette, fazendo força para se levantar do sofá. Aproximou-se de Nina com passos arrastados. Sob a luz hostil lá de cima, todas as rugas e pelancas em seu rosto se acentuavam. Estava com um roupão branco encardido e dava para ver o contorno do cigarro e do isqueiro no bolso.

– Está com medo, não está? – perguntou ela, colocando os braços ao redor de Nina e dando-lhe um beijo na testa.

– Estou.

– Bom, me deixa te falar uma coisa, menina. Passei a maior parte da vida com medo, e, puta merda, isso não me fez bem nenhum.

Nina começou a chorar. Mariette suspendeu o braço e lhe deu um tapa no rosto.

– Para com isso, agora. Você precisa dessa oportunidade pra sair do país, está me ouvindo?

Nina pôs a mão no rosto dolorido, chocada.

– Achei que não quisesse saber do dinheiro, de tudo...

– Acha que eu sou idiota? Que não escutei? Agora, você vai com o Max amanhã, está ouvindo? Se não for, vou ligar pra polícia e contar tudo. Sabe o que fazem com meninas iguais a você na prisão? Acha que alguém da sua família vai dar a mínima pra você? Myra Hindley dos tempos modernos, é disso que vão te chamar.

– Não sou igual a ela... – contestou Nina.

– Você matou cinco pessoas. Eles têm o seu DNA e suas fotos. Conseguem te ligar aos crimes. Caralho, você é burra? Vai pegar prisão perpétua. A não ser que decida acabar com tudo em uma cela, com um nó improvisado no lençol.

– Filha da puta! – xingou Nina.

Mariette a agarrou pela garganta e a empurrou com força na parede. Seus olhos estavam frios e doentios, como os de Max.

– Dez mil pode não ser muito pra uma putinha metida que nem você – disse ela, aproximando o rosto de modo que sua voz se transformasse em um sussurro alto. – Mas é a grana mais alta que vou ver pelo resto da vida. Então volta lá pra cima, some daqui amanhã de manhã com o meu filho e faz qualquer coisa que for preciso para começar uma vida nova. Nossos caminhos nunca mais vão ter que se cruzar... – Ela encarava Nina e a segurava pelo pescoço, até seu rosto começar a ficar roxo, então, de repente, a soltou. Nina afundou no chão, puxando o ar enquanto a mulher subia a escada lentamente. A garota ouviu um chiado e sentiu cheiro de queimado. – E o seu leite derramou – finalizou Mariette.

Quando acordaram, Mariette tinha saído. Depois do café da manhã, Max deixou cinco mil libras em dinheiro na mesa da cozinha, depois pegaram a van.

Com placas novas, foram à Hilly Fields Road e estacionaram a cem metros da casa de Marsh. Aguardaram e observaram o comandante sair para trabalhar, então, quarenta e cinco minutos depois, Marcie apareceu com as gêmeas. Estavam com vestidos verdes idênticos, jaquetas azuis, gorros, luvas e grossas meias-calças verdes. Marcie suspendeu as duas meninas, colocou-as no banco traseiro da Space Cruiser, prendeu os cintos e saiu dirigindo. Nina olhou para a parte de trás da van, onde tinham colocado um colchão velho e escurecido as janelas das portas.

– Max, são só criancinhas – disse ela com uma vozinha fraca.

– Quantas vezes já te disse? Não vamos machucar ninguém. Se fizerem o que mandarmos, terão as filhas de volta em um ou dois dias. Você fez coisa muito pior, tem consciência disso, né, Nina? Porque está aí pagando de Madre Teresa do meu pau, e nós dois sabemos que não é bem por aí!

– Sei o que fiz.

– Ótimo, agora a gente precisa se concentrar – falou ele. Ficaram em silêncio durante a meia hora que se seguiu, e, quando Nina estava deixando de acreditar que Marcie voltaria para casa, o carro dela apareceu no retrovisor lateral, passou por eles e parou em frente à casa. Aguardaram-na entrar e Max soltou o cinto de segurança.

– Agora, vamos começar?

Nina olhou nos olhos de Max e confirmou com um movimento de cabeça.

– Vamos, sim.

CAPÍTULO 61

SEGUNDA-FEIRA, 27 DE NOVEMBRO DE 2017

Marcie Marsh chegou em casa depois de deixar as gêmeas na creche e estava colocando o conteúdo de uma sacola de compras de uma loja de orgânicos da região na bancada da cozinha. Tinha comprado um belo brie, pão italiano e uma garrafa de vinho branco orgânico. Não contaria a Paul que era orgânico; ele menosprezava "vinho afrescalhado", como dizia. Marcie estremeceu quando lembrou que o vinho preferido dele era Blue Nun, algo que ele escondia dos amigos e colegas, mas sempre a fazia deixar uma garrafa na geladeira para quando chegasse em casa do trabalho.

Estava guardando o vinho na geladeira quando viu a garrafa de Blue Nun na porta e a pegou. Estava quase vazia. Sorriu e levou as duas garrafas de vinho para a pia. Jogou o resto do Blue Nun pelo ralo e abriu o vinho branco orgânico. Estava sorrindo para si mesma e colocando um funil na garrafa de Blue Nun quando a campainha tocou.

Marcie limpou as mãos e foi atender, não sem antes conferir seu reflexo no pequeno espelho que ficava no caminho. Quando abriu a porta, havia um rapaz do lado de fora com a cabeça raspada e óculos de armação preta grossa. Ele deu um sorriso nerd para ela e mostrou a identidade e a caixa preta de ferramentas que estava carregando.

— Bom dia, querida, só preciso ler o registro de água. Não vou levar nem um segundo — disse ele.

Marcie o achou um pouco familiar, mas isso não passou de uma sensação passageira.

— Ok — sorriu ela, ficando de lado para deixá-lo entrar. — Seus sapatos são legais e estão limpos, mas se importa de tirá-los?

— Claro, sem problemas. — Ele ficou saltitando em uma perna enquanto tirava o pé direito, depois o esquerdo. Marcie viu que usava meias do Bart Simpson.

– Meia legal.

– Você acha?

– Não – disse ela dando uma risada. – Meu marido tem uma camisa do Bart Simpson e não se desfaz dela de jeito nenhum. Está quase desintegrando, mas ele insiste em ficar com ela.

– Minha esposa me deu essas de Natal – revelou ele, suspendendo os óculos no nariz e abrindo um sorriso.

Marcie o examinou de cima a baixo com um olhar quase apreciativo. Fechou a porta e o levou pelo corredor até o quadro com os medidores ao lado da porta da cozinha. Destrancou, abriu a portinha e, quando virou, percebeu que o homem estava muito próximo e que tinha uma expressão estranha nos olhos.

Ele se moveu tão rápido que Marcie só se deu conta de que tinha levado um soco ao cair no chão. Sentiu a dor disparar pelo rosto quando ele a agarrou pelo cabelo e a arrastou para dentro da cozinha. Bateu mais vez, depois outra, e então ela apagou.

Max levantou e respirou fundo algumas vezes. Tirou os óculos, que estavam ofuscando sua visão, e só então viu o quanto ela era atraente. Estava com uma calça branca apertada que enfatizava as curvas e um suéter rosa justo. Seu nariz virou uma massa ensanguentada, o que era uma pena. Ele se ajoelhou, passou as mãos sobre os ombros e apertou os seios. Suspendeu o pulôver, desabotoou o sutiã e o tirou, expondo o colo nu. Passou a mão na barriga macia e sentiu a cicatriz da cesárea. Desabotoou a calça e abaixou-a até os tornozelos com a calcinha. Ficou um tempo olhando aquela nudez, os grandes mamilos rosa, os escuros pelos pubianos, as estrias nas coxas. Passou um dedo nos pelos e o enfiou dentro dela.

– Ah, se eu tivesse mais tempo com você... – murmurou, mas viu que os segundos passavam depressa.

Ele foi novamente à entrada, abriu a caixa de ferramentas preta e pegou um pedaço de fio azul. De volta à cozinha, atou as pernas dela na altura dos tornozelos, virou-a com um movimento brusco e atou os pulsos nas costas. Enfiou o sutiã na boca de Marcie, colocou uma meia-calça na cabeça dela e a prendeu no pescoço. Max se levantou. O rosto da mulher estava distorcido sob o rígido material transparente, e ele viu que a meia a apertava no pescoço. Abaixou-se e afrouxou um pouco. Em seguida, separou as pernas e tirou uma foto dela arreganhada e atada no chão da cozinha.

Max a arrastou pelos tornozelos na direção do armário debaixo da escada. Conferiu se estava bem presa, puxou-a para trás e deixou-a ao lado da caldeira. Depois fechou a porta, trancou-a e embolsou a chave. Foi até a porta da frente e viu que a van já havia sido estacionada na entrada. A rua estava deserta. Nina desceu do veículo e foi à porta.

– Tudo certo. A bolsa dela está na cozinha, acha o telefone – disse ele.

CAPÍTULO 62

Beryl Donahue era a diretora e proprietária da creche Acorns. Uma imponente mulher matronal, tinha o cabelo escuro curto e um jeito extravagante de se vestir. Havia trabalhado por muitos anos como enfermeira, mas um problema nas costas a obrigou a reavaliar suas opções. Foi sorte ter comprado aquela grande casa de esquina em Forest Hill no início dos anos 1980, quando os imóveis tinham preços acessíveis, então decidiu arriscar e transformá-la em uma creche.

Passava um pouco das 10 horas da manhã e ela estava em sua terceira xícara de café, desejando que fosse mais tarde para poder tomar algo mais forte. Tinha acabado de receber uma indesejável notificação informando que o Ofsted, órgão britânico responsável pela fiscalização das escolas e creches do Reino Unido, faria uma inspeção presencial. Era a última notícia de que precisava tão perto do Natal. A creche Acorns era excelente em vários aspectos, mas Beryl vinha sendo complacente e deixou algumas coisas passarem. A única auxiliar de enfermagem de sua equipe com treinamento em primeiros socorros tinha acabado de pedir demissão, e ela teria que contratar outra pessoa com essa qualificação para se adequar às normas. O inspetor da Ofsted seria rigoroso com ela, e uma avaliação negativa poderia levar os pais a tirar seus filhos de lá. A falta de crianças significava falta de mensalidades, e a falta de mensalidades significava atraso no pagamento do financiamento imobiliário. Além disso, também tinha que conferir o Certificado de Licença do Corpo de Bombeiros, e estava com uma desagradável sensação de que teria de renová-lo.

Tudo isso lhe passava pela cabeça quando recebeu a ligação de Marcie Marsh. Marcie se desculpou copiosamente e disse que precisaria mandar a faxineira buscar Mia e Sophie.

– Os pedreiros do vizinho estavam trabalhando na parede e acertaram um cano de água! Tenho que dar um jeito na cozinha inundada! – disse ela, com o sotaque esnobe soando exagerado e agoniado.

Beryl olhou para a tela do identificador de chamadas e viu que realmente era Marcie Marsh quem estava ligando.

– Oh, Marcie, querida, que coisa horrível. Qual é o nome dela, por favor? – perguntou Beryl.

– O nome dela é Emma Potter. Tem cabelo louro bem curto e 20 e poucos anos.

– Você sabe qual é a nossa regra, Marcie, e temos que ser rigorosos. Ela terá que me mostrar a identidade e, é claro, falar a senha para uma das meninas.

Houve uma longa pausa.

– Marcie? Ainda está aí? Algum problema?

– Não. Tudo bem. Vou passar a senha pra Emma, só que ela não está com a identidade. A garota não dirige e vai pegar as meninas a pé... Olha, posso dar a minha identidade? Sinto muito mesmo, mas se ela não puder ir buscá-las vou ficar numa situação difícil! Não posso sair de casa com os pedreiros aqui...

Beryl viu a carta do Ofsted na mesa e pensou que teria que começar a tomar providências depressa se quisesse resolver tudo antes do final da semana. Conhecia Marcie Marsh superficialmente. Sempre pagava em dia e era esposa de um funcionário do alto escalão da polícia. Os Marsh também tinham doado quinhentas libras para a creche nos últimos natais, e Beryl esperava que fizessem isso de novo.

– Ok, Marcie. Está tudo bem, desde que ela traga a sua identidade e fale a senha atual. Espero que resolva as coisas por aí.

– Eu sei – disse ela. – Mas vou precisar trocar o assoalho, e ainda por cima tenho que receber as pragas dos meus sogros!

– Valha-me Deus, a gente se fala então. Ah, e me mande uma mensagem com a foto dela, está bem? Para que a gente saiba quem é quando ela vier buscar as meninas.

Beryl desligou o telefone, acessou o site de recrutamento e rapidamente se esqueceu da conversa que tinha acabado de ter.

CAPÍTULO 63

Na segunda-feira de manhã, Erika pediu à equipe para revisar o que tinham sobre Max Kirkham e analisar o histórico dele. As palavras de Isaac a tinham assombrado durante a maior parte da noite, e seu instinto agora a dizia que havia deixado algo passar. Pegou a certidão de nascimento original na pasta de Max Kirkham e pediu a todos que parassem o que estavam fazendo para analisar o histórico dele com muita atenção.

Após trocarem ligações com vários cartórios, confirmaram que se tratava de uma certidão de nascimento verdadeira. Janice Elise Kirkham deu à luz Maximilian Kirkham em 1983, no North Middlesex University Hospital.

– O nome dela aparece na certidão de nascimento – disse Crane, lendo um e-mail que tinha recebido. – Não há registro do pai. Vasculhei a fundo o histórico dela, e Janice entregou Max para adoção em 1986, quando ele tinha 3 anos. Agora vou passar para o Sr. McGorry aqui, que a encontrou no sistema.

– Puta merda, ela tem ficha na polícia – disse Erika, balançando a cabeça.

McGorry levantou.

– Janice Kirkham, entrava e saía do sistema de benefícios, trabalhava esporadicamente, mas foi presa por posse de cocaína com intenção de venda em novembro de 1988. Permitiram que ela respondesse ao processo em liberdade, e nessa época vivia em uma moradia social: Wandsworth Street, 14, em East End. Pouco depois que a soltaram, a quitinete foi destruída por um incêndio. Encontraram um corpo muito queimado no quarto, deitado no que restou da cama. O incêndio foi causado por um aquecedor com defeito e, como Janice Kirkham morava sozinha, concluíram que faleceu no incêndio.

Erika olhou a foto de Max.

– E não há nada sobre o pai?

Crane respondeu que não com um movimento de cabeça.

— Mas que inferno! — reclamou Erika, colocando a cabeça nas mãos.

Moss se voluntariou para buscar o almoço do pessoal e retornou meia hora depois com sanduíches e uma sacola de uma loja de brinquedos do One Shopping Centre. Tentou escondê-la debaixo da mesa antes que alguém visse, mas McGorry gritou do outro lado da sala:

— Lego City Volcano Response Helicopter!

— Hã, é – respondeu ela, e Erika olhou furiosa do outro lado da sala. – Meu filho está desesperado por um, e esgotou em todos os lugares. Minha esposa acabou de me dar a dica de que tinham alguns no One Centre.

— Meu sobrinho está desesperado por um também – comentou McGorry. – Posso ver? – Ele não a esperou autorizar e tirou a caixa colorida da sacola de plástico.

Moss livrou-se do casaco e dobrou as mangas.

— Trabalhei nos protestos em Londres com equipamento de proteção completo, e queria estar com a mesma coisa hoje naquela porcaria de loja de brinquedos! Vocês tinham que ver. As mamães boazudas podem ser violentas.

Começou a distribuir os sanduíches. Erika pegou um e o desembrulhou.

— Seu filhinho é sortudo – disse McGorry. – Eu adorava brincar de Lego.

— Não conta pra gente sobre quando você costumava brincar de Lego. Provavelmente não faz tanto tempo assim – comentou Crane, desembrulhando o sanduíche.

— Faz doze anos, isso é muito tempo, né?

Alguns dos funcionários mais velhos na sala sorriram, mas Erika permaneceu com o rosto petrificado; estava ficando visivelmente irritada com o bate-papo.

— Ai, meu Deus. Doze anos atrás eu estava na minha festa de aniversário de 50 anos – disse Marta.

McGorry suspendeu os ombros:

— Eu costumava comprar bonecos de Lego, dar uma melhorada neles e vender na escola. Fiz Lego punk, Lego gay, provavelmente não muitos policiais.

— Eu uso o boneco de Lego do Wolverine do meu filho como chaveiro – comentou Temple, tirando-o do bolso. – E a minha esposa gosta de trocar o cabelo dele todo dia. Sabiam que dá pra tirar o cabelo e pôr outros diferentes? Olha só, hoje ele está com um cabelinho de cuia preto, ontem estava com as madeixas escorridas do Gandalf. Mesma cara, cabelo diferente.

– Bem que eu gostaria de fazer isso – disse Crane, acariciando o cabelo ralo dele. – Mas com o cabelo comprido eu ia ficar igual à minha irmã!

Erika estava prestes a apelar e mandar todos calarem a boca quando olhou para o quadro-branco e teve uma epifania. Ela correu até a parede e arrancou a foto de Max Kirkham que haviam conseguido nos registros do Departamento de Seguro Desemprego. Arrastou para o lado e arrancou a pequena foto da carteira de identidade de Mariette Hoffman. Virou-se para a equipe novamente segurando as duas no alto, lado a lado.

– O que foi? – perguntou Moss.

– Alguém percebeu o quanto Mariette Hoffman é parecida com Max Kirkham? Esse negócio dos bonecos de Lego que vocês estavam falando aí, imaginem o cabelo dela nele e vice-versa.

– Puta merda! – exclamou Moss.

– Crane, você tem acesso ao software de reconhecimento facial que faz comparação ponto a ponto de similaridades faciais. Dá pra comparar as fotos de Mariette e Max?

Demorou um pouco para Crane inserir as duas fotos no software. Houve silêncio na sala de investigação enquanto todos comiam os sanduíches e aguardavam.

– Ok. É óbvio que não são compatíveis, mas o software está apontando similaridades no espaço entre os olhos, no comprimento do nariz e no espaçamento das maçãs do rosto – concluiu ele.

– Mas isso não significa nada, só que eles se parecem – falou Erika. – Você disse que a mãe do Max, Janice Kirkham, morreu em um incêndio, mas o corpo estava tão queimado que não conseguiram identificá-lo. Mesmo assim, concluíram que era o corpo dela com base no fato de que morava sozinha.

– Isso mesmo – confirmou Crane.

– Quero ver a certidão de nascimento de Janice Kirkham e Mariette Hoffman – disse Erika.

Foram necessárias mais algumas horas para encontrarem o cartório correto e localizarem as certidões de nascimento. Erika viu que a sala de investigação estava em silêncio e que todos observavam, com atenção exacerbada, uma série de documentos que saía da impressora. Ela os colocou em uma das mesas e todos se reuniram ao redor.

– Ok, esta é a certidão de nascimento que Mariette Elise Hoffman tem usado em formulários para solicitar moradias sociais e seguro desemprego, e também a utilizou quando solicitou financiamento imobiliário – disse Erika. – O documento declara que ela nasceu Mariette Elise McArdle, no dia 1° de março de 1963, em um vilarejo perto de Cambridgeshire. A mãe era Laura McArdle, o pai, Arthur McArdle... Ambos falecidos, morreram em 1979 e 1989. O cartório em Cambridgeshire mandou a mesma declaração. Dá pra ver que o carimbo do escrivão é idêntico, bem como a assinatura. Além disso, o papel tem uma mancha de tinta alguns centímetros à direita do carimbo... O único problema é que, nesta versão, Mariette Elise McArdle morreu no dia 4 de março de 1963. Três dias depois de nascer.

– Olhem aqui, na certidão de nascimento que a Mariette tem usado, há um contorno preto fraco na caixa onde fica a data da morte – comentou Moss.

Houve silêncio na sala de investigação.

– Ou seja, quando Janice Kirkham estava respondendo em liberdade ao processo por posse de cocaína, e diante da possibilidade de pegar uma robusta condenação, sua quitinete pegou fogo, mas não foi ela a vítima do incêndio – concluiu Erika.

– Só que, seja lá de quem era aquele corpo, presumiram que era Janice e a declararam morta – completou Moss.

– E Janice usou a oportunidade para roubar a identidade de um bebê morto, recomeçar como Mariette McArdle e, por fim, tornar-se Mariette Hoffman – disse Erika.

Houve um silêncio de assombro.

– Quero uma busca no apartamento dela o mais rápido possível. Aposto o que quiserem que é lá que Max e Nina estão escondidos.

CAPÍTULO 64

Era fim de tarde e a luz já desvanecia enquanto a van branca percorria chacoalhando as ruas escuras. O único som era o dos limpadores de para-brisa arrastando-se pelo vidro.

Nina estava sentada na caçamba da van, no colchão, com Mia adormecida aconchegada sob seu braço esquerdo, e Sophie, sob o direito. Moviam-se aos baques e sacudindo. Enxergava a nuca de Max na cabine da frente através da janelinha, iluminada pelo farol do carro na direção contrária.

Nina estava chocada com a facilidade com que as meninas tinham saído da creche com ela antes do almoço. O fato de Beryl Donahue, a diretora, estar acreditando involuntariamente na mentira, também havia ajudado.

– Ah sim, a mamãe ligou mais cedo falando que a Emma ia pegar vocês e mandou pra gente uma foto linda dela – disse a diretora, sorrindo para Nina, que também sorriu. As garotas pareceram bem submissas a Beryl e à autoridade que tinha sobre elas. Pegaram as mãos de Nina obedientemente, saíram andando com ela pela rua e viraram na esquina. O que mais a surpreendeu foi a caminhada. Nina podia afirmar que eram o tipo de criança que não vai a pé a lugar nenhum e que Marcie as transportava a todo lugar de carro.

– Esse é o meu carro – falou Nina quando chegaram à van.

– É pequenininho – comentou Sophie, apoiando o peso do corpo em uma das pernas.

– Não faz falta de educação – sussurrou Mia, encarando a irmã com um olhar sério. Max desceu do lado do motorista e a presença dele as assustou um pouco, ainda que tivesse dado seu melhor sorriso.

– Tudo bem – disse ele. Depois, olhando ao redor, acrescentou: – Anda, Neen, tem casas por todo lado, coloque as meninas para dentro.

Quando Nina abriu a parte de trás da van e pediu às meninas para entrarem, as duas hesitaram. Mas bastou acrescentar doces à equação e dizer que fariam uma viagem emocionante para encontrar o papai e a mamãe, então as garotas entraram e sentaram no colchão.

Já estavam viajando há quatro horas, e Nina começava a sentir um medo torturante.

– Quero ir ao banheiro – sussurrou Mia no ouvido de Nina.

– Eu também – falou Sophie. Nina sentia o cheiro do cabelo delas, tão doce e inocente.

Ela olhou para a silhueta da cabeça de Max delineada pelo brilho dos faróis do lado oposto.

– Max, as meninas precisam ir ao banheiro, também estou com vontade – disse ela. Não houve resposta. – Max!

Ele olhou para trás:

– Não vamos parar, precisamos ganhar distância.

– Max, você falou que isso ia ser... Você falou... Max, deixa as meninas irem na droga do banheiro. Só encosta.

Ele a encarou com os olhos arregalados pelo retrovisor e parou logo depois em um pequeno acostamento rodeado de árvores. Estava frio e muito úmido. Max deu a volta para abrir as portas de trás e esperou dois caminhões passarem antes de abrir a da esquerda, escondendo-as da estrada quando desceram.

– Depressa, anda, nas árvores.

Nina levou as duas meninas atrás de um arbusto até ficarem fora de vista, mas ele escutou os galhos quebrando e as menininhas reclamando que não havia papel higiênico, que o barro era nojento e que estavam com muito frio. Alguns carros passaram velozes e balançaram a van com as rajadas de vento. Ele fumou um cigarro enquanto esperava.

– Vocês demoraram – disse Max quando Nina voltou segurando as mãos das menininhas. Ele viu que uma delas tinha rasgado a meia-calça. Quando um caminhão passou veloz do lado deles, com o farol alto, Max abriu a porta e as empurrou para dentro da van, levantando Sophie e jogando-a no colchão.

– Ei! Não toque nelas assim – disse Nina.

Ela colocou a cabeça dentro do veículo e viu as duas garotas no escuro, encolhidas no colchão. Elas começavam a perceber que alguma coisa estava errada.

– Eu nunca te vi antes, mas você falou pra Sra. Donahue que é amiga da mamãe – disse Mia.

– Sou amiga da mamãe, sim, espera só um pouquinho... – disse Nina, fechando a porta. Quando virou para Max, ele lhe deu um soco no rosto que a fez cair no asfalto.

– Não fala comigo assim nem fodendo. E mantenha essas duas merdinhas na linha.

Saiu andando e entrou pelo lado do motorista. Nina sentiu água infiltrando sua calça jeans e levantou depressa do asfalto. Secou as mãos na calça e apalpou o rosto. O lado esquerdo estava dormente, mas não havia sangue. Respirou fundo e limpou as lágrimas com as costas da mão. Depois entrou na van.

As meninas estenderam os braços para ela na escuridão. A van entrou na rodovia e as duas se agarraram em Nina, que sentiu o cheiro delas de novo e os corpos quentes tremendo contra o seu. Um esmagador sentimento de culpa, vergonha e amor maternal a atingiu como um maremoto. Ela soube que, independentemente do que acontecesse consigo, precisava reverter a situação. Precisava garantir a sobrevivência daquelas duas menininhas.

CAPÍTULO 65

Erika aguardava a máquina terminar de servir o café quando trombou com Marsh, que tinha saído de sua sala e descia a escada. Eram quase 6 horas da tarde.

– Paul, posso dar uma palavrinha com você? – disse a inspetora.

– Erika, estou indo pra casa. Não parei um minuto.

– Estou com a mãe do Max Kirkham, Mariette Hoffman, em custódia – informou ela. – E a perícia está fazendo uma revista minuciosa no apartamento dela. Mariette estava sozinha quando a prenderam, mas acreditamos que está escondendo Max Kirkham e Nina Hargreaves. Acharam várias mechas de cabelo castanho e louro na lixeira e uma grande quantia em dinheiro que acreditamos ser do local do crime de Daniel de Souza.

– Tem alguma coisa contra Mariette Hoffman?

– Tenho, há um mandado de prisão por posse de cocaína, falsificação de identidade e fraude de benefício. Ela usou uma grande quantia de dinheiro pra comprar o apartamento pela política do direito de compra quando estava recebendo auxílio do governo. Tecnicamente, ela devia ter declarado isso.

– Caceta, tem mesmo muita coisa contra ela. Me mantenha informado. Estou no celular...

– Tem mais. Desculpa por aquele dia – disse Erika, abaixando a voz.

Ele assentiu com um movimento de cabeça e olhou para o chão.

– Fui eu que fiz a primeira investida – disse Marsh, também abaixando a voz.

– O quê? Estava falando da reunião na New Scotland Yard.

– Oh, certo. – Ele corou. Houve um silêncio constrangedor. Marsh olhou ao redor e continuou. – Já que toquei no assunto, hã, só quero te falar que eu e a Marcie temos um acordo agora, e falamos sobre tudo.

Depois do nosso término e do caso dela, decidimos ser mais abertos, ter um relacionamento mais aberto.

– Ok...

– Está entendendo o que estou querendo dizer?

– Está querendo dizer um relacionamento "mais aberto" ou um "relacionamento aberto"?

Marsh hesitou, incerto sobre como estruturaria suas próximas palavras.

– É constrangedor falar sobre isso...

– Não precisa falar – disse Erika, suspendendo as mãos.

– Só quero te dizer que contei pra ela sobre você e eu, sobre o beijo, e que passei as mãos em você.

Erika o encarava com os olhos arregalados.

– Puta que pariu, você é louco?

– Está tudo bem. Ela está... tranquila sobre isso... Eu te falei, estamos conversando um com o outro sobre essas coisas. Acabei descobrindo que ela teve outros casos, casos que eu não sabia... – Ele olhou para o chão. Estava completamente vermelho.

– Paul, para.

– Só achei que você devia saber que está tudo certo. Não vai acontecer de novo e não precisa ficar sem graça quando estiver perto dela.

– Não vejo a Marcie com tanta frequência.

– Eu já tinha contado pra ela quando vocês trombaram no estacionamento aquele dia. Marcie está levando as coisas com tranquilidade.

Aquilo era a Marcie levando as coisas com tranquilidade, pensou Erika.

– Olha só, foi uma bobagem o que aconteceu e... – Erika ia falar mais, porém uma funcionária da equipe de apoio, uma jovem de óculos enormes, se aproximou da máquina de café.

– Boa noite, senhor, senhora – cumprimentou ela antes de inserir trocados na máquina.

– Certo, a gente se vê amanhã. E me mantenha informado sobre o interrogatório da suspeita – disse Marsh.

– Tá bem – disse Erika. O comandante foi embora e ela ficou observando-o por um momento, ainda chocada. Então, partiu em direção à sala de interrogatório.

Marsh parou no supermercado a caminho de casa, avaliou as flores expostas em baldes à entrada e escolheu um lindo buquê para Marcie. Diante do caixa automático, no qual o cliente faz o próprio pagamento, viu um display com balas Ursinhos de Ouro da Haribo e comprou dois pacotes para as gêmeas. Estava de volta ao carro às 18h45 e pensou que, se não pegasse muito trânsito em Sydenham, chegaria em casa antes do banho das filhas.

A casa estava escura quando ele estacionou na entrada. Esperava ver as luzes acesas no banheiro do andar de cima e no corredor. Saiu do carro com as flores e com as balas e franziu a testa quando se aproximou da casa silenciosa. Estava na hora do banho e Marcie era sempre pontual. A água devia estar fazendo barulho cano abaixo; ele tinha perdido esse momento tantas vezes.

Marsh pôs a chave na porta e a abriu. A entrada estava muito fria. Ele acendeu a luz, chamando Marcie e as meninas. Houve silêncio. Pôs as flores e as balas na mesa da sala e caminhou pelos cômodos, primeiro na sala, depois na cozinha, onde duas garrafas de vinho e um funil tinham sido deixados na bancada. Subiu para o segundo andar correndo, começando realmente a entrar em pânico. Os quartos estavam todos escuros e vazios. Do alto da escada, sacou o telefone e ligou para o número de Marcie. Depois de um momento, ouviu um toque bem fraco. Desceu, passou pela entrada e ficou escutando, movendo-se de um cômodo ao outro até se dar conta de que o barulho vinha do armário debaixo da escada. Tentou abrir a porta, mas estava trancada e não tinha chave na fechadura.

– Marcie! Marcie, o que está acontecendo? Você está aí dentro? – gritou ele, martelando a porta. O telefone silenciou, ele ligou de novo e o toque recomeçou. Foi ao escritório no andar de cima, procurou as chaves extras em uma gaveta e desceu com um molho. Experimentou várias na porta e escutou um barulho abafado e um gemido.

– Puta merda, puta merda. Estou aqui, querida. Cacete! – gritou ele, deixando as chaves caírem no chão. Finalmente achou a certa, girou-a e abriu a porta. Ficou em choque ao ver Marcie estirada debaixo da caldeira, despida, com as mãos atadas e uma meia de náilon na cabeça. Ele se apressou para levantá-la, tirou a meia com delicadeza e puxou o sutiã da boca.

– As meninas! – balbuciou com a voz rouca, ofegante e fazendo vômito. – Cadê as meninas?

CAPÍTULO 66

A sala de interrogatório 1 na Delegacia Lewisham Row quase não tinha móveis, apenas uma mesa e cadeiras. Erika e Moss sentaram-se de frente para Mariette Hoffman e seu advogado. Estava horrenda sob a luz clara da sala de interrogatório. Seu cabelo escuro e comprido estava desgrenhado, e a pele, pálida e ressecada. Tinha herpes no lábio e um hematoma leve no olho esquerdo. Um fedor de água sanitária e suor pairava ao redor dela.

– Para a gravação, são 18h57 do dia 27 de novembro. Presentes na sala de interrogatório 1 estão a Detetive Inspetora Chefe Erika Foster, a Detetive Inspetora Moss, o Defensor Público Donald Frobisher e Mariette Hoffman.

Mariette se remexeu e olhou para a câmera montada no canto da sala.

– Posso fumar? – perguntou ela.

– Não, não pode – respondeu Erika. Ela abriu uma pasta.

– E se não for cigarro? Tenho um daqueles aparelhos eletrô...

– Não pode também.

– Nossa, o que eu posso fazer, então?

– Pode confirmar que seu nome verdadeiro é Janice Elise Kirkham e que nasceu em Little Dunshire, perto de Cambridge.

Mariette suspendeu a cabeça desafiadoramente.

– Mas a Janice Kirkham morreu em um incêndio no dia 29 de novembro de 1988... – ela começou.

Erika abriu a pasta e pegou dois documentos.

– Para o vídeo, estou mostrando à suspeita os itens 1886 e 1887. São declarações de nascimento e de óbito de Janice Kirkham. Pode dar uma olha nisto, por favor?

Mariette inclinou-se para a frente e deu uma olhada nos documentos diante de si.

– Nunca ouvi falar dela, nunca a encontrei, não a conheço.

Erika a encarou e tirou outro documento da pasta.

– Para o vídeo, estou mostrando o item 1888. Esta é a sua certidão de nascimento?

Mariette deu uma olhada nela e respondeu: – É.

– Você nasceu no dia 1º de março de 1963, recebeu o nome de Mariette Elise McArdle e morreu três dias após o nascimento, no dia 4 de março de 1963?

– O quê? Espera aí.

– Você acabou de confirmar que esta é a sua declaração de nascimento – disse Erika. – Este é o documento oficial do cartório.

– Não, não, tem algum erro.

Em seguida, Erika pegou a declaração falsa e a colocou em frente a Mariette.

– Então, quem é você?

Mariette inclinou-se para falar com o advogado, que recuou um pouco enquanto conversavam aos cochichos.

– Sou Janice, Janice Kirkham – respondeu ela.

– Ok. Também sabemos que Max Kirkham é seu filho – afirmou Erika. – O mesmo Max Kirkham que, juntamente com Nina Hargreaves, é procurado pelos assassinatos de seu ex-marido Thomas Hoffman, de Charlene Selby, de Daniel de Souza e de um homem cujo corpo foi encontrado em uma vala de drenagem perto da rodovia M40. Estamos perto de conseguir a identidade do corpo...

– Tem alguma pergunta nisso aí? – disse Mariette.

– Por que mentiu pra nós quando a interrogamos em outubro? Falou que não sabia nada sobre a morte do seu marido. Você não tentou encontrar o Max durante esses anos todos?

Mariette negou com um gesto de cabeça antes de falar:

– NÃO! Não tentei.

– Por quê?

– Fui estuprada. Não queria ficar com uma criança que foi enfiada dentro de mim com violência. Fui estuprada pelo demônio e desovei o filho dele...

Erika e Moss trocaram um olhar.

Mariette inclinou o corpo, aproximando-se delas.

– Ah, desculpa, não estou falando o que vocês querem ouvir? Dizem que o instinto materno supera qualquer obstáculo, só que não. Quis me livrar dele, então o entreguei. Isso não é crime.

Erika inclinou-se para a frente e seus rostos ficaram a centímetros de distância.

– Mas posse de cocaína é crime, Janice. Fraude de benefício é crime. E esconder criminosos também. Você ficou feliz em aceitar o dinheiro que Max roubou quando ele apareceu.

– Fiz isso para sobreviver – soltou Mariette, inclinando-se sobre a mesa. – Vocês não sabem nada sobre isso!

– Ai, me poupe dessa conversa fiada – ralhou Moss, falando pela primeira vez.

Ouviram uma batida na porta e McGorry a abriu.

– Desculpa, chefe. Preciso falar com você urgente – disse ele.

– Estou suspendendo este interrogatório às 19h07 – disse Erika. Ela e Moss se levantaram.

– Posso dar uma fumada? – perguntou Mariette.

– Não – respondeu Moss, e elas saíram da sala de interrogatório.

Do lado de fora no corredor, McGorry resumiu o que tinha acontecido com o Comandante Marsh ao chegar em casa.

– A Marcie está muito machucada? – perguntou Erika.

– Está com o nariz quebrado e muito abalada. Tiraram a roupa dela, mas não acha que foi estuprada.

– Não acha?

– Ela falou que foi um homem jovem de cabeça raspada que pediu pra fazer a leitura do medidor. Estava vestido a caráter, tinha a identidade da Thames Water...

– Ai meu Deus – disse Moss.

McGorry prosseguiu:

– É mais sério, porque uma mulher jovem de cabelo louro curto pegou as gêmeas Mia e Sophie na creche na hora do almoço. A diretora falou que Marcie ligou pouco depois das 10 horas da manhã pra avisar que a faxineira ia pegar as meninas. A ligação foi feita do telefone da Marcie, e a garota que buscou Mia e Sophie sabia a senha que os pais ou quem vai buscar as crianças têm que dar...

Moss balançava a cabeça e tinha lágrimas nos olhos.

– Marcie falou que a senha ficava na porta da geladeira, porque ela vivia esquecendo...

– Isso é o que eu e a Celia fazemos com a nossa creche. Quando buscamos o Jacob – falou Moss, enxugando os olhos.

Era a primeira vez que Erika via Moss chorar. Ela se aproximou e lhe deu um abraço.

– O pessoal da creche sabe se a garota que as pegou tinha veículo?

– Não, disseram que estava a pé.

– E ninguém tem mais informações?

McGorry respondeu que não com um movimento de cabeça.

Erika olhou para o relógio.

– Puta merda, isso foi quase oito horas atrás. Quem quer que as tenha pegado está com uma vantagem dos infernos. Então temos um homem com a cabeça raspada que agrediu Marcie e uma mulher loura de cabelo curto que raptou as meninas...

– Acharam dois tipos de cabelo no apartamento de Mariette Hoffman – disse Moss. – Eles mudaram a aparência.

– Encontrem a Superintendente Hudson. Precisamos começar os procedimentos para convocar a Unidade de Sequestro – falou Erika.

CAPÍTULO 67

Eram 22h30 quando Erika bateu na porta da casa de Marsh. Estava acompanhada de Colleen Scanlan e do Detetive Superintendente Paris, um especialista da Unidade de Sequestro e Reféns da Polícia Metropolitana, além de dois policiais de sua equipe, um homem e uma mulher. Na escura rua atrás deles, vários guardas movimentavam-se entre as casas, indo de porta em porta nos vizinhos.

O Detetive Superintendente Paris beirava os 60 anos, tinha um volumoso cabelo branco e era corpulento. Sua presença era calma e autoritária, e o que dissera na primeira reunião ainda ressoava alto nos ouvidos de Erika: *Temos que partir do princípio de que o sequestro é um assassinato prestes a acontecer. A violência é usada rotineiramente – com frequente violência extrema. O tempo está passando agora, e está passando rápido. Quanto mais demorarmos para encontrar as vítimas, menor a probabilidade de conseguirmos um resultado bem-sucedido neste caso.*

A porta da frente da casa de Marsh foi aberta por um homem excessivamente bronzeado, na faixa dos 70 anos, com um impecável cabelo grisalho. Estava vestido de maneira arrojada, com pantalonas e blusa de golfe, e ostentava um lenço azul de bolinhas que se projetava da gola da camisa aberta.

– Boa noite, sou o pai da Marcie, Leonard Montague-Clarke – disse ele, apresentando-se e dando um passo de lado para deixá-los entrar.

Ele os conduziu à sala. Marsh encontrava-se sentado no sofá ao lado de Marcie, que estava com os dois olhos pretos e tinha uma tala de plástico no nariz. Chorava muito. Ao lado dela, um jovem paramédico tirava sua pressão. Havia uma mulher grande e elegante beirando os 70 anos sentada no sofá em frente. Usava uma refinada calça social azul-clara e muitas joias, e seu curto cabelo grisalho também estava impecável.

– Querida, você tem que ir ao hospital. Seu nariz está quebrado, e pode ter outros ferimentos – dizia ela.

– Não, mamãe – disse Marcie com a voz rouca –, não vou sair daqui.

Todos olharam quando a equipe de policiais entrou. Erika ficou impressionada com o quanto Marsh estava devastado, a sombra do homem que ela havia visto apenas algumas horas antes.

– NÃO! – berrou Marcie, olhando para cima e encarando Erika. – NÃO! Essa vadia não vai ficar aqui.

Os policiais se viraram para olhar Erika, surpresos. Marsh pôs a cabeça entre as mãos.

– Marcie, este é o Detetive Superintendente Paris, um especialista da Unidade de Sequestro da Polícia Metropolitana... – começou Erika.

– TIREM ESSA MULHER DAQUI! – berrou Marcie, apontando o dedo para Erika. – Tirem essa mulher da minha casa! Ela estava trepando com o meu marido!

– Isso não é verdade – disse Erika, apesar da situação e da raiva crescendo dentro de si. – Estou aqui com esses policiais para ajudar, para fazer o meu trabalho, e...

– ESTÃO ME OUVINDO? – gritou Marcie, levantando e se jogando em cima de Erika. O medidor de pressão arterial ficou pendurado em seu braço e a mangueira de borracha chicoteava para a frente e para trás enquanto Marcie empurrava Erika para o canto aos socos. Todos ficaram paralisados, em choque.

– Marcie, para. PARA COM ISSO! – berrou Marsh, levantando num pulo e puxando-a. O paramédico a reacomodou no sofá. Erika apalpou o nariz para ver se estava sangrando e tentou se recompor.

O Detetive Superintendente Paris aproximou-se dela e disse com delicadeza:

– Acho que você devia ir embora.

– Não é verdade o que ela está falando.

Ele suspendeu as mãos.

– Ok, já sabemos disso, mas você precisa ir embora. Isso não é positivo para a nossa investigação.

– Ok, está bem – disse Erika, ajeitando o cabelo. Ela olhou para Marsh, mas ele estava aconchegando a esposa nos braços. Os pais de Marcie encaravam-na com uma mistura de curiosidade e desgosto, e até o Superintendente Paris e os outros policiais observavam-na com frieza.

Erika ia falar algo, mas pensou melhor e decidiu sair da sala. Parou à porta e ficou escutando o Superintendente Paris explicar, com sua voz agradável, que a equipe dele tinha montado uma sala de investigação na Lewisham Row e que estavam prontos para agir.

– Quantas vezes você conseguiu salvar... salvar pessoas sequestradas? – perguntou Marsh, a voz carregada de emoção.

– Tenho uma taxa de sucesso muito alta – respondeu Paris.

– Eles estão com as minhas bebês. Por favor, traga as minhas bebês de volta! – gritou Marcie com a voz histérica.

Erika enxugou as lágrimas dos olhos e saiu silenciosamente da casa.

CAPÍTULO 68

Moss estava de volta à sala de interrogatório 1 na Lewisham Row, sentada diante de Mariette Hoffman e seu advogado. Era tarde.

— Você precisa começar a falar comigo, Mariette... – disse Moss. A mulher continuou com o rosto petrificado e impassível. – Com quem está sua lealdade? Com o seu filho, Max, que matou o seu ex-marido?

— Thomas devia dinheiro pra ele. Muito dinheiro.

— E isso é motivo pro Max apagar o cara e a Charlene?

— Foi a Nina que matou a Charlene.

— Então agora você resolveu falar?

— Puta que pariu, o que é que você acha? Minha boca está mexendo, o som está saindo... – ela virou-se para o advogado. – Você não devia interromper agora e mandar essa mulher parar de fazer perguntas idiotas? – O defensor público recostou-se e cruzou os braços. – Estou falando com você, qual é o seu nome mesmo?

— Meu nome é Donald Frobisher.

— Bom, Donald. Estou te pagando pra me representar, e você fica sentado aí com essa cara.

Ele permaneceu recostado, relutante a se envolver, mas incapaz de esconder seu desgosto por ela.

— O Estado está pagando pelo seu advogado – corrigiu Moss.

— É, e eu paguei imposto. No passado – disse Mariette, batendo uma unha imunda na beirada da mesa.

— Foi imposto ou previdência social que você pagou? Como Janice ou como Mariette?

Mariette fez uma careta e recostou-se.

— Quem você pensa que é?

— Sou detetive inspetora – respondeu Moss.

— E sapatão, pelo jeito.

– É, sou, sim – falou Moss, inclinando-se para a frente. – Sou uma grande e gorda sapatão. Mas você não faz o meu tipo, Mariette. Não curto ralé que mora em muquifos e tem uma péssima higiene pessoal.

– Limpo a minha casa todo dia! – gritou ela, demonstrando emoção pela primeira vez. – Ela é impecável – acrescentou, recostando-se e tentando se acalmar.

– Estava escondendo duas pessoas que cometeram vários assassinatos, Mariette. Está se recusando a dar informação para a polícia, aceitou bens roubados, fraudou a própria morte, está sendo procurada sob uma identidade diferente por posse de droga de classe A. Não acho estranho que não tenha tempo pra cuidar de si mesma. Ou pra dar uma aspirada na casa. Eu me lembro do seu apartamento daquela vez que fui lá. Estava um lixo.

– Não estava, não – rosnou ela, levantando-se e esmurrando a mesa. – Ele estava impecável! Fala com ela, Donald, manda ela parar!

O advogado olhou preocupado para Moss e balançou a cabeça:

– Por favor, atenha o seu interrogatório aos fatos relacionados ao caso.

– É claro – disse Moss, tentando esconder sua euforia. Ela aguardou Mariette sentar-se novamente e se acalmar. – Ok, como já disse, achamos no seu apartamento recibos de itens de acampamento, alimentos enlatados, foguete de sinalização, três telefones celulares pré-pagos, baterias extras e munição para Glock. Confiscamos nove mil libras em dinheiro. Também achamos o documento de uma van Berlingo no seu nome. A van está desaparecida. Onde ela está, Mariette? Pra onde eles foram? E o que pretendem fazer com o que você comprou pra eles?

Mariette tinha voltado a controlar suas emoções.

– Juro que não sei.

– Sabe pra onde eles foram?

– Não.

– O número da placa está sendo inserido no Sistema Nacional de Reconhecimento Automático de Número de Placas. Ou seja, se o Max e a Nina usaram ou estão usando aquela placa, serão capturados pelas câmeras do sistema.

– Mas vocês não sabem o número da placa que eles estão usando agora – disse ela com um sorrisinho.

– Você sabe o número da placa?

Mariette cruzou os braços.

– Independentemente do que acontecer neste interrogatório, Mariette, você vai pra cadeia, e vai ficar lá por muito tempo. Então, se você falar, um juiz pode te ver com mais clemência. Me conta: pra onde Max e Nina estão indo com aquelas duas meninas? O que eles estão planejando?

Mariette fechou a boca com força de maneira infantil.

Moss deu um murro na mesa:

– Mas que droga, Mariette, pelo menos me conta pra onde eles levaram Mia e Sophie Marsh!

Ela inclinou a cabeça de lado e deu um sorriso sórdido para Moss.

– Acho que eu quero voltar pra cela.

Moss sinalizou para a câmera e dois policiais entraram na sala de interrogatório para levar Mariette. O advogado recolheu os documentos e os seguiu.

Moss esperou ficar sozinha e deu um berro de frustração, chutando a mesa grande para o outro lado da sala.

CAPÍTULO 69

TERÇA-FEIRA, 28 DE NOVEMBRO DE 2017

Nina acordou com as sacudidas. A princípio, não sabia que dia era nem onde estava, sentiu apenas calor e um movimento que a embalava. Então uma das gêmeas se mexeu. Ela abriu os olhos e viu que tinha pegado no sono encostada na lateral da van. Mia e Sophie estavam debaixo de seus braços, dormindo com as cabeças em seu peito.

Ela se deu conta do que a havia acordado. A van tinha parado de se mover. Estava muito escuro dentro dela; o brilho do rádio do carro iluminava um pouco, mas não conseguia enxergar nada através do para-brisa.

— Puta merda — murmurou ela, mexendo-se desajeitadamente. A perna estava dobrada debaixo do corpo e tinha ficado dormente. Uma luz apareceu do lado de fora, ficou mais brilhante e a porta do lado do motorista foi aberta. Carregando flocos de neve, o vento entrou uivando no carro. Max enfiou a cabeça pela porta. Estava usando um dos gorros pretos de lã que Mariette havia comprado para eles.

— Precisa acordar as duas pra gente seguir em frente. — Ele jogou uma sacola plástica com os outros gorros e luvas em Nina, acendeu a luz interna e bateu a porta com força. O encardido interior da van ficou visível. Uma das meninas despertou, mas Nina não sabia dizer se era Mia ou Sophie. Abriu os olhinhos e lembrou-se do que tinha acontecido.

— Oh. Onde a gente está? — perguntou ela com os olhos enchendo-se rapidamente de lágrimas.

— Está tudo bem — falou Nina.

Ela se inclinou e cutucou a irmã.

— Mia, Mia, acorda.

Mia abriu os olhos e, quando se deu conta, ficou com medo, mas parecia mais racional e estendeu a mãozinha para confortar Sophie. Nina olhou para baixo e achou a interação delas de cortar o coração.

– Está tudo bem. Está frio lá fora e acho que ainda é tarde. Fiquem aqui um momento – falou Nina. – Olhem só, tem gorros e luvas aqui dentro, vocês podem colocar pra mim? – acrescentou ela, entregando-lhes a sacola. Conseguiu desembaraçar-se delas e ir aos bancos da frente. Suas pernas estavam completamente dormentes. Ficou mexendo os dedos do pé para fazer o sangue circular. As garotas a observavam.

– Está abandonando a gente? – perguntou Sophie.

– Não. Só vou lá fora ver onde estamos. Não estou indo embora, prometo. Agora, por favor, peguem os gorros e as luvas nessa sacola e vistam-se... – Nina forçou um sorriso, mas não achou que as meninas acreditaram nele. Abriu a porta e uma rajada de vento soprou lá dentro, redemoinhando flocos de neve. – Meninas, por favor, coloquem os gorros e as luvas. Já volto.

Ela desceu, bateu a porta com força e foi envolvida pelo lamento da tempestade. Estava um breu. Não havia estrelas nem Lua no céu. Começou a cambalear na direção de Max, tentando provocar alguma sensação nas pernas dormentes, quando ele gritou:

– Cuidado! Tem um barranco enorme aí! – Ele estava um pouco afastado atrás da van com uma lanterna. Apontou-a para o chão ao lado de Nina, que recuou e se apoiou na lateral da van. O feixe arqueado da forte lanterna mostrou que estava de pé em uma faixa de grama com menos de um metro de largura, ao lado de um barranco que levava ao buraco cheio de água de uma pedreira.

– Jesus! Onde estamos? – perguntou ela com uma voz esganiçada, segurando firme e avançando até a parte de trás da van, onde a plataforma gramada se abria.

– Na entrada do urzal. São cerca de oito quilômetros daquele caminho até a caverna – disse ele, apontando para a esquerda. Max juntou-se a ela atrás da van, onde tinha colocado uma mochila na grama. Vestiu um grosso casaco de inverno, pegou um para Nina e mais dois menores para as meninas. – Veste isto.

Ela vestiu, sentindo o calor imediatamente.

– São térmicos, não é merda vagabunda, não! – gritou ele.

– Que horas são?

– Acabou de passar das 3 horas da manhã. A gente vai esperar aqui até começar a clarear, ok? Consegue manter as meninas quietas?

– Elas precisam de água e acho que uma delas fez xixi na calça.

– Dá um jeito nisso, então – disse ele. Sacou um maço de cigarro, se agachou e o protegeu com as mãos, tentando acendê-lo. – Não fica parada aí, caralho, me ajuda, Neen. – Ela se agachou e segurou o casaco aberto até ele conseguir acender o cigarro. Deu vários tragos fortes e a ponta ficou muito brilhante. – Volta lá pra dentro e dorme um pouco. Só vai clarear daqui algumas horas.

Ela observou a neve caindo no chão aos seus pés, pegou os dois casaquinhos, deu a volta bem devagar ao redor do barranco e entrou novamente na van.

Max só retornou várias horas depois. Elas estavam sentadas no escuro, ao balanço da van ao vento, e Nina cantava para as gêmeas. Canções de ninar que se lembrava da mãe cantar para ela. Também contava às meninas que aquilo tudo acabaria em breve e que elas voltariam para a mamãe e o papai mais tarde naquele mesmo dia.

– Mas por que a gente veio pra cá? – perguntou Mia. Nina já as diferenciava pela voz. Mia tinha uma inflexão um pouco mais aguda e questionadora, e Sophie falava com mais certeza e confiança.

– Estamos aqui porque a mamãe e o papai estão com pedreiros em casa...

– O que eles estão construindo? – perguntou Sophie.

– Um banheiro e uma cozinha novinhos.

– Mas já é tudo novo.

– Esse novo é de uma marca muito maravilhosa – justificou Nina.

– E quem é aquele moço bravo dirigindo a van? – perguntou Mia.

– Ele é o meu chefe. Sabem como os chefes são.

– Eu sei – disse Mia. – O papai é chefe. Os chefes são chamados de chefes por que são mandões?

– É isso mesmo.

Nina ficou espantada e estranhamente aliviada pelas garotas aceitarem essa explicação. A noite parecia durar uma eternidade, mas ela finalmente começou a ver o céu atrás do para-brisa da van transformar-se de preto em azul-escuro e começar a clarear.

Quando o Sol nasceu, a neblina que redemoinhava no urzal coberto de neve tornou-se visível. Nina ficou observando durante um tempo, maravilhada pela beleza. Então, a porta foi aberta abruptamente e Max enfiou a cabeça lá dentro.

– Está na hora de fazer a ligação – disse ele.

CAPÍTULO 70

Erika e Moss dormiram na sala de investigação da Delegacia Lewisham Row. Haviam tentado interrogar Mariette Hoffman novamente nas primeiras horas da manhã, mas não conseguiram resultado algum, então o advogado afirmou que tinham que dar oito horas de sono a ela na cela antes de retomar.

Erika abriu os olhos. Um dos policiais da Unidade de Sequestro do Detetive Superintendente Paris, que havia montado a base em outra sala de investigação no subsolo, acordou-a com uma sacudida. Estava dormindo em uma cadeira e usando o casaco como cobertor.

– Os atendentes da delegacia receberam uma ligação que acreditamos ser do Max. Só estão conferindo antes de passá-la pra nós – disse o policial, um jovem de rosto gentil.

– Ok, obrigada – disse Erika. Ela acordou Moss, que dormia em uma cadeira no lado oposto da mesa, e as duas seguiram o policial até a sala de investigação.

Encontravam-se todos reunidos em volta de um conjunto de mesas, usando fones e segurando copos de café. O Superintendente Paris estava sentado perto de uma mesa no meio, colocando um fone. Deram a Erika e Moss um fone para cada e elas os colocaram. Um policial sentado ao lado de Paris levantou os polegares e informou:

– Estamos gravando.

Paris apertou um botão para ligar o microfone.

– Com quem estou falando? – perguntou uma voz masculina. Era confiante e tinha um sotaque de classe operária, embora culto.

– Aqui é o Superintendente Paris – respondeu calmamente. – Sou o chefe da Unidade de Sequestro e Reféns da Polícia Metropolitana. Posso perguntar quem é você?

– Aqui é Max Kirkham – respondeu a voz. Erika e Moss trocaram um olhar ao finalmente ouvirem a voz do suspeito. Houve uma pausa na ponta da linha, e dava para escutar vento e interferência ao fundo. O Superintendente Paris escreveu algo em um pedaço de papel e o levantou:

"RASTREANDO?"

Um dos policiais diante dele negou com um movimento de cabeça. Paris assentiu.

– Ainda está aí, frangote? – perguntou Max.

– Sim, estou aqui, Max.

– Ok. Bom, vou direto ao assunto. Confirmo que estou com as meninas.

– Pode, por favor, declarar os nomes das meninas que estão com você?

– Posso, é, hã, Sophie Marsh e Mia Marsh, e são as crias desse seu comandante aí, o Paul Marsh.

– Ok, obrigado – disse Paris.

– O que você quer dizer com essa porra desse *obrigado*? – disse Max. – Parece que estou ligando pra reclamar da minha conta de energia, e você está vindo pra cima de mim com papo de atendimento ao cliente.

– Não quero nada além da conclusão pacífica disso tudo. Estou aqui para conversar sem julgamento.

– Estou pouco me fodendo pro seu julgamento, e não vou ficar de papo aqui pra você poder me rastrear. De qualquer maneira, esse telefone é descartável, então boa sorte.

Erika garranchou algo em um papel e suspendeu para um dos policiais:

"TEMOS RECIBOS DE 4 TELEFONES PRÉ-PAGOS.
CONFIRA A IDENTIDADE INTERNACIONAL DE
EQUIPAMENTO MÓVEL."

O policial assentiu.

– Você pode confirmar se Mia e Sophie estão vivas e em segurança? – perguntou Paris.

– Sim e sim. E vão continuar vivas e em segurança, contanto que façam exatamente o que eu disser. O que eu quero é o seguinte: já ouviu falar de bitcoin?

Paris levantou o olhar para os policiais na sala.

– Sim, estamos cientes de como bitcoin funciona.

– Tenho uma conta de bitcoin novinha – prosseguiu Max, com a ligação crepitando por causa do vento. – Quero duzentas mil libras depositadas na minha conta nas próximas vinte e quatro horas. Agora, sei que a boa e velha polícia do Reino Unido não banca pagamento de resgate, mas aposto que o comandante Marsh e a esposa têm uns trocados. Sei que ele pode hipotecar aquela casa bonita, ou alugar aquela bela boceta que, acrescento eu, é macia e aveludada; foi legal ver que a depilação não invadiu os bairros ricos do sul de Londres. Com certeza aquele visual selvagem combina com ela.

– Se Paul e Marcie Marsh concordarem com o pagamento, você vai devolver as duas garotas sãs e salvas para a família?

– Vou, sim. Assim que eu tiver certeza de que o dinheiro chegou, vou mandar uma mensagem pra vocês com a localização de onde estou mantendo as meninas. Como provavelmente já sabem, não valorizo a vida humana, mas não estou com vontade de matar essas duas merdinhas. Só quero o meu dinheiro, depois elas podem ficar livres pra passear pelo mundo de novo. Livres pra irem a escolas particulares, crescerem e se transformarem em burguesinhas escrotas. Vou dar cinco horas pra vocês, depois ligo de novo. Não vou atender esse telefone, então não tentem me ligar.

Em seguida, a linha ficou muda. Houve um breve silêncio enquanto a equipe retirava os fones e observava Paris, que permanecia fazendo anotações em um papel.

– Ok – disse ele. – Temos que rastrear esse celular. Precisaremos triangular com as torres de telefone mais próximas. Isso tem que ser prioridade número um. Também precisamos procurar, em escala nacional, todas as vans brancas de marca e modelo iguais a do suspeito. Novamente, prioridade número um. Vamos precisar de pessoas em campo, temos que ir de porta em porta nos arredores da creche onde as meninas foram raptadas. Quero todos os recursos encaminhados, e essa é a nossa prioridade número um.

– As duas últimas estão em andamento – disse Erika. – Também estou com o diário da Nina Hargreaves, que foi encontrado no apartamento deles. O conteúdo pode se provar útil.

O Superintendente Paris não pareceu empolgado em vê-la.

– Obrigado, Detetive Inspetora Chefe Foster, mas minha recomendação é que não se envolva mais neste caso de agora em diante. Você era bem-vinda aqui como observadora, porém, após os acontecimentos de ontem à noite, acredito que o seu envolvimento adentrou o território pessoal.

– Com todo o respeito...

Ele a interrompeu levantando a mão e disse:

– Isso é tudo que vou dizer sobre o assunto. Por favor, saia da sala de investigação.

CAPÍTULO 71

Já havia clareado e Nina estava de pé com as meninas, tremendo de frio. Observaram Max pegar as últimas sacolas na parte de trás da van e bater a porta com força. Havia duas mochilas grandes cheias de suprimentos e mais duas sacolas com comida.

Agora, à luz, Nina viu que estavam em uma rocha estreita elevada, cheia de mato, e que a estrada acabava cem metros acima atrás deles. Em uma direção, conseguiam enxergar a vastidão de Dartmoor e, apesar do céu limpo, a paisagem verde estava salpicada de neve. A van encontrava-se ao lado da beirada rochosa do poço. Vários tufos de nuvens baixas passavam flutuando, e as gêmeas, agora de casaco com o capuz levantado, olhavam para eles, momentaneamente distraídas pelas nuvens que conseguiam tocar apenas esticando o braço.

Max foi à frente da van, inclinou-se para dentro no lado do passageiro e abaixou a janela, depois deu a volta e fez o mesmo no lado do motorista. Girou o volante até as rodas da frente ficarem viradas na direção da água congelada, então soltou o freio de mão e bateu a porta com força. Foi à traseira e deu um empurrão. Nina e as meninas aproximaram-se da beirada do poço e ficaram observando a van despencar lá de cima, ganhando velocidade antes de bater no gelo. Ela permaneceu ali, sacolejando para cima e para baixo com a metade de trás para fora da água, depois ficou imóvel.

– Vamos – falou Max, mas elas permaneceram observando mais alguns minutos. Nada acontecia. Então ouviram um estalo e o som de algo sendo sugado. Bolhas subiam enquanto ela afundava lentamente através do buraco no gelo. Quando as bordas das janelas da frente chegaram à água, a van encheu rápido e afundou depressa, desaparecendo através do gelo.

Max aproximou-se das meninas e agachou. Tirou um saquinho de balas Haribo de cada bolso e os entregou a elas.

– Isso é pra vocês, ok? – disse ele. As meninas aceitaram com olhos arregalados e cada uma pegou um pacote. – Se continuarem sendo legais, se ficarem quietas e fizerem exatamente o que mandarmos, vão ver o papai e a mamãe de novo. Mas se vocês se comportarem mal... – Ele se virou e apontou para as bolhas ainda subindo no buraco no gelo. – Vão acabar lá dentro, junto com a van... E sabem de uma coisa? – Ele se inclinou para a frente e sussurrou: – Se acabarem lá dentro, nunca vão parar de afundar. Vão continuar a descer, e descer, e descer para dentro do escuro. E nunca vão achar vocês.

As duas meninas começaram a chorar e lágrimas silenciosas escorreram pelos seus rostos.

– Max, não precisa... – começou Nina.

– Cala a boca! Agora. Precisamos ir.

Max pegou uma mochila grande e deu a outra a Nina. Começaram a descer o terreno no lado oposto do poço da pedreira, em direção à porção salpicada de neve que se estendia à frente.

CAPÍTULO 72

Paul e Marcie estavam sentados no sofá da sala de estar. Não tinham dormido e suas expressões estavam vazias. Com o cabelo menos armado do que no dia anterior, a mãe de Marcie entrou no cômodo com uma bandeja de chá. Entregou xícaras a Paul, Marcie, ao pai de Marcie, Leonard, a Colleen, à detetive responsável por mediar o contato entre a família e a polícia, ao Superintendente Paris e a dois outros guardas. Paris tinha acabado de resumir a conversa com Max pelo telefone.

– Quanto temos guardado na conta conjunta? Cinquenta e cinco, sessenta mil? – perguntou Marsh, levantando e dirigindo-se a Marcie.

– Cinquenta e seis mil – respondeu ela, segurando a fumegante xícara de chá. Seu nariz ainda estava enfaixado e os hematomas em seus olhos vinham ganhando uma tonalidade roxo-clara e esverdeada.

– Nós podemos providenciar o resto – disse Leonard.

– É, temos as economias que fizemos para os tempos difíceis, e este é... – disse a mãe de Marcie. - Este é... – Ela se descompôs e colocou uma mão na boca. O rosto de Marcie se contorceu e a mãe a tomou nos braços.

– Gostaria de reiterar que queremos resolver isso sem que tenham que gastar um volume tão grande de dinheiro – disse Paris.

– É fácil pra você falar isso! – berrou Marsh. – Você viu as nossas duas menininhas, elas são... anjos... Nunca passaram nem uma noite longe de casa, e agora elas estão... Onde elas estão? A sua equipe não é a fodona pra lidar com sequestros? Elas estão desaparecidas há quase vinte e quatro horas!

– Ainda estamos tentando resolver isso. Estamos trabalhando com várias pistas. Posso garantir a você que nossos policiais são altamente preparados e...

– Não me venha com essa bobagem! Sou policial, droga! Sou o seu chefe, cacete! Então comece a me dar algumas respostas.

O Superintendente Paris permaneceu calmo olhando para Marsh.

– Paul, sinto muito por não poder compartilhar detalhes com você nesse estágio.

– Como assim, "Paul"? Não me ouviu? Minha patente é mais alta que a sua. Minha patente é mais alta que a de todos vocês. Dirijam-se a mim como senhor e me contem muito bem que porcaria é essa que está acontecendo!

– Paul! – berrou Marcie, levantando-se desequilibrada. – Esses policiais são nossa única esperança para trazer Sophie e Mia de volta em segurança, então é melhor você se manter civilizado. Nesse momento, você não é policial; você está do outro lado.

Houve silêncio. Marsh desabou e afundou no sofá. Marcie se aproximou de Paris.

– Conheço uma pessoa que trabalha no banco, na agência aqui do bairro. A nossa conta é lá e a da mamãe e do papai também. Podemos juntar esse dinheiro o mais rápido possível...

– Como eu disse, quero tentar resolver isso sem envolver dinheiro nenhum – disse Paris.

– E se fosse um, ou até dois filhos seus, ficaria tão calmo e confiante assim? Responda isso, Superintendente Paris.

Ele ficou em silêncio. Marcie prosseguiu:

– Então, estou te pedindo, da próxima vez que falar com essa... pessoa... diga que estamos prontos para pagar. E estamos falando sério.

Paris assentiu com um movimento de cabeça.

– Ele falou que vai ligar de novo em cinco horas, então vocês têm um tempo. Mantenham contato e me digam quando estiverem com tudo pronto.

– Obrigada – disse Marcie. Quando ele começou a sair da sala, Marcie perguntou:

– Você tem filhos?

– Tinha uma filha, mas ela morreu aos 9 anos. Foi atropelada andando de bicicleta. Aconteceu há muito tempo.

– Sinto muito – disse Marcie.

– Me avisem quando tiverem o dinheiro – falou ele, retirando-se juntamente aos demais policiais.

CAPÍTULO 73

Caminharam durante quase três horas carregando as mochilas. As duas menininhas tornavam o ritmo lento andando pelo terreno irregular, subindo morros e descendo ladeiras, e em uma ou duas vezes tiveram que pular cercas de fazendas desertas.

Então, um casarão apareceu no horizonte. Ele crescia à medida que andavam. Quando passaram um pouco mais perto, Nina diminuiu o passo e o analisou, tentando descobrir se alguém morava ali. Max continuou andando na frente. Ela não tinha certeza se ele havia visto a casa.

– Tem um... – começou Mia, apontando para ele, mas Nina pôs a mão na boca da menina. No entanto, não foi rápida o bastante. Max parou e virou na direção delas.

– Está falando daquele casarão?

– Estou – respondeu Mia, semicerrando os olhos na direção dele. Sophie disparou um olhar na direção da irmã para que ficasse calada.

– Aquele casarão está vazio. É uma casa mal-assombrada, não é, Nina?

– É, sim – confirmou ela. Por dentro, sua mente zumbia. Ela não se lembrava de ter visto aquela casa quando saíram para caminhar com Dean no verão anterior.

Max aproximou-se delas e inclinou-se sobre Nina para beijá-la, sussurrando em seu ouvido:

– Nem pensa em fazer alguma idiotice.

– Claro. – Quando Max recuou o corpo, Nina viu algo em seus olhos: a crueldade que a amedrontava.

– Ótimo, agora vamos nessa.

Continuaram andando e, ao passarem pelo casarão ao longe, Max a observou atentamente. Nina permaneceu segurando as mãos das meninas e não olhou para a casa de novo.

Um tempinho depois, chegaram a uma depressão no urzal, onde o mato afundava. Nina teve que parar e se recompor ao ver aquilo outra vez. A trilha estreita estava menos verde do que no ano anterior, a queda da cachoeira parecia bem mais forte e a água tinha uma cor marrom. O poço rodeado pelos grandes matacões tinha a mesma aparência, mas ela viu que o nível da água havia subido e que metade da plataforma rochosa estava submersa.

Nina agarrou as mãos das meninas e fechou os olhos. Foi levada de volta para aquele dia ensolarado e quente, sentiu o cheiro de Dean quando ele a prendeu no chão e recordou que o sangue dele estava tão quente que demorou um pouco a perceber que respingava em seu corpo nu.

– O que você está fazendo? – berrou Max.

Nina abriu os olhos e viu que ele tinha descido todo o barranco e estava perto da água. As meninas estavam cansadas e chorosas, e ela precisou ajudá-las a descer o barranco. Seguiram Max até ele desaparecer na fenda crispada na rocha, e então pararam abruptamente.

– Andem, aqui é um lugar pra gente se abrigar – insistiu Nina. Ela viu o quanto as roupinhas tão elegantes estavam imundas, e havia poeira grudada no local em que o nariz delas escorria. Nina pegou um lenço e limpou o nariz das duas. – Essa caverna é muito segura – argumentou. – Vamos ficar quentinhas lá dentro e comer alguma coisa.

Cautelosamente, elas entraram atrás de Nina.

A caverna estava do mesmo jeito que ela se lembrava, muito seca. As paredes continuavam lisas e a temperatura era alguns graus mais quentes do que do lado de fora.

– Te falei que se algum dia estivesse fugindo, era aqui que eu ia me esconder – falou Max.

– É, eu lembro.

Ele a observava atentamente de novo, suspendendo a cabeça de lado e encarando-a.

– O que foi, Max?

Como se saísse de um transe, começou a se livrar da mochila e encorajou Nina a fazer o mesmo. Ela foi até a plataforma rochosa coberta de picho e tirou a sua, sentindo-se aliviada por livrar-se de tanto peso.

Pegaram os cobertores e os sacos de dormir. Max abriu algumas latas de feijão, esquentou o conteúdo no fogareiro e encontrou as tigelas de plástico amarela, azul e vermelha que Mariette havia comprado, além de talheres de plástico. Chegou até mesmo a conversar amigavelmente com as meninas, perguntando em qual tigela elas iam querer o feijão.

– Quero a azul – respondeu Sophie.

– Quero a azul também – falou Mia.

– Boa escolha, não gosto de azul – falou Max, e as meninas deram uma risada nervosa.

Nina ficou satisfeita ao vê-las atacar a comida, percebendo que estavam esquentando e que uma corzinha espalhava-se por suas bochechas pálidas. Enquanto comia, sua mente estava a mil. Em breve Max sairia para fazer a segunda ligação, e elas ficariam sozinhas. Nina olhou para as meninas, tão jovens e inocentes, comendo o feijão. Era possível confiar na promessa de que Max não as machucaria?

– No que está pensando, Neen? – perguntou Max.

Ela tomou um susto e viu que ele a encarava.

– Nada.

– Não parece nada.

– Não, só estou cansada. Vou tentar dormir um pouco quando você for. Quando vai?

– Em uns cinco minutos, se você me deixar acabar COM ESSA BOSTA DE COMIDA! – berrou ele, jogando a tigela de feijão na parede da caverna. As meninas pularam de susto com os olhos arregalados e a tigela de Max ficou retinindo no silêncio. Nina viu que as duas tinham uma mancha laranja ao redor da boca.

– Desculpa, você quer o meu? – perguntou Nina.

– Não... não quero. – Ele levantou. – Você não acha que isso vai dar certo, acha?

Nina engoliu em seco e sentiu a comida em seu estômago começar a revirar. Achou aquilo surreal e sentiu que as coisas estavam saindo do controle.

– Não, quer dizer, isso não é verdade. Acho, sim, que vai dar certo.

– Neen, estou no controle. Sou o cara que tem o plano, o laptop e o telefone, consigo executar tudo, nós planejamos tudo, e se você foder o esquema agora...

– Não vou foder nada, não vou, prometo – falou Nina, levantando num pulo, aproximando-se dele e acariciando-lhe os braços. Mia e Sophie olhavam para ela com uma mistura de confusão e medo. – Desculpa. Só estou nervosa e com fome. Não teríamos essa oportunidade se não fosse por você.

Ele empurrou as mãos de Nina, aproximou-se da mochila e pegou um telefone, um mapa e uma arma.

– Agora vou ao segundo lugar, o Pitman's Tor, pra fazer a segunda ligação com o segundo telefone, do jeito que planejamos – falou ele.

– Certo.

– E vou levar algumas horas. Isso vai nos dar algum tempo, vai confundir a polícia quando ela tentar triangular o sinal. As torres de telefone são muito distantes no urzal, e estamos bem seguros enfurnados aqui.

– É, eu sei.

Ele se aproximou e a olhou nos olhos.

– Porque você sabe que não há pra onde ir, Neen. Esta é uma via de mão única. Uma viagem só de ida. Você tem que me dar a sua lealdade. Preciso da sua lealdade... – Ele estava com a respiração ofegante e tremia.

As meninas estavam sentadas sobre a rocha e olhavam para ele boquiabertas.

– Max, vou ficar aqui com as meninas, esperando – disse ela, tentando sorrir e passar a impressão de que aquilo tudo era fácil.

Ele a encarou por um momento e assentiu com um gesto de cabeça.

– Ok. Me deseje sorte.

– Boa sorte – falou ela, e o beijou. Nina ficou observando Max atravessar a fenda na caverna. Ela soltou a respiração e aguardou dez minutos. As meninas estavam quietas, então virou-se para elas.

– Ok, meninas. Quero que vocês fiquem calmas, daqui a alguns minutos vamos andar até o casarão da fazenda e ver se alguém... – a voz dela desvaneceu. Tanto Mia quanto Sophie olhavam para a abertura na caverna atrás dela. Nina se virou. Max estava de pé na abertura segurando a arma.

– Nina... – disse ele. Parecia em choque, quase devastado.

– Max, eu só ia pegar um pouco... – começou Nina, mas faltaram-lhe palavras. Não conseguiu pensar em uma mentira rápido o bastante. Deu um passo para trás na direção das meninas.

– Eu confiei em você de verdade – falou ele, balançando a cabeça. – Tinha uma voz irritante dentro da minha cabeça, e tentei ignorar...

– Por favor, Max. Só deixa a gente ir embora. Vamos andando. Não consigo fazer isso. Eu te amo, você sabe disso...

Ele semicerrou os olhos, apontou a arma para a perna esquerda de Nina e atirou na coxa. O barulho na pequena caverna foi ensurdecedor e ecoou e reverberou, abafando os gritos das meninas. Max deu um passo na direção de Nina, apontou a arma para o peito dela e disparou mais dois tiros.

As gêmeas gritaram e se aproximaram da lateral do corpo da jovem, que permaneceu caída ali, os olhos em choque, o sangue empapando a calça e o casaco de inverno. Ela suspendeu os olhos na direção de Max absolutamente em choque.

– Nina, Nina! – chamou Mia, as mãozinhas minúsculas segurando as bochechas da moça. Sophie virou a cabeça e olhou para Max, que se aproximava de uma das mochilas. Ele pegou a pequena caixa preta de ferramentas que havia usado em seu disfarce. Abriu-a e apanhou dois prendedores de fio. Voltou e puxou as gêmeas com força, afastando-as de Nina e levando-as para a plataforma lisa e pichada. Alguém havia afixado uma argola de metal na pedra, para prender animais. Max agarrou o pulso das meninas e rapidamente atou suas mãos à argola com os prendedores de fio. Elas ficaram agachadas lado a lado, chorando.

Nina continuava caída o chão, engasgando e olhando para Max. Colocou a mão no peito e sangue escorreu entre seus dedos. Max pegou a caixa preta e a mochila com todos os suprimentos, voltou e ficou de pé ao lado dela.

– Você não vai estar viva quando eu voltar. Vai ser uma morte rápida – disse ele. O olhar que lançou a ela foi frio e cruel, e Nina deixou escapulir um enorme engasgo.

Então ele saiu da caverna.

CAPÍTULO 74

D e volta à sala de investigação da Unidade de Sequestro na Lewisham Row, havia se passado quase cinco horas desde que o Superintendente Paris tinha falado com Max. A Superintendente Hudson tinha acabado de chegar e se dirigia a Paris e sua equipe.

— Estou aqui para passar informações sobre a investigação de assassinato e perseguição ao criminoso sendo executada paralelamente ao trabalho de vocês aqui da Unidade de Sequestro. Conseguimos triangular a posição do telefone celular usado por Max Kirkham hoje de manhã. — Ela apontou para o grande mapa colado na parede. — O sinal está vindo dessa torre, situada no canto nordeste do Parque Nacional Dartmoor.

— Qual é o alcance do sinal da torre? — perguntou Paris.

— Essa torre cobre um raio de vinte quilômetros quadrados — disse ela, apontando para a vasta extensão do Parque Nacional Dartmoor, em Devon. — O Parque Nacional Dartmoor tem quinhentos e noventa e dois quilômetros quadrados de terrenos acidentados, colinas, vales, brejos, e estamos em novembro, então a visibilidade é ruim. Uma hora atrás, dei a ordem para que o Resgate Aéreo começasse as buscas. Enviamos helicópteros de Londres, e eles trabalharão com a Unidade de Operações Aérea de Devon e com a Polícia de Cornwall.

— Ele solicitou um intervalo de cinco horas entre as ligações — comentou Paris. — Os dois suspeitos podem ter se separado, a mulher...

— Nina Hargreaves — disse Melanie.

— Nina Hargreaves pode estar em um local com as meninas. Isso dá a Max tempo para caminhar. Ele também tem uma van — afirmou Paris. Um telefone tocou na sala de investigação. — Certo, pode ser o nosso homem. Todos a postos.

Melanie e a equipe assumiram seus lugares e colocaram os fones. Paris atendeu à ligação.

– Já tem o meu dinheiro? – perguntou Max sem rodeios. Os policiais ouviram novamente que ele estava lutando contra o mau tempo.

– Posso confirmar que Paul e Marcie Marsh têm as duzentas mil libras disponíveis para a transferência – informou Paris. – Você ainda nos garante que as meninas estão seguras e que serão entregues ilesas?

– Sim.

– Ok. Então como procedemos?

– Vou te dar um código, o código da minha carteira bitcoin. Antes que tente rastreá-la, já adianto que estou usando uma TORwallet pela rede Tor. É impressionante o que um cara pode conseguir com um celular e um laptop. Cá estou eu com a polícia à minha disposição e vou receber duzentos mil daqui a pouco. Melhor que trabalhar, né?

– O código, por favor – disse Paris, mantendo a voz neutra.

Max leu o código em voz alta e Paris o anotou.

– Aguardo a chegada do dinheiro nas próximas três horas. Saberei da disponibilidade dele na minha carteira quando receber uma mensagem notificando a transação. Depois disso, ligo pra vocês de novo com a localização da Mia e da Sophie.

Ele desligou. Fez-se silêncio.

– Não estou gostando nada disso. Quem me garante que ele não vai simplesmente matar as meninas? – disse Melanie. – Nunca trabalhei em casos de sequestro, mas esse cara não é uma pessoa que só quer dinheiro... – A voz dela desvaneceu. – Tenho acompanhado esse caso. Sei do que Max Kirkham e Nina Hargreaves são capazes. Dinheiro não é o suficiente. Eles querem fazer estragos.

CAPÍTULO 75

O ruflar das hélices do helicóptero do Resgate Aéreo da Polícia Metropolitana, que voava acima do denso manto de nuvens, era ensurdecedor. A chuva martelava as grandes portas de vidro nos dois lados da aeronave. Erika e Moss estavam nos bancos de trás com um dos policiais da Ambulância Aérea. No chão, em frente a elas, encontravam-se o guincho e a maca que podia ser levada à terra firme, e havia suprimentos médicos dispostos ao redor dela.

Estavam todos usando enormes fones da polícia para manter contato com o piloto, evitando o barulho ensurdecedor. Erika viu Moss segurando o fone com força e percebeu que ela estava um pouco pálida.

– Você está bem? – perguntou sem emitir som.

Moss respondeu que sim com um gesto de cabeça nada convincente e agarrou o banco quando o helicóptero começou a inclinar-se de lado, descendo na direção das nuvens.

– Estamos seguindo para o sul a quarenta nós – informou a vozinha do piloto nos fones. – Acabamos de atingir a fronteira de Dartmoor e vamos descer para obter uma visibilidade melhor.

Moss estendeu o braço e agarrou a mão de Erika quando o manto de nuvens movimentou-se na direção do helicóptero, que mergulhou através dele, transformando a vista do lado de fora em um borrão branco. Balançando e sacolejando, saíram acima das colinas ondulantes e dos picos rochosos.

Erika tinha ido ver Melanie e explicou que não era mais bem-vinda na Unidade de Sequestro, mas pediu para ser parte ativa da investigação de assassinato. Só não sabia se Melanie a enfiara no helicóptero para se livrar dela ou para ajudá-la.

O helicóptero voava baixo acima das vastas extensões verdes, de riachos congelados e de campos onde vacas e ovelhas dispersavam-se para os quatro cantos ao som do helicóptero. No entanto, mesmo depois de voarem para a frente e para trás cobrindo os quilômetros quadrados de Dartmoor com seis helicópteros, não tinham nada a reportar. Nenhuma pessoa. A impressão era de que Dartmoor estava vazia.

CAPÍTULO 76

Deitada, Nina sentiu o duro chão de pedra inclinar e balançar. Sua perna agonizava e ela sentia o pulmão estranho: doía muito e parecia cheio de água. Tentava respirar, mas só conseguia dar minúsculas tragadas de ar. Fazia frio e, no escuro, não enxergava muito bem. Oscilava entre estados de consciência e inconsciência, mas de repente sua mente despertou e ela escutou as meninas aos prantos. Tentou pronunciar o nome delas, mas tudo que saiu foi um gorgolejo. Ela tossiu e a dor explodiu em seu peito como mil cacos de vidro.

– Nina... Nina, você está aí? – chamou uma vozinha no escuro. Ela estendeu as mãos e apalpou a rocha. Estava molhada. Fria e molhada. *Isso é o meu sangue?*, pensou ela. Apoiando-se em um cotovelo, suspendeu o corpo e sentiu uma explosão de dor ainda mais intensa, o que a fez inclinar-se para o lado. Sangue escorria de sua boca, mas foi capaz de cuspir, respirar com dificuldade e raspar a garganta:

– Está tudo bem... meninas. Meninas! Estou aqui – ofegou ela. Estava ensopada de suor, ou era sangue? Tentou sentar, mas a dor era tanta que quase apagou novamente.

– Nina, a gente não consegue se mexer, e isso está machucando – disse uma voz. A jovem não conseguiu discernir se era Mia ou Sophie quem falava.

Tanta coisa lampejava diante de seus olhos. Max tinha atirado nela três vezes, na perna e no peito. A intenção dele era matá-la. Por que não estava morta ainda?

Desejou poder voltar atrás, desejou ter achado um homem que apenas a fizesse rir. Não precisava sentir uma paixão ardente; só queria um garoto legal e desinteressante que cuidasse dela, que se esparramasse no sofá para ver futebol e que lhe desse bebês. Ela pôs a mão no peito. O sangue jorrava a cada pulsação. Ela o sentia quando o coração batia, empurrando ritmicamente a vida para fora do corpo. Sua perna estava em chamas. Tentou se erguer mais, mas não conseguia.

Um baixo zumbido ressoou do lado de fora da caverna. A princípio não soube o que era, então sua mente lhe mostrou a imagem de um helicóptero. O som ficou mais alto e, durante um breve momento, Nina achou que a aeronave pousaria do lado de fora, que, de alguma maneira, sabiam onde ela e as meninas estavam escondidas... O zumbido ficou mais agudo e foi embora, passando por cima de suas cabeças. O silêncio regressou e restou-lhe apenas o som das meninas chorando.

CAPÍTULO 77

De volta à sala de investigação da Unidade de Sequestro na Lewisham Row, a equipe se reuniu ao redor do laptop quando um dos policiais da equipe do Superintendente Paris procedia o passo a passo da transferência de duzentas mil libras para a conta de bitcoin codificada. Era um processo complexo, de várias etapas, e telas diferentes exigiam códigos a serem inseridos.

– E tudo se resumiu a isso: quinze policiais altamente treinados olhando para um site – disse Melanie, ao lado de Paris.

– Lá se foi o tempo que entregávamos bolsas de viagem cheias de dinheiro vivo – comentou Paris.

– Que certeza nós temos de que ele soltará as meninas?

– Não temos.

Houve silêncio. Melanie se virou no momento crucial em que o montante foi transferido. Não queria que a equipe a visse chorar.

CAPÍTULO 78

Max aguardava no urzal congelado. Tinha subido no topo de um pico rochoso e estava em pé ao lado de uma enorme pilha de pedras chatas. Ele se lembrou daquele brinquedo, Jenga, e imaginou que antigamente os gigantes haviam percorrido os urzais brincando com as pedras, formando aquela enorme pilha. A nuvem estava abaixando, e o ar se enchia de uma neblina rodopiante. Ele ouviu, bem longe ao sul, o zumbido baixo de um helicóptero. Olhou para cima, mas a visibilidade não era boa. As nuvens davam-lhe vantagem.

Ele escutou o celular apitar no bolso, o pegou e abriu a mensagem. Era o código. O dinheiro tinha caído. Ele uivou e berrou e deu socos no ar, sentindo uma indescritível sensação de euforia espalhar-se pelo corpo. Estava confiante de que o plano funcionaria, mas no fundo sempre achou que podia sair de mãos vazias. Tinha bolado um plano B para fugir com os dez mil, o que teria reduzido suas opções... mas, Jesus, ele tinha duzentos mil. *Duzentos mil*, porra.

Não ficou ali comemorando. Partiu de volta para a caverna. Agora que tinha o dinheiro, não precisava mais das meninas. Não precisava bancar o bonzinho. Queria ensinar àqueles putos uma lição. As garotinhas eram a cria de um policial com a puta da mulher dele. Conferiu a arma. Tinha duas balas sobrando. Uma para cada.

CAPÍTULO 79

Nina retomou a consciência novamente. Não sabia quanto tempo havia ficado apagada. Tentou se sentar, mas a dor era forte demais. O zumbido de um helicóptero aproximava-se novamente quando ela se recuperou. O chão debaixo de seu corpo estava frio e ela se sentia zonza.

– Nina? – chamou Sophie. – Nina?

– Ela está dormindo – falou Mia.

– Não estou dormindo – disse Nina, com a voz fraca e embolada. – Não estou dormindo, não. Só estou machucada e não consigo me mexer.

– Uma vez o papai machucou as costas e teve que ficar deitado em uma tábua na sala de casa – comentou Mia.

– Não era uma tábua de verdade, era? Era um pedaço de madeira do aparador do vovô, e ele levou lá em casa pro papai deitar – corrigiu Sophie.

Nina sorriu e engoliu sangue.

– Uma vez o meu pai machucou as costas e teve que ficar deitado na tábua de passar roupa.

– Como a sua mamãe passava a roupa? – perguntou uma das meninas. Apesar da dor, Nina riu.

– A tábua não estava levantada, ele deitou em cima dela no chão. As pernas da tábua estavam fechadas.

Por um momento, Nina viu a imagem do pai no chão e a mãe tentando enfiar uma almofada naquele espacinho de metal em que fica o ferro de passar. Era tão nítida em sua mente... O cheiro da sala, a mãe de joelhos ao lado da cabeça do pai, que gemia para ela pegar mais almofadas. O pai a olhou e sorriu, e ela soube que tinha perdido a consciência novamente e que estava sonhando.

Nina teve uma repentina descarga de energia e retomou a consciência. Estava no chão da caverna, virou a cabeça e viu a entrada a poucos metros.

Ela podia tentar se arrastar até lá fora e acenar para um dos helicópteros, mas havia uma subida enorme, cheia de rochas e matacões.

Virou a cabeça e viu que Max tinha levado a mochila com todas as ferramentas e fios. Também estava com a maleta preta que continha fósforo, lanterna, tesoura e alicate. Só lhes restava a mochila com o fogão e os sacos de dormir. Pensou no que poderia fazer se ele voltasse. Podia jogar uma lata de feijão cozido nele, ou duas. Isso a fez dar uma risada, que saiu como um detestável gorgolejo molhado.

– Você está rindo? – perguntou uma vozinha. Sophie.

– Estou, sim – respondeu Nina, remexendo-se e fazendo força para tentar sentar. A escuridão na caverna começou a oprimi-la e ela viu estrelas, mas respirou fundo para se recuperar. Apalpou o peito. Max provavelmente tinha errado o coração, ou com certeza estaria morta àquela altura. Tentou não pensar em quanto sangue tinha perdido; a quantidade que lhe escorria no peito parecia ter diminuído, ou pelo menos era o que ela conseguia ver. Sentia-se esquisita, como se estivesse cheia, o que a fez pensar que sangrava muito por dentro. Era de sua perna que o sangue continuava a escorrer. E se fizesse um torniquete? Se conseguisse alcançar a parte de baixo da calça jeans e enrolá-la para cima, deixando-a apertada acima do joelho, isso poderia ajudar a estancar o sangramento. Ela estendeu os braços para a frente, abaixou o tronco e sentiu as entranhas encharcadas queimarem. Seus dedos roçaram a barra da calça e ela concluiu que era apertada demais para que aquilo funcionasse. Desejou que a barra fosse mais larga para que pudesse enrolá-la para cima.

Pena que levei o tiro na perna, pensou ela. *Senão fosse isso, sairia daqui que nem um foguete para tentar acenar para aquele helicóptero.*

Nina ficou paralisada.

Foguete.

Foguete de sinalização.

Na mochila que continha o fogão e as cobertas, no bolso lateral, estavam os foguetes de sinalização. *Por favor*, pensou ela. *Por favor, faça com que ele não tenha se lembrado.* Max havia pegado as coisas que ela podia usar para libertar as meninas e o kit de primeiros socorros, mas, no bolso lateral da mochila, junto com as cobertas e os mapas, estavam os foguetes vermelhos de sinalização.

Sentiu outra explosão de energia e começou a se arrastar na direção da mochila.

– Nina, você está bem? – perguntou uma vozinha. Sophie, ela conseguiu distinguir que era Sophie.

– Estou, Sophie, fica sentadinha aí, vou tirar a gente daqui – afirmou ela. A dor era agonizante, mas conseguiu atravessar o duro chão de pedra e chegar à mochila. *Beleza!* Estavam bem ali no bolso externo, Nina sentiu o contorno deles. Abriu o zíper do bolso e sacou os dois compridos foguetes de sinalização vermelhos.

O plano original era que, quando recebessem o dinheiro, eles deixariam as meninas no urzal e ligariam para Marsh informando a localização exata delas. Depois disso, tinham planejado atravessar o urzal até uma cidadezinha perto de Plymouth, onde pegariam um táxi com destino ao porto, que ficava a apenas alguns quilômetros. Nesse momento ele dispararia o foguete para dar o sinal. Max tinha combinado que um camarada, que ele conhecia da instituição para menores infratores, esperaria para pegá-los de barco. Planejaram pagar 25 mil libras para que ele os atravessasse pela Europa.

Ela escorou na mochila e contou quantos tinha. Aquilo era ridículo. Todo mundo estava procurando por eles. Mesmo que Max conseguisse receber o dinheiro, as chances deles... *dele* conseguir fugir eram mínimas.

Ele atirou em mim. Ele atirou em mim e me deixou aqui pra morrer, por que ele voltaria? Ele voltaria?

Nina segurou os dois foguetes de sinalização com força, desatarraxou a base e sentiu as cordinhas de puxar. Estava planejando arrastar-se até um lugar ao lado da cachoeira, de onde conseguiria ver o céu, aguardar um helicóptero se aproximar e dispará-lo no ar.

Mas então ela teve uma ideia melhor.

CAPÍTULO 80

As nuvens intermitentes moviam-se apressadas pelo céu enquanto Max se aproximava do lugar onde o terreno fazia um declive na direção da cachoeira. Não escutava um helicóptero havia quase meia hora, mas a nuvem estava subindo e ele teria que aguardar escurecer para começar a caminhada de dezesseis quilômetros até Plymouth. Eles tinham agendado o barco para as 3 horas da manhã.

Eles não, ele. Max imaginou que os helicópteros continuariam a busca até o cair da noite, então ele teria tempo para matar. Tempo pra isso e outras coisas também.

Parou no alto da ladeira e conferiu a arma. Estava carregada, sentiu o peso dela na mão. Queria mostrar àquele comandante de polícia filho da mãe quem estava no controle. Tinha evitado machucar as meninas na frente de Nina, mas agora que estava morta, podia fazer tudo aquilo de que gostava. Não seria rápido. Deixaria as meninas nuas, cortaria todo o cabelo delas e as torturaria um pouco com a comprida faca de caça. Nunca gostou de crianças, mas talvez ele tivesse que fazer uma exceção para o comandante.

Desceu a ladeira em meio aos arbustos e passou pela cachoeira. Fazia muito frio e ele achou que, se a temperatura caísse um pouco mais, a água congelaria e silenciaria de repente.

Chegou à pequena fenda nas rochas e ficou de lado, escutando com a arma erguida. Não havia som algum lá dentro. Ele fechou os olhos por alguns segundos para acostumá-los à escuridão dentro da caverna. Então os abriu, passou pela fenda e entrou.

As gêmeas estavam imundas e desgrenhadas e continuavam atadas ao anel de aço preso à pedra. Havia uma grande poça de sangue, mas Nina não estava no lugar onde ele a havia deixado. Seguiu o rastro de sangue e viu que ela estava escorada na mochila.

– Seu bosta imprestável. Coma isto! – gritou ela.

Max só percebeu que ela estava apontando o foguete de sinalização para ele um milissegundo antes de um clarão vermelho disparar na direção de seu rosto.

Nina sabia que a carga explosiva do foguete de sinalização era projetada para chegar a uma altura de cem metros em uma questão de segundos, mas o recuo a arremessou de volta contra a parede rochosa. O foguete atingiu a boca aberta de Max, e a temperatura incandescente da carga explosiva atravessou queimando a carne de seu rosto até o cérebro. Na mesma hora, Max foi arremessado de volta à abertura da caverna, mas não passou pela fenda e bateu com força na parede. Nina berrou para as meninas se abaixarem e cobriu o rosto quando o foguete transformou-se em uma feroz explosão vermelha, incendiando o corpo e as roupas dele e enchendo a caverna com uma densa fumaça. Nina pegou o segundo foguete de sinalização, o apontou na direção da boca da caverna e disparou.

CAPÍTULO 81

O helicóptero da Polícia Metropolitana que levava Erika e Moss estava no ar havia duas horas, voando em quadrantes por Dartmoor.

A esperança de Erika de encontrar Mia e Sophie vivas começou a se dissipar algumas horas depois de iniciarem as buscas. Estavam escutando o rádio da polícia que fazia a ligação entre os pilotos que sobrevoavam outras áreas do urzal, e ninguém havia reportado nada. Quando estavam prestes a voltar à base em Plymouth para reabastecer, Erika viu uma fina e densa coluna de fumaça preta, e um foguete de sinalização velejou pelo céu com seu brilhante ponto vermelho de luz antes de fazer um arco e começar a descer.

– Lá! – gritou ela pelo rádio. – Temos que ir pra lá. Não podemos voltar ainda.

O piloto fez uma curva fechada para a direita e a coluna de fumaça ficou mais próxima. Passaram velozes por aglomerados de nuvens que os envolveram rapidamente e, após atravessarem, tiveram uma vista aérea perfeita de uma pequena depressão cheia de água no urzal. Quando estavam se aproximando do solo e movendo-se em direção à beirada da cachoeira, viram lá embaixo o corpo de uma mulher manchado de sangue caído na grama ao lado da cachoeira.

Assim que o helicóptero pousou, Erika, Moss e o paramédico da ambulância aérea saltaram, permaneceram abaixados sob as hélices e desceram a ladeira até a mulher, que estava à beira da morte. Ela ainda segurava o cilindro amarelo do foguete de sinalização nas mãos ensanguentadas.

– Na caverna. Ele está morto, e as meninas estão lá – grasnou ela.

As detetives deixaram o paramédico com Nina e acharam a entrada da caverna. Erika correu até as meninas e viu que estavam amarradas à rocha. Ensebadas e imundas, elas choravam histericamente. Então,

Moss notou o corpo esturricado desmoronado no canto, com um buraco queimado no lugar em que devia estar o rosto.

– Ele está morto, ela que matou! – gritou uma das gêmeas.

– Por favor, ajuda a gente, tira a gente daqui! – gritou a outra.

Erika usou a parte fina da chave de casa nos prendedores de fio e conseguiu cortar um deles, depois o outro.

– Vamos tirar as meninas daqui! – gritou a inspetora chefe. Ela e Moss colocaram as duas no colo e correram para fora da caverna, passaram pelo paramédico e subiram a ladeira.

Erika deixou Moss com as meninas e voltou ao lugar onde estava o paramédico.

– Por favor, me deixa morrer – sussurrou Nina, rouca.

Erika agachou ao lado dela e olhou para o paramédico, que balançou a cabeça:

– Fique com ela. Preciso correr ali pra pegar mais material. Segura aqui – disse ele, pegando a mão de Erika e pressionando-a no sangue que escorria da perna de Nina. Depois saiu correndo na direção do helicóptero.

– Tem um garoto enterrado lá no poço – disse Nina. Ela estremeceu de dor.

– O quê? – perguntou Erika.

– O nome dele era Dean. Por favor, olhe no poço, encontre o corpo. Dê a ele um enterro adequado.

Erika fez que sim.

– Não consegui fazer muitas das coisas que eu queria... Não tive filhos... Por favor, me prometa que vai levar as meninas em segurança para os pais... Mia... Sophie.

Erika percebeu que a vida escoava de Nina. Ela olhou de volta para o helicóptero, onde Moss enrolava as meninas em cobertores e dava-lhes água. Sentiu o sangue ficando mais lento na ferida sobre a qual tinha pousado a mão, e Nina respirava irregularmente.

– Lamento muito por tudo. Fala pra minha mãe que eu a amo... – Em seguida, olhou para Erika. – Nunca quis que nada disso acontecesse... – Com um suspiro gutural, a luz deixou seus olhos e a pele foi empalidecendo.

O paramédico voltou correndo e se abaixou ao lado dela com o soro.

– Ela se foi – informou Erika calmamente. – Está morta.

O paramédico olhou para Moss, que aguardava ao lado do helicóptero com Mia e Sophie.

– Precisamos levar as meninas para o hospital e examiná-las – disse ele. – Vou pedir pra um dos outros helicópteros vir buscar vocês.

Erika não teve chance de responder; ele saiu correndo ladeira acima e reuniu as meninas e Moss dentro do helicóptero. Ela fechou os olhos devido à pressão do ar quando a aeronave levantou voo, achatando o mato e os arbustos ao redor. Saiu inclinada céu adentro, ficou cada vez menor, depois desapareceu através das nuvens.

Erika baixou o olhar na direção do corpo de Nina e sentiu uma tristeza esmagadora. Como podia uma garota com tanto potencial descambar para um caminho tão sombrio? Olhou novamente para a caverna e conseguiu discernir apenas os pés de Max Kirkham através da fenda nas rochas. Fazia silêncio, a luz desvanecia e ela tremia. Com a mão livre, fechou os olhos de Nina.

O vento assobiava através dos arbustos e o ar estava gelado. Erika andava de um lado para o outro, tentando se manter aquecida. Pensou em quanto tempo havia caçado aquelas duas pessoas e no rastro de destruição que haviam deixado pelo caminho. E agora estava sozinha, vigiando os corpos delas. Sentia-se aliviada por terem sido impedidas de continuar e ainda mais aliviada por Mia e Sophie estarem a salvo, por saber que em breve as duas se reuniriam com Paul e Marcie. Mas uma grande parte sua gostaria que tivesse conseguido prender Max e Nina e jogado a chave fora. A morte parecia uma sentença leve demais para eles.

Finalmente, outro helicóptero apareceu no horizonte.

EPÍLOGO

SEXTA-FEIRA, 15 DE DEZEMBRO DE 2017

Três semanas tinham se passado. Erika estava voltando para casa depois de um longo dia que havia terminado com uma consulta médica, quando finalmente tirou o gesso do pulso. Fazia frio e ameaçava nevar havia alguns dias, mas ela duvidava que o Natal seria branco. Quando enfiou a chave na porta, viu o quanto seu braço estava macilento após usar o gesso durante tantas semanas. Abriu a porta e entrou, recolhendo uma pilha de cartões no tapete.

Atravessou a sala tirando o casaco e a primeira coisa que fez foi abrir a 18ª porta do Calendário do Advento que Jakub e Karolina tinham enviado para ela. Pegou o chocolate e viu que era o Papai e a Mamãe Noel, ambos gordos e animados com os rostos vermelhos radiantes. O Papai Noel segurava um ramo de visco acima da cabeça da Mamãe Noel, e ela estava faceiramente inclinando-se para beijá-lo.

– Lembre-se, meu bem, que o Papai Noel só vem uma vez por ano. Aproveite ao máximo – disse Erika para o calendário. Jogou o chocolate na boca, foi à geladeira e serviu-se uma dose grande de vodca. Sentou no sofá e começou a abrir os cartões.

Havia cartões de Natal de Moss, Crane e McGorry. Até Peterson tinha mandado um, no qual se despedia com "Desejo tudo de bom", aquele "desejo" que lhe soava tão ambíguo. Ela tinha visto todos durante o dia, com exceção de Peterson, cujo retorno ao trabalho, no ano novo, aproximava-se, então ela não entendia por que eles haviam lhe enviado cartões. Sentia-se um pouco culpada por ter deixado os seus cartões de Natal nos escaninhos da equipe.

Erika estava prestes a pedir comida quando escutou alguém batendo na porta. Ao abri-la, ficou surpresa ao ver Marsh. Não haviam se falado desde os acontecimentos dramáticos em Dartmoor.

– Oi...

– Oi, Erika – falou ele. Estava magro.

– Entra. Quer beber alguma coisa? – ofereceu ela, acrescentando bem depressa: – Café ou chá?

Ele entrou e limpou os pés, mas não tirou o casaco ao acompanhá-la sala adentro.

– Não vou beber nada, obrigado – disse ele, tamborilando os dedos nervosamente no encosto do sofá. Houve um silêncio constrangedor.

– Como você... está? – perguntou ela.

– Não sei. Vou levando.

– Como está a Marcie?

– Está melhorando. Vivendo um dia após o outro.

– E a Sophie e a Mia?

– Num alto-astral surpreendente. Estão felizes em voltar pra casa. Muito carentes e fofas. Talvez tenhamos que mandá-las a um psicólogo mais pra frente, mas elas estão mais tristes por causa da Nina Hargreaves... Ela fez tantas coisas horríveis, matou todas aquelas pessoas, e mesmo assim é a razão das minhas filhas estarem vivas.

– Ela também é a razão pela qual suas filhas foram sequestradas e você perdeu duzentas mil libras. – Erika franziu a testa. – Desculpa. Isso não soou bem.

– Tudo bem.

– A Polícia de Devon e Cornwall recuperou o corpo de Dean Grover. Estava no lugar em que a Nina falou que tinha sido colocado, em um poço perto da cachoeira no urzal. Espancaram o rosto dele com uma pedra... E a Mariette Hoffman vai a julgamento no ano que vem.

Marsh comentou os detalhes do caso, depois mudou de assunto.

– Como você está? Soube que foi visitar o Nils Åkerman.

– Fui. Fiz isso por motivos egoístas, pra dar um fechamento a essa história, mas não tenho muita certeza se os fechamentos funcionam... Consegui perdoar o Nils pelo que ele fez comigo, mas ele pôs em risco tantos casos e condenações passadas... A ironia é que ele provavelmente vai ser solto em quatro ou cinco anos, se tiver bom comportamento.

Marsh concordou com um movimento de cabeça e ficou flutuando atrás do encosto do sofá.

– Tem certeza de que não quer tomar um café rapidinho, Paul?

Ele balançou a cabeça e respirou fundo:

– A Marcie quer saber se você vai estar por aqui no Natal.

– Eu? Por quê?

– Pra ir almoçar lá.

– Almoçar na sua casa? No Natal?

– É. Sei que vocês nem sempre se dão bem...

– A gente nunca se deu bem, e depois do que aconteceu...

– Ela é tão grata a você pelo que fez no salvamento das meninas. Está muito emotiva em relação a isso e a muitas outras coisas... mas falou que ter você lá seria legal, e as meninas gostam de você. E você sabe pelo que a Marcie passou, ela pode conversar com você sobre algumas coisas. O pai e a mãe dela também estarão lá, mas eles sempre varrem as coisas pra debaixo do tapete. Você pode dar uma passada lá só pra tomar um xerez e comer uma *mince pie*, se almoçar for demais... E ela quer pedir desculpas pelo que disse em frente a todos aqueles policiais sobre você e eu...

– Você me quer na sua casa no dia do Natal?

– É claro. A gente se conhece há muito tempo, Erika.

– É verdade...

– Então você aceita?

– Aceito.

Ficaram se encarando por um longo período.

– Meu Deus, olha! – gritou Marsh, correndo até a janela. Está começando a nevar!

– E eu achando que não ia nevar este ano – disse Erika.

Ela se juntou a Marsh à janela. Lá fora, enormes flocos de neve desciam rodopiando e acomodavam-se no chão seco. Ficaram olhando para fora durante alguns minutos, observando em silêncio.

– Bom, melhor eu voltar. Está na hora do banho das meninas – disse Marsh.

– É.

Ela o acompanhou até a porta e, ao sair, ele lhe deu um beijo de leve na bochecha.

– Obrigado, por tudo. Você é muito importante pra mim – disse ele carinhosamente.

Erika voltou à janela e ficou observando Marsh atravessar o estacionamento através da neve rodopiante, retornando para a esposa e as filhas.

NOTA DO AUTOR

Em primeiro lugar, quero agradecer muito a você por ter escolhido ler *Sangue frio*. Como sempre, a escrita dessa história foi um trabalho de amor. É sempre angustiante quando um romance no qual estou trabalhando há meses e meses é liberado para o mundo. Este é o quinto romance da série da Erika Foster, e a cada livro sinto uma responsabilidade maior com os leitores para manter esses personagens vivos e fiéis a suas origens.

Acrescento que, embora goste de usar localizações reais de Londres, tomei algumas pequenas liberdades em relação a lugares e nomes de ruas. No entanto, com exceção disso, a Londres de Erika Foster é tão real quanto a Londres em que vocês moram ou desejam visitar. E, se trombarem com Erika Foster quando estiverem por lá, tomem cuidado com os serial killers – ao que parece, ela os atrai!

Então, essa é a hora em que peço a você para, caso tenha gostado de *Sangue frio*, escrever uma resenha ou falar do livro para amigos e familiares. As resenhas e recomendações boca a boca são muito importantes para mim! Elas fazem uma diferença enorme e ajudam novos leitores a entrarem em contato com algum dos meus livros pela primeira vez.

Também adoraria ouvir a sua opinião! Escreva alguma coisinha no meu Facebook, no Twitter, no Goodreads ou no meu site, www.robertbryndza.com. Ainda há muitos livros por vir, e espero que fique comigo nessa jornada!

Robert Bryndza

AGRADECIMENTOS

Agradeço à maravilhosa equipe da minha editora, a Bookouture, e mando um muito obrigado especial para a minha editora, Claire Bord. Trabalhar com você é um prazer e, como sempre, suas contribuições e sugestões sempre deixam meus livros muito melhores. Obrigado por me dar a liberdade criativa para escrever esta série do jeito que eu quero. Agradeço à minha maravilhosa agente, Amy Tannenbaum. Obrigado, como sempre, a Henry Steadman pela capa maravilhosa, e obrigado à Sargento Lorna Dennison-Wilkins pela ajuda e pelas dicas sobre os efeitos nos restos mortais humanos expostos à água.

Obrigado à minha sogra, Vierka, pelo amor e pelo apoio durante a escrita deste livro, e ao meu maravilhoso marido, Ján, pelo amor, pelo apoio, por sempre me fazer rir e por lutar ao meu lado. E por passear com os cachorros.

Falei sobre o boca a boca na minha nota, mas gostaria de acrescentar um obrigado ao meu pai e à minha mãe, Pat e Brian Sutton – pronto, mamãe e papai, agora estão impressos! Agradeço aos dois por recomendarem os meus livros a tantas pessoas, aos amigos e vizinhos, a gente na rua, a estranhos no trem. E obrigado por emprestarem os meus livros a todas as pessoas que não têm leitores digitais. Eles têm a mais movimentada biblioteca não oficial que existe. Amos vocês demais!

Por último, obrigado a todos os maravilhosos leitores, blogueiros e clubes do livro. Obrigado por divulgarem e resenharem os meus livros. Sem vocês eu teria muito menos leitores.

LEIA TAMBÉM

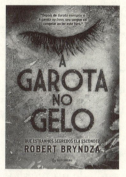

A GAROTA NO GELO
ROBERT BRYNDZA

Seus olhos estão arregalados... Seus lábios estão entreabertos... Seu corpo está congelado... Mas ela não é a única.

Quando um jovem rapaz encontra o corpo de uma mulher debaixo de uma grossa placa de gelo em um parque ao sul de Londres, a Detetive Erika Foster é chamada para liderar a investigação de assassinato.

A vítima, uma jovem e bela socialite, parecia ter a vida perfeita. Mas quando Erika começa a cavar mais fundo, vai ligando os pontos entre esse crime e a morte de três prostitutas, todas encontradas estranguladas, com as mãos amarradas, em águas geladas nos arredores de Londres.

Que segredos obscuros a garota no gelo esconde? Quanto mais perto Erika está de descobrir a verdade, mais o assassino se aproxima dela.

Com a carreira pendurada por um fio depois da morte de seu marido em sua última investigação, Erika deve agora confrontar seus próprios demônios, bem como um assassino mais letal do que qualquer outro que já enfrentou antes.

UMA SOMBRA NA ESCURIDÃO
ROBERT BRYNDZA

A sombra respirou fundo, saiu da escuridão e subiu as escadas silenciosamente. Para observar. Para aguardar. Para colocar em prática a vingança que planejava havia tanto tempo.

Em uma noite de verão, a Detetive Erika Foster é convocada para trabalhar em uma cena de homicídio. A vítima: um médico encontrado sufocado na cama. Seus pulsos estão presos e, através de um saco plástico transparente amarrado firmemente ao redor de sua cabeça, é possível ver seus olhos arregalados.

Poucos dias depois, outro cadáver é encontrado, assassinado exatamente nas mesmas circunstâncias. As vítimas são sempre homens solteiros, bem-sucedidos e, pelo que tudo indica, há algo misterioso em suas vidas. Mas, afinal, qual é o segredo desses homens? Qual é a ligação entre as vítimas e o assassino?

Erika e sua equipe se aprofundam na investigação e descobrem um serial killer calculista que persegue seus alvos até achar o momento certo para atacá-los.

Agora, Erika Foster fará de tudo para deter aquela sombra e evitar mais vítimas, mesmo que isso signifique arriscar sua carreira e também sua própria vida.

SOB ÁGUAS ESCURAS
ROBERT BRYNDZA

Puxado pelo peso das correntes, o corpo afundou rapidamente. Ela descansou ali, quieta e serena, durante muitos anos.

Quando a Detetive Erika Foster e sua equipe vasculham um lago artificial nos arredores de Londres em busca de uma valiosa pista de um caso de narcóticos, ela encontra muito mais do que estava procurando.

Do fundo do lago são recuperados dois pacotes: um deles contém 4 milhões de libras em heroína. O outro... o esqueleto de uma criança.

Os restos mortais são de Jessica Collins, uma garota desaparecida há 26 anos e que foi a principal manchete de todos os noticiários da época.

Erika, então, precisa revirar o passado e desenterrar os traumas da família Collins para descobrir mais sobre o trabalho de Amanda Baker, a detetive original do caso – uma mulher torturada pelo seu fracasso na busca por Jessica.

Muitos mistérios envolvem esse crime, e alguém que não quer que o caso seja resolvido fará de tudo para impedir que Erika Foster descubra a verdade.

O ÚLTIMO SUSPIRO
ROBERT BRYNDZA

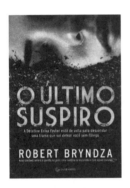

Ele é o encontro perfeito. Ela é sua próxima vítima.

Quando o corpo torturado de uma jovem é encontrado em uma lixeira, com os olhos inchados e as roupas encharcadas de sangue, a Detetive Erika Foster é uma das primeiras a chegar à cena do crime. O problema é que, desta vez, o caso não é dela.

Enquanto luta para garantir seu lugar na equipe de investigação, Erika rapidamente encontra uma ligação entre esse assassinato e um crime não solucionado que terminou na morte de uma jovem quatro meses antes. Jogadas em um local semelhante, as duas mulheres têm feridas idênticas e uma incisão fatal na artéria femoral.

Procurando suas vítimas nas redes sociais a partir de um perfil falso, o assassino ataca jovens bonitas escolhidas aleatoriamente.

Então, outra garota é sequestrada… Erika e sua equipe têm que chegar antes que ela se torne a próxima vítima. Mas como a Detetive Foster pegará um assassino que parece não existir?

Este livro foi composto com tipografia Electra Std e impresso
em papel Off-White 70 g/m² na gráfica Rede.